AMANTE TORTURADO

J.R. WARD

AMANTE TORTURADO

São Paulo
2024

Lover arisen
Copyright © 2022 by Love Conquers All, Inc.

© 2024 by Universo dos Livros
Todos os direitos reservados e protegidos pela Lei 9.610 de 19/02/1998.

Nenhuma parte deste livro, sem autorização prévia por escrito da editora, poderá ser reproduzida ou transmitida, sejam quais forem os meios empregados: eletrônicos, mecânicos, fotográficos, gravação ou quaisquer outros.

Diretor editorial
Luis Matos

Gerente editorial
Marcia Batista

Produção editorial
Letícia Nakamura
Raquel F. Abranches

Tradução
Cristina Calderini Tognelli

Preparação
Bia Bernardi

Revisão
Ricardo Franzin
Gabriele Fernandes

Arte
Renato Klisman

Dados Internacionais de Catalogação na Publicação (CIP)
Angélica Ilacqua CRB-8/7057

W259a   Ward, J. R.
           Amante torturado / J. R. Ward ; tradução de Cristina Calderini Tognelli. — São Paulo : Universo dos Livros, 2024.
           448 p. (Irmandade da Adaga Negra ; v. 20)

           ISBN 978-65-5609-650-6
           Título original: Lover arisen

           1. Vampiros 2. Ficção norte-americana 3. Literatura erótica
           I. Título II. Tognelli, Cristina Calderini III. Série

24-3210   CDD 813.6

Universo dos Livros Editora Ltda.
Avenida Ordem e Progresso, 157 - 8º andar - Conj. 803
CEP 01141-030 - Barra Funda - São Paulo/SP
Telefone/Fax: (11) 3392-3336
www.universodoslivros.com.br
e-mail: editor@universodoslivros.com.br

Para vocês dois,
O amor fica ainda mais doce depois da batalha vencida.

GLOSSÁRIO DE TERMOS E NOMES PRÓPRIOS

Ahstrux nohtrum: Guarda particular com licença para matar, nomeado(a) pelo Rei.

Ahvenge: Cometer um ato de retribuição mortal, geralmente realizado por um macho amado.

As Escolhidas: Vampiras criadas para servir à Virgem Escriba. No passado, eram mais voltadas para as questões espirituais do que para as temporais, mas isso mudou com a ascensão do último Primale, que as libertou do Santuário. Com a renúncia da Virgem Escriba, elas estão por conta própria, aprendendo a viver na Terra. Continuam a atender às necessidades de sangue dos membros não vinculados à Irmandade, bem como a dos Irmãos que não podem se alimentar de suas *shellans* ou de guerreiros feridos.

Chrih: Símbolo de morte honrosa no Antigo Idioma.

Cio: Período fértil das vampiras. Em geral, dura dois dias e é acompanhado por intenso desejo sexual. Ocorre pela primeira vez aproximadamente cinco anos após a transição da fêmea e, a partir daí, uma vez a cada dez anos. Todos os machos respondem em certa medida se estiverem por perto de uma fêmea no cio. Pode ser uma época perigosa, com conflitos e lutas entre os machos, especialmente se a fêmea não tiver companheiro.

Conthendha: Conflito entre dois machos que competem pelo direito de ser o companheiro de uma fêmea.

Dhunhd: Inferno.

Doggen: Membro da classe servil no mundo dos vampiros. Os doggens seguem as antigas e conservadoras tradições de servir seus superiores, obedecendo a códigos formais no comportamento e no vestir. Podem sair durante o dia, mas envelhecem relativamente rápido. Sua expectativa de vida é de cerca de quinhentos anos.

Ehnclausuramento: Status conferido pelo Rei a uma fêmea da aristocracia em resposta a uma petição de seus familiares. Subjuga uma fêmea à autoridade de um responsável único, o *tuhtor*, geralmente o macho mais velho da casa. Seu *tuhtor*, então, tem o direito legal de determinar todos os aspectos de sua vida, restringindo, segundo sua vontade, toda e qualquer interação dela com o mundo.

Ehros: Uma Escolhida treinada em artes sexuais.

Escravo de sangue: Vampiro macho ou fêmea que foi subjugado para satisfazer a necessidade de sangue de outros vampiros. A prática de manter escravos de sangue recentemente foi proscrita.

Exhile dhoble: O gêmeo mau ou maldito, o segundo a nascer.

Fade: Reino atemporal onde os mortos reúnem-se com seus entes queridos e ali passam toda a eternidade.

Ghia: Equivalente a padrinho ou madrinha de um indivíduo.

Glymera: A nata da aristocracia, equivalente à Corte no período de Regência na Inglaterra.

Hellren: Vampiro macho que tem uma companheira. Os machos podem ter mais de uma fêmea.

Hyslop: Termo que se refere a um lapso de julgamento, tipicamente resultando no comprometimento das operações mecânicas ou da posse legal de um veículo ou transporte motorizado de qualquer tipo. Por exemplo, deixar as chaves no contato de um carro estacionado do lado de fora da casa da família durante a noite – resultando no roubo do carro.

Inthocada: Uma virgem.

Irmandade da Adaga Negra: Guerreiros vampiros altamente treinados para proteger sua espécie contra todo e qualquer mal. Resultado de cruzamentos seletivos dentro da raça, os membros da Irmandade possuem imensa força física e mental, assim como a capacidade de se recuperar rapidamente de ferimentos. Não é constituída majoritariamente por irmãos de sangue, e os guerreiros são iniciados na Irmandade por indicação de seus membros. Agressivos, autossuficientes e reservados por natureza, os Irmãos são tema de lendas e reverenciados no mundo dos vampiros. Só podem ser mortos por ferimentos muito graves, como tiros ou uma punhalada no coração.

Leelan: Termo carinhoso que pode ser traduzido aproximadamente como "muito amada".

Lheage: Um termo respeitoso utilizado por uma submissa sexual para referir-se a seu dominante.

Lhenihan: Fera mítica reconhecida por suas proezas sexuais. Atualmente, refere-se a um macho de tamanho sobrenatural e alto vigor sexual.

Lewlhen: Presente.

Libhertador: Salvador.

Lídher: Pessoa com poder e influência.

Lys: Instrumento de tortura usado para remover os olhos.

Mahmen: Mãe. Usado como um termo identificador e de afeto.

Mhis: O disfarce de um determinado ambiente físico; a criação de um campo de ilusão.

Nalla/nallum: Termo carinhoso que significa "amada"/"amado".

Ômega: Figura mística e maligna que almejava a extinção dos vampiros devido a um ressentimento contra a Virgem Escriba. Existe em um reino atemporal e possui grandes poderes, dentre os quais, no entanto, não se encontra o poder da criação. Erradicado.

Perdição: Refere-se a uma fraqueza crítica em um indivíduo. Pode ser interna, como um vício, ou externa, como uma paixão.

Primeira Família: O Rei e a Rainha dos vampiros e sua descendência.

Princeps: O nível mais elevado da aristocracia dos vampiros, só suplantado pelos membros da Primeira Família ou pelas Escolhidas da Virgem Escriba. O título é hereditário e não pode ser outorgado.

Redutor: Membro da Sociedade Redutora, é um humano sem alma empenhado na exterminação dos vampiros. Os redutores só morrem se forem apunhalados no peito; do contrário, vivem eternamente, sem envelhecer. Não comem nem bebem e são impotentes. Com o tempo, seus cabelos, pele e íris perdem toda a pigmentação. Cheiram a talco de bebê. Depois de iniciados na Sociedade por Ômega, conservam uma urna de cerâmica, na qual seu coração foi depositado após ter sido removido.

Ríhgido: Termo que se refere à potência do órgão sexual masculino. A tradução literal seria algo aproximado a "digno de penetrar uma fêmea".

Rytho: Forma ritual de lavar a honra, oferecida pelo ofensor ao ofendido. Se aceito, o ofendido escolhe uma arma e ataca o ofensor, que se apresenta desprotegido perante ele.

Shellan: Vampira que tem um companheiro. Em geral, as fêmeas não têm mais de um macho devido à natureza fortemente territorial deles.

Sociedade Redutora: Ordem de assassinos constituída por Ômega com o propósito de erradicar a espécie dos vampiros.

Symphato: Espécie dentro da raça vampírica, caracterizada por capacidade e desejo de manipular emoções nos outros (com o propósito de trocar energia), entre outras peculiaridades. Historicamente, foram discriminados e, em certas épocas, caçados pelos vampiros. Estão quase extintos.

Talhman: O lado maligno de um indivíduo. Uma mancha obscura na alma que requer expressão se não for adequadamente expurgada.

Trahyner: Termo usado entre machos em sinal de respeito e afeição. Pode ser traduzido como "querido amigo".

Transição: Momento crítico na vida dos vampiros, quando ele ou ela transforma-se em adulto. A partir daí, precisam beber sangue do sexo oposto para sobreviver e não suportam a luz do dia. Geralmente, ocorre por volta dos 25 anos. Alguns vampiros não sobrevivem à transição, sobretudo os machos. Antes da mudança, os vampiros são fisicamente frágeis, inaptos ou indiferentes ao sexo, e incapazes de se desmaterializar.

Tuhtor: Guardião de um indivíduo. Há vários graus de *tuhtors*, sendo o mais poderoso aquele responsável por uma fêmea *ehnclausurada*.

Tumba: Cripta sagrada da Irmandade da Adaga Negra. Usada como local de cerimônias e como depósito das urnas dos redutores. Entre as cerimônias ali realizadas estão iniciações, funerais e ações disciplinadoras contra os Irmãos. O acesso a ela é vedado, exceto aos membros da Irmandade, à Virgem Escriba e aos candidatos à iniciação.

Vampiro: Membro de uma espécie à parte do *Homo sapiens*. Os vampiros precisam beber sangue do sexo oposto para sobreviver. O sangue humano os mantém vivos, mas sua força não dura muito tempo. Após sua transição, que geralmente ocorre aos 25 anos, são incapazes de sair à luz do dia e devem alimentar-se na veia regularmente. Os vampiros não podem "converter" os humanos por meio de uma mordida ou transferência de sangue, embora, ainda que raramente, sejam capazes de procriar com a outra espécie. Podem se desmaterializar por meio da vontade, mas precisam estar calmos e concentrados para consegui-lo, e não podem levar nada pesado consigo. São capazes de apagar as lembranças das pessoas, desde que recentes. Alguns vampiros são capazes de ler a mente. Sua expectativa de vida ultrapassa os mil anos, sendo que, em certos casos, vai bem além disso.

Viajantes: Indivíduos que morreram e voltaram vivos do Fade. Inspiram grande respeito e são reverenciados por suas façanhas.

Virgem Escriba: Força mística que anteriormente foi conselheira do Rei, bem como guardiã dos registros vampíricos e distribuidora de privilégios. Existia em um reino atemporal e possuía grandes poderes, mas recentemente renunciou ao seu posto em favor de outro. Capaz de um único ato de criação, que usou para trazer os vampiros à existência.

Prólogo

Dhunhd
Quatro semanas, dois dias, três horas...
... e exatamente treze minutos antes do Presente.

Ser imortal significa jamais saber o que é a morte.

Quando Ômega, irmão da Virgem Escriba, senhor de todos os *redutores*, espetacular fornecedor de todo o mal na Terra, chegou ao seu covil no *Dhunhd* e se tornou corpóreo, a entidade se lembrou de que era imortal.

Ele não morreria. Nunca, jamais. Não haveria extinção para ele.

Ao cacete com a Profecia do *Dhestroyer*.

Cambaleando adiante, ele ficou se repetindo sem cessar que viveria para sempre, reinando no caos e no ódio por toda a eternidade e além, porque ele era energia e energia era não só a base do Universo, *era* o Universo. A energia não terminava, desde que houvesse galáxias acima da Terra, sóis gerando luz e planetas girando em suas órbitas. Ele era infinito, nada mais poderoso do que ele acima da Terra, ou debaixo, ali no Inferno...

Onde estava ele?

Ômega girou enrijecido e tentou determinar sua localização em meio ao labirinto de paredes cinza. Não eram brancas antes? Ou tinham sido pretas? Enquanto sua mente se recusava a fornecer uma orientação, tropeçando em suas próprias lembranças, ele se forçou a confrontar tudo o que se recusara a enxergar dentro de si. Com frequência se sentia perdido naquelas últimas noites, mesmo nos becos do centro de Caldwell, mesmo em seu covil, onde ele brincara e fodera e se recarregara por uma era. E por que ele andava? Costumeiramente, ele teria apenas se forçado a ir aonde quer que quisesse estar no seu domínio. Costumeiramente... ele não se sentiria assim, exaurido.

Mas ele não morreria, nunca, jamais. Não haveria extinção para ele.

Ao cacete com a Profecia...

Por que fora parar ali?

Voltando a caminhar, com a esperança de encontrar o motivo que o fizera vir ali para baixo, ele prosseguiu de qualquer modo ao longo dos corredores dos seus aposentos e tentou não reviver o passado. Afinal, só se faz isso se o presente é ruim e o futuro não oferece nenhuma perspectiva de melhora – e tal lugar desesperançado *não* estava em seu destino. Não; se no momento desejava um retorno mental aos eventos anteriores em sua linha do tempo, ele só estava cedendo às lembranças agradáveis, o olhar para trás desconectado da sua situação...

Estava perdido novamente.

Ou, talvez, "ainda" estivesse.

Tudo parecia igual, os corredores, as salas, as estações de tortura com suas correntes e manchas, tudo formando uma anotação visual que não deveria confundi-lo, mas que confundia. Com sua cognição emaranhada e uma fragilidade física chocante ganhando força, as pernas de Ômega cederam e ele caiu de quatro no chão duro. Para piorar a situação, a dor nas palmas e nos joelhos não foi nada agradável. Não lhe excitou sexualmente e, pior, não lhe deu ímpeto para se levantar e lutar contra a Irmandade da Adaga Negra. A sensação ardente simplesmente... o envelhecia.

De uma maneira totalmente incompatível com a imortalidade.

Ajoelhando-se, observou seu manto imundo. Outrora o tecido fora de um branco brilhante e, por baixo dele, o negro denso da sua essência sempre se derramara para fora. Hoje o manto era cinza, assim como a sua aura, cinza como as paredes ao seu redor, o teto acima, as paredes em todas as direções. Com mão frouxa, esfregou as manchas de sangue vermelho dos quatro *redutores* que acabara de doutrinar, não mais humanos. Desprovidos de alma, caçar vampiros seria sua nova perspectiva de vida. Disse a si mesmo que a porção de essência que concedera a eles era o motivo de sua falta de vigor atual, mas ele sabia que isso não deveria fazer diferença alguma. Deveria ter reservas suficientes para transformar centenas de humanos em seus criados do mal, se assim o quisesse.

No passado, ele teria sido capaz de... fazer...

Seu pensamento se perdeu tanto quanto ele, viajando para fora de sua mente, divergindo da triste realidade que o iniciara como se tivesse se escondido.

Em seu lugar? Um ralo de derrotas que drenava ainda mais da sua força vil. Em todos os séculos em que esteve em guerra com a criação de sua irmã, aqueles seres com dentes afiados, ele nunca reconhecera que uma derrota sua era uma possibilidade concebida por sua raiva e seu ciúme. Reconhecera apenas o inevitável triunfo sobre a irmã, e tivera prazer com os troféus de guerra, aqueles cadáveres da espécie a que ela dera vida, aqueles vampiros que ela achara correto trazer à existência porque lhe fora concedido um único ato de criação. Cada morte arrancara uma lasca do coração dela, e a satisfação que ele sentia com essa agonia se tornara a refeição de que ele mais gostava.

Tinha sido tão divertido, por tanto tempo.

Agora, contudo... todas aquelas idas e vindas pareciam um conflito conduzido por outro, as vitórias tão pouco ressonantes como se nunca tivessem acontecido. E, enquanto ele tentava se lembrar da alegria sádica que um dia sentira, visualizou Butch O'Neal, antigo humano. Se Ômega tivesse sabido que capturar o bichinho de estimação da Irmandade colocaria em perigo a sua existência, ele teria evitado aquele mortal como... Bem, como uma praga.

O'Neal fora um tremendo cavalo de Troia. Em vez de se tornar o receptáculo corrompido abrigado por aqueles guerreiros, uma arma de infiltração para Ômega, o filho da puta se tornara uma arma contra o criador que o infectara. O mal literalmente engendrara sua própria destruição. E, enquanto considerava o modo como seus caminhos se cruzaram, ficou conjecturando se poderia ter se defendido da criação do *Dhestroyer*. Era como se aquele humano o tivesse encontrado, e não o contrário...

– Pare agora com esse devaneio inútil – resmungou.

Preparando-se, forçou o tronco e as pernas pouco confiáveis num concerto de movimentos que o devolveram à sua altura. Em seguida, voltou a se mover, arrastando os pés.

Ele era imortal.

Ele nunca morreria, jamais.

Ele era imortal. Ele nunca morreria...

A cadência das palavras se tornou os passos que ele dava, um metrônomo que o impulsionava, mesmo que cada esticada de perna o cansasse ainda mais. Algum tempo mais tarde, talvez um ano, um brilho de algo chamou atenção do mal. Detendo-se, viu o que havia sobre a sua cama e lá, do outro lado do espaço desprovido de tudo, uma adaga, prateada e afiada, estava acima de uma peça de mármore, suspensa no ar sobre a ponta afiada.

Sim, pensou ele. *É por isso que vim. Agora me lembro.*

Projetando-se na direção da arma, ele desejou com a mente que seu manto saísse do corpo – e, quando não conseguiu realizar nem esse simples truque de magia, ergueu as mãos trêmulas para as amarras junto à garganta. Havia tanto tempo que não fazia nada mecanicamente que se atrapalhou com o nó que antes manifestara com a mente.

Ômega não queria pensar na ineficiência, na ineficácia dos seus dez dedos. De todo modo, no fim acabou ficando nu.

Estendeu a mão para invocar a lâmina. Quando a arma se recusou a obedecer, ele foi forçado a se esticar e pegar o cabo daquilo que ignorara o seu chamado. Reconheceu o cabo quando curvou a mão ao seu redor, mas a adaga parecia tão pesada quanto uma rocha quando a removeu do suporte invisível.

Abaixando a cabeça, fitou seus órgãos sexuais. Assim como cada centímetro do restante do seu "corpo", eram apenas uma imagem que funcionava, uma prótese com fluidos corporais, uma corporalidade que se adequava aos seus propósitos quando ele precisava e desaparecia num armário de ilusões quando ele não precisava.

Usando o que lhe pareciam ser suas últimas forças, Ômega reuniu o peso mole das bolas e do pau em suas mãos. Chegou a pensar que estavam quentes e pesados.

A adaga brilhou novamente quando ele aproximou a lâmina por baixo daquilo que pendia do seu quadril.

– Eu não cessarei… – disse rouco. – Eu *jamais* cessarei.

E, contudo, enquanto fazia tal pronunciamento, ele pensou que isso fosse mentira. Não mal-intencionada, mas deplorável.

Ele não queria se acabar. Quando tinha todo o tempo do mundo à disposição, desperdiçou-o em muitas coisas desimportantes, tal qual um homem abastado em um mercado repleto de belas coisas. Agora que os segundos eram preciosos, sentia falta da dádiva possuída um dia como sentiria de um amado que partira.

Uma lágrima se formou em seu olho. Teria voltado no tempo, se pudesse. Mas estava fraco demais. Em sua arrogância, esperara demais…

Com uma puxada forte, ele arrancou o pênis e o escroto, fatiando com facilidade a pele sensível e delicada. A dor foi como gasolina em suas veias, o coração explodiu no peito, as batidas rápidas reavivando--o, a descarga de adrenalina lhe dando um pouco daquilo de que ele precisava em abundância.

Enquanto o sangue negro fluía pelas laterais das coxas, empoçando-se aos seus pés, ele ergueu a mão ao nível dos olhos e inspirou pelo nariz. Não sentiu nenhum cheiro. Pensando bem, quem é que sentia o próprio cheiro? Quer fosse perfume ou odor corporal, o nariz só conhecia aquilo que era fresco, novo, não aquilo em que estivera marinando.

Um dia lhe disseram que cheirava a talco de bebê. Um humano lhe dissera isso pouco antes de ser eviscerado.

Ao se lembrar dessa ofensa, pareceu-lhe uma infantilidade. Mas, naqueles dias, Ômega tinha ira de sobra. Agora, precisava racioná-la…

O pensamento se desintegrou como que para provar que ele já não mais se lembrava do que tentava fazer.

Sob os órgãos que extirpara do corpo, sangue negro se juntava na palma e descia pelo pulso. Observou-o fluir, negro, lento, preguiçoso, brilhando na luz ambiente.

– Meu filho. – Pigarreou e falou mais alto. – Meu filho recomeçará e continuará se eu não for adiante.

A exigência não teve resultado algum.

– *Meu filho retornará agora!*

Mas nada aconteceu. O mesmo de quando o manto não desapareceu e a adaga se recusou a vir até a sua palma, a ausência de poder dentro de si roubando-o do seu domínio sobre objetos que deveriam ser invocados com facilidade.

A frustração se transformou em raiva que se transformou em ira, e ele lançou a pele por cima da cama no que deveria ser um movimento forte. Quando o movimento não passou de um empurrão no ar, ele soube que jamais deveria ter deixado sua única prole apodrecer do jeito que deixara. Mas sentira-se desrespeitado e depreciado por tudo o que fizera ao macho, e embora o grande Rei Cego dos vampiros fosse chamado de Wrath, Ômega poderia muito bem ter essa emoção sombria da fúria como seu nome do meio.

Fora tão vingativo e tão mesquinho. Uma combinação terrível.

Agora, lá estava ele, repentinamente velho e enfermo, sem ninguém para ajudá-lo, nenhum filho para carregá-lo, nenhum legado deixado em sua Sociedade Redutora. Estava fadado a permanecer onde toda a história recuava com a passagem suficiente dos dias e das noites: uma lembrança distante que morreria quando os últimos que o conheceram seguissem para os próprios túmulos.

Fora arrogante com seu futuro. E agora… era tarde demais.

Desgostoso consigo mesmo, estava prestes a se virar e seguir para o lugar onde teria uma última chance de encontrar um antagonista... quando notou movimento sobre o leito.

Arrastando-se, parou acima da bagunça de sangue negro que jogara de qualquer jeito. Os componentes que tinham sido seus órgãos sexuais se reviravam e giravam sobre si mesmos, derretendo, amalgamando-se... tomando outra forma. Germinando.

No entanto, era uma massa jovem, e ele desejou poder ficar para proteger seu único filho. Sabendo que tinha que deixá-lo nesse estado tão vulnerável, Ômega pairou acima da prole e testemunhou a massa dobrar de tamanho e, em seguida, fundir-se aos poucos numa criança: braços e pernas, rechonchudos e descoordenados, brotando do tronco enquanto a cabeça também surgia. Movimentos não relacionados à gestação se seguiram, os membros começando a se flexionar e mexer.

Debaixo do véu do sangue negro, a pele era branca e opaca, como um osso.

– Meu filho – sussurrou ele.

Se o mal fosse capaz de amar, ele sabia que o sentimento pelo qual tantos viviam e morriam era o que o atravessava agora, o peso estranho e desconhecido por trás do peito forjando uma conexão com o jovem em crescimento que não era nada lógico, mas completamente instintivo.

E, de fato, por mais que se ressentisse, Ômega sabia que a sensação era verdadeiramente amor porque já sentira isso por outra pessoa. Sua irmã, entretanto, a tal chamada Virgem Escriba, estivera sempre ocupada demais para ele, preocupada demais com seu único ato de criação, para dispensar um mínimo de atenção ao irmão que a seguira por toda parte assim que foram trazidos à existência pelo Criador. A negligência dela fora a base do seu ódio pelos vampiros.

Tão mesquinho. Tão infantil.

– Preciso ir embora. – Esfregou as mãos sobre os olhos marejados. – Tu sobreviverás. Comigo ou sem mim. Já fizeste isso antes.

Por mais que quisesse ficar, ele tinha que ir ao lugar mais sagrado da Irmandade, chegar àqueles jarros que os lutadores colecionaram no decorrer da guerra. Neles, embora ressecados e, em alguns casos, muito antigos, estavam os corações que bombearam os corações dos induzidos, troféus para os Irmãos, assim como os vampiros mortos foram os seus troféus contra a Virgem Escriba. Se pudesse consumir aqueles repositórios, conseguiria se abastecer ao acessar os resíduos da sua essência deixados naqueles receptáculos. Sim, seriam apenas migalhas, mas havia quantidade. Centenas e centenas e centenas de músculos cardíacos disponíveis para ele, e mesmo bocados podem satisfazer alguém se houver o suficiente num prato.

Também tinha certeza de onde estavam localizados. O Criador fora forçado, para ser justo, a permitir que Ômega tivesse essa vantagem para curar um ato de exagero cometido pela Virgem Escriba.

Portanto, não, ele não morreria, nunca, jamais. Não havia extinção para ele.

A profecia que se fodesse.

Mas – como garantia? – seu filho viveria depois dele. Quando teve que se forçar a ir embora e se preocupou com o que poderia acontecer se a criança não sobrevivesse, houve ironia. A necessidade de Ômega quanto a garantir a continuação de parte de si mesmo, de uma fração de quem e do que ele era?

Era a única coisa que ele já tivera em comum com os mortais.

Agora entendia o motivo de os humanos adorarem seus filhos.

E os vampiros também.

Capítulo 1

Dias atuais
Rua Primrose, 267
Caldwell, Nova York

— Não, este não. Este não é para você.

Quando o detetive Treyvon Abscott ficou no caminho da detetive Erika Saunders, ela parou. Pensando bem, é o que se faz quando você bate numa parede de tijolos. Seu parceiro fora jogador de futebol americano na faculdade, um Marine dispensado com honras e era, pelo menos, dez centímetros mais alto e trinta quilos mais pesado do que ela. Mas, mesmo com tudo isso a seu favor, ele apoiou o peso nos pés e pôs as palmas na frente do corpo, como se estivesse protegendo a sua zona de defesa de um caminhão Mack.

— A central me mandou para cá. — Erika cruzou os braços diante do peito. — Por isso, sei que você não vai ficar na minha frente agora. Não vai mesmo.

Atrás do seu colega, uma casa comum de dois andares com garagem anexa se iluminava com a luz azul piscante das viaturas estacionadas diante da entrada para carros, que se refletia nas janelas antitempestade, transformando a casa numa boate de tragédia.

— Não tô nem aí para o que a central disse. — A voz de Trey saiu baixa, mas o tom de quem não estava para brincadeira era bem claro. — Eu te disse pelo telefone. Eu cuido deste sozinho.

Erika franziu o cenho.

– Pra sua informação, o seu prêmio de detetive do mês pode ser revogado por essa sua avareza com a cena de um crime...

– Vai pra casa, Erika. Eu estou te dizendo, como amigo...

– Claro, eu – ela indicou a si mesma – nunca recebi um prêmio pelos meus pares. Quer saber por quê?

– Espera aí, como é? – disse seu parceiro. Como se ela estivesse falando um idioma estrangeiro.

Erika se esquivou e falou por cima do ombro enquanto Treyvon tropeçava nos próprios pés ao se virar.

– Não sou boa ouvinte e não gosto de pessoas me atrapalhando. É por isso que eu nunca recebo prêmios.

Marchando pela entrada da casa, ela ouviu imprecações em seu rastro, mas Trey teria que superar – e ela ficou surpresa com a territorialidade dele. Normalmente os dois se davam muito bem. Foram destacados a trabalhar juntos em janeiro, quando o primeiro parceiro dele, Jose de la Cruz, se aposentou após uma longa e bem-sucedida carreira. Ela não fazia a mínima ideia do que dera em Trey nesse caso em particular...

– Ei, Andy – ela disse ao policial uniformizado junto à porta.

... mas não se preocuparia com isso.

– Detetive. – O policial abriu espaço para lhe dar passagem. – Precisa de propés?

– Eu tenho. – Enquanto cobria os sapatos que usava nas ruas, ela notou que as sebes ao redor da entrada estavam aparadas e uma bandeirola de Páscoa em cores pastéis estava cravada numa haste à esquerda. – Obrigada.

No segundo em que entrou no vestíbulo baixo, sentiu cheiro de velas de essência de baunilha e de sangue fresco – e seu cérebro imaginou um episódio hipotético de *A Guerra dos Cupcakes* em que os participantes acabavam com as mãos presas no liquidificador.

Gostaria de um pouco de plasma no seu pão de ló vitoriano?

Espera, isso seria então do *Bake Off Grã-Bretanha*, não?

Enquanto seu cérebro se entretinha com todo tipo de conexões sem sentido, ela o deixou se aquecer enquanto relanceava para a direita. A sala de estar bagunçada era o que ela esperava em termos de mobília e decoração. Tudo exalava classe média, especialmente os porta-retratos com os pais e a filha nas prateleiras da estante, todos envelhecendo ao longo dos anos, a menina ficando mais alta e mais madura; os pais, grisalhos e mais amplos na cintura.

Aquelas fotos foram a primeira pista do motivo de Trey ter tentado impedi-la de entrar.

Bem, na verdade… houve algumas outras quando ela recebera os detalhes básicos da central.

Ignorando os sinais de alarme que começaram a disparar em sua cabeça, ela pisou ao largo de um abajur quebrado. Apesar da atmosfera acolhedora do lar, parecia que havia acontecido uma briga de bar diante da lareira elétrica: o sofá com estampa de flores estava desalinhado e suas almofadas se espalhavam sobre o tapete, uma poltrona tinha sido derrubada e o vidro da mesinha de centro barata estava quebrado.

Havia sangue respingado nas paredes cinza e no carpete de cerdas baixas.

O corpo de bruços no meio do cômodo de três por cinco metros era de um homem branco mais velho, o pedaço calvo na parte de trás da cabeça o identificava como o pai, de acordo com uma das fotos tiradas num campo de hóquei. Ele estava com um braço para cima, o outro abaixado junto ao corpo, e suas roupas pareciam vagamente algo que se usaria num escritório, uma camisa social enfiada dentro de calças de poliéster. Sem cinto. Ainda de sapatos.

Dois passos largos a aproximaram dele e seus joelhos estalaram quando ela se agachou. A faca cravada nas costas fizera um tremendo trabalho antes de ter sido deixada dentro da caixa torácica: havia umas quatro ou cinco outras punhaladas, a julgar pelos buracos na camisa e pelas manchas de sangue no algodão.

Quando ela respirou fundo, chegou a pensar que metade do oxigênio em Caldwell desaparecera misteriosamente.

— Erika.

Seu nome foi dito com uma exaustão à qual ela estava acostumada. Ouvira esse tipo especial de cansaço nas vozes de muitas pessoas quando tentavam incutir um pouco de juízo nela.

— Ataque desvairado. — Ela indicou o padrão de punhaladas, embora não houvesse confusão quanto ao que ela dizia. — Por alguém forte. Enquanto a vítima tentava fugir depois de eles terem brigado.

Erika se levantou e avançou pelo interior da casa. Ao passar por um arco que se abria na cozinha, tomou cuidado para não pisar nas manchas de sangue. O segundo corpo estava de costas no piso laminado de madeira, diante do fogão, a esposa e mãe largada numa poça do seu próprio sangue. A vítima tinha traumas extensos no rosto e no pescoço, as feições totalmente irreconhecíveis, os ossos todos fraturados, a pele pulverizada. Tanto sangue cobria a sua frente que foi difícil enxergar a estampa da camiseta, mas as *leggings* só podiam ser LuLaRoe, por conta da repetição berrante de pêssegos contra um fundo azul-claro.

Na boca do fogão, uma panela com tampa de vidro cheia do que parecia ser molho bolonhesa caseiro, derramado ao ferver, com um halo preto e marrom da coisa torrada se formando ao redor do queimador. Atrás dela, uma panela grande com apenas cinco centímetros de água repousava sobre a boca maior e, junto àquela bagunça, na bancada, uma caixa de espaguete de marca genérica ainda fechada estava ao lado da tábua de corte com a metade de uma cebola picada em cubos.

A mulher estava completamente alheia, enquanto cortava a cebola, salteava a carne e enchia a panela de água, de que aquela seria a última refeição que prepararia para a família.

Bile subiu pelo fundo da garganta quando Erika relanceou até a porta do porão que estava aberta, a escada iluminada por uma lâmpada afixada à parede lateral.

— O assassino tinha duas armas — disse ela para ninguém em especial. Em grande parte, para fazer o estômago se acalmar. — A faca usada no pai e o martelo aqui. Ou talvez tenha sido um pé de cabra.

— Martelo — Trey informou sério. — Está lá em cima, no corredor.

— Ela colocou a água para ferver. — Erika se aproximou da escada que descia para o porão e inspirou fundo. — Depois desceu para a máquina de lavar roupa, o que explica o perfume de baunilha. Não é de nenhuma vela perfumada. É do sabão líquido Suavitel. A minha colega de quarto na faculdade, Alejandra, usava essa marca.

— Erika...

— Ela ouve a confusão no andar de cima. Corre para ver o que está acontecendo. Quando chega a este andar, o marido já está morto, ou prestes a morrer, e o assassino a ataca com um martelo. — Erika fita os olhos escuros de Trey. — Não havia nenhum estrago na porta da frente, o que quer dizer que o pai o deixara entrar. Há câmeras na porta?

— Não.

— Onde estão os outros corpos? No andar de cima?

Trey assentiu.

— Mas, presta atenção, Erika, você não tem que ir...

— Não aguento mais ouvir você dizer o meu nome desse jeito. Quando você resolver parar de sentir pena, estou pronta para ser tratada como a adulta que sou em vez da criança que fui.

Voltou para a sala de estar e subiu os degraus acarpetados para o segundo andar. Assim que chegou ao patamar de cima, só precisou olhar pelo corredor estreito e pouco iluminado. Na ponta oposta, num quarto da cor de Pepto-Bismol, dois corpos estavam à plena vista, um na cama, outro apoiado contra a parede, no chão.

Erika piscou. Piscou de novo.

E não conseguiu mexer nenhuma parte do corpo. Nem sequer estava respirando.

— Vamos voltar para baixo — Trey disse com suavidade, junto ao seu ouvido.

Quando o colega a segurou pelo braço, ela se soltou do gesto de compaixão e foi em frente. Parou ao chegar à soleira aberta. O corpo na cama estava seminu, uma camiseta empurrada por cima do sutiã branco e rosa, as *leggings* pretas Lululemon abaixadas e penduradas em um dos pés. Ela tinha cabelos pretos, assim como os pais, e eram compridos e bonitos, curvados nas pontas. Na mão direita… uma arma. Uma nove milímetros.

Por algum motivo, as unhas de esmalte rosa no cabo se destacavam. Não havia nenhuma lascada, e quando Erika relanceou para a cômoda bagunçada, havia um frasquinho de esmalte opi daquela exata cor. A garota provavelmente pintara as unhas mais cedo naquele mesmo dia ou muito recentemente.

Bem ao lado do frasco de esmalte havia uma foto num porta-retratos. A garota agora morta estava de pé ao lado de um rapaz uma cabeça mais alto do que ela. Ela olhava para a câmera com um sorriso amplo. Ele olhava para ela.

Os olhos de Erika se desviaram para o segundo corpo. O adolescente da foto estava apoiado contra a parede cor-de-rosa, as pernas esticadas diante do corpo como um espantalho caído do seu poste de sustentação. Ele tinha músculos de atleta, com ombros largos e pescoço grosso, e a beleza típica de um jogador de futebol americano, com maxilar forte e olhos bem definidos. Havia uma mancha de sangue na frente da sua camiseta de futebol da Escola de Ensino Médio Lincoln e borrifo na garganta e debaixo do queixo. As mãos estavam sujas de sangue, provavelmente de quando matara a mãe com as marteladas no rosto.

Os jeans estavam com o zíper aberto.

Concentrando-se no ferimento a bala, ela notou um segundo tiro, mais embaixo, logo abaixo do diafragma.

Você o atingiu duas vezes no tronco, Erika pensou entorpecida. É isso aí, garota.

Quando deu um passo à frente, notou que a porta do quarto tinha sido quebrada. Entre um piscar de olhos e o seguinte, ela ouviu as batidas, o choro, os gritos, enquanto ele derrubava a porta depois que a filha se trancara ali, depois que os pais tinham sido assassinados no andar de baixo ao dela…

Erika cobriu os ouvidos quando eles começaram a tinir.

– Está tudo bem – murmurou quando Trey se colocou na frente dela de novo. – Estou bem.

– Eu te acompanho até a saída.

– Ao diabo que vai.

Inclinando-se para o lado, Erika olhou para o rosto da garota. Ela encarava o teto, e a maquiagem ao redor dos olhos agora vazios estava borrada. Os fios pretos escorrendo pelas bochechas e o batom borrado formavam uma máscara de palhaço com o que, sem dúvida, tinha sido aplicado com muita destreza, a julgar pela quantidade de pincéis e embalagens no tampo da cômoda.

Havia mais uma mancha no rosto dela, mas não era da MAC ou da NARS ou de qualquer outra marca. O buraco de bala na têmpora era uma penetração circular e a ferida de entrada estava relativamente limpa, apenas um pouco de resíduo de pólvora ao redor do deslocamento rosado e vermelho de pele. O que havia do outro lado do crânio era mais repulsivo: o osso, o sangue, a massa cinzenta espalhando-se por cima da colcha cor-de-rosa.

– Ele chegou com três armas – Erika se ouviu dizer. – A faca, o martelo… e esta pistola.

Será que ela tinha arrancado a arma dele quando ele a atacou? Sim, deve ter sido assim que aconteceu. Ele teria invadido o quarto depois de ter matado os pais dela e a atacou… e ela, de alguma forma, o desarmou… talvez porque estivesse fingindo concordar com o sexo?

Ela deve ter ouvido a matança do andar de baixo, ouvido o pânico e o sofrimento dos pais. Pelo menos um deles, talvez ambos, sem dúvida gritou para que ela se trancasse e pedisse ajuda…

– Os pais ainda não sabem – informou Trey. – Os do rapaz, quero dizer. Acabamos de enviar uma viatura para o endereço deles.

– Quem os encontrou? – ela perguntou rouca.

– Nós. Ela ligou para a emergência antes de se matar.

Os olhos de Erika perscrutaram rapidamente a cama – lá estava. O celular estava em cima da colcha manchada de sangue, junto a ela.

A garota segurara a nove milímetros, mas não o celular.

– A operadora que atendeu ao chamado ouviu o disparo. – Trey se ajoelhou ao lado do corpo do garoto. – A menina chorava tanto que mal conseguia falar. Mas conseguiu informar o nome dele e dizer à operadora que ele invadira a casa e assassinara os seus pais. Depois informou seu endereço e... puxou o gatilho uma terceira vez.

– Mas não foi culpa dela – Erika sussurrou ao se inclinar por cima da cama e fixar o olhar naquele vazio. – Não foi culpa sua, minha querida. Eu juro.

Quando sua voz se partiu, ela pigarreou. E mais uma vez.

Sem um pensamento consciente, sua mão subiu para um ponto debaixo da clavícula esquerda. Através da jaqueta, ela não sentia as cicatrizes, mas elas estavam lá.

Cercado pelo buraco negro inerte da morte, o passado de Erika voltou como um assaltante, roubando-a da sua realidade, sugando-a de volta à noite que ela não queria reviver nunca e sempre revivia. Sempre. Ela também revidara durante os piores momentos da vida da sua família. E, Deus bem sabia, houve tantas vezes nos últimos catorze anos que ela desejou ter se matado... se pudesse.

Tentando controlar a vontade de vomitar, ouviu as vozes lá embaixo, na entrada da casa. Mais pessoas chegavam à cena do crime. Sem dúvida o fotógrafo. Talvez até a equipe forense.

Erika olhou para seu parceiro, concentrando-se nele de fato pela primeira vez. Como sempre, Trey era o retrato de um militar com seu blusão de velo azul-marinho do Departamento de Polícia de Caldwell (DPC), os olhos aguçados de sempre, o maxilar bem barbeado, o tipo que causaria inveja no Super-Homem. Quando ele a fitou de volta, seus olhos escuros estavam sérios e os lábios, contraídos com força.

– Está tudo bem – disse Erika. – Consigo lidar com isto. Mas agradeço por você... Você sabe, por se preocupar comigo.

– Se quiser ir embora, ninguém a culpará por isso.

Ela voltou a olhar para a cama, para aquela linda garota cuja vida fora ceifada cedo demais. E todas aquelas fotos de família na sala de estar? E todas aquelas fotos cuidadosamente tiradas e escolhidas para registrar o crescimento dela com seus amados pais?

Nenhuma foto mais. De nenhum deles...

Na escada, degraus rangeram enquanto alguém subia.

Na verdade, isso estava incorreto, pensou Erika. Haveria mais um conjunto de imagens, tiradas por alguém treinado em investigação forense, para registrar como todos eles haviam morrido.

– Eu consigo lidar com isso – Erika disse ao seu parceiro.

E também para si mesma.

E não acreditou nem um pouco nessas palavras.

Capítulo 2

Avenida Crandall, 2464
A aproximadamente onze quilômetros e meio de distância

— *Não! Não, não, não quero isto,* não quero você! Para...

Balthazar, filho de Hanst, acordou gritando e empurrando mãos dos seus quadris cobertos por couro. Enquanto batia em suas partes íntimas, saltou para ficar de pé e tentou se livrar do demônio que estava nele, ao redor dele, dentro dele. Chocando-se contra algo duro — uma árvore? —, ricocheteou no ar, tropeçou, caiu.

Aterrissou em algo molhado.

Quando fez prancha com as palmas e a ponta dos coturnos, uma combinação irritante de fuligem, químicos tóxicos e terra molhada entrou em suas narinas. Foi o fedor que o situou: ele estava na casa incendiada em que Sahvage e Mae quase perderam suas vidas.

Com desespero e uma boa dose de estupidez parva, olhou por sobre o ombro para as ruínas do que um dia havia sido uma bela casa estilo rancho. Os restos cremados da estrutura estavam banhados em sombras cinza e azul-claras, os fragmentos cobertos por cinzas de vigas e tábuas, gesso e madeira compensada, mobília e pertences, nada que pudesse ser remontado ou usado novamente. O fogo fora tão intenso que havia marcas de queimado até os limites da propriedade, as cercas e as casas à direita, à esquerda e na parte de trás estavam todas cobertas de fuligem.

Os vizinhos gastariam uma pequena fortuna com limpa-vidros para as janelas, mas pelo menos ainda tinham algo para limpar.

Deslocando-se de quatro até a parte mais seca do gramado, ele se levantou e limpou as calças de couro. Por conta tudo a merda que acontecia, preocupar-se se havia cinzas nos joelhos era ridículo. Mas, pensando bem, a lista de coisas que conseguia controlar era bem curta e, na vida, você tem que aceitar o que lhe é dado.

Às vezes isso se limitava a manter as calças limpas. E, claro, o que ele queria muito mesmo era mantê-las no corpo enquanto dormia.

– Porra. *Porra.*

Balz olhou de novo para o bordo chamuscado no qual se chocara e rememorou o que havia ocorrido até sua soneca. Depois de ter vasculhado os escombros sem nada encontrar, agachara-se na base do tronco para pensar no que não estava conseguindo. Aquela fração de segundo de guarda abaixada foi só o que bastou. O sono o possuíra com tamanha força e tão furtivamente que ele não conseguia se lembrar de ter se oposto à sua chegada, e o demônio só precisou disso. Sua ausência de consciência era uma porta aberta para Devina, e ela nunca deixaria de tirar vantagem do convite que ele nunca estendia.

Ele precisava daquele maldito Livro de Feitiços. Se queria se livrar do demônio, teria que encontrar o maldito e usá-lo.

Reavaliando o campo de escombros, ficou imaginando se deveria vasculhá-lo mais uma vez. Mas, pensando bem, como algo com páginas e capa sobreviveria àquela intensidade de calor?

Se bem que o Livro não era apenas um livro. Por isso.

E pensar que a certa altura ele tivera aquele peso repulsivo e fedorento nas mãos, sentira a capa feita de pele humana, segurara o volume de páginas de pergaminho – e o soltara.

– Lassiter... seu cretino maldito.

O anjo caído lhe dissera que havia outro meio de purgar Devina da sua mente. Portanto, naquele momento em que tudo contava, durante o cabo de guerra com Sahvage, Balz seguira a música tema do filme

Frozen e abrira mão. Mas, desde então, havia refletido melhor sobre a solução do anjo. O amor verdadeiro não o salvaria...

Uma imagem de uma humana num terno azul-marinho invadiu sua mente, puxando uma cadeira para se acomodar.

De repente, ele só conseguia vê-la olhando para ele e apontando uma arma na sua direção. Os olhos apertados, as sobrancelhas unidas acima daquele olhar que o mandava ficar onde estava, a pose saída de um filme de ação. Engraçado, ele se lembrava de cada detalhe dela, e não só porque ele era um ladrão e ela uma policial e os dois jamais poderiam ficar juntos. Sem falar na divisão das espécies.

Não, ele se lembrava dela como se ela fosse algo pelo que estivera procurando em todos aqueles lares que invadira, em todas as pedras preciosas que roubara, em todo o dinheiro que enfiara nos bolsos.

— Mas você não vai me salvar, mulher — disse ele para a noite iluminada pelo luar, para as cinzas ao seu redor, para a merda de situação em que se encontrava.

O amor verdadeiro não existia, pra começo de conversa. Essa merda era apenas uma ilusão criada pela Disney, repetida aos humanos pelo lucro. E talvez o anjo tivesse adicionado o toque romântico porque acabara de assistir a uma maratona de filmes com a Sandra Bullock e *Enquanto você dormia* passava em *looping* em seu cérebro disfuncional.

Uma coisa que havia ficado perfeitamente clara? Graças ao conselho de merda de Lassiter, Balz agora estava sem opções, sendo caçado em seu sono por uma harpia sexual e meio louco por falta de REM.

Quando espiou para ver se o zíper ainda estava fechado, uma onda de náusea o atingiu e ele ficou feliz por não ter comido nada. A sensação do demônio sentado em seu colo enquanto o fitava de cima com aqueles olhos negros brilhantes, cheios de ódio ciumento...

Como ousa, bastardo? E ela é só uma humana.

A voz do demônio soou clara como água, e, quando as palavras foram traduzidas num significado, Balz sentiu o sangue drenar da cabeça. Relanceando para a árvore de novo, ele se questionou se imaginava aquele ciúme por conta da paranoia ou se, de fato, era algo que acabara de lhe ser dito agora.

Seria possível que Devina tivesse descoberto sobre…

Disse a si mesmo para se controlar. Não havia nada a ser descoberto sobre a detetive humana e ele. Puta que o pariu, seus caminhos se cruzaram por uma fração de segundo, quando ela o flagrara com Sahvage disputando a posse do Livro na casa daquele colecionador. E ela nem sequer se lembrava de terem se encontrado porque ele tomara o cuidado de apagar sua memória.

Não havia nada com que Devina pudesse se irritar. Nada mesmo…

Claro, a não ser a sua preocupação com a mulher, seu idiota, seu subconsciente mordaz observou. *E agora há pouco você adormeceu pela primeira vez desde que a viu. Acha que o seu demônio galopante da noite não vai saber que você quer algo mais do que polir o distintivo e a arma daquela detetive?*

Com uma imprecação, deixou a cabeça pender a partir da coluna.

– Ela não – grunhiu. – Você não vai foder com ela…

A voz do demônio o interrompeu, como se estivesse bem ao seu lado:

Não gosto de competição, mesmo estando aquém de mim.

Balz espalmou um dos seus quarentões e girou, apontando o cano para…

Nada, apenas ar. E mesmo assim ele falou, como se seu inimigo estivesse em sua forma corpórea e perto o suficiente para ouvir:

– Ela não é competição porra nenhuma… ela não é nada! De que porra você está falando?

Quando seu grito ecoou para fora da cerca chamuscada, ele podia jurar ter ouvido a risada feminina voltando para si com o vento, zombando dele. Mas se isso estava mesmo acontecendo, se o demônio estivesse tornando uma humana inocente seu alvo, Devina acabaria tendo uma tremenda surpresa. Uma coisa era ele ser usado como equipamento de ginástica involuntário. Outra, completamente diferente, era um observador que não tinha nada a ver com aquilo acabar na mira.

– Ela não é nada, maldita seja você – ele estrepitou, como se as sílabas fossem pedras lançadas. – Ela não é nada!

Mantendo a arma empunhada, Balz caminhou com passos bravos sobre os escombros outra vez, chutando vigas queimadas e metal retorcido com seus coturnos, determinado a encontrar a única coisa que poderia salvá-lo. Com um pouco de sorte, haveria mais no Livro do que simplesmente instruções de como desdemonizar uma pessoa. Talvez houvesse um feitiço para se livrarem de vez de Devina.

Quando acabou na letra do U2 de novo – ainda sem encontrar o que procurava –,[1] parou no que devia ter sido a garagem, a julgar pelo concreto debaixo das botas. Esfregando os olhos, esfregando os cabelos, esfregando o rosto, ele quis atear fogo ao lugar de novo. Em vez disso, repassou o que se lembrava de Sahvage ter dito: Mae levara o Livro para casa para ressuscitar o irmão falecido. Devina aparecera. Deu merda... e, quando tudo acabou, o Livro e o demônio foram destruídos, e Sahvage salvara a vida de Mae graças ao truquezinho que a prima do cara fizera séculos antes. Tudo encerrado e embrulhado com um belo laço, mesmo que levemente coberto de cinzas.

Só que Sahvage tinha que estar errado. O Livro não podia ter sumido. Ele era parte do demônio ou o demônio era parte dele, e Balz sabia em primeira mão que Devina ainda estava à solta...

Você sabe o que faço com a competição?

Mais daquela voz sedosa e maligna entrou em sua cabeça.

Eu a elimino.

De repente, uma ira que Balz nunca sentira se apossou dele.

– Dois podem participar desse jogo de eliminação – disse entre dentes.

Erguendo a arma, ele mediu o seu contorno ao luar, o metal preto azulado do cano e o corpo reluzente como uma pedra preciosa.

Muito bem, pensou ao levar a arma até a têmpora. *Sem Livro?*

---

1 - Referência à canção do U2, "I still haven't found what I'm looking for"; em tradução livre: Ainda não encontrei o que estou procurando". (N. T.)

E Lassiter falando de finais felizes enquanto Devina se ocupava de traçar linhas de batalha ao redor de uma humana que não tinha nada a ver com aquilo?

Ele cuidaria do assunto sozinho. Só precisava de um cochilo bem longo. Dos bons. Do tipo em que as luzes se apagam de vez. O alívio, finalmente…

Algo apareceu nas proximidades de uma garagem duas casas mais abaixo na rua e ele desviou o cano rapidamente para aquela direção. Mas era apenas um macho humano, a julgar pelo cheiro – e o cara não parecia agressivo. Vinha puxando o contêiner de lixo reciclável até a calçada, sons de esforço escapando pela boca como se as embalagens plásticas junto com o peso do contêiner amarelo fossem mais do que o corpo definido no trabalho de escritório pudesse dar conta. Quando ele chegou à caixa do correio, largou a carga e um barulho ecoou.

Quando ele se virou para voltar à aconchegante casa em estilo colonial, ergueu o olhar… e ficou parado onde estava.

A expressão no rosto do cara de meia-idade era um cruzamento de total confusão e absoluto terror. Foi assim que Balz percebeu que, por causa do luar e das luzes de segurança em todo o bairro, havia iluminação suficiente para que até olhos humanos enxergassem um cara vestido de couro dos pés à cabeça e com uma arma apontada para a própria cabeça.

Caramba, tio, por que tinha que arruinar o momento?, ele pensou. *E isto não é para você.*

A bala seguinte no cano da arma tinha o nome de Balz escrito nela e não o do JoãoFelizMaridoPai ali, com sua lata de recicláveis, o nervo ciático dolorido e duas semanas de férias ao ano.

O humano recuou um passo. E outro. Em seguida, voltou apressado para dentro de casa, como se estivesse sendo perseguido, a camiseta Hanes e as calças de pijama xadrez com tanta aerodinâmica quanto os quinze quilos excedentes ao redor da cintura. Um segundo depois o homem bateu a porta, e Balz já imaginava a tranca sendo fechada aos tropeços, o celular sendo procurado, a ligação para a polícia a fim de informar que havia um assassino em série naquela casa incendiada.

— Filho da mãe — Balz murmurou ao guardar a arma no coldre debaixo do braço esquerdo.

Será que um vampiro não consegue atirar em si mesmo em paz só pra variar? Malditos humanos espalhados em todo lugar.

O raciocínio mais lógico de que o dito vampiro deveria escolher um lugar melhor, mais reservado, como um parque municipal deserto ou um apartamento, não era algo em que Balz pretendia gastar muito tempo. E, nesse meio-tempo, no andar de cima da casa do Papai em Pânico, uma luz surgiu por trás da cortina fechada. Maravilha, a esposa ouvira a comoção. Provavelmente havia também alguns filhos, e Balz ficou imaginando se Joey e Joanna e Jay-Jay estavam sendo abraçados no colo da mamãe, que os levava apressados para dentro do armário…

Em seguida, mais um problema.

— Sei que está aí — resmungou, fechando os olhos e se perguntando quantas outras merdas ainda podiam caber numa mesma noite.

Passos arrastados na lateral, aproximando-se — e, olha só, pelo menos não era um demônio, embora não pudesse afirmar que estava exatamente animado em ver seu pequeno visitante.

Tudo bem, seu primo grande, valente, reclamão e assassino.

Syphon era um filho da puta altamente treinado, muito musculoso, de cabelos pretos e verdes, também vestindo couro preto, e o ladrão dentro de Balz — o que equivalia a 51% dele, os outros 49% evidentemente correspondentes a um maldito demônio — agradeceu o quão silenciosamente o bastardo se movia, a despeito do seu tamanho. O lutador também não era de se jogar fora, o que deixava um macho com inveja de tempos em tempos. Com os cabelos em mechas penteados e mantidos para trás por conta de algum spray, os olhos azuis eram o ponto focal de toda aquela beleza… E as pupilas estavam dilatadas graças ao luar.

E provavelmente também por emoção, embora Balz não tivesse energia para se preocupar com as coisas do Dr. Phil.

— Qual é a desse cabelo agora? — perguntou ao fitar a cabeça do primo.

O macho passou uma mão por cima do penteado.

– É um visual.

– Claro. Como o Dieter dos Sprockets.[2]

– Mike Myers é um deus.

– Sou mais o Ted Lasso. Mas dá no mesmo.

Os dois se calaram. E só no que Balz pensava era que, pelo menos, o primo não aparecera enquanto a arma estava à mostra.

– Balz, você está acabando comigo.

Aqueles brilhantes olhos azuis estavam travados na casa ao lado como se o bastardo tivesse visão de raio-X e verificasse as sobras de comida na geladeira. Na realidade, ele sempre odiara manter contato visual quando havia alguma situação de confronto. Era um traço dele que sempre deixou Balz curioso. O cara não sabia que matava pessoas para ganhar a vida? Se você é capaz de fitar o meio do peito e acertar o alvo, por que não consegue encarar uma pessoa nos olhos quando estão discutindo?

Mas, pensando bem, talvez isso não fosse algo ruim.

Copiando esse exemplo, Balz voltou a encarar as cinzas.

– Acabando com você? Como? Não estou apontando uma arma para a sua cabeça.

Rá-rá, ele pensou.

– Você não pode continuar evitando voltar para casa, Balz. Já faz três dias. Você precisa voltar à mansão da Irmandade e dormir, poxa vida, em vez de ficar perdendo tempo, cavoucando tudo por aqui.

Não acabamos de fazer isso?, ele pensou ao engolir a raiva.

Tentando manter a voz calma, ele enfiou a mão dentro da jaqueta para pegar mais um dos cigarros de V.

– Eu lhe disse por telefone ontem: o demônio e o Livro ainda estão vivos. Eu consigo sentir. – *Eu consigo ouvir*, complementou para si. – Respeito Sahvage pra cacete, mas ele está errado quando diz que

---

[2] - Sprockets era um esquete cômico recorrente da série de televisão *Saturday Night Live*. Criado e estrelado pelo comediante Mike Myers, era um talk-show fictício da tv da Alemanha Oriental que parodiava a cultura artística alemã na década de 1980. (n. t.)

foram consumidos pelo incêndio. Se os Irmãos estão tomando decisões baseadas nessa informação falsa, então estamos todos fodidos.

– Todos ainda estão em campo. Wrath não mudou as patrulhas e não estamos encontrando nada perigoso. Então, que decisões você acredita que estejam sendo tomadas erroneamente?

Quando Balz ficou de mãos vazias na sua caçada pelo cigarro, não conseguiu acreditar que já tivesse fumado tudo o que V. lhe dera. *Merda*. E já fazia mesmo três noites e três dias?

Parecia uma vida inteira.

– Não tenho energia pra isso – resmungou.

– Porque você não está dormindo.

– Obrigado, doutor da internet.

Syphon praguejou.

– Viu? A resposta óbvia seria "obrigado, dr. Obviedade", já que eu não ligo pra internet. Caramba, você é uma sombra do que era.

– E você está dando um diagnóstico baseado num insulto?

– Só vem pra casa. Por favor.

Quando seu primo usou a expressão iniciada com P, houve uma desesperança no tom de sua voz que era um contraste total com a personalidade do cara. Syphon era um filho da puta ridiculamente detalhista – ainda que, se o seu trabalho era fazer furos com balas pequenas de uma tremenda distância, fosse melhor você ter o instinto e um bom olhar para a perfeição além de vontade obsessiva de corrigir todo tipo de microerros.

O lutador não abaixava seus padrões, não se curvava a nenhum tipo de estresse de batalha e nunca se cansava nem admitia a derrota.

Exceto, pelo visto, nesta situação.

– Tenho que ir. – Balz tateou os bolsos das calças, embora sempre guardasse os cigarros na jaqueta. Como se esperasse que os talos de nicotina de V. tivessem brotado do seu traseiro? – Eu só... tenho que ir.

– Pra onde? Sério. Pra onde você vai?

– Já estou no Inferno – Balz respondeu com seriedade. – A localização exata do meu corpo é irrelevante.

Dito isso, ele se foi, desmaterializando-se no ar frio e úmido da primavera. A única coisa de que tinha certeza era que precisava continuar acordado. Desde que tivesse um mínimo contato com a consciência, o demônio não conseguiria chegar até ele, pelo menos não completamente.

O que ele precisava era de algo mais confiável que a sua força de vontade para mantê-lo acordado.

Hora de ir para o centro da cidade.

Capítulo 3

*Edifício Caldwell Insurance
Esquina das ruas Trade e 13ª*

Enquanto a demoníaca Devina permanecia em seu covil secreto num porão, cercada por sua coleção de roupas e todos os seus preciosos sapatos e acessórios, ela estava numa tpm do caralho: estava irritada a ponto de querer uma espingarda, considerava seriamente abrir uma embalagem de Häagen-Dazs de chocolate com pedaços de chocolate e era possível – *possível* – que estivesse à beira das lágrimas. A única coisa a seu favor era que não estava inchada.

Mas, pensando bem, quando você consegue criar o seu corpo com a mente, não tem que se preocupar com retenção de líquidos.

Ela, no entanto, não estava para menstruar.

Aquele maldito filho da puta, Balthazar. Filho da puta traidor.

E, ah, sorrateiro também, escondendo aquela humana no fundo do seu cofre mental ao deliberadamente permanecer acordado.

Depois de uns bons dois dias sem conseguir acessá-lo, ela tinha ficado tão animada quando ele baixara a guarda e adormecera junto aos escombros daquela casa incendiada no subúrbio. Só precisou de uma partida momentânea da mente consciente dele e se aproveitou dessa oportunidade à sua maneira uma vez mais.

Digam o que quiserem do vampiro, mas caramba. Ele tinha uma varinha mágica entre as pernas, tinha mesmo.

Só que, no segundo em que colocara as mãos nele, literalmente, foi recebida por uma surpresa horrível do seu banco de lembranças, vívida como se ele fosse um cachorro bem treinado que deixara um monte de merda no tapete da sala de estar. Uma mulher, uma humana, de rosto comum e terno saído da T.J. Maxx,[3] estava na mente dele.

Inacreditável. Embora Devina fosse a foda do século, mais uma vez algum idiota com um pau olhava na direção oposta enquanto deveria estar olhando para ela, e somente para ela.

E aquela não tinha sido a única vez que fora deixada de lado. Jim Heron, seu único verdadeiro amor, não a quisera – escolhera uma virgem de rosto sem graça em vez dela, puta que o pariu. E depois Butch, o Irmão da Adaga Negra, também a recusara por ser casado. Vinculado. Tanto faz. E claro que havia outros peixes para serem fisgados, mas no que se referia a todos os outros humanos de Caldwell? Eram alvos fáceis e, portanto, desinteressantes, a não ser para um ou outro orgasmo da sua parte.

Talvez um homicídio quando ela se sentisse entediada e queria brincar.

Bem, e ela vinha fazendo uns petiscos com alguns dos seus corações.

– E de que isso me adiantou?

Enquanto seu humor – que numa noite boa ficava por um fio – fervilhava, ela andava a passos duros diante das filas e filas de roupas de alta costura que colecionara ao longo dos anos. Ainda que as sedas e os cetins, os veludos e brocados costumassem bastar para atenuar o pior dos seus humores, nada daquilo ajudou.

Só o que ela queria fazer era quebrar alguma coisa.

Foi esse o pensamento que lhe veio à mente ao chegar ao mostruário das suas Birkins. E, claro, algo já fora destruído ali, não?

– Obrigada, Mae – ela estrepitou.

Esforçando-se para se controlar, ela se concentrou nos seus bebês, seus prediletos entre os prediletos, seu maior orgulho e alegria. A mesa

---

3 - T.J. Maxx é uma redes de lojas de departamento estadunidense, cujos preços em geral são mais baixos do que em outras grandes lojas similares. (N. T.)

folheada a ouro que sustentava as bolsas Hermès devia ter por volta de 1,80 metro de comprimento por 2,5 de largura e, sobre ela, havia mais de uma dúzia de Birkins de diferentes tamanhos, cores e peles, todas dispostas em plataformas de acrílico que cresciam em altura, formando um verdadeiro Monte Branco de belezas. Ela tinha uma de crocodilo poroso suave em rosa, e uma preta fosca de crocodilo niloticus, e a modelo Horseshoe numa combinação de vermelho e preto, bem como uma bege, dourada e cinza. Também havia quatro de avestruz, duas de lagarto e uma Touch.

As únicas que ela se recusava a ter eram as 25. Pequenas demais. Ela gostava das trinta e das 35.

– Vocês nunca me abandonariam – ela sussurrou, como se as bolsas fossem criancinhas. – Vocês estão sempre aqui comigo.

Pois é, desde que ninguém entrasse ali como um assassino em série e brutalmente desmembrasse alguém da sua coleção.

O demônio precisou se preparar antes de conseguir suportar olhar para o alto do mostruário, na posição mais elevada do acrílico... para o crucifixo no seu altar da melhor criação do ateliê.

– Ah, Deus... – Ela agarrou o meio do peito quando dor a atingiu como se tivesse acabado de encontrar a bolsa destruída. – Oh...

Nas últimas três noites ela fora incapaz de encarar o cadáver queimado da Birkin. Mas também não conseguira se livrar dele.

Pensando bem, a Himalaya Niloticus Crocodile com ferragens em diamante era a mais rara e mais espetacular bolsa em todo o mundo – e ainda mais valiosa porque fazia conjunto com a pulseira de diamantes. Com um centro branco-neve que se irradiava para as laterais em tons de marrom, cinza e preto, a peça de arte era não só um farol iluminado em sua coleção, mas também o melhor testemunho de que as melhores coisas da vida, na verdade, *não* eram de graça.

Eentãoumavampirazinhavadiaateoufogonapeça.

Por que *diabos* alguém faria algo assim? Se a puta idiota estava tão desesperada assim para tentar escapar acionando o alarme de incêndio, ela poderia ter ateado fogo numa jaqueta Balmain. Num terninho

Chanel. Num vestido de gala Escada. Mas nááááo. De todas as roupas nos cabides, de todos os sapatos e botas – sem falar, olha só, nas coisas inflamáveis sem graça como lençóis, travesseiros, a porra do catálogo da Saks, puta que o pariu –, aquela fêmea teve que escolher a Himalaya. Com ferragens de diamante. E pulseira combinando.

Aquele desperdício de pele escolhera a bolsa mais cara, mais rara, mais desejada para tentar sair daquela dimensão paralela.

Foi quase como se soubesse o que estava fazendo. Mas não sabia.

Incendiar aquela maldita casinha em retaliação de nada serviu. E, em seguida, aquela vampira conseguira sair de lá de boa com a porra do seu companheiro imortal, os dois apaixonados e toda aquela merda de felizes para sempre.

Quem é que podia saber que Sahvage era imortal? Foi o mesmo que descobrir que uma dona de casa era capaz de erguer um carro.

E, quando tudo acabou, o que Devina conseguiu? Não o amor verdadeiro, é isso mesmo, nada nesse departamento, mas uma Birkin torrada a ponto de ser irreconhecível e, agora, TPM sem a menstruação.

Baixando o olhar para o chão, entre os Louboutins, Devina ficou se perguntando se deveria enterrar o cadáver da bolsa. A julgar por como a noite estava se desenrolando, com aquele seu frustrante amante vampiro desprovido de sono a traindo por pensar numa humana, como ela poderia se sentir pior? E sua terapeuta não lhe dissera alguma coisa em relação ao luto ser um confronto gradual da perda? Como mordiscar a morte aos bocados, chegando ao *horror d'oeuvres*[4] aos poucos?

Deus... Aquela Birkin fora tão perfeita.

Pelo menos os diamantes ainda brilhavam.

Quando tirou a carcaça queimada da plataforma, amparou-a junto ao coração e fechou os olhos. Lágrimas começaram a escorrer e ela visualizou aquela terapeuta humana, aquela que sempre vestira tons terrosos que a mimetizavam ao seu sofá marrom.

Sinta seus sentimentos, Devina. Isso é só o que você tem a fazer.

---

[4] - Trocadilho de "horror" com "hors" da palavra "aperitivo" em francês, *hors d'ouevre*. (N. T.)

– Estou tentando...

Aquela coisa do Balz a magoara profundamente, a ideia de que o cara com quem transava estava de fato interessado em outra pessoa doía pra cacete. Definitivamente, ela não tinha como se sentir pior do que se sentia no momento.

Quando se viu pronta, materializou um caixão do tamanho de uma criança em pleno ar e desejou mentalmente que a tampa se abrisse. A caixa branca e creme bem polida com interior recoberto com cetim parecia um relicário à altura para o esquema de tons de branco, cinza e marrom da Himalaya.

Resignada, ela depositou a Birkin no interior acolchoado, ajeitando as alças no travesseiro acolchoado. Enquanto lágrimas borravam sua visão, ela passou a ponta dos dedos bem manicurados por cima do desenho das escamas onde a bolsa não estava queimada e tentou não perceber o cheiro de fogueira de acampamento. Ainda conseguia se lembrar de como ela estava na primeira vez que a vira na loja-conceito da Rue Du Faubourg Saint-Honoré, tão nova, tão limpa, aquela fragrância de pele de crocodilo emanando quando ela a segurou como se a peça fosse sagrada.

Porque era. Porque ainda é, pouco importando suas marcas.

Com mãos trêmulas, fechou a tampa. Depois descansou as palmas nos contornos de laca do tampo e pendeu a cabeça. Inspirando superficialmente pela boca, disse a si mesma que poderia comprar uma nova.

Mas essa fora *sua*.

Quando a dor se tornou insuportável, ela fez o cadáver da bolsa desaparecer, enviando-a para o fundo do Poço das Almas. Por uma fração de segundo, lembrou-se de que aquele vampiro, Throe, ainda estava lá em sua mesa de trabalho; em seguida, tal pensamento saiu da sua mente.

O silêncio que a cercava foi percebido como total isolamento, tão certo como se a humanidade tivesse sido apagada da Terra junto com todos os animais, insetos, répteis e peixes. Sentia-se sozinha, como se já não estivesse presa ao planeta azul e verde que havia séculos chamava de lar, mas, em vez disso, estivesse perdida numa galáxia, flutuando pelo espaço, fria e inútil, passando por planetas alheios a ela e sóis sem tempo para ela.

O pensamento de que ela, na verdade, não estava sozinha a fez voltar à realidade.

Relanceou por sobre o ombro para seu colega de quarto.

– Mas você vai mudar tudo isso. Não vai?

Quando não houve resposta, ela embarcou numa caminhada ao longo do vasto espaço – só para parar diante de uma arara de formais vestidos de noite para se fitar no reflexo do espelho. Os longos cabelos morenos eram uma cascata de ondas sobre os ombros nus, e o bustiê que vestira ao redor da cintura deixava seus peitos incríveis. As calças lápis de couro sempre davam um toque especial, mas ela não estava certa se gostava de tudo preto. O visual monocromático estava um pouco sombrio.

Inclinando a cabeça, usou a mente para mudar a roupa para um tom vermelho-sangue.

– E dizem que a perfeição não pode ser melhorada.

Voltando a caminhar, ela foi batendo os saltos altos no piso de concreto. Quando chegou ao canto oposto do seu covil, parou diante de um latão de lixo daqueles que se encontram nos parques municipais, daqueles que se veem em toda parte de Caldwell, daqueles em que as pessoas jogam lixo nojento, como sanduíches comidos pela metade, o último gole de café que estava frio, bosta de cachorro em saquinhos.

Camisinhas e agulhas usadas.

Tudo bem, talvez esses dois últimos itens acabassem jogados no chão, mas por certo havia algumas prostitutas, alguns dos seus clientes, alguns drogados ocasionais que eram asseados.

– Chega de bobagem – disse. – Está na hora de você me dar o que é meu. Tenho sido paciente pra cacete, mas isso acabou.

Ela não estava falando com a lata de lixo.

Ela falava com o pedaço de merda apoiado em cima da tampa quadrada do maldito lixo.

– Você me deve e sabe o que quero. Por isso, vamos lá.

Cruzando os braços diante do peito, ela encarou a capa fechada do Livro. Encadernado com pele humana – talvez fosse pele de vampiro ou de algum demônio, quem é que podia saber? –, o antigo tomo de feitiços tinha o fedor de uma carcaça na beira da estrada, páginas que podiam dizer alguma coisa ou nada, dependendo do seu humor, e um histórico variado de obediência.

– Tínhamos um acordo – ela o lembrou. – Você me dá o meu único amor verdadeiro, um macho que amará cada parte minha, por inteiro, por toda a eternidade, e eu o salvo das cinzas daquela casa incendiada. – Como não houve resposta, ela afastou o seu cabelo glorioso e tentou não revelar o quanto aquele jogo a irritava. – Permita-me lembrá-lo de que, sem mim, você estaria a caminho do lixão a essa altura, que é mais do que merece...

Um som suave e ritmado se ergueu por baixo da capa feia, tão baixo que Devina teve que se inclinar para desvendar o que aquele ronrono meio fungado era.

Ah, inferno, *não*.

– *Não* finja estar dormindo. Nem tente esse tipo de coisa comigo. – Enquanto o Livro continuava a roncar, ela deu uma pisada forte com seu salto agulha. – Maldito, autocuidado não se aplica a você. Você é imortal, antigo, não um *millennial*. E, P.S., numa vida pregressa você provavelmente era a porra de um entregador de mala-direta, portanto não me venha com esse tipo de comportamento.

A capa se abriu um pouco e as páginas se revolveram como se estivessem reajustando sua posição num colchão Tempur-Pedic. E o ronco ficou mais alto.

– Acorda!

Com um movimento da mão, ela lançou o Livro no chão. Em seguida, atirou-o como num jogo de pingue-pongue pelas paredes do seu covil, as páginas se revolvendo, a capa e a contracapa se movendo, mais daquele cheiro terrível se espalhando ao redor. Ela o teria rasgado, ateado fogo, afogado na sua banheira com pés em forma de garra...

Mas precisava do maldito. Ainda mais depois daquela coisa com Balthazar.

E o Livro *sabia*.

Prendendo o volume teimoso contra uma das colunas fortes e sem graça que sustentavam o teto, ela marchou para a bandeja de perfumes, apanhou o frasquinho de Coco Noir e voltou. Segurando o perfume Chanel diante do fedor rançoso, o pulverizador emitiu uns *psit, psit, psit* enquanto ela borrifava com o indicador.

O espirro foi alto e forte o bastante, de modo que a capa quase se abriu. Em seguida, as páginas do livro emitiram umas tossidelas.

– Seu fedorento. E espero que seja alérgico.

O Livro tossiu de novo. A capa se abriu, eriçando todas as páginas para o alto da lombada e...

Pfruuuuuuuuuuuuuuuuuuuuuuuuuuuuuuuuuuuuuuuuutttppp.

O som de flatulência foi tão longo e tão alto que somente alguém que não necessitasse de fornecimento de ar seria capaz de produzi-lo.

Ou algo, melhor dizendo.

– Vai se foder – ela rosnou. – Você vai respeitar o nosso acordo ou aprenderá o real significado de "a imprensa está morta", seu pedacinho de merda inútil, ingrato, filho da puta, à toa e traiçoeiro...

Ela prosseguiu com os xingamentos, ganhando ritmo ao usar o Urban Dictionary só para dar seguimento ao vernáculo, as sílabas malignas escapando dos lábios vermelho-sangue, a ira resplandecente, o corpo zunindo de fúria. Ela estava tão puta da vida que o ar ao redor revolveu-se e as araras de roupas e cômodas tremeram. Quando o frasco de perfume quebrou em sua mão, o álcool fez arder os cortes; a umidade resultante parte sangue, parte fragrância. Não que ela se importasse com isso...

Não que o Livro estivesse dando a mínima para isso.

A certa altura, o desinteresse pragmático do tomo foi percebido, e sabe do que mais? Toda aquela história de não dar mais oxigênio para o drama estava certo. A frustração que corroía Devina gradualmente escoou das suas veias, e só o que lhe restou foi a percepção vazia de que, apesar de todo o seu escândalo, ela continuava sozinha num espaço repleto de objetos.

Quando sua voz secou e ela ficou ali de pé, arfando, os pingos de sua mão eram como os sons de uma caixa de percussão quando batiam no chão.

– Você vai me dar aquilo que eu quero – disse ela sem forças.

Os roncos do livro foram a única resposta que obteve. Na verdade, a maldita coisa sabia que tudo o que ela dissesse seriam apenas ameaças.

Agarrando a capa com ambas as mãos, ela puxou e não chegou a parte alguma: mesmo quando reuniu todas as forças e puxou com tudo o que tinha dentro de si, a coisa permaneceu grudada à coluna de concreto. Ela desistiu quando o suor brotou na testa e no decote.

Ela não iria chorar diante da porra daquele Livro.

Isso não faria parte daquele show de horrores.

Não nesta noite.

– Muito bem, não tenho que ficar aqui sentada sendo ignorada por você – disse ela num tom completamente à altura de *Atração fatal*. – Eu posso sair daqui. Você, ao contrário, não vai a lugar algum sem pernas. Aproveite a sua noite.

Ajeitando os cabelos, ela girou e foi a passos largos até a porta. Quando chegou ao painel de aço reforçado, passou pela junção do contínuo espaço-tempo que isolava seus aposentos particulares de todas as coisas que apareciam na noite e se arrastavam durante os dias.

Ao retomar sua forma no centro de Caldwell, ela fechou os cortes na mão e alisou os contornos do bustiê. A noite estava à sua disposição, cheia de luzes piscantes e de oportunidades para se distrair, as boates funcionando e repletas, os humanos em toda parte: em seus carros, suas casas, suas festas particulares.

Ela encontraria algo com que se divertir.

Não… sério. Encontraria, sim.

Quando uma onda sufocante de "eu não quero" quase tomou conta dela, lembrou-se de outra coisa que a terapeuta lhe dissera: infelizmente, para toda parte que fosse… lá estaria ela. Portanto, levou consigo o ciúme que sentiu de Balthazar e a sua frustração com o Livro e, pior de tudo, o medo aterrorizante de que, por mais poderosa e imortal que fosse, ela muito possivelmente ficaria sozinha pelo resto da sua vida sobrenatural.

O que significava que ela era de fato tão horrível e impossível de ser amada como suspeitava que fosse.

Por mais agitada que aquela cidade fosse, por mais que ela possuísse coisas que adorava, apesar de toda a sua força e determinação... o amor verdadeiro, como sempre, não estava em lugar algum para ser encontrado por ela.

Capítulo 4

No fim das contas... Não, Erika não conseguiu lidar com a situação.

Sentada à sua mesa na Unidade, lugar também conhecido como divisão de homicídios do Departamento de Polícia de Caldwell, ela custava a acreditar que deixara uma cena do crime. Voluntariamente. E não por ter algum lugar em que desesperadamente precisasse estar.

Como em um hospital devido a uma hemorragia arterial.

Trey estivera certo com todos os seus avisos, e ela sabia que deveria ser grata por ele tentar cuidar dela. Em vez disso, estava aborrecida com tudo. Sentia como se o holofote de um teatro estivesse apontado para todas as suas partes frágeis e todos – desde os policiais de patrulha, que saíram do seu caminho quando ela correra para o banheiro, até a equipe forense para os quais murmurara um cumprimento ao deixar a casa e por fim Trey, que parecia cogitar se devia segui-la de volta à delegacia – vissem coisas demais dos seus "bastidores".

Era esse o problema de ser a única sobrevivente do massacre de uma família tão horrendo a ponto de chegar ao noticiário nacional, tão repulsivo que recebera cobertura renovada no décimo aniversário do seu acontecimento, tão merecedor de ser discutido como crime real que tinha sua própria *hashtag*. Com algo tão chamativo quanto a #TragédiaSaunders em seu currículo existencial, você acaba usando esse crachá imaginário pelo resto da vida, ainda mais se insistir em continuar morando na cidade em que tudo aconteceu e decidir se tornar uma detetive de homicídios.

Pensando bem, quando o seu namorado mata os seus pais, o seu irmão, quase te mata e depois corta os pulsos e atira na própria cabeça para morrer numa poça do seu próprio sangue, as pessoas meio que ficam curiosas a respeito da coisa toda. Ainda mais quando não existe um motivo óbvio por trás de tudo.

A questão era que os demônios dos outros estavam mais bem escondidos que os dela. Vícios secretos, passados vergonhosos, ações que fazem as pessoas sofrerem de arrependimento no escuro? A maioria dessas porcarias fica em segredo para as pessoas da fila do Starbucks, para as que estão presas no trânsito, para aquelas com quem você trabalha, por quem passa na rua. Se elas bebem um pouco demais, talvez você imagine que há algo com elas. Ou se trepam com pessoas demais, usam drogas pesadas ou apostam suas economias até falirem, há uma pista para o público de forma geral – porém, mesmo com esses indicadores evidentes, raramente pessoas não envolvidas ficam sabendo dos detalhes. Os piores acontecimentos da vida dela, por sua vez, eram de conhecimento público, apenas à distância de uma busca na internet se alguém quisesse relembrar a situação. Inferno, não só existia uma página na Wikipédia recentemente atualizada com todos os relatos de "uma década atrás", como também uma boa dúzia de podcasts amadores e vídeos de YouTube sobre aquela noite.

Àquela altura, ela só rezava para que ninguém fizesse um documentário na Netflix sobre o ocorrido. A última coisa que ela queria era encontrar a si mesma e à sua família na seleção de sugestões do *"Bombando"*. E a realidade de que tantos estranhos viram os corpos e os ferimentos letais em seu pai, sua mãe e seu irmão a deixava nauseada de novo toda vez que pensava sobre o assunto…

Erika empurrou a cadeira para trás e apanhou o cesto de lixo embaixo da escrivaninha. Ao enfiar o rabo de cavalo dentro do colarinho do terno e se inclinar para a frente, ela se lembrou de ter feito a mesma coisa na casa da rua Primrose.

Quando não aguentara mais na soleira do quarto cor-de-rosa, ela tentou descer ao térreo a tempo de sair em busca de ar fresco antes de vomitar. Na metade do caminho do primeiro andar, ficou evidente que não conseguiria, por isso refez sua rota até o lavabo ao lado da cozinha. Ao cair de joelhos diante da privada, descobriu que a família tinha um daqueles tapetinhos que dão a volta no vaso. Era azul-claro, para combinar com o papel de parede e fazia parte de um conjunto que incluía um tapetinho diante do pedestal da pia.

Embora se perguntasse por que teriam desejado proteger solas de sapatos, visto que seria improvável alguém entrar descalço naquele banheiro em particular, seus joelhos ficaram agradecidos enquanto ela vomitava apenas bile.

– Merda... – gemeu em voz alta.

Tentando sair do passado, endireitou-se, chutou o cesto de volta ao seu lugar e decidiu que pelo menos sabia não estar grávida. Era preciso fazer sexo para isso – em algum momento no último ano, ano e meio, entende?

Ou já seriam dois para ela?

Não que isso importasse. Ela não tinha tempo ou propensão para se preocupar com a sua inexistente vida amorosa.

Concentrando-se na tela iluminada do computador à sua frente, ficou um pouco surpresa ao ver uma janela de e-mail aberta bem no meio. Não havia ninguém no "para" e o "assunto" estava igualmente vazio. Ela com certeza poderia ter se valido de algo que a lembrasse do que estivera prestes a escrever. Apoiando a ponta dos dedos no teclado, como se isso fosse dar partida em seu cérebro, esperou que a lembrança retornasse.

Piscada. Piscada. *Piscada...*

Bem, aquilo não a estava levando a parte alguma, a não ser a um diagnóstico precoce de Alzheimer, e não, isso não era só uma hipótese engraçadinha.

Ela sabia que pessoas que tiveram experiências de quase morte ou sobreviveram a tragédias violentas podiam seguir dois caminhos. Ou se tornavam destemidas e navegavam carregando um Passe de Morte que as fazia sentir como se a maior preocupação dos mortais já não se aplicasse a elas… Ou se tornavam hipocondríacas reclusas paranoicas que achavam que toda pele encravada era uma amputação disfarçada, todo resfriado era uma pneumonia, todas as dores e aflições normais e os esquecimentos da vida diária eram câncer, câncer, mais câncer e/ou demência.

No seu caso, era a última opção.

– Mas eu estou bem – disse ao olhar ao redor entorpecida.

Em toda a planta aberta do andar da divisão de homicídios, os cubículos dos seus colegas detetives, bem como os partilhados pelos funcionários administrativos, estavam desocupados, com todas as cadeiras afastadas das mesas desde que seus colegas se levantaram horas atrás para voltarem para casa, onde passariam a noite. Aqui e acolá, um blazer ou um casaco estava dobrado sobre a parede baixa divisória das estações de trabalho, e havia muitas canecas de viagem, blocos de anotações, arquivos e canetas espalhadas em qualquer superfície plana que oferecesse uma oportunidade de apoio. Embora boa parte dos monitores estivesse desligada, havia alguns ligados, e o emblema do Departamento de Polícia de Caldwell flutuava nas telas de descanso por cima da página de entrada da rede interna do DPC.

Quando seu nariz coçou e ela espirrou, ergueu a dobra do cotovelo para cobrir o nariz e a boca.

– Desculpe – disse para absolutamente ninguém.

Levando a mão para a lateral, espalmou a caneca de café – e a boa nova foi que o Java estava tão frio, tão amargo e tão ruim que o sabor a fez voltar a si.

Com uma careta, abaixou a caneca.

Trey estava certo. Ela não deveria ter entrado na cena daquele crime. Soubera pelo chamado da central que as vítimas eram um casal mais velho, sua filha adolescente e um rapaz jovem que não era da família – e que não havia sinais de arrombamento na casa. Ela *soube* na hora o que tudo aquilo significava. Mas recusara-se a reconhecer o seu limite porque vinha se esforçando em meio ao medo, à tristeza e à raiva por tanto tempo que já não sabia mais desligar o botão da perseverança. Nem sequer sabia quando o fazia.

Frustrada e agitada, verificou o celular para se certificar de que ele ainda funcionava, o som estava ligado e havia sinal.

Ao deixar o aparelho com a tela para cima, recusou-se a desejar que mais um caso aparecesse naquela noite. Era difícil acreditar em carma depois do que acontecera com ela e sua própria família, mas na improbabilidade de que a vida desse voltas, ela não desejava que mais alguém fosse assassinado em Caldwell naquela noite. No entanto, estava disposta a rezar para que, se alguém morresse por ser esse o seu destino, que a central a chamasse novamente. E, veja só, ela *era* a detetive de plantão naquela noite – motivo pelo qual fora chamada à cena do crime naquela casa da rua Primrose, ainda que Trey tivesse sido designado como encarregado.

Ela só queria provar que podia fazer bem o seu trabalho, depois de ter comprometido sua reputação de imperturbável diante de tantos colegas ao disparar daquele jeito em seu carro. Depois de ter vomitado no banheiro da casa das vítimas.

– Mas que droga – disse ao apoiar a mão no mouse.

Entrando na pasta de casos, que listava as investigações em andamento e fornecia as últimas informações, além de links para os relatórios arquivados, ela verificou os doze atuais. Ela e Trey estavam cuidando de vários deles, inclusive o da Primrose, que envolvia os Landreys: Peter, 48 anos; Michelle, 43; sua filha Stacey, dezesseis; e o assassino, Thomas Klein, conhecido como T.J., de quinze anos, atleta de luta romana da escola Lincoln High.

Portanto, era um esportista, como ela imaginara. E ela também estaria certa quanto a todo o restante.

Esforçando-se para se manter sob controle, ela teria feito uma pausa para um cigarro, caso fumasse, ou para tomar uma taça de vinho, se não estivesse trabalhando. Em vez disso, depois de considerar todas as suas opções, sucumbiu a um vício secreto ao qual vinha cedendo recentemente, um tão pouco profissional quanto abrir um Chablis em plena mesa de trabalho.

Em questão de segundos, como se o mouse soubesse o caminho para o arquivo, um vídeo apareceu na tela. Antes de ela apertar o play, chegou a pensar que não deveria entrar naquela toca de coelho de novo...

Pois é, a sua hesitação não durou mais do que uma batida de coração. E isso seria melhor do que ficar ali sentada sem nada para fazer além de se perguntar por que não se lembrava de qual e-mail tinha pensado em enviar. Além do mais, aquilo estava relacionado ao trabalho... não?

Apertando o botão de play na parte inferior, inclinou-se na direção do monitor e se acomodou melhor ao mesmo tempo... E lá estava, a filmagem do interior nojento daquele trailer, a mobília velha e manchada, todo tipo de roupas e parafernália de drogas por toda parte, uma pia do tamanho da de um bar repleta de pratos sujos junto a uma bancada igualmente desarrumada.

Diretamente à frente da câmera, uma porta frouxa nas dobradiças, e ela coçou a garganta ao relembrar cada detalhe dela, desde os arranhões ao redor da maçaneta até o amassado da porta de metal.

Deus, assistira à gravação tantas vezes que conseguiria fazer uma contagem regressiva até o momento em que um rato fugiria por cima do peitoril empoeirado da janela acima da pia.

– Três... dois... um...

Lá estava ele. E então ia embora.

Pouco antes de a porta ser aberta, Erika sentiu a respiração se alterar, mas não por estar de novo diante do corpo de uma adolescente de dezesseis anos que se matara. Não, aquele aperto estava mais para uma excitação induzida por uma montanha-russa, aquele formigamento especial vindo de uma sensação de despertar que você percebe quando algo excitante está para atingir o ponto certo...

E lá estava ele.

O homem que abriu a porta torta do trailer não combinava com a moradia de um traficante de crack. O corpo era bem formado, em vez de enfraquecido pelo uso de narcóticos, e as roupas pretas eram limpas e bem ajustadas. Ele também era o completo oposto de alguém meio enlouquecido e agitado. Sua postura era de total controle, como se fosse o dono do lugar – ou, pelo menos, estivesse completamente despreocupado com o que poderia acontecer ou com quem quer que pudesse encontrá-lo.

Seu autocontrole era sensual como o inferno.

– É, e ele é um criminoso – resmungou.

Inclinando-se mais à frente, concentrou-se no rosto dele – e não porque tentasse identificá-lo de algum caso anterior. De fato, eles não tinham nada sobre ele. O programa de reconhecimento facial do departamento não fornecera nenhum resultado de seu banco de dados e ninguém o reconhecera tampouco. Portanto, não, ela o encarava não para encaixá-lo em alguma situação... Mas porque ele era simplesmente lindo demais para ser um delinquente, com feições bem marcadas, os olhos pronunciados e muito inteligentes, e os lábios...

Ela fez uma pausa naquela linha de pensamento, bem naquele momento. E recusou-se a investigar o motivo de avaliar a boca de um suspeito como se fosse algo que pudesse tocar pele nua.

A sua pele nua.

É, não, não isso. Ela não estava num romance de Jackie Collins,[5] pelo amor de Deus.

– Devo ter perdido a cabeça.

Recostando-se na cadeira, deixou o vídeo prosseguir e distraidamente pegou a caneca de novo, mas se conteve antes de tomar mais um gole daquele óleo de cárter.

Cara, o jeito como o homem se movia. O corpo era tão fluido que a fazia pensar num predador.

Ah, espere, ele estava prestes a olhar para a câmera – bingo.

– Aí está você – murmurou enquanto o suspeito olhava diretamente para onde a câmera estivera escondida.

---

5 - Jackie Collins, escritora britânica, autora de livros de romance de sucesso. (N. T.)

Ele sabia que estava sendo gravado e pouco ligava para isso. E a outra coisa que parecia não incomodá-lo? O cara morto no sofá. Embora o ângulo da câmera cortasse a visão do espectador, Erika tanto estivera no local quanto estudara todas as fotografias tiradas dele: o corpo do traficante dono do trailer estava sentado no sofá, a parte posterior do crânio toda espalhada na parede imediatamente atrás dele.

E mesmo assim esse homem não parecia nem um pouco afetado pela visão de tudo aquilo, pelo cheiro de tudo aquilo. Era como se estivesse olhando para um carro estacionado quando relanceou para o sofá.

Portanto, embora estivesse em forma e fosse atraente, ele, na verdade, pertencia *exatamente* àquele lugar. Um cidadão comum, não relacionado ao tráfico de drogas de Caldwell e à brutalidade que o acompanhava, teria demonstrado algum tipo de choque, de assombro – de completo horror, dada a brutalidade da cena.

Não aquele cara. Aquele era apenas mais um dia no escritório para ele.

Enquanto Erika meneava a cabeça, preparou-se para o que viria em seguida. Depois de o homem relancear ao redor da miséria presente e murmurar algo para si como se desaprovasse a bagunça, sua mão esquerda se moveu para a frente do corpo – e essa foi a primeira vez que a caixa preta de tamanho razoável que ele segurava apareceu. Com uma inclinação à frente, ele deixou o objeto em meio aos *bongs*, cachimbos de crack e balanças que estavam na mesinha de centro e apanhou uma sacola plástica de supermercado do carpete. Depois de uma rápida inspeção do conteúdo, pegou uma parte do dinheiro e falou em voz alta com o cadáver.

Depois foi embora sem nenhuma pressa.

E foi isso. Aquela era toda a filmagem.

Erika apertou o botão para repeti-la. E, enquanto fazia isso, ouviu a voz da mulher em sua cabeça: *É ele. O homem dos meus sonhos.*

Enquanto assistia novamente, o som daquelas duas frases era tão conhecido como o visual da filmagem. Um depoimento genérico – prestado pela viúva da vítima assassinada, cujos relógios estavam na caixa preta deixada pelo homem em troca de parte do que havia na sacola – era o mais próximo que tinham de uma identificação.

O que significava dizer que não tinham pista alguma sobre ele.

A sra. Herbert Cambourg, de sonhos vívidos, não soubera informar mais do que isso. Não se lembrava de ter encontrado o homem pessoalmente, embora tivesse absoluta certeza de que sonhara com ele.

Até parecera um tanto obcecada pelo cara.

Não que Erika entendesse isso.

Nem um pouco.

E havia outra coisa estranha. Enquanto Erika considerava o momento em que mostrara a filmagem do trailer para a sra. Cambourg e anotara aquele depoimento específico, ainda que muito ambíguo, da mulher, conseguia se lembrar de tudo em relação à hora em que chegara à cobertura do tríplex no Commodore e de ter assistido àquilo com a bela e jovem viúva. Visualizava a sala de estar em que estiveram e os cabelos loiros compridos de Keri Cambourg, além da blusa de gola rolê preta e das calças *legging*. Também se lembrava em perfeitos detalhes do colar de diamantes reluzentes que a sra. Cambourg usava, ainda que a mulher estivesse vestida de modo casual e a peça dificilmente fosse algo a ser usado quando uma detetive de homicídios aparece para falar do seu marido assassinado.

Na realidade, Herbert Cambourg fora, de alguma maneira, partido ao meio como algo visto em *Game of Thrones*. Portanto, pareceu-lhe razoável não ser muito crítica com a mulher quanto ao que fazia ou não sentido naquela situação.

Mas foi quando conversaram sobre o homem misterioso do trailer que as coisas ficaram meio estranhas. Bem quando Keri Cambourg prestava aquele depoimento sobre o homem dos seus sonhos, o alarme de segurança disparou no primeiro andar do tríplex, onde a coleção de objetos estranhos e de livros sinistros estava… onde o assassinato acontecera.

Quando um tremor a trespassou, Erika fechou os olhos e visualizou a sequência seguinte de interações com precisão, desacelerando-as:

em sua mente, ela se viu levantar e, tão certo como se estivesse vendo uma imagem da câmera de segurança, dizer à mulher que se trancasse no quarto de pânico. Em seguida, para tranquilizar Keri Cambourg, explicou que provavelmente devia ser apenas alguém do DPC que se esquecera de avisar da sua entrada no local.

Depois disso, Erika descera a escada curva sozinha, passando por toda a arte moderna pendurada nas paredes, chegando ao primeiro andar e…

Estava novamente em cima com a viúva, dizendo à sra. Cambourg que tudo estava bem, que tinha sido um alarme falso, que não havia ninguém lá embaixo.

Então, Erika foi embora.

Esfregando os olhos, repassou tudo de novo: assistiu à filmagem do trailer com a viúva. O alarme e o "fique aqui, vou verificar". Depois a descida…

De volta à viúva. E a saída.

A sequência de eventos era exatamente como a filmagem na tela do seu computador, algo de que sabia cada segundo, algo que, independentemente de quanto investigasse mentalmente, não mudava. E sua conclusão neste momento foi tão firme quanto da primeira vez a que chegara a ela.

Havia um buraco negro na sua memória.

Como se suas lembranças fossem uma fita da qual uma parte tivesse sido cortada… não importava o quanto se concentrasse, ela não conseguia se lembrar de ter, de fato, andado pelo primeiro andar e verificado que não havia ninguém ali…

Quando uma dor perfurante a atingiu no olho esquerdo, ela gemeu, mas não se surpreendeu. Por motivos que não faziam sentido, a dor de cabeça repentina e lancinante acontecia toda vez que ela tentava superar essa amnésia. E mesmo assim não conseguia se impedir de tentar arrancar alguma coisa, qualquer coisa, desse vácuo. Mas não seria essa a definição da insanidade? Fazer a mesma coisa repetidas vezes esperando alcançar um resultado diverso?

Com isso em mente, disparou o vídeo uma terceira vez, recostou-se e observou o rato passar pelo peitoril da janela e o homem entrar no trailer e...

Mesmo não chegando a parte alguma, ela lembrou a si mesma de que aquilo era melhor do que ir para casa sozinha.

Havia demônios demais à sua espera lá.

Capítulo 5

Mansão da Irmandade da Adaga Negra

Enquanto Vishous, filho de Bloodletter, permanecia com os coturnos plantados no mosaico da macieira em flor, o Bastardo diante dele no enorme átrio da mansão mais parecia merda num biscoito água e sal. E isso não seria um *hors d'ouvre* que nem mesmo Rhage apreciaria, mas um verdadeiro comentário sobre quem, em circunstâncias melhores, seria um macho com muito a seu favor no quesito Cary Grant. Syphon, filho de algum-outro-cara-bom-de-rifle, tinha círculos escuros sob os olhos azul-bebê, as pálpebras a meio mastro e as bochechas, afundadas.

O penteado com mechas penteadas para trás do último mês só reforçava o soçobro facial, tornando-o o "antes" numa propaganda de produtos de cuidados para a pele.

— E é isso — dizia o macho. — E, ah, acabaram os cigarros que você dá para ele, se é que o meu primo não estava tateando os bolsos atrás de trocados. Agora, se me der licença, tenho que ir pegar um kombucha e uns chips de couve…

V. segurou o Bastardo pelo braço.

— Espera, o que você disse? Não entendi.

Syphon pareceu confuso. Em seguida, deduziu que devia ter fornecido seu relatório de forma inaudível.

– Meu primo Balthazar – disse ele numa repetição lenta –, aquele que está desaparecido? Acabei de encontrá-lo no terreno da casa incendiada da Mae. Ele ainda acredita que o demônio e o Livro não foram destruídos…

– Tá, tá, essa merda eu entendi. E também o pedido dos cigarros. Mas kombucha? Por que está bebendo essa merda sem que haja um machado sobre a sua cabeça? Nunca ouviu falar em Grey Goose? Budweiser, porra? Inferno, água de torneira? Jesus.

O Bastardo piscou como se o seu cérebro tivesse dificuldade para passar da atual Crise de Derivação Demoníaca para as virtudes da gastronomia orgânica, sinalizando o que parecia ser a oitava favorita das suas cordas vocais.

– Eu… É saudável. Por que eu não comeria de maneira saudável?

– Você come de uma maneira triste pra caralho.

– O meu corpo é o meu templo.

– Então por que o alimenta com adubo? Você precisa é de um bolinho recheado e relaxar, certo?

Syphon emitiu um som de indiferença – que foi o mais perto de "foda" que ele já tinha chegado fora do campo de batalha, a expiração contendo alguma combinação de sílabas que equivaliam a "soda", "poda" ou "fapsoda".

Meio como se kombucha e couve fossem primos de algo de fato comestível.

E que porra significava "fapsoda"?

– É rapsoda começando com *f* – disse Syphon com uma sobrancelha arqueada.

Ah, V. tinha dito aquilo em voz alta.

– Tá bom, Ben Stein,[6] você sabe que isso não faz sentido algum. Apesar desse seu tom de todo-mundo-sabe-disso, com o qual eu me

---

6 - Benjamin Jeremy "Ben" Stein é um escritor, ator, jurista e comentarista político e econômico estadunidense. Fez sucesso como autor dos discursos dos ex-presidentes Richard Nixon e Gerald Ford. (N. T.)

ofenderia, mas você teve uma noite de merda e eu estou com pena de você, e "fapsoda" não é uma palavra real.

– Tudo bem. E "certo" também não é um ponto de interrogação.

V. fez uma pausa. Vinha tentando controlar o pavio curto ultimamente.

– Não me faça arrancar a estupidez de dentro de você a tapas.

– Ultimamente, sinto que só me resta a estupidez. Pelo menos eu estou lhe dando um alvo grande.

Syphon, o assassino de coração partido, se virou e começou a andar até a entrada da despensa que dava na cozinha.

Bem quando ele fez a curva na base da escadaria, V. o chamou:

– Sy.

O Bastardo relanceou para trás.

– O que foi?

– Acredito nele. No Balthazar. Se ele diz que ainda temos problemas, eu confio na palavra dele, e vou me certificar de não ser o único. Se o Livro e aquele demônio ainda estão por perto, nós daremos um jeito neles.

Os ombros amplos de Syphon se afundaram.

– Não consigo decidir o que é pior. A ideia de que o meu primo enlouqueceu... ou a de que o inimigo que me atacou na escada daquela vidente está dentro dele.

– Podemos lutar contra qualquer coisa. Juntos.

– Podemos?

Deixando a pergunta retórica pairando no ar, o lutador abaixou a cabeça e seguiu em frente, desaparecendo pela porta da despensa em busca da sua dieta sagrada.

– Filhodamãe – V. murmurou ao erguer o olhar para o teto.

Três andares acima, o mural dos guerreiros em seus enormes garanhões era barroco como o inferno, os movimentos de ataque, as expressões de determinação, os músculos tensos dos machos e dos cavalos todos exagerados, as cores vivas, as sombras fortes.

Por algum motivo, toda vez que ele relanceava para a obra de arte, simulava diálogos sérios:

Você está errado, Andy!, gritava o cara no cavalo preto. *Você tem que replantar o gramado em outubro e não em abril!*

Vá se foder, Stewart! A estação seca, aliada às noites mais frias, não farão as raízes se fixarem!

É por isso que você precisa de irrigação terrena e fertilização adequada, seu parvo!

sons de cascos se chocando no chão, gritos de batalha, espadas colidindo em seguida

Vishous voltou a nivelar a cabeça. Na semana anterior, Andrew e Stu-Stu discutiram sobre qual dos irmãos Paul era pior, Logan ou Jake. Pelo menos ambos os lados ganharam naquele debate acalorado.

Você sabe o que tem que fazer, V. pensou ao olhar na direção da sala de bilhar.

Engraçado, ele preferia tentar parar de fumar.

Quando começou a andar para o arco que dava para a terra das mesas de bilhar, ele percebeu que estivera evitando entrar ali há… bem, pelo menos 48 horas. Ele também pressentira que Devina ainda estava no planeta, e isso significava que o Livro também não deveria ser excluído por completo. Mas ele estivera determinado a dar ao Universo a chance de lhe providenciar outra opção de confirmação do status daquele par. Qualquer outra opção.

Um belo soco nas bolas, isso sim.

Quando uma onda de exasperação se formou, V. andou a passos firmes até o lugar a que não queria ir de jeito nenhum – o que, considerando-se que havia uma Hobby Lobby[7] que ficava aberta até tarde a 13,5 quilômetros de distância da sua exata localização, significava algo.

---

7 - Hobby Lobby Stores, Inc., anteriormente Hobby Lobby Creative Centers, é uma empresa de varejo estadunidense. A rede conta com centenas de lojas ao longo dos Estados Unidos inteiro, e foca na venda de artigos para artesanato, decoração de interiores, quadros e outros itens do gênero. (N. T.)

Parando na entrada da sala com painéis de madeira, enfiou o indicador no bolso de trás, pescou um dos cigarros feitos a mão e o acendeu. Tragou-o e, quando parou junto à sua mesa preferida, percebeu que a televisão estava desligada.

Seria possível que um fusível tivesse queimado? Que a internet ou a TV a cabo estivessem desligadas?

E... espere, o quê? Por que o sofá estava vazio, sem alguém de calção de couro e traseiro à mostra, com as pernas esticadas maratonando episódios das *Supergatas*?

Só para se certificar de que não estava deixando nada passar, V. deu a volta para inspecionar o sofá de perto. Não havia depressão no assento e as almofadas estavam afofadas e bem arrumadas nos cantos criados pelos braços. Portanto, não, mesmo que o anjo tivesse ficado invisível para evitar qualquer interação e, de alguma maneira, fosse capaz de suportar a própria companhia sem a distração da Netflix, Hulu ou Cartoon Network, seu peso seria notado.

Além do mais, qual é, de jeito *nenhum* a tela estaria escura. Lassiter se movia com duas fontes de energia: a luz do sol e qualquer programa com Bea Arthur.

— Onde você está, anjo? — resmungou.

Ao tentar se lembrar de quando/onde vira o cara pela última vez... foi mais como: para onde foi parar a bola da discoteca? V. não se sentira visceralmente irritado desde... bem, a folga durava pelo menos o equivalente a um longo fim de semana.

E pensar que não reconhecera a não irritação como as férias em casa que tinham sido. Que pena.

— Senhor? Posso ajudá-lo?

V. desviou o olhar do controle remoto não utilizado. Fritz, mordomo extraordinário, se materializara no arco da sala de bilhar, como se o *doggen* ancião tivesse uma antena que detectasse qualquer pessoa na mansão que pudesse ter alguma necessidade, mínima que fosse, à qual ele pudesse atender. Em seu terno de pinguim e com aquele rosto velho e enrugado, o chefe da criadagem era uma parte da casa pela qual, caso

V. fosse do tipo sentimental – coisa que não era –, ele sentiria um calor especial no meio do peito.

Ok, tudo bem. Talvez ele sentisse alguma afeição pelo cara. Porém, como um sociopata qualquer não seria infectado por sentimentalismo quando deparado com tanta boa vontade?

Não que V. fosse um sociopata. Não mesmo, sob qualquer medida.

Tudo bem, ele, em grande parte, não era um sociopata. Ainda mais quando não estava nas proximidades de anjos caídos...

– Senhor?

– Oi, meu chapa. – V. pigarreou e se concentrou. – Você viu Lassiter por aí?

– Não, senhor. – O *doggen* fez uma reverência exagerada. – Nem dentro nem fora da propriedade. Posso convocá-lo para o senhor?

De que forma? Pendurando o controle remoto na varanda do segundo andar e cantarolando alguns versos de "Thank you for being a friend"?

– Não, não precisa, eu o encontro. Obrigado.

– Posso trazer algo para o senhor?

Pense em perguntas difíceis.

– Não é necessário. Mas obrigado.

O mordomo voltou a se curvar, tão profundamente que o queixo quase varreu o chão.

– Por favor, peço que me avise se houver algo que eu possa fazer pelo senhor.

Depois que o *doggen* se foi, V. considerou a possibilidade de preparar um Goose para si, mas deixou a ideia de lado. Estava fora de escala, mas nunca se sabe, e a noite mal tinha começado, de uma maneira que inevitavelmente significava que boas notícias *não* estavam a caminho. Portanto, em vez de sorver um pouco do líquido que lhe traria sanidade, ele fumou o cigarro até acabar. Depois jogou o toco na lareira fria, fechou os olhos e imprecou três vezes...

Assim como Dorothy com a porra dos seus sapatinhos de rubi, ele subiu, subiu, subiu e se afastou, viajando em moléculas dispersas até o

Outro Lado, até o Santuário da Virgem Escriba, para o lugar de onde sua *mahmen* cultivara seu pequeno culto de personalidade por eras.

Ao retomar sua forma no gramado eternamente verde, quis evitar pensamentos sobre aquela que lhe dera à luz, por isso, foi andando e tentou enxergar toda a arquitetura greco-romana de mármore branco como uma parte desinteressada veria: do Templo de Banhos até a Tesouraria e a Biblioteca, a última vez que existiram tantas colunas num único lugar fora no Grande Salão Hipostilo de Seti I em Karnak.

Sim, era verdade, ele vinha assistindo a documentários do Antigo Egito.

De todo modo, todas as construções por que passava estavam desocupadas e foi com certa satisfação que percebeu o vazio persistente. Desde que Phury se tornara o Primale e libertara as Escolhidas da servidão, o Santuário se tornara uma cidade fantasma – e que bom para aquelas fêmeas. Elas agora viviam, sem estarem presas ao manto negro de sua *mahmen*.

Elas partiram antes mesmo da Virgem Escriba. Então, talvez aquela cidade fantasma fosse parte do motivo pelo qual ela se demitira do seu emprego e entregara as rédeas da merda existencial da raça para o David Lee Roth dos anjos caídos.

Obrigado, mãe.

Com isso em mente, havia um lugar ali em cima que era habitado – ou melhor, que seria muito bom se estivesse habitado. Os aposentos privativos da Virgem Escriba tinham um novo inquilino, e era ali que Lassiter devia estar.

Vishous parou ao chegar ao muro que cercava o quintal de sua *mahmen* e precisou respirar fundo algumas vezes antes de conseguir entrar. Quando, por fim, entrou, o som cintilante da fonte deveria ser um concerto tranquilizador de gotas de água caindo na cuba de mármore. Em vez disso, era como se fossem unhas numa lousa. O grito de um humano de dois anos de idade berrando depois de ter lhe sido negada uma bolacha. Um texugo ferido.

Quem é que poderia saber que a única coisa mais difícil do que ter a Virgem Escriba por perto seria... não tê-la por perto.

Jesus, isso valia para Lassiter também. Era exatamente assim que se sentia em relação a Lassiter.

Não era de se admirar que sua *mahmen* tivesse escolhido o cara como substituto. Aqueles dois estavam em sincronia desde o início da nova era.

Eba, pensou ao encarar a fonte mágica.

Como em tudo o mais no Santuário, a maldita funcionava sozinha, sem eletricidade ou necessidade de limpeza, a H_2O especialmente carregada se originava de nenhuma fonte discernível, todos os litros eternamente limpos e frescos. Todo o refúgio era assim, autoperpetuando-se em sua perfeição: a ilusão de todos aqueles templos, incluindo a grama-santo-agostinho na mesma altura da dos campos de golfe, as tulipas da época da Páscoa e a iluminação de Via Láctea que dava aos arredores o efeito de um filtro de Instagram; tudo parecia algo eterno.

E, sem dúvida, fora assim desde o instante em que a Virgem Escriba o criara em seu momento de *Jeannie é um Gênio*.

Bem, não exatamente. Phury acrescentara a cor. Antes dele, tudo era em tons de branco.

E Lassiter? Ele dera sua contribuição especial ao lugar.

– Onde você está, anjo? – V. disse ao ignorar propositadamente a árvore que um dia enchera de canoros.

Quando não teve resposta, ele cruzou a colunata. As portas para o espaço interno estavam fechadas e ele pensou que, a despeito de toda a sua cera preta e seu lado extremo sadomasoquista... ele poderia não querer saber o que estava acontecendo por trás daquela privacidade.

– Lassiter – ele estrepitou. – Você sabe que estou aqui. Pare de se fazer de difícil.

Quando pegou outro cigarro e o acendeu, a fumaça escapou da sua boca numa lufada. Bem quando ele estava prestes a fazer algo realmente agressivo – como praguejar e bater o coturno no chão –, um par de portas duplas se abriu, como se a Miss América fosse aparecer com seus saltos altos e indumentária de concurso de miss.

O que havia do outro lado estava o mais distante possível da elegância de um vestido de baile. À diferença do restante do Santuário, não havia nada visualmente tranquilizador nos aposentos de Lassiter. P.S.: a loja Spencer, no shopping Aviation Mall, mais ou menos em 1982, estava sem todo o seu estoque de estampa de zebra. Provavelmente sem a metade da sua coleção de pôsteres também.

– Onde esteve? – V. disse ao fitar a roupa de cama colorida.

Lassiter, o anjo caído, sucessor da autoridade da Virgem Escriba, dono de poderes que mal se poderiam compreender, estava deitado contra uma pilha de travesseiros de cetim rosa-choque, os cabelos negros e loiros, ao estilo de Fabio,[8] totalmente despenteados, o peito nu subindo e descendo de maneira ritmada. As pernas longas estavam esticadas, as *leggings* desta vez eram meio pretas, meio turquesa. Sem sapatos, sem meias.

Afinal, por que não escancarar seus pés feios para o mundo todo ver?

E, ah, ele tinha as unhas dos pés pintadas de coral. Que lindo.

– Ei? – V. insistiu. – Vou ter que jogar uma granada em você?

Por favor, me deixa jogar uma?, pensou.

Eeeee foi nessa hora que ele percebeu o livro apoiado nos músculos abdominais definidos do anjo.

– Quem diabos é René Brown? – V. exigiu saber.

Lassiter abaixou a lombada do livro, os olhos de cor estranha erguendo-se de qual fosse o parágrafo em que estavam colados.

– Ei, oi. Beleza… E o correto é *B*r*e*né.

– Que porra você está fazendo com essa bosta? – V. apontou com a cabeça para o *Atlas do coração*. – Desculpe, eu quis dizer, essa *b*rosta.

– Estou transformando a minha vida.

V. apontou para as paredes com estampa de zebra, o tapete que merecia ser jogado fora, os lençóis com estampa de guepardo.

---

8 - Fabio Lanzoni, conhecido apenas como Fabio, é um ator, modelo e porta-voz estadunidense de origem italiana. Ele apareceu em mais de quatrocentas capas de romances durante sua carreira de modelo. (N. T.)

— Pra sua informação, eu começaria com uma lata de lixo, não com a biblioteca, se você quer mesmo dar um jeito em alguma coisa.

— Tenho que aprender a ser o melhor eu que eu puder. — Lassiter folheou as páginas. — Você sabe, do nada ao tudo. Fazer com que meu potencial se torne a minha realidade. Ser atraente e não um vadio… espere, isso saiu de modo errado.

— Será? Mesmo?

De repente, os olhos do anjo se estreitaram, como se ele tivesse notado uma mancha na camiseta de V. ou algo assim. Baixando o olhar, V. passou a mão pelo peitoral.

— Pra que diabos você está olhando?

Lassiter meneou a cabeça.

— Desculpe, não posso.

— Não pode o quê? — Uma pausa. Depois da qual V. sacou que o anjo tinha sacado qual era a sua. — O cacete que você não pode.

— Não, eu não posso mesmo interferir nessa coisa toda do Livro. A sua *mahmen* fez o que não devia no jogo lá em março, e você sabe em que isso nos meteu, com todos aqueles corações de *redutores* voltando garganta adentro de Ômega, a Irmandade quase sendo dizimada naquele beco graças à recarga do mal…

— Não quero pensar naquilo.

— Bem, é melhor pensar, se vai ficar todo fofinho comigo por eu não bancar um Dungeon Master[9] tomando o partido da Irmandade da Adaga Negra. Eu faria isso se pudesse, mas não posso. As repercussões farão mais mal a todos vocês do que a situação como está agora…

— Você já ajudou antes. E, pra sua informação, eu não estou bancando o "fofinho".

— Você está precisando de um tempinho dentro da bola de novo?

---

9 - No RPG *Dungeons & Dragons*, o Dungeon Master é o organizador do jogo e participante encarregado de criar os detalhes e desafios de determinada aventura, mantendo a continuidade realista dos eventos. (N. T.)

V. expôs as presas e sibilou ao reviver a experiência de estar confinado naquela prisão invisível – enquanto Lassiter a driblava com ele dentro, puta que o pariu.

– Não, eu não preciso de um tempo na... Ah, vai se foder.

Lassiter ergueu as duas mãos, como quem se põe na defensiva.

– Você só parecia um tantinho agitado, só isso.

Prestes a perder as estribeiras, V. começou a andar só para não dar razão ao outro. Em seguida, resolveu ser sensato.

– Olha só, não estou pedindo que você destrua nem um nem o outro para nós. Só quero alguma informação.

– Conhecimento é poder. E é mais do que apenas a introdução de *Schoolhouse Rock!*[10] – Lassiter reposicionou o livro sobre o quadril. – Agora, se me der licença, estou numa jornada de autodescobrimento.

V. andou até monstruosidade que era aquela cama e parou diante dos pés descalços de unhas pintadas. Por um breve instante, lembrou-se de quando fora o mais impassível da Irmandade, o intelectual gélido, o visualizador da verdade. Ultimamente, os fatores estressantes vinham despencando sobre ele tão rápido e com tanta frequência que ele se transformara em Cheetos apimentados.

Talvez ele também devesse "Brené" o seu "Brown".

Mas, mais do que isso... Ele precisava da ajuda de Lassiter. A Irmandade inteira precisava da ajuda do anjo.

– Foi Francis Bacon quem disse primeiro que conhecimento é poder. – Manteve a voz baixa, calma. – Só queremos saber se o demônio se foi. Só isso. Só queremos confirmar o nosso alvo.

Cruzando os braços diante do peito, houve um longo período de silêncio – durante o qual V. não se mexeu. V. não se mexeria nem a pau. Mesmo que aquilo durasse uma eternidade, ele não cederia nem um centímetro até receber o que viera buscar. A Irmandade, os Bastardos e os outros lutadores da mansão eram um grupo poderoso. Mas não

---

10 - *Schoolhouse Rock!* era uma série de desenhos animados educativos que ia ao ar durante a programação infantil da rede de TV estadunidense ABC nas décadas de 1970 e 1980, transmitida de praxe nas manhãs de sábado. (N. T.)

eram um número infinito. A qualquer momento havia ameaças por parte dos humanos que poderiam expor a espécie, a sempre presente provocação do que restava da *glymera* e também a população civil que queria, que precisava ser capaz, de ver o seu Rei pessoalmente.

Se os recursos tivessem que ser desviados, não poderia ser numa busca tresloucada.

Simplesmente, não.

Lassiter abaixou o livro pela segunda vez e olhou para as portas duplas pelas quais V. entrara – como se estivesse considerando usá-las ele mesmo. Ou lamentando o fato de que ele as tivesse aberto.

– Pensei que se tratasse apenas do Livro – murmurou o anjo.

– Existe a promoção de "dois por um" e você sabe disso.

Lassiter balançou a cabeça, para variar deixando de lado sua postura fingida de difícil, ficando sério pra cacete.

– Você está arriscando a sorte de um jeito que pode acabar mal pra você. V., sei que você e eu nem sempre nos entendemos, mas quero que preste atenção ao meu aviso.

– Estou disposto a me arriscar nisto.

– Por que você não presume que ela ainda está por aí e ficamos por isso mesmo?

– Essa é a sua resposta final?

– Não é uma resposta. É só um conselho.

V. encarou o anjo e ficou calado. Depois do que lhe pareceu uma hora, uma brisa leve e cálida o envolveu pelos tornozelos. Em seguida, o cômodo todo no qual estavam pareceu rodar, uma mistura horrorosa de estampas de animais borrando com o aumento da velocidade, os desenhos múltiplos se misturando num rodopio que começou a desaparecer, como se uma névoa se aproximasse – ou melhor, como se os aposentos privativos estivessem se desintegrando.

Quando tudo se desmontou na atmosfera rarefeita, V. baixou o olhar para os coturnos e descobriu que flutuava.

– Agora você pode me contar – ele perguntou ao anjo que, de pé, também flutuava.

– Um essencial não pode nunca ser destruído. – Os longos cabelos de Lassiter flanavam no vento que não produzia som algum. – Pode ser transformado em outras formas, mas não pode ser destruído. Não existe entropia com um imortal como Devina.

V. franziu o cenho.

– E quanto a Ômega? Ele foi destruído.

– Não, vocês passaram a energia dele para outro plano. Butch entregou a você a essência dele, e você foi o portal para essa outra dimensão, mas nada morreu ou desapareceu. Ele só não está mais aqui conosco.

Um formigar desceu pela coluna de V., fazendo seu testículo restante ferver.

– Quer dizer que Ômega ainda está por aí?

– Não. Eu lhe disse, ele está em outro plano. O Criador tem muitos deles. A "realidade" na qual estamos neste momento é apenas um deles.

– Ômega pode voltar pra cá?

– Talvez sim. Talvez não.

Uma sensação de que o tempo urgia fez com que V. não exigisse mais explicações sobre isso.

– Quer dizer que o demônio não desapareceu com o incêndio. Ela ainda está entre nós, certo?

– Chamas não fazem nada além de aborrecê-la. O mesmo vale para o Livro. Mas isso é só o que posso dizer. – Lassiter ergueu um dedo. – Não. Tem algo mais.

V. se inclinou.

– O quê? Me fala.

O anjo relanceou ao redor da brancura que os cercava e V. se surpreendeu ao perceber que o cenário – qualquer que fosse ele – era feito dos mesmos componentes do céu do Outro Lado. Mas logo deixou isso de lado. O rosto do anjo estava tão tenso com linhas de preocupação que, por um segundo, V. não invejou o cara – e não só porque Lassiter era um idiota na maior parte do tempo...

– Betty White.

As sobrancelhas de V. se ergueram ao mesmo tempo que ele fechou os olhos.

– Como é?

– Eu tinha uma paixonite por Betty White e não por Bea Arthur. É completamente diferente.

Meneando a cabeça, V. custava a acreditar que, no meio de tudo aquilo, fosse isso o que Lassiter quisesse esclarecer.

– Olha aqui, meu chapa, quando você adentra o terreno geriátrico, não sei se restam muitos níveis divisórios.

– E antes que você vá, uma coisa mais.

– Rue McClanahan[11] eu até que consigo entender...

– Não o abra.

– Como é?

– O Livro. É um portal. Quando os feitiços são usados, eles abrem fendas nas divisórias entre os planos. Alguns deles não passam de truques, mas outras magias podem mudar o curso da existência. Em ambos os casos, a fronteira que protege a nossa realidade é enfraquecida toda vez que são usados. Você considera Ômega ruim? Espere pra ver o que acontece quando tiver que lidar com o lixo tóxico de todo um outro mundo, além do que já tem diante de si no momento.

Maravilha. Natal em abril.

Enquanto V. cofiava o cavanhaque e fazia uns cálculos dignos do fim dos tempos, percebeu que o anjo acabara de confirmar que o Livro ainda estava por aí. Que legal.

– Vou dizer a todos que o mantenham fechado.

– Especialmente você. – Quando as sobrancelhas de V. se arquearam, Lassiter fez um gesto de abrir e fechar com as palmas. – O Livro interage com quem o manipula. Não queremos que seu poder amplifique o dele. Você seria capaz de abrir um buraco no contínuo espaço-tempo. Fique longe da *porra* daquela coisa, Vishous. Estou avisando. Não queremos esse tipo de consequência.

---

11 - Bea Arthur, Betty White e Rue McClanahan foram atrizes do elenco da série *Supergatas*. (N. T.)

V. esfregou os cabelos.

– Ok. Dica importante.

– Melhor acreditar nela. Agora, quanto a nós dois, preste atenção: nós não tivemos esta conversa.

Houve um ruído forte de ventania e os aposentos privativos se rematerializaram.

Quando o corpo de V. cambaleou por conta da reorientação, ele sentiu um cansaço absurdo.

– Sem querer ofender – resmungou –, eu queria esquecer boa parte das nossas conversas. Então, tudo bem, fazer de conta que esta não existiu não vai ser um problema.

Andando até as portas duplas, agora abertas de novo, ele parou na soleira e fitou o pátio branco de mármore até a fonte.

– Obrigado, anjo – murmurou.

– Não tem de quê, vampiro.

Capítulo 6

No fim das contas, Balz não chegou até a parte de baixo das pontes onde os traficantes amigos do bairro ficavam. Planejara descolar alguma energia em pó para se manter acordado, mas um desvio aconteceu – e não importou o quanto tivesse tentado chegar ao seu objetivo, ele pareceu incapaz de retomar sua rota.

O que, considerando-se que sua brilhante ideia foi a de garantir uma substância controlada, de fato explicava bem onde ele estava e o que fazia.

Quanto ao onde, ele estava sentado no telhado da guarita de segurança do estacionamento praticamente deserto do Departamento de Polícia de Caldwell. E o que estava fazendo?

Estava sendo patético. Era isso o que estava fazendo.

Descruzando as pernas e esticando-as, o telhado de metal debaixo da sua bunda não cedeu em nada e ele grunhiu quando seu peso passou de uma nádega à outra. A boa era que o ar de abril estava bem fresco, de modo que as coisas ali embaixo estavam meio amortecidas, tal qual uma caixa de pedras. Desde que ele não se mexesse.

Depois de se acomodar numa inclinação meio confortável, seus olhos percorreram a fachada lateral do prédio outra vez. A estrutura era baixa e comprida, tão desprovida de adornos quanto uma caixa de pizza, com fileiras e fileiras de janelas na parede de tijolos aparentes sem nenhum tipo de floreio. Isso mesmo, uma arquitetura municipal dos anos 1960, quando quatro cantos e um teto que não cedia eram considerados uma tendência estilística.

Pensando bem, aquela década produzira macramê, bocas de sino e abajures de lava. Portanto, poderia ser pior.

Devia haver de 75 a oitenta escritórios naquele espaço e quase todos eles estavam escuros. Mas não todos. No segundo andar, mais à esquerda, havia uma fileira inteira de retângulos de vidro iluminados.

E era por isso que ele estava ali. Viera dar uma olhada num impulso... e encontrou o que não deveria estar procurando.

A detetive perto da qual ele *não* deveria estar de jeito *nenhum* – quer pessoalmente quer mentalmente – estava sentada à sua escrivaninha, encarando a tela do computador como se tivesse as respostas de todas as perguntas que ela tinha – ou, no mínimo, os números da loteria daquele mês. Cara, ele daria seus caninos para saber o que prendia a atenção dela daquela maneira. A julgar pelo trabalho dela, ele tinha o pressentimento de que não era nada bom.

Saunders era seu sobrenome; Erika, o nome. Descobrira ambos quando apagou a memória dela.

Descobrira algumas outras coisas sobre ela, não que estivesse bisbilhotando. Não era vinculada, ou casada, como o povo dela dizia, e morava sozinha. Também não tinha família, e ele sabia o terrível motivo para isso: o horror... a tragédia...

Caramba, ele não a queria envolvida na sua merda de situação com aquele demônio.

– Como posso te proteger – disse ao vento – se você não pode nem me conhecer.

Como se ela pudesse ouvi-lo, Erika se recostou na cadeira e deixou a cabeça pender para trás. Com sua visão aguçada, ele notou que ela murmurava algo para si. Logo ela voltou a cabeça para a posição normal e... esticou-se na direção do monitor. Resvalando a tela, a ponta dos dedos pairara no que quer que estivesse ali.

Embora ele só conseguisse ver o perfil dela, o desejo no rosto estava evidente. Em seguida, ela se moveu rápido como se saísse de um transe.

Porra, ela tinha um amante.

Embora Balz nunca tivesse se considerado um mulherengo, tivera sua porção de fêmeas e mulheres ao longo dos séculos para reconhecer aquele tipo específico de distração.

Bem, agora ele teria que matar o cara. Simples assim...

– Você *não* vai matar ninguém – ele ralhou. Só que, em seguida, ele teve que editar o comentário: – Você não vai matar o homem dela.

Tudo bem. Apenas uma leve castração. Corta, corta, joga por cima do ombro.

– Você também não vai fazer isso, seu idiota.

Com uma careta, percebeu que estava brigando sozinho. Ainda bem que não havia ninguém por perto...

– Ei, fiz estes pra você.

Balz se virou tão rápido que quase caiu pela lateral da guarita – e olha só que surpresa. De pé diante dele, alto como uma árvore, largo como uma montanha, vestindo couro preto, estava o único macho no planeta que não tinha interesse nenhum em ver.

Vishous.

– Graças a Deus – Balz murmurou enquanto se impedia de espatifar a bunda no chão. – Mesmo você tendo aparecido assim como um fantasma pra cima de mim.

– Quer que eu me anuncie com um megafone enquanto você está acampado diante da polícia? – O Irmão se agachou e estendeu a mão. – Fiquei sabendo que você precisava de mais disto. E se importa em me contar o que não está fazendo? Não vou comentar a parte do idiota.

A fila organizada de cigarros oferecida era *exatamente* do que ele precisava.

– Você vai ser santificado, sabia? – disse Balz ao pegar o presente.

– Dificilmente. Ainda tem o isqueiro que te dei?

Como se respondesse, Balz pegou o Bic que o Irmão lhe emprestara e moveu o polegar ao mesmo tempo que ajeitava um dos cigarros entre os lábios. Depois ofereceu ao Irmão uma das suas próprias criações.

– E você é um cavalheiro – V. murmurou ao aceitá-lo.

Balz acendeu o seu cigarro. O do Irmão. Guardou o que restava do estoque no bolso interno da jaqueta de couro.

– Estou deduzindo que encontrou o meu primo.

V. assentiu.

– Nos cruzamos.

Quando o Irmão não passou para outro assunto, Balz sentiu a exaustão ficar umas setecentas toneladas mais pesada.

Balançando a cabeça, disse:

– Não, não vou voltar…

– Que bom. Fico feliz que seja isso o que não vai fazer.

Balz piscou.

– Como é?

– Não o quero na mansão, não agora. E sei onde tem ficado durante o dia. Pedi ao Fritz que ajeitasse o lugar, de modo que, quando você estiver lá, ficará mais confortável.

– Obrigado, mas não preciso de nada.

– Não perguntei se precisava. Além disso, você quer dizer ao Fritz que ele não pode arrumar uma cama?

Balz cedeu nesse ponto. E franziu o cenho.

– Como sabia onde me encontrar…

V. acenou com o Samsung.

– E você ainda pergunta?

– Ah. Ok. – Balz deu mais uma tragada e olhou por cima do ombro de modo casual, fazendo de conta que não estava de olho na humana daquela janela. – Não estou muito inteligente agora.

– Você é mais inteligente do que pensa. E está fazendo a coisa certa.

– Estou curioso: por que acredita em mim? – Pegou um fumo solto do lábio inferior. – Ninguém mais acredita.

– Um palpite. Que por acaso tem um par de asas e fetiche pelo sol. E também mau gosto em basicamente tudo. Mas você não sabe de nada sobre isso. Só quero que tenha fé de que tudo vai ser resolvido.

Como, ele se perguntou.

– Os outros irão acreditar em você?

– Vou fazer com que acreditem.

Balz ficou encarando o cigarro entre o indicador e o dedo médio.

– Obrigado.

– Então, por que está sentado aqui? – V. indicou o estacionamento com a mão enluvada. – Acha que o demônio não quer ser preso ou algo assim? Uma dica importante, a polícia humana não significa nada para ela.

– Ah, ok, não. Quero dizer, não existe um motivo especial.

Ele tomou muito cuidado ao cravar o olhar na ponta do cigarro. E ignorar a risada suave que lhe foi dada em resposta, um som que sugeria que o Irmão dera uma olhada na mulher iluminada naquela fileira de janelas e deduzira precisamente por que o motivo nada especial significava aquela guarita em particular.

– Não vou falar sobre isso – resmungou Balz.

– Você também está certo em ficar longe dela.

Vai se foder, Vishous. Embora o cara tivesse mais que acertado na mosca.

O Irmão girou o ombro direito como se ele estivesse rígido, fazendo a jaqueta de couro ranger.

– Quero que ligue pra mim se precisar de alguma coisa, ok? Enquanto isso, vou descobrir o que puder para você. A biblioteca da Virgem Escriba, do Outro Lado, tem todo tipo de informação e não existe a menor possibilidade de aquele demônio não ter um ponto fraco. Nós vamos encontrá-lo e explorá-lo sem usar o Livro…

– Vishous.

O Irmão franziu o cenho e pendeu a cabeça, as tatuagens na têmpora se acentuando sob o brilho das luzes de segurança.

– Que tom interessante na sua voz, Bastardo.

Balz ficou de pé e encarou a sua detetive – não que ela fosse sua. Quando enfim falou, suas palavras saíram lentas e firmes.

– Se não pudermos tirar o demônio, quero que você cuide do problema. – Relanceou para V. – E não finja que não entendeu o que eu disse. Se alguma coisa… precisar ser feita, quero que você meta uma bala na minha cabeça. Não deixe que os meus primos ou Xcor tenham que fazer isso. Não quero que tenham que viver com isso na consciência pelo resto das suas vidas. Com você existe distanciamento suficiente, então só vai ser mais uma tarefa desagradável, em vez de algo que vai acabar com você por dentro.

– Você não tem muita fé, tem?

– A vida me tornou um realista. Por isso, me prometa, aqui, agora. Você vai fazer o que tiver que ser feito. Você é o único que pode se safar com isso. E se eu fizer, nada de Fade, certo?

– Sem querer estragar os seus planos, mas a morte pode não ser a sua salvação. Ela pode mantê-lo com o demônio para sempre, uma cerimoniazinha de comprometimento sem divórcio, me entende?

Balz fechou os olhos.

– Porra.

– Me dá mais tempo. – Houve uma pausa. – E, sim, se não houver outro jeito… Eu cuido de você.

O Irmão estendeu a larga mão da adaga e, quando se apertaram as mãos, Balz quase praguejou de alívio. Um momento depois, V. se desmaterializou em pleno ar, nada restando dele a não ser a coluna de fumaça que escapou dos seus lábios quando ele se dissipou.

Deixado a sós novamente, Balz fumou o cigarro até chegar à ponta dos dedos e apreciou a vista da humana, refestelando-se com os ângulos e superfícies do perfil dela e com o jeito sensato com que os cabelos estavam presos, a fronte mostrando concentração enquanto ela verificava o celular, como se estivesse esperando uma mensagem ou ligação.

Não devia haver mais do que cinquenta metros entre eles em linha reta. E, considerando-se que ele conseguia se desmaterializar através de vidro, mesmo ele sendo de tainel pérmico…

Painel térmico, corrigiu-se.

– O que estou fazendo aqui – resmungou. Além de aumentar as chances de Devina encontrar a mulher.

Nesse caso, a Irmandade não teria que se preocupar com o que fazer com o demônio. Ele iria arrastá-la para o maldito *Dhunhd* sozinho.

Largando o toco do cigarro sobre o telhado de metal, esmagou o que restava do tabaco turco com a sola do coturno. E encarou a mulher da janela por mais um momento.

Ele podia estar ao lado dela num piscar de olhos. Poderia acalmá-la ao controlar a sua reação de surpresa ao vê-lo. Poderia inserir em seu cérebro coisas que eram verdade sobre ele: que ele não a machucaria, que não queria assustá-la, que só queria protegê-la.

– Mas e depois? Vai levá-la pra jantar?

Bem, havia uma lanchonete aberta 24 horas que servia uma bela torta...

Balz ficou um pouco mais, brincando com uma fantasia que envolvia o tipo de insanidade que ele tinha vergonha de admitir mesmo para si. Ele não era nenhum príncipe, e pagar pelo jantar dela e segurar portas abertas para que ela passasse não transformaria aquele ladrão em algo encantado. Além do mais, ele vinha com um tremendo trem de carga, pelo menos até V. descobrir como expedir uma ação de despejo junto ao Departamento de Adeus aos Demônios.

Mas, cara, como odiava deixar aquela mulher. De verdade. E não era só a questão da proteção.

Ele simplesmente gostava de olhar para ela. Ela o acalmava, o centrava, fazia com que ele parasse de perseguir os objetos inanimados das pessoas.

Fechando os olhos, ele inspirou fundo algumas vezes e mentalmente desejou se desmaterializar até a ponte mais próxima. Quando nada aconteceu, tentou de novo. E uma terceira vez.

Maravilha. Toda aquela situação de merda o estava transformando num pedestre.

Com um resmungo, deu um salto do telhado e aterrissou no asfalto com um clique nas botas. Depois de suspender as calças, começou a andar – e tentou tranquilizar seu mau humor observando que, pelo menos, ela não tinha que saber que ele saía emburrado como se seu Kia Soul tivesse ficado sem combustível.

Não que houvesse algo de errado com um Soul.

Enquanto ele seguia em frente, passando por prédios de escritórios escuros, restaurantes que começavam a fechar e lotes e estacionamentos de uma cidade fantasma, não conseguia se lembrar da última vez que fora a pé para algum lugar, a não ser quando era seu turno de patrulhar o campo.

Por falar nisso, não tinha certeza de quando voltaria ao trabalho.

Sua vida real parecia estar a milhares de quilômetros de distância. Talvez fosse por isso que os cinquenta metros entre ele e aquela mulher lhe parecessem uma divisória dolorosamente próxima que ele queria atravessar tão desesperadamente.

Depois de alguns quarteirões, ele avistou a primeira das pontes, com sua extensão iluminada com luzes multicoloridas, as quatro pistas com pouco tráfego por ser tão tarde. Quando se aproximou, atravessou a calçada com rapidez, como se estrelasse *Os embalos de sábado à noite* sem os sapatos plataforma. Ou os passos de dança de John Travolta.

E também sem a trilha sonora dos Bee Gees,[12] embora, sim, lhe agradasse muito continuar vivo, muito obrigado por isso.

Quando chegou à ponte, deu a volta na rampa de acesso e entrou no submundo que tinha suas regras próprias. O fedor do lugar foi percebido de imediato, uma combinação de lodo do rio, lixo queimado e dejetos humanos enterrando-se nas suas narinas. Ele estava cansado demais para espirrar enquanto checava o cenário cheio de sombras e lixo, procurando por coisas sinistras.

Não havia nenhuma ameaça por ali, mas isso não significava que não houvesse ninguém por perto. Umas duas dúzias de humanos em roupas esfarrapadas andavam arrastando os pés entre as barracas e leitos feitos de papelão, e pequenos grupos de indivíduos parecidos circundavam as latas em que o lixo queimava. Baseados e cigarros acesos, garrafas de bebida estavam expostas; os cachimbos de crack e metanfetamina costumavam ficar escondidos.

---

12 - Referência à canção "Stayin' alive", em tradução livre: "mantendo-se vivo", dos Bee Gees. (N. T.)

Enfiando as mãos nos bolsos, ele foi em frente com a cabeça abaixada e olhos que acompanhavam tudo. O homem a quem viera encontrar estava a uns trezentos metros de distância, parado do outro lado no limite da parede de tijolos criada pelo início do distrito industrial. Ante a sua aproximação, o traficante não olhou na direção de Balz, mas a mão se enfiou dentro da jaqueta aviador. Com o capuz erguido e a escuridão ao redor, ele era uma sombra sentinela em roupas cinza.

Ou era melhor que fosse. Traficantes de drogas não duravam muito em Caldwell se não fossem razoavelmente competentes no quesito camuflagem.

– Quero alguma coisa – Balz disse como forma de apresentação.

– Não te conheço.

– Estou querendo uma farinha.

O traficante relanceou para a esquerda. Relanceou para a direita. O pouco de cabelo que aparecia era preto, estava limpo e penteado com gel, e a barba era bem aparada. A jaqueta aviador era surrada, mas de um jeito saído da loja e não por ter sido usada, que era o que acontecia com os sem-teto. Ele até estava com sapatos novos, e os tênis que ele calçava eram a única coisa branca que vestia.

Não que isso fosse uma ideia brilhante se ele estivesse tentando se manter escondido na escuridão.

Tampouco uma boa ideia naquela parte da cidade.

Portanto, ele evidentemente estava armado.

– Não tenho nada. Lamento.

Balz tirou a mão do bolso como quem não quer nada.

– Tenho trezentos.

Houve uma pausa. Depois, o par de olhos meio fechados se virou na sua direção. Quando o varreram de alto a baixo, foi como se ele tivesse passado pela segurança do aeroporto, um facho penetrando as camadas de roupa e a pele de Balz, bem como a estrutura óssea por baixo. O traficante não procurava metal na forma de armas. Sem dúvida ele sabia que Balz as portava. Não, ele estava procurando por um distintivo – e, naturalmente, ele não captaria a verdadeira história.

A coisa toda do vampiro provavelmente nem seria relevante para ele, todavia. Desde que o dinheiro fosse bom.

– Bela jaqueta – disse o traficante. – Melhor que a minha.

– Não sabia que a gente estava competindo.

– Belas botas.

– Ah, bem, não estou ligado nos seus Nikes. – Balz olhou para onde um par de humanos numa onda de má sorte se afastava. – E aí, vai me ajudar ou vou ter que ir pra algum outro lugar…

Quando virou a cabeça de novo, foi recebido por uma arma apontada para o seu rosto.

– Me passa a grana e a jaqueta.

Balz grunhiu uma imprecação. Ele só precisava de um pouco de cocaína – ok, uns 3,5 gramas. Em vez disso, teria que perder tempo com esse puto.

– Você não vai querer fazer isso – disse ao cara.

– Vai se foder. Me passa a grana e a jaqueta.

– Vou te dar uma chance de abaixar a arma.

Enquanto Balz arrastava as palavras, estava tão cansado do mundo, ainda mais porque não acreditava que o conselho sensato que oferecia seria acatado…

O cano da pistola foi encostado no seu nariz, desviando-o do meio, e um vestígio de munição se meteu no meio do fedor da ponte.

– Vou te matar aqui mesmo.

Quando um cheiro subjacente de Taco Bell foi percebido – porque estava na cara que o outro acabara de comer um combo de Doritos Locos –, Balz encarou os olhos que só estavam a meio metro dos seus. Puta que o pariu, se ele não tivesse cochilado no terreno daquela casa, não estaria ali. Inferno, se não tivesse sido eletrocutado na lateral da mansão em dezembro, entregando ao demônio as chaves do seu Airbnb existencial, ele não estaria ali.

Ou, talvez, aquele fosse o seu destino desde o início.

– Eu vou puxar a porra do gatilh…

Eeeeee o sr. Nove Milímetros que não lavava as mãos depois de comer só conseguiu falar até aí. Balz entrou na mente do cara, com a intenção de conseguir por meio de manipulação mental o que a conversa tinha falhado em realizar: uma rápida realocação da arma no coldre, uma transação feita, ambos seguindo seus caminhos alegremente. No entanto, essa merda tomou outro caminho bem rápido.

O cara tivera uma noite ocupada e não no que se referia ao tráfico de drogas.

– Seu filho da puta miserável – Balz grunhiu. – Por que diabos você fez isso com ela? Pra bancar o durão? A Connie não te traiu. Ela nunca te traiu e você sabe disso. Mas que porra, você *sabia* disso.

– O qu... – Debaixo do capuz, o rosto do traficante empalideceu. – Do que você está falando?

– Você foi longe esta noite. Você foi longe *demais*.

As brutais lembranças recentes do que o homem fizera no apartamento que dividia com uma mulher a quem abusava com frequência estavam muito na superfície da sua consciência, mas à medida que Balz as rastreava, voltando no tempo, elas se aprofundaram. Por anos. E houve tantas mulheres. Tantas... garotas.

– Seu filhodaputa... – Balz deixou a voz pairar porque não sabia com que xingamentos descrever tanta depravação. – Você não precisa estar aqui. Não mesmo. Acho que acabou pra você, meu chapa.

Balz recuou um passo e estreitou os olhos.

– E você não merece a cadeia. Você precisa ir pro Inferno.

Quando o braço do traficante começou a se mover e o cano da arma apontou para o seu próprio rosto, o homem tentou lutar contra o que se sobrepunha ao seu painel de controle. O cheiro pungente de suor de terror floresceu e o corpo inteiro dele tremeu, mas não havia nada que ele pudesse fazer para impedir o que acontecia contra a sua vontade.

Era como tinha acontecido com todas aquelas mulheres que o maldito surrara... e fizera tantas coisas piores.

– Diga boa-noite, palhaço.

Balz incitou com a mente que a arma se erguesse até apontar para a têmpora do traficante. Em seguida, fez o cara puxar o gatilho.

O som do disparo ecoou e, sem dúvida, chamou atenção, mas Balz sabia de duas coisas: primeiro, as pessoas sob aquela ponte não se envolviam nos dramas alheios e, segundo, se houvesse algum espectador ou alguém inclinado a se envolver, ele cuidaria da questão sem problema.

O corpo despencou no chão, aterrissando como um pedaço de carne. E, enquanto músculos se remexiam de modo aleatório nos braços e nas pernas e o cheiro de urina se espalhava, Balz chutou o tronco de modo que ele ficasse de frente. A jaqueta aviador de segunda qualidade estava parcialmente aberta e, dentro dela, ele encontrou todo tipo de gostosura em forma de pó branco. Enquanto depenava o morto – ah, bem, o moribundo –, sentiu inveja da inconsciência dele.

E rezou para que V. mantivesse a sua promessa.

Enfiando a cocaína na própria jaqueta, Balz quis praguejar. Mas não tinha energia.

Ainda mais porque agora estava imerso num drama que não era seu.

Capítulo 7

No sonho, Erika estava de volta ao tríplex do Commodore, descendo a escada curva, passando pelas obras de arte moderna enquanto o alarme soava no andar de baixo. Desde os sapatos sobre os degraus de carpete elegante até o perfume suave de gardênia no ar, passando pela vista de cima do Hudson, tudo estava, ao mesmo tempo, límpido como cristal, mas também enevoado, os detalhes tão familiares como o seu percurso para o trabalho, mas igualmente confusos.

Só que isto não é um sonho, ela pensou.

No fim da escada, ela parou e olhou para a sala de estar, que mais lembrava o saguão de um hotel, tudo tão anonimamente perfeito. Do lado oposto das poltronas e do sofá de seda, havia um corredor de teto alto com várias salas escuras.

Era para lá que ela tinha que ir, pois era onde as coleções de objetos estranhos e um tanto perturbadores estavam... Onde Herbert Cambourg, proprietário da cobertura, colecionador de instrumentos cirúrgicos da era vitoriana, de esqueletos de morcego e de livros sobre morte e magia do mal, fora praticamente partido ao meio por forças que não tinham explicação.

Meio que a fazia pensar se a exploração dele desse lado sombrio... fizera com que algo se voltasse contra ele.

Assim que ela entrou no corredor, os outros cômodos desapareceram da sua visão periférica, sumindo de maneira desigual como se fossem manualmente apagados. Uma luz fraca era o seu farol, mas ela teria identificado seu destino mesmo na mais absoluta escuridão.

Ela estava sendo chamada...

Em seguida, viu-se na soleira do cômodo que continha todos os livros. Preparando-se antes de olhar, inspirou fundo – porque sabia o que estava por vir.

A exalação de Erika foi forte quando ela ergueu os olhos: lá estava ele, o homem que não conseguia encontrar durante o dia, cuja presença não conseguia esquecer à noite.

– É você – *disse rouca. Que era o que sempre lhe dizia.* – E isso chegou mesmo a acontecer, não? Isto não é um sonho.

Retraindo-se, levou a mão à cabeça, mas isso era o que ela sempre fazia. Assim como tentar entender o motivo de só conseguir vê-lo assim, enquanto dormia. Logo deixou tudo isso de lado e se concentrou devidamente no homem. Ele não estava sozinho, mas o cara ao lado dele não era percebido. Só o que ela via era a figura alta vestida de preto, os olhos cravados nela, o corpo forte e musculoso. Ele era... incrivelmente lindo, mesmo ela sabendo que ele era perigoso.

E não precisava contar todas aquelas armas que ele portava para chegar a essa conclusão.

– O que você fez comigo? – *ela perguntou.* – Por que não consigo me lembrar de você quando estou acordada?

Os lábios dele se moveram, como se respondesse, mas Erika não conseguia ouvir: embora o som do alarme tocasse alto e a própria voz estivesse em seus ouvidos, as palavras dele não atravessavam a pequena distância entre os dois.

– Você fez alguma coisa com a minha mente – *acusou-o.* – O que foi...

O homem desviou o olhar dela para o cara que estava com ele. Agora os lábios de ambos se moviam, as expressões mudando, tornando-se agressivas. Enquanto avaliava o perfil que a atormentava, ela disse a si mesma que, desta vez, seria diferente. Desta vez, quando acordasse, ela se lembraria bem dele e seria capaz de fazer algo a respeito disso.

O quê... Ela não sabia.

O homem olhou de novo para ela e parecia triste de uma maneira distanciada. Quando os lábios dele se mexeram, ela se inclinou, tentando ouvir – e, então, percebeu... ele não falava com ela. Ele ainda estava falando com o seu parceiro de crime, mesmo concentrado nela.

Ela sentiu um instante de confusão, depois do qual pensou: Ah, sim, certo. Foi assim que aconteceu.

Esse sonho de alguma maneira se inserira na lembrança que ela não conseguia acessar enquanto estava desperta: tudo o que ele dizia ou fazia de fato acontecera. Tudo o que ela fazia era uma tentativa de acessar aquela gravação na sua mente.

E agora ele só a fitava em silêncio, e ela sabia o que aconteceria. Não havia mais tempo sobrando até ele tirar aquilo que ela buscava.

– Eu vou te encontrar – *jurou*. – Não me importo com o que terei que fazer...

O homem franziu o cenho e foi puxado para a frente. Então, levou as duas mãos para o pescoço, a boca se escancarando. Enquanto o rosto ficava rubro e ele engasgava, Erika se esticou na direção dele.

Não, não, isto não está certo, *ela pensou*. Não era assim que o sonho acontecia.

– O que está acontecendo...

As convulsões dele se tornaram tão fortes que a cabeça se movia para a frente e para trás, e depois ele se curvou, esticando uma das mãos às cegas.

Bem quando ela estava prestes a segurar sua mão para ajudá-lo, os olhos dele cravaram nos seus.

– Corre! Cooooorrrrreeeee! Ela vai te pegar...

As palavras dele foram interrompidas quando a voz ficou estrangulada, transformando-se em engasgos, como se ele estivesse tentando falar, mas não houvesse ar em seus pulmões ou como se o ar não conseguisse passar pelo aperto. Em seguida... algo saiu de dentro dele.

Foi como uma coluna de fumaça, mas era mais do que isso. Um arrepio desceu pela coluna de Erika, e ela sentiu uma repugnância instantânea, como se estivesse de frente a algo pestilento... algo pútrido.

Algo maligno...

Erika despertou com um grito, o som de efeitos especiais de um filme de terror reverberando pelas paredes do seu quarto. Para não acordar a outra metade da casa geminada – inferno, a cidade toda –, ela tampou a boca com a mão. Depois, afastou as cobertas e se sentou. Mesmo que não houvesse nada diante dela, ela tateou o ar com uma mão livre.

Como se pudesse tocar no homem…

Uma dor aguda repentina na cabeça fez com que apertasse os olhos com força, mas ela lutou contra o desconforto. Se conseguisse manter a memória um pouco mais, ela estava tão perto… tão perto de ver…

Ver o quê? Sabia que tinha sonhado com o tríplex do Commodore de novo, descendo ao primeiro andar onde ficavam os livros. No entanto, ela não tinha outros detalhes – a não ser a necessidade de retornar para onde estivera em sua mente, uma convicção surpreendente de que alguém em sérios apuros precisava da sua ajuda, de que ela tinha que defender e proteger alguém do…

Mal.

Enquanto a cabeça latejava no compasso do coração, seus olhos se desviaram para a claridade vinda da porta aberta do banheiro. Uma desorientação persistente a fez questionar sua localização, mesmo quando deu uma bela olhada na pia, na escova de dentes e no post-it colado no espelho com o lembrete "fio dental" escrito em sua caligrafia bagunçada…

O som foi sutil, mas, no silêncio absoluto, ela o percebeu mesmo acima do rugido em seus ouvidos. Prendendo a respiração, ouviu atentamente.

Lá estava ele de novo. Um rangido.

Do lado de fora do seu quarto, na escada.

Virando a mão para a mesinha de cabeceira, ela escancarou a gaveta e agarrou sua nove milímetros. De pé, destravou a arma e levantou o cano. Os pés descalços não emitiram som algum no piso acarpetado enquanto ela caminhava com cautela, na ponta dos pés, até a porta fechada. Apoiando as costas na parede ao lado do batente, prendeu a respiração uma segunda vez…

Crééééck.

Nenhum animal de estimação. Nenhum namorado. Nenhuma família fora do cemitério.

Nenhuma chave escondida debaixo do vaso de flor, e seu parceiro, Trey, teria ligado antes de entrar com a sua chave.

Nenhum alarme disparado, e ela o acionara assim que entrara, como sempre fazia.

Desde que se juntara à divisão de homicídios, vinha ajudando a mandar para trás das grades todo tipo de traficante, mafioso e monstro sociopata. Mas ela nunca sentira medo. Já passara por uma invasão de domicílio em que todos deveriam ter morrido. Ela nunca se preocupara com uma segunda.

Até... agora.

Havia algo de errado no sobrado. Algo estava... muito errado ali dentro...

Alguém, ela se corrigiu. Não havia motivos para pensamentos metafísicos naquele momento.

Ainda assim, a projeção daquele sonho perturbador a deixava paranoica, a mente passando por assuntos nos quais era melhor nem pensar. Não no mundo real, pelo menos.

– Estou armada – disse em voz alta. – E liguei pedindo ajuda.

Créééééck.

Preparada para se defender, ela viu a mão esquerda segurando a maçaneta – e, de repente, se perguntou que diabos estava fazendo. Não tinha ligado para ninguém para pedir ajuda, e havia uma janela junto à cama que se abria para o telhado da garagem. Ela deveria sair por ali, pular no jardim e ir até a casa do seu vizinho bombeiro, do outro lado da rua. Se a pessoa dentro da sua casa conseguira passar pelo alarme, era um profissional contratado para matá-la, e não correria o risco de chamar atenção das pessoas que moravam naquela rua.

Então por que se arriscar a enfrentar um invasor sozinha, mesmo estando armada?

Porque ela não fugia, eis por quê.

Três, dois, um...

Erika escancarou a porta, saltou pelos batentes e apontou a arma diretamente para a frente, na direção da escada.

Que não deveria estar escura.

A luz no teto da escada, que ela sempre deixava acesa, estava apagada por algum motivo, portanto não havia nada além de um vazio obscuro diante de si. E, abaixo, a detetive deveria ser capaz de perceber o brilho da luz da varanda. Que também estava apagada.

Nada além de sombras.

Sua respiração estava acelerada. O coração trovejava.

Algo em seu sonho fora preto como o vazio diante dela. Algo... que se retorcia para fora da boca de...

Créeeeeek.

– Saia da minha casa! – ela gritou ao estapear o interruptor.

Quando o acionou, nada aconteceu. Nenhuma luz. Uma breve intenção de se trancar no quarto e sair pela janela que dava na garagem lhe ocorreu. Não durou muito. Como se compelida por uma força exterior, Erika avançou, mesmo quando as pernas começaram a tremer.

– Quando eu o encontrar – ela disse em voz alta ao olhar para o que lhe pareciam as profundezas do Inferno –, eu não vou prendê-lo. Vou atirar no meio do seu peito.

Mantendo sua posição, seus olhos finalmente se ajustaram o suficiente para que um brilho cinza vindo dos vidros nas laterais da porta de entrada se libertasse de tudo o que era invisível.

Tap.

– Tenho uma arma – disse rouca. – Eu tenho... uma arma.

Tap. Tap.

O som repetitivo era suave, mais suave do que o rangido. Mal se podia ouvi-lo.

Erika engoliu em seco e pôs o pé descalço no primeiro degrau. Mesmo sabendo que seu peso seria percebido, ela sentiu como se estivesse se esticando para o esquecimento, iniciando uma queda livre da qual não conseguiria voltar, mergulhando numa descida que terminaria em algo pior, muito pior do que ossos fraturados, veias rompidas e...

Tap. Tap. Tap.
... uma poça de sangue sob o seu cadáver.

A ponta do pé aterrissou em madeira fria e ela tentou agarrar o corrimão, mas precisava controlar a arma enquanto descia mais um degrau. E outro. As mãos tremiam tanto – talvez o corpo todo, ainda mais porque os cabelos na base da nuca arrepiaram e tudo parecia gelado, a pele comichando.

Tap. Tap. Tap.

Ela estava na metade da descida quando reconheceu o som. Era um dedo, batendo com suavidade numa janela...

A sombra que atravessou o vestíbulo no pé da escada foi rápida como uma piscada, evidente como um berro.

A fúria súbita que se apossou dela era o tipo de coisa que ela teria que desvendar mais tarde. Na hora que a atingiu, ela cedeu à onda de agressividade: contra tudo o que era racional, ela desceu o restante do caminho num rompante, os pés vencendo os últimos degraus. Saltando no final, ela aterrissou num baque, a arma apontando na direção que o invasor seguira, no arco que dava para sua sala de estar.

Bom Deus, que cheiro era aquele? Parecia... carne estragada.

De repente, a temperatura despencou tanto que sua respiração virou fumaça diante do rosto.

Créééééék.

Seus olhos se desviaram para a porta de entrada, onde havia um espelho pendurado para ela poder verificar a maquiagem antes de sair. A superfície espelhada refletia a sua própria imagem... bem como a cozinha escura na parte de trás da casa.

Havia alguém ali.

Não, estava mais para algo. *Alguma coisa* estava ali...

A sombra veio correndo por trás, surgindo de lugar nenhum.

Quando Erika foi atingida nas costas, ela gritou, se virou e puxou o gatilho. Balas foram descarregadas num círculo amplo, estilhaçando o espelho, atingindo a porta e penetrando uma das janelinhas laterais, antes de atravessar uma entidade indescritivelmente maligna...

Erika gritou e levou as mãos ao rosto, protegendo-se do ataque enquanto seu recuo a impelia para trás. Em movimento de queda livre, ela teve uma impressão breve e confusa da tela do seu computador no trabalho e, em seguida, capotou e aterrissou de frente...

... no corredor entre as filas de cubículos? Na divisão de homicídios? Enquanto inspirava com força, permaneceu onde estava, perguntando-se se ainda estava dormindo, se acabaria "acordando" uma vez mais. Ou duas. Ou doze.

Quando nada aconteceu e nada mudou, ela tateou o carpete com as palmas. Estava abalada demais para olhar ao redor, confusa demais para saber se estava acordada ou não, mas era melhor superar tudo isso bem rápido. Enquanto o medo resvalava sua pele, ela virou a cabeça e ficou diante da lixeira embaixo da mesa. Os post-its que arremessara numa série que quase acertos formavam um pequeno halo amarelo e azul no carpete.

Esse detalhe significava que não estava mais sonhando? Ou seria apenas o seu subconsciente percebendo as minúcias, como faria um bom editor de filmes?

Sentando-se lentamente, soltou o cabelo do elástico que sempre usava. Depois passou os dedos pelas mechas e voltou a prendê-lo.

Como se, assim, pudesse se controlar.

Uma rápida verificada no relógio lhe disse que, pelo menos em teoria, estivera adormecida em sua mesa por algumas horas: passava das duas da manhã. Em certo momento, deve ter abaixado a cabeça e, em seguida...

O sonho. Aquele que vinha tendo ultimamente, os detalhes embotados daquilo que a atormentava durante o dia. E, depois dele, um segundo pesadelo no qual fora perseguida em casa por algo em que não acreditava.

O único mal verdadeiro era humano. Aprendera isso aos dezesseis anos de idade.

Demônios não existiam no mundo real.

Quando por fim olhou ao redor, assustou-se por um motivo diferente...

Como saber se aquilo era real?

Numa tentativa desesperada de se conectar com o presente, seus olhos passaram pelas cadeiras desertas, pelo feltro acastanhado que cobria as paredes dos cubículos, pelos monitores apagados, pelos telefones silenciados. Quando fechou a boca e começou a respirar pelo nariz, sentiu o cheiro da fragrância do produto químico utilizado para lavar o carpete – e lembrou-se de ter comentado com Trey que alcaçuz tinha sido uma escolha estranha como aroma.

Era como se tivessem usado refrigerante Dr Pepper como limpador.

Pondo-se de pé, virou-se num círculo lento ao ajeitar a jaqueta, a blusa, as calças. Ah, veja só, arrancara um dos sapatos – e, quando se esticou para alcançá-lo, teve que ignorar o quanto a mão tremia.

Tudo parecia normal demais, quieto demais, e havia sombras em toda parte, lançadas pelos arquivos e pairando sobre as cadeiras e mesas, cada uma delas como a que a atacara em casa.

Ou melhor, no pesadelo que acabara de ter. A menos que ainda estivesse sonhando...

A porta da Unidade foi aberta atrás dela e ela girou, erguendo a arma e apontando para o invasor antes que pudesse pensar a respeito.

– Levante as mãos! Estou armada!

– Mas o que é isso?

Quando o grito ecoou pela divisão deserta, a mulher da limpeza ergueu os braços e foi para o chão de cara com tanta força que acabou quicando.

– *Merda!* – Erika ladrou ao desviar a arma para o teto.

Por uma fração de segundo, manteve essa posição.

Do lado oposto da mulher, a porta era mantida aberta pelo carrinho de produtos de limpeza e, no corredor, havia o brilho fluorescente das luzes no teto e as paredes amarelas e o piso laminado que fora instalado havia alguns anos.

Nenhuma sombra.

– Acha que sou uma ladra? – a mulher da limpeza murmurou quando virou a cabeça de lado. – E alguém viria à delegacia de polícia para roubar alguma coisa?

Erika voltou a guardar a arma no coldre. Pensando bem, balas só funcionavam em entes vivos, e aquilo que temia, aquilo que estivera tão próximo dela enquanto dormia… não era algo vivo.

Simplesmente não era.

Apressando-se para perto da mulher, ajudou-a a se levantar. Ao reconhecer a funcionária da manutenção, avaliou cada detalhe dela, desde o modo como os cabelos grisalhos estavam presos dentro de um chapeuzinho até os poros do rosto e as rugas ao redor dos olhos azuis.

Ela era real, Erika disse a si mesma.

– Lamento muito e vou relatar este incidente para o meu superior – disse. – Eu só pensei… Bem, não importa o que pensei.

A mulher deu uma espanada na frente do uniforme verde-escuro, passando uma mão sobre o nome bordado em que se lia "Brenda".

– Tenho permissão para estar aqui, sabe. Tenho um cartão para entrar. Você já me viu antes. Você sempre trabalha até tarde.

– Pois é, e eu sinto muito mesmo. Não tenho desculpas para isso. Eu só… Você me surpreendeu.

Brenda deu uns tapinhas nos cabelos, arrumando-os.

– Bem, você lida com pessoas mortas o tempo todo. Acho que não posso te culpar por ser assustada. E não se preocupe em contar pro seu chefe. Não quero ter que perder tempo com algo sem importância.

– É exigência do departamento.

– Faça o que quiser. Vou voltar pro trabalho.

A mulher assentiu, como se, de sua parte, tudo já estivesse resolvido, embora tivesse ficado sob a mira de uma arma. E daí, com o pragmatismo que vinha da idade ou do tipo de vida que tivera, empurrou o carrinho até os banheiros anexos. Abrindo a placa de "cuidado", apoiou o tripé laranja na frente do banheiro masculino e desapareceu dentro dele.

Bem, se aquilo fosse um pesadelo, as pias não estariam passando por uma faxina…

O som do seu celular tocando na mesa fez com que Erika virasse a cabeça. Em vez de correr até ele, deixou que tocasse uma segunda vez e, quando pegou o iPhone, virou a tela devagar.

Só para o caso de ser um demônio chamando.

Nada disso. Era da central.

Respirou fundo.

– Saunders. – E tentou se concentrar no que lhe era dito. – Ah, não, não, saí da cena na Primrose, então posso pegar esse. Não há motivos para acordar Creason... Ah, já o chamou? Ok, tudo bem. Onde mesmo está o corpo? – Um relance rápido para a direita a fez pensar se um casaco do outro lado do corredor tinha se mexido. – Outro debaixo da ponte, hum? Temos patrulha lá? Bom. Diga a eles que chego em cinco... O quê? Não, estou na delegacia. Ah, não, não fui para casa.

Ao encerrar a ligação, ela avaliou todas as sombras no carpete, nas paredes, junto aos armários de arquivos. De dentro do banheiro vinha uma canção abafada pela porta fechada: a mulher da limpeza, Brenda, cantava alguma coisa que Erika não reconhecia. Ou talvez não fosse uma canção.

A melodia estranha era algo que poderia iniciar um episódio de *American horror story*.

Apanhando a bolsa, Erika seguiu para a saída, ainda incerta quanto à realidade em que estava.

A sensação de que o mal pairava por toda parte persistia.

Ou a perseguia, mais precisamente.

Capítulo 8

– Eu o conheço.

Quando Erika fez o reconhecimento debaixo da ponte, estava ajoelhada ao lado do cadáver que esfriava de um homem que aparentemente atirara em si próprio na cabeça. A ferida de entrada na têmpora direita, a arma ainda empunhada na sua mão.

Duas vezes numa só noite, ela pensou ao tomar nota da jaqueta aviador, do capuz, das roupas escuras e dos tênis brancos. Mas nada de esmalte rosa dessa vez.

– Quem é ele? – perguntou o detetive Kip Creason.

Ela ergueu o olhar para o colega. Kip era um homem magro que sempre vestia calças de corte justo e gravata-borboleta. Ele e o marido tinham acabado de voltar da lua de mel, e ela meio que invejou o bronzeado e as mechas naturais provocadas pelo sol no seu cabelo loiro escuro. Kip nascera e fora criado na Califórnia, e vir para Caldie não mudara o fato de que sua aparência era sempre melhor, parecendo mais descansado e mais feliz do que todos os outros. Mesmo ali junto ao rio, depois das duas da manhã, ele parecia novo em folha. E isso a fazia se sentir mais velha. Mais cansada. Mais louca.

– Christopher Ernest Olyn. – Erika se concentrou no corpo. – Ele tem uma ficha corrida enorme por conta de drogas e agressão, e teve um encontro com a divisão de homicídios pela primeira vez uns seis meses atrás. Lembra-se do caso? Ele quase matou a namorada a pancadas. Nós tínhamos certeza de que ela ia morrer assim que a tirassem dos equipamentos de suporte à vida. Ela sobreviveu, mas se recusou a depor, e não havia testemunhas. A Promotoria desistiu do caso, mas Olyn estava pronto se a coisa tivesse andado. Ele tinha um advogado criminal com ligações com a máfia de Manhattan.

– Eu me lembro, sim. Você foi muito boa com a vítima. Ela confiava em você.

Erika se levantou.

– Estou preocupada porque talvez ele a tenha finalmente matado hoje, e depois veio para cá, arrependido. Eles tinham um relacionamento de codependência muito tóxico. Precisamos fazer uma visita para verificar como ela está.

– Você deve fazer isso. Se outra pessoa de uniforme e distintivo aparecer na casa dela, aposto que não atenderá à porta. Eu cuido de tudo aqui.

Olhando ao redor, Erika tirou algumas fotografias mentais da cena. O corpo estava na extremidade do que se considerava "debaixo da ponte", deitado na base de uma velha parede de tijolos que circundava um dos armazéns originais de Caldwell.

– Não vamos encontrar nenhuma testemunha – murmurou.

– Não – Kip concordou enquanto fechava o casaco de lá justo. – Ninguém terá visto nada.

Não havia ninguém por perto para prestar depoimento. A população que vivia ao redor da floresta de pilares de concreto tinha se dissipado, os tambores de lixo queimando com chamas alaranjadas iluminavam o espaço vazio.

– Erika? Você está bem?

Ela estremeceu e voltou à atenção, sorrindo para o colega bronzeado.

– Estou bem, obrigada. E pode deixar que vou ver como ela está. Eles moram na Market, se é que não se mudaram. Vou confirmar com o banco de dados da condicional.

Pegando o celular, entrou no sistema do DPC e pesquisou Constance Ritcher. O nome que ela usava nas ruas era Candy. Tinha algumas acusações por prostituição, mas nada relacionado a drogas ou algo violento.

Erika ainda se lembrava da mulher esquálida ligada ao respirador na UTI do hospital St. Francis.

– Sim, ela ainda mora na rua Market. – Guardou o celular e notou que os policiais uniformizados traziam uma lona para garantir privacidade. – Não vou demorar.

– Como já disse, cuido de tudo aqui.

Ela assentiu e murmurou algo para Kip, não que soubesse muito bem o que era, e, em seguida, foi andando para o carro, passando por cima de garrafas escondidas em sacos de papel marrom e tecidos embolados que poderiam ser toalhas, camisas ou agasalhos. Ao chegar ao carro e destrancá-lo com a chave automática, a sensação de estar sendo observada fez com que virasse a cabeça.

Com uma mão na nuca, esfregou a sensação de formigamento e depois voltou a olhar para a cena do crime, a apenas uns cinquenta metros dali. No anteparo da parede de tijolos, os policiais uniformizados abriam a lona e Kip estava ajoelhado, falando ao telefone, fazendo anotações.

Quando a brisa soprou vinda do rio, ela sentiu o cheiro do lodo, de terra e da fumaça engordurada daqueles tonéis de lixo em chamas.

Tudo parecia normal ali… assim como na delegacia. Mesmo assim, seus instintos lhe diziam que…

Pelo canto do olho, ela vislumbrou algo vermelho e virou rápido. Em seguida, franziu o cenho e se perguntou se estava enxergando direito. O vislumbre de algo que não pertencia ao lugar era, na verdade, uma mulher, e ela estava apoiada num dos suportes da ponte, parecendo tão deslocada quanto uma rosa de estufa num aterro sanitário. Com longos cabelos castanhos ondulados e um rosto de tirar o fôlego, ela não vestia nada além de *leggings* vermelhas e um corpete combinando, parecendo alheia ao frio.

A fragrância frutada de um perfume chegou ao nariz de Erika.

Poison, da Dior, pensou. Deus, não pensava nesse aroma antigo, mas sempre bom, desde a época da faculdade, quando ela e as amigas compravam perfumes de grife nas liquidações da farmácia, no mostruário trancado em que ficavam os rejeitados ou revendidos, ou ainda os falsificados.

– Erika? Esqueceu alguma coisa?

Erika se sobressaltou e relanceou para a cena do crime. Kip tinha se levantado e a encarava como se estivesse pensando em fazer sua própria verificação de controle. Enquanto remexia na gravata auriazul que aparecia por baixo das lapelas do casaco, ela percebeu que ele tinha a mesma expressão de Trey lá na rua Primrose – depois de ela ter saído do banheiro dos Landrey.

– Está tudo bem – respondeu para o colega.

Abrindo a porta do carro, largou-se atrás do volante e trancou a porta de pronto. Ao dar partida no motor, olhou novamente para onde a morena estivera apoiada no pilar da ponte.

A mulher tinha sumido.

Como se nunca tivesse existido.

Erika fechou os olhos com força. A sensação de que o mundo ao seu redor não era tão real quanto parecia lhe deu vontade de chorar. De soluçar. Ainda mais por ter a sensação de que encontraria mais um corpo quando chegasse àquele endereço da rua Market.

Mas, em vez de se descontrolar, ela engatou a marcha no carro e acelerou.

Junto ao suporte da ponte, o demônio Devina se tornou invisível não porque não pudesse lidar com a policial. Detetive. Qualquer merda que ela fosse.

Não, nada disso. Ela desapareceu de vista porque queria se divertir com isso. Deus bem sabia que nada muito interessante vinha acontecendo na sua vida, e, quando sentiu que voltava a ficar com o mesmo mau humor dos últimos meses, teve que fazer algo para se animar.

Enlouquecer a mulher de Balthazar seria o seu projetinho pessoal.

A menos que a porra daquele Livro resolva se mexer, ela pensou quando um sedã modelo americano sem nada de especial passou por ela. *Por que ele tinha que ser tão filho da puta?*

Aquele merdinha de pergaminhos compilados dera tanto a tanta gente ao longo dos milênios: morte a inimigos, riquezas aos gananciosos, doenças como atos de vingança, amores de volta aos seus devidos lugares. Sempre, porém, nos seus termos.

E o problema era essa última questão, claro. Aquela coisa era como uma pistola com opinião quanto aos seus alvos.

– Que diabos tenho que fazer para conseguir aquilo que eu mereço... *Não muito, na verdade. É só pular na frente de um trem.*

Cerrando os dentes, Devina girou sobre os calcanhares para a voz sem corpo – e encheu os olhos com alguém com quem, em circunstâncias diversas, certamente valeria a pena trepar. Uma ou duas vezes.

Lassiter, o anjo caído, estava no vento frio assim como ela, seminu e nada incomodado com a temperatura exterior. Com o tronco musculoso desnudo e todas as suas correntes de ouro e os longos cabelos loiros e negros soprando no vento ao redor do lindo rosto, ele era Magic Mike sem um palco. E claro que o par de belas asas translúcidas erguidas em cada lado também dava um belo toque.

Eram um lembrete deliberado de que ela estava lidando com algo de fora deste mundo, e não só por ele ser tão extremamente fodível.

Considerando-se tudo... ela queria gritar com ele.

Em vez disso, sorriu e depois apontou com a cabeça para a cena do crime.

– Veio salvar a alma de um pobre coitado? É assim a canção, não? Acho que está um pouco atrasado, a julgar pela ausência de uma ambulância. Nada para reavivar, Lassiter.

Na verdade, vim ver você.

Devina corou e sentiu a necessidade de ajeitar os cabelos já arrumados. Ao ceder ao impulso e trazer umas mechas para cima do ombro, ela deixou o olhar percorrer todo o corpo do anjo. Naquelas *leggings* que ele insistia em usar, os músculos das coxas ficavam todos definidos, evidenciando sua força. E o que havia entre elas, aquele volume, era simplesmente impressionante.

Ficou se perguntando o motivo de nunca ter pensado nele assim.

– O que, exatamente, você está procurando, anjo? E, para sua informação, não sei se você é meu tipo.

Isso era mentira, claro. Ele era absolutamente o seu tipo. Ele odiaria trepar com ela, e fazer com que ele comprometesse os seus princípios seria divertidíssimo. E também haveria a questão dos orgasmos.

Hum, quem poderia imaginar? A noite estava melhorando.

Acho que você e eu temos que ter uma conversinha a respeito de limites de posse e propriedade.

Devina franziu o cenho.

– O que disse?

Você me ouviu. Quero você longe do Balthazar. Você está invadindo e sabe disso.

Ah, ela pensou. *Isso.*

– Na verdade, aquilo é mais como um aluguel compartilhado. – Ela sorriu e ficou imaginando como seria senti-lo em cima dela. – E a minha vida sexual não é da sua conta, é?

Não estou pedindo. Estou avisando. Saia de dentro do Balthazar.

– Não. Não vai dar. Lamento. – Ela deu de ombros e passou a ponta dos dedos da clavícula até o esterno, demorando-se no contorno do decote do corpete. – E sem querer dar uma de criancinha mimada de cinco anos de idade, você não pode me obrigar. Também tenho bastante certeza de que o Criador terá alguma opinião quanto a você estar envolvido demais. Isso é um problema, não? Acho que é, considerando-se a sua recente promoção e tudo o mais.

Isto é entre mim e você. Você tem um milhão de outras pessoas nesta cidade com quem brincar. Pode escolher outra.

– Não quero outra. – Inclinou-se na direção do macho. – E você não é muito inteligente, anjo. Eu o quero ainda mais agora que você tem uma opinião a respeito da minha leve infestação.

De uma vez só, o ar entre eles ficou eletrizado, a descarga de calor tão intensa que chegou até ela numa deformação, uma corrente nuclear a empurrando para trás contra um suporte de concreto, mantendo-a presa. Enquanto tentava se soltar, ela não queria de fato a libertação. O poder imposto sobre ela fez com que os seus mamilos enrijecessem e as coxas afrouxassem.

– Eu não sabia que você era capaz disso – ela gemeu ao arquear de dor, sabendo que o corpete não conseguiria manter a situação decente por conta de quanto os seios incharam.

Lassiter avançou na direção dela, as asas se abrindo por completo por cima daqueles ombros fortes, o corpo tão belo quanto vingador. Com o vento que vinha do rio, os cabelos eram empurrados para trás do rosto, e as correntes de ouro ao redor do pescoço, dos pulsos e da cintura brilhavam como se estivessem vivas.

– Cuidado... anjo. – Ela sorriu mesmo quando começou a arfar devido à falta de ar. – Você começou isso... por causa de limites. Agora está... andando no meu.

Saia de dentro do Balthazar, Lassiter rosnou sem mover os lábios sedutores. *Deixe o macho em paz.*

Devina desviou o olhar para a cena do crime, onde humanos tanto uniformizados quanto em roupas normais se agrupavam para trabalhar por um dos seus mortos, totalmente alheios ao fato de que a não mais do que duzentos metros de distância um par de seres elementais travavam uma luta canina por conta da alma de um vampiro.

O demônio começou a gargalhar, ainda que o som fosse horrendo porque ela não conseguia respirar.

– Eu... vou... contar... – Ela conseguiu inspirar um pouco de ar e enfrentou os olhos estranhamente coloridos de Lassiter com os seus – ... ao Criador.

Depois da sessão de encaradas que teria derretido a tinta de uma parede – desde que o temperamento do anjo não implodisse uma casa inteira –, o ás na manga dela funcionou. O calor e a pressão recuaram, e ele deixou de lado a asneira da conexão psíquica.

A voz dele tinha mais profundidade do que quando fora inserida na cabeça de Devina.

– Vá até Ele. Conte tudo a Ele. Você entrou na alma de Balthazar sem permissão quando ele estava em transição entre a vida e a morte. Você está errada. Ultrapassou um limite e vai ter que se explicar se me mencionar a Ele.

Devina subiu as mãos pela cintura e ajeitou o corpete no lugar, os seios doloridos por causa dos ossos de baleia do espartilho.

– Como sabe que não fui convidada por Balthazar?

– Porque ele quer que você dê o fora de dentro dele.

– Briguinha de namorados, que você fica tratando como se fosse violência doméstica.

– Saia de dentro dele.

Com uma sobrancelha arqueada, Devina alisou os cabelos e mais uma vez percorreu o decote com a ponta dos dedos. Ao imaginar a boca do anjo nos seus seios, a língua lambendo os mamilos, ela mais uma vez se deu conta do desejo pungente dentro de si.

– Quer que eu deixe aquele vampiro sossegado? – Ela se endireitou, desencostando do pilar, e deu três passos à frente, diminuindo a distância entre seus corpos. – É isso o que você quer?

Deus, o cheiro do anjo era delicioso. Como ar fresco e luz do sol, mesmo os dois estando no meio de um lugar infestado de sujeira, lama e dejetos humanos.

Quando ela tentou apoiar a mão no peito dele, ele a impediu, segurando-lhe o pulso.

– Sim, demônio. É isso o que eu quero.

Devina concentrou-se na boca do anjo e depois lambeu os lábios.

– Muito bem. Mas você tem que me dar algo que eu queira.

– Eu não tenho que te dar porra nenhuma...

– Sim, tem, sim. Você está de mãos amarradas porque não tem poder de barganha. Veja bem, se tentar me delatar ao Criador, você também terá que se explicar. E você não pode me obrigar, apenas Ele pode. Por isso, você tem que me dar algo e eu aposto que, se você pensar direitinho… – Ela mordeu o lábio inferior com os dentes brancos e afiados. Depois sibilou um pouco ao deslizar a mão livre por dentro da taça do corpete. – Acho que consegue deduzir o que é.

O olhar brilhante de Lassiter se estreitou.

– Não vou trepar com você.

Com um puxão forte, ela soltou o braço da pegada dele.

– Então, não tenho nenhum incentivo para deixar Balthazar em paz e nós não temos nada para discutir. Tenha uma boa noite, anjo.

Soprando um beijo para Lassiter, ela se foi.

E estava sorrindo quando desapareceu.

Capítulo 9

Na rua Market, a uns quinze quarteirões da ponte, o carro sem identificação de Erika parou diante de um prédio sem portaria todo pichado e coberto com ripas, como se seus moradores estivessem esperando um cerco. As janelas dos quatro andares estavam cobertas por tábuas de madeira e havia grades improvisadas presas com parafusos sobre essas tábuas. A porta de entrada era um painel de aço sólido que não combinava em nada com o velho prédio de tijolos aparentes e ela meio que esperou ver uma sentinela no telhado.

Quando ela saiu do carro, relanceou pelas quatro pistas sem movimento. Uns dez anos antes, aquela parte da Market tinha restaurantes, cabeleireiros e estúdios de tatuagens. Nada glamoroso, mas havia muitos negócios em andamento. Agora, os negócios tinham sido abandonados e as moradias ou eram protegidas como esta ou tinham sido tomadas por invasores depois de condenadas pela municipalidade.

Fechando a porta e trancando o carro, ela deu a volta pela parte de trás do veículo e subiu na calçada. Virando-se de lado, apertou-se entre um latão de lixo preso ao concreto. O contêiner estava lotado, e o anel que segura a lata ao redor da base a fez pensar no cestinho debaixo da sua mesa e em todos os post-its que não entraram nele.

Havia cinco degraus rachados até a porta de aço e nem era preciso dizer que não havia interfone para ela apertar antes de subir para o terceiro andar...

Quando tentou a sorte ao empurrar a porta, ficou surpresa ao ver que as dobradiças estavam soltas no batente reforçado.

– Olá? – chamou no interior escuro.

Entrando, enrugou o nariz. Alguém tinha fabricado metanfetamina ali – recentemente. Os produtos químicos no ar lacrimejaram seus olhos e a garganta ficou irritada de pronto. Tossindo no cotovelo, desabotoou o casaco e o blazer de modo a ter acesso à arma de serviço.

Só para o caso de os *chefs* ainda estarem cozinhando.

A planta do prédio era como ela se lembrava, a escada à direita junto à parede, as portas dos apartamentos à esquerda, um por andar. Pensou em anunciar a sua presença, mas não estava ali para efetuar prisões.

Os degraus rangiam à medida que ela subia e, toda vez que isso acontecia, ela olhava para trás. Sombras. Tantas sombras.

– Vê se se controla – disse baixinho.

No terceiro andar, ela parou e se afastou da escada para ir à única porta do corredor. Ela tinha lascas soltas nas tábuas, como se alguém a tivesse atacado com um martelo, e boa parte da pintura – vermelha, aparentemente – tinha descascado. A madeira por baixo estava manchada de terra e sujeira das décadas sem limpeza e difícil moradia.

– Connie? – chamou ao bater. – Sou eu, Erika...

A porta se entreabriu quando os nós dos dedos fizeram contato e, diferentemente de todo o restante do prédio, as dobradiças eram silenciosas, pois tinham sido lubrificadas. O cheiro que a porta libertou foi ruim. Mas não trazia vestígios do fedor da morte. Havia lixo, sim, mas nenhum corpo em decomposição.

Mas mortes recentes não têm esse cheiro.

– Connie? – Aumentando o volume da voz, chamou de novo: – Connie, sou eu, Erika.

Por força do hábito, refletiu se tinha causa provável para entrar no local, mas, pensando bem, se algo tivesse acontecido à mulher, Olyn era muito provavelmente o agressor e eles não tinham como processar Olyn do túmulo.

– Só vim ver como você está, Connie... – disse.

A sala de estar estava cheia de caixas de pizza, garrafas de dois litros de Mountain Dew vazias e roupas sujas. Um sofá desbotado estava torto, a frente arruinada, e uma mesinha lateral lascada estava partida ao meio, com as duas partes unidas mesmo assim. Como se quem a quebrara tivesse tentado consertá-la.

Muito provavelmente, Olyn batera alguma coisa ali, e Connie tentou remendar. O que basicamente era a trilha sonora do relacionamento deles, até onde Erika sabia.

– Connie?

Uma cozinha imunda era o cômodo seguinte do apartamento estreito e comprido, e estava na cara que as coisas degeneraram nos três meses desde a última visita de Erika. No piso, havia embalagens plásticas de comida rachadas, e o cheiro era igual ao de uma lixeira de restaurante numa noite quente de agosto: com as janelas todas fechadas pelas tábuas e o aquecedor ligado, o apartamento era uma incubadeira para a carne, o leite, o queijo e tudo o mais estragar.

O lado mais distante da cozinha a levava até o banheiro. Quando ela se inclinou para dentro do cômodo apertado, verificou a banheira, que estava manchada, mas não de sangue, assim como o box.

Foi quando ela avançou pelo corredor na direção do quarto que sentiu um odor no ar.

Camuflado pelo fedor do lixo… havia cheiro de sangue.

Pela segunda vez naquela noite, ela teve que se preparar antes de entrar no quarto de um estranho e, ao empurrar a porta semifechada, ela…

Congelou. Prendeu a respiração. E depois lançou a mão para alguma coisa, para qualquer coisa, para se manter de pé.

– É… *você* – sussurrou.

Ao som da voz da fêmea, Balz ergueu os olhos de sua posição ajoelhada junto à mulher morta sobre o colchão no assoalho. Quando viu quem estava na porta do quarto da vítima, não conseguiu acreditar.

Pensando bem, os dois estavam assim. Sua detetive de homicídios – *não* que ela fosse sua – parecia igualmente surpresa com a sua presença, e os dois se fitavam partilhando o mesmo espanto.

Ela se recuperou antes, balançando a cabeça como se tentasse achar alguma racionalidade em meio a algo que não fazia sentido para ela.

– O que está fazendo aqui?

Em seguida, ela gemeu e levou a mão à cabeça. A dor evidente que ela sentiu o fez se retrair em empatia e, Deus, ele odiava ter lhe roubado algo.

Meio que irônico para um ladrão, ele pensou.

– Oi – disse com suavidade. – É bom vê-la de novo. E, não, eu não a matei. Vim ver se podia ajudar.

Quando Erika Saunders abaixou o olhar e abriu a boca, ele realmente desejou não ouvir que ela jamais acreditaria num merdinha como ele. E não foi isso o que ele ouviu.

– Ah, Connie... – ela sussurrou com tristeza. – Que merda.

A mulher que ele observara junto à escrivaninha naquela mesma noite entrou no quarto esquálido com pés silenciosos e cuidadosos. Quando chegou ao colchão, ela também se ajoelhou, uma mão amparando o queixo, a outra se apoiando no joelho.

Os olhos verdes acastanhados percorreram o cadáver ensanguentado, vendo tudo o que ele vira – e talvez mais ainda, porque essa era a sua profissão.

– Não creio que ela tenha sofrido muito – disse ele sem emoção. – Essa facada no coração... Foi rápido.

– Na verdade, ela sofreu mais quando estava viva. Ah... Connie.

A mão que estava no queixo se abaixou até a clavícula e ela pareceu massagear uma dor ali.

Ele quis lhe dizer que a faca estava na cozinha, junto à pia, onde aquele merda lá da ponte tinha lavado o sangue das mãos. Balz também quis lhe dizer que lamentava que a mulher estivesse morta, embora não a tivesse conhecido. E também lamentava que aquilo fosse tão evidentemente difícil de ver.

Pensando bem, era uma humana morta, e Erika tinha coração. Como poderia não ser difícil?

Quando o período de imobilidade silenciosa se estendeu, ele teve que desviar o olhar porque sentiu como se estivesse invadindo um momento particular. Infelizmente, o cadáver era a única outra coisa para se olhar ali, e ele enxergou aquilo que encontrara ao entrar com olhos renovados: a vítima estava deitada de costas, na posição em que Balz a encontrara. Vestia calças jeans com rasgos nos joelhos, uma camiseta fina demais para a estação e nada nos pés. Os cabelos loiros, que tinham um tom acobreado nas pontas duplas e cinco centímetros de raízes escuras, estavam sujos de sangue, que passara de vermelho a preto ao secar. O rosto estava tão machucado e inchado que as feições não estavam claras. O ferimento mortal, a perfuração no meio do peito, sangrara tanto que metade do colchão estava manchado.

– Por que veio aqui?

Ao som da voz forte, a cabeça dele se ergueu e, quando ele se deparou com aqueles olhos verdes acastanhados de novo, ficou claro que a compostura profissional da detetive estava de volta. Não havia mais tristeza nem em seus olhos nem em sua expressão. Postura profissional.

– Você os conhece? – ela insistiu. – Connie e o namorado.

– De certo modo.

– E que modo seria esse?

Deus... embora definitivamente não fosse o lugar certo nem a hora certa, ele a desejava – e parte da atração era a autoridade dela. Não havia nada daquelas bobagens de "vem me pegar", nem flerte com piscadas, nem cabelos sendo ajeitados. Não, aquela mulher era um canhão de água, batendo-o com a força da sua inteligência, sua autoconfiança, sua postura desafiadora. E sabe do que mais? Ela o maravilhava.

– Então, de onde você os conhece? – ela repetiu.

Pois é, ela o faria responder àquilo – e a sua explicação, a de que lera a mente de um cara e vira que ele ferira a namorada, não a deixaria muito feliz. E, ah, também havia o fato interessante de que ele tinha cocaína dentro da jaqueta, armas sem registro debaixo de ambos os braços e um par de adagas de aço embainhadas cruzadas diante do peito.

Mas, ei, por mais penetrante que o olhar dela fosse, pelo menos ele sabia que não detectava metal. Algo muito importante.

– Das ruas – respondeu. – Foi assim que os conheci.

Quando ela se pôs de pé, ele fez o mesmo – e ela teve que inclinar a cabeça para trás a fim de olhar seu rosto.

– Você é um homem difícil de ser encontrado, sabia?

Ela tentou esconder a careta de dor, e ele desejou lhe pedir que, *por favor*, parasse de tentar acessar as lembranças que ele enterrara.

– Se eu soubesse que você estava procurando por mim – disse ele –, eu teria facilitado a minha localização.

Ela piscou diante disso.

– Importa-se em me dizer o seu nome?

– Balthazar, sem sobrenome. Sou como a Cher. Madonna. Bono. Acho que essas referências entregam a minha idade, hum?

– Você viria até a delegacia para responder a…

A voz dela se perdeu e, por uma fração de segundo de egoísmo, ele alimentou a fantasia de que ela estivesse tão fascinada por ele que literalmente perdera a habilidade de falar. Mas quando um tremor tomou conta dela, as mãos sacudiram tanto que ela as ergueu, confusa e assustada. Com um cambaleio para trás, ela se arqueou como se não conseguisse controlar seu equilíbrio…

Balz saltou sobre o corpo dela e a segurou bem quando os olhos dela reviraram para trás e seu corpo ficou frouxo.

– Erika? Erika…

Com uma brusquidão que não fazia sentido, o rosto dela se virou para o seu, e o olhar cego se deparou com o seu como se o enxergasse.

Numa voz gutural, irreal, ela disse:

– Você está em perigo. Preciso te salvar.

Capítulo 10

Estrada Rural, 149

Nate, filho adotivo do Irmão da Adaga Negra Murhder, estava desesperado... simplesmente desesperado pra cacete... para que o seu melhor amigo, Shuli, parasse de uma vez por todas de falar sobre...

– ... e então ela tirou a minha camisa. Olha só, que beleza, ficar pelado e tal, mas eu estava pouco me fodendo com a parte de cima. Eu queria que a minha calça sumisse. E foi como se ela tivesse lido a minha mente. De repente, senti as mãos dela na fivela do meu cinto e...

– Já chega – Nate o interrompeu com uma careta. – Por mim, tudo bem se os detalhes ficarem por isso mesmo. Estou *super* de acordo que a cortina se feche agora.

Shuli olhou para ele do banco do motorista do seu Tesla branco como se alguém tivesse insultado seu gosto por carros. O macho era um aristocrata da cabeça aos pés, com brincos de diamantes do tamanho de bolas de boliche nos lóbulos das orelhas, algum tipo de relojão pesado de ouro rosa no pulso, ares de quem recebeu da vida tudo o que sempre quis. E, apesar de tudo isso, ele não era um cara ruim.

– Mas os detalhes são a melhor parte – disse ele. – Além do mais, você não vai querer saber como é antes que você e a sua fêmea transem...

– Opa, opa. Espera aí. – Nate ergueu ambas as palmas. – Não existe nenhum eu e nenhuma fêmea. E, caso eu quisesse seguir a rota pornô, eu não ficaria ouvindo o relato chupada a chupada de você com uma humana qualquer que você pegou numa boate duas noites atrás…

– Na verdade, houve só uma chupada. As outras três vezes foram sexo mesmo.

Fechando os olhos, Nate quis tapar os ouvidos.

– Como eu dizia…

– Mas vou retribuir isso pra ela, sabe.

– Para.

– Tudo beeeeem. Mas eu sabia que ela ia ligar pra mim. Eu *sabia*.

– Por quê? Porque você passou uma nota de cem junto com o número do seu celular?

– Não, porque sou gostoso pra caralho.

Nate esfregou os olhos que doíam.

– Sabe, a única coisa pior do que você ficar falando sobre a sua vida sexual é você ficar falando sobre o quanto se ama.

– Tá bom. Então, quanto você me ama? – Quando um olhar letal o atingiu, Shuli deu de ombros. – Que foi? Você queria mudar de assunto.

Os dois tinham acabado de sair de um trabalho numa parte da cidade onde as casas eram imensas, os terrenos eram medidos em hectares em vez de metros e as garagens tinham espaço para pelo menos quatro carros. O proprietário estava terminando de montar no porão uma academia, uma sauna e uma sala de cinema, e ambos tinham sido chamados para ajudar a colocar o drywall. Nate fora o único a chegar na hora. Quando Shuli por fim apareceu, veio cheirando a perfume, e usava uma camisa de seda amarrotada e calças que precisavam de um cinto, mas não havia nenhum. O cabelo, do mesmo modo, estava todo bagunçado – e não que precisassem de confirmação, mas o chupão no lado do pescoço era como um sinal luminoso de neon para o ar de "não sou mais virgem" que ele estava morrendo de vontade de partilhar.

– Resumindo… – Shuli deu a seta. – Foi fenomenal. Como disse, fizemos três vezes e a última foi contra a porta enquanto eu saía.

– Isso não seria possível.

– De pé é, sim, uma posição. E boa.

– Não, o que eu não entendo é como vocês fizeram enquanto você saía… Cuidado com o veado.

– Oi? – Shuli praguejou e desviou da corça na lateral da estrada. – Não seja pandêmico.

– Pedante.

– Isso também.

Felizmente, Shuli se calou a essa altura, embora a forma como ele deslizava a mão no topo da curva do volante sugerisse que mentalmente estava onde lhe disseram que sua boca não poderia estar.

Nate desviou os olhos dos afagos e observou através da sua janela. O cenário agora era só de campos e, quando passaram por uma cerca divisória raquítica e depois um muro de pedras, um calor em seu peito o fez se ajeitar no banco. Quanto mais se aproximavam da Casa Luchas, mais agitado ele ficava, e ele deduziu que o lado positivo de Shuli finalmente ter feito sexo pela primeira vez era que estava ocupado demais com a sua glória orgásmica para perceber o quanto ele estava ficando inquieto.

– Pelo menos amanhã temos a noite de folga – anunciou Shuli.

– Temos?

– É sábado. E a gente vai sair, lembra?

– Ah, é mesmo.

Por que não tinha simplesmente se desmaterializado até lá sozinho? Bem, respondeu para si, porque assim seria óbvio demais. Com Shuli de acompanhante, ele meio que tinha uma espécie de cobertura.

Tudo bem que era da variedade difícil de aguentar.

– Ah, aqui estamos – anunciou Shuli ao virar na entrada para carros coberta de pedriscos.

No fim do caminho, uma casa de fazenda com varanda tinha muitas luzes acesas no interior. Com a luz se irradiando no gramado ainda queimado, Nate decidiu que a casa parecia uma espaçonave que acabara de aterrissar, mas que viera em paz. Com uma árvore no gramado lateral e uma campina atrás, era um lugar verdadeiramente especial.

E, não pela primeira vez, ele conseguia entender o motivo de o Irmão Qhuinn ter amado aquele cenário.

A Casa Luchas fora batizada em homenagem ao irmão do lutador e fazia parte do programa de assistência social da raça, oferecendo um porto seguro para os jovens que precisavam de abrigo, de recursos, de ajuda. Diferentemente do Lugar Seguro, que era reservado apenas para fêmeas e seus filhos, machos tinham permissão para entrar nessa casa, tanto como residentes quanto como convidados. O que era muito bom para Nate.

Com um desespero que não queria admitir para si mesmo, seus olhos dispararam para o segundo andar à esquerda. As janelas daquele quarto em particular estavam escuras e, por um momento, ele sentiu pânico.

Mas se ela tivesse ido embora... ela teria dito algo?

Inspirando fundo, alisou a frente do blusão SUNY Caldwell. Havia umas manchas de tinta na barra, e ele a puxou e deu uma cheirada. Maravilha. Perfume da Benjamin Moore.[13]

Porém, ele precisava aproveitar essas oportunidades quando podia.

No segundo em que o Tesla parou junto à calçada da porta de entrada, tudo o que Nate queria fazer era sair correndo do carro e invadir a casa, derrubando a barreira de modo a poder disparar escada acima e verificar que ela não tinha...

— Olha só — Shuli disse em sua melhor voz "sou dois meses mais velho do que você" —, amanhã à noite vai ser bom pra você, e eu vou garantir que relaxe. Vamos para esse lugar novo, o Dandelion. Você vai amar, mas não tem que ficar até o fim se não quiser. Pode só tomar um drinque e ver o que acontece.

— Não sei, não. — Nate puxou a maçaneta. — Não é algo que me interesse muito. Além do mais, estou achando que você vai estar bem ocupado.

Shuli esticou a mão e segurou o braço de Nate.

— É muito melhor do que... você sabe.

---

13 - Benjamin Moore é uma marca de tintas estadunidense para reformas ou decoração. (N. T.)

– Melhor do que o quê?

– Vir aqui toda vez que tem oportunidade.

Nate congelou por um segundo. Pensou que tinha disfarçado bem, e se Shuli tinha percebido – por mais autocentrado que o cara fosse –, quem mais sabia que ele vinha de propósito para a casa?

Saindo do seu transe, disse:

– Qual é! Esta é só a segunda vez que venho aqui desde que a gente terminou o trabalho na garagem.

– E foram as duas oportunidades que teve.

Nate soltou o braço.

– Só preciso pegar o meu blusão.

– Mesmo? Aquele que é exatamente igual a esse que está usando? E que custa no máximo vinte paus? Olha só, não estou nem aí com o que quer fazer o restante do mundo acreditar, mas entre eu e você, nós devemos ser francos.

– Entre mim e você – Nate corrigiu resmungando ao sair do carro.

Em meio a uma descarga de ansiedade, fechou a porta do passageiro e se esqueceu por completo de Shuli, da opinião desnecessária dele e de todas as boates que existem ou existiram em Caldwell. Dirigindo-se até a porta de entrada, ajeitou o blusão sujo de tinta, bateu as botas de trabalho para tirar qualquer lama das solas – e teria passado a mão pelos cabelos caso Shuli não estivesse logo atrás dele.

A porta se abriu pouco antes de ele bater.

– Bem na hora, o alvorecer se aproxima. – A assistente social sorriu ao recuar. – O seu blusão está na cozinha.

A fêmea era exatamente o que se esperava de alguém em seu ramo profissional: maternal, gentil, de fala mansa. Caramba... qual era mesmo o nome dela? Já haviam lhe dito algumas vezes, mas ele sempre esquecia. Das calças jeans dela ele se lembrava. Wrangler. Não era uma marca com que estivesse familiarizado... mas ele lá entendia de roupas?

– Muito obrigado... – Retribuiu o sorriso dela ao entrar, esperançoso de que ela não notasse seu esquecimento. – Uau, puxa, que cheiro de cookies com gotas de chocolate.

– Acabaram de sair do forno – explicou ela. – Todas as noites, sem falta.

Enquanto caminhava pela sala de estar, Nate conseguiu ouvir passos no andar de cima. Eram pesados. De um macho.

– Mais alguém se mudou para cá? – Enquanto franzia o cenho para o teto, ele se lembrou de que aquela não era sua casa, e logo ajeitou uma almofada no sofá, tentando ser casual ao insistir no assunto. – Parece que vocês têm outro morador.

– Sim, temos um novo. – A assistente social entrou na frente na cozinha branca e cinza, e parou diante de uma escrivaninha embutida ao lado da mesa de refeições. – Aqui está.

Seu blusão nunca fora tratado tão bem. Estava perfeitamente dobrado e, quando ele o pegou, sentiu cheiro de amaciante.

– Obrigado. – Relanceou para o forno e viu as travessas de cookies esfriando. – Olha, esses cookies estão com uma cara linda.

– Sirvam-se. – A fêmea foi para a bancada e pegou um prato. – Sempre faço uma receita inteira apesar de estarmos apenas em três. Velho hábito, imagino. Do Lugar Seguro. Aceitam leite?

– Eu adoraria. Shuli também.

– Sentem-se, eu sirvo vocês.

Propositadamente ignorando o olhar surpreso do amigo, Nate puxou uma das cadeiras e se sentou à mesa. Como o restante da casa, a cozinha estava imaculada: o fogão de aço inoxidável reluzindo, a pia sem pratos sujos, as bancadas de granito limpas – a não ser pelos cookies que esfriavam.

Portanto, não havia nada para ajudar a consertar ou arrumar.

– Na verdade – disse Shuli com um brilho nos olhos –, estou com uma fominha. Venho me exercitando.

– Verdade? – A assistente social (caramba, qual era o nome dela?) apoiou um prato que enchera de cookies na mesa e se virou para pegar copos. – Onde tem se exercitado? E o que tem feito?

Nate estreitou o olhar para Shuli, o sinal universal que dizia "não se atreva a mencionar a sua transa". Shuli arregalou os olhos para ele, mas, pelo menos, não seguiu esse caminho.

— Temos uma academia em casa — foi só o que ele disse ao pegar um cookie e morder metade dele.

Academia em casa o caralho. A mansão de Shuli tinha espaço e equipamentos dignos de um time de futebol da primeira divisão. Ele ganhava pontos por não se gabar, porém.

— Estão deliciosos só com chocolate — elogiou Nate ao experimentar um dos cookies. — Sem nada dentro.

— Assim como na sua cabeça — sussurrou Shuli.

Nate mostrou o dedo do meio para o cara, disfarçadamente; depois, se reclinou para trás para tentar ver o corredor dos fundos. Só para o caso de alguém ter entrado pela garagem. Embora nenhuma porta tivesse sido aberta nem fechada.

— Isso é bem conveniente. — A assistente social voltou a guardar o leite na geladeira. — Adoraríamos acrescentar uma academia à garagem, mas ainda não temos os recursos.

Droga, do que mesmo estavam falando?, Nate pensou ao relancear para a sala de estar.

— Exercícios físicos são ótimos para o controle do humor e dos sentimentos — prosseguiu a assistente social. — É um componente importante para a saúde e recuperação…

— Sala de ginástica — Nate disse de repente.

A fêmea riu.

— Isso, bem que eu queria que tivéssemos…

— Nóspodemosconstruirumaparavocês. — Quando as sobrancelhas dela se ergueram e ela parou no meio da entrega dos copos de leite, Nate se forçou a desacelerar. — Com certeza podemos construir uma aqui para vocês. — Apontou com a cabeça para Shuli. — Outro dia mesmo ele disse que queria fazer alguma caridade para a comunidade com a mesada dele.

— Eu disse? — Shuli perguntou enquanto mastigava.

— E ele e eu faremos a parte da construção de graça.

— Faremos?

Nate lançou outro olhar para o amigo.

— Nosso contramestre, Heff, pode fazer a planta e obter um desconto com os fornecedores. Nós podemos trabalhar aqui nos dias de folga.

A assistente social levou a mão à base da garganta e seus olhos brilharam de gratidão.

— Ah, rapazes… Isso seria tão generoso. Mas vocês têm certeza?

Nate assentiu como se tivessem fechado o negócio com um pacto de sangue.

— O prazer é nosso.

— É? – resmungou Shuli.

No lado de fora, atrás da casa de fazenda que rescendia a aroma de cookies com gotas de chocolate, Rahvyn caminhava pela campina, a grama e as flores silvestres ainda tendo que brotar, a propriedade ainda desprovida de vida devido ao abraço do inverno. Enquanto se dirigia à linha de árvores mais distante, pensava na sua chegada àquele lugar, naquele tempo. Sua trajetória estivera errada. Tivera que visitar alguns fólios finitos antes de acertar.

Parando, deixou a cabeça pender para trás e olhou para a galáxia acima. O fato de estar onde estava… Sabia ser um milagre, uma exceção à ordem natural das coisas, e que deveria agradecer pelo poder raro que possuía como a bênção que era. Em vez disso, sentia-se vazia. Perdida. Sozinha.

Pensando bem, aquele era um mundo totalmente novo, e não só por já não estar no que as pessoas daqui chamavam de "Antigo País". Antigo País, de fato. Lá de onde viera, não havia nada de velho. Era apenas o lugar em que todos os vampiros viviam.

Séculos se passaram, contudo. Portanto, a perspectiva mudou. A menos que alguém tivesse saltado todos esses anos em vez de passar por todos eles.

O tempo, no fim, não era linear no sentido estrito da palavra. Era mais um livro repleto de contos curtos, todos esses momentos passíveis de serem lidos simultaneamente, revividos, existindo numa eternidade paralela por estarem todos unidos. Os mortais, como leitores, passavam por cada página hipotética de suas histórias, com as letras, os espaços, a pontuação representando os anos, as décadas, a vida que viveram.

Nenhum deles tinha ideia de que tudo era predestinado. Mesmo o livre-arbítrio deles era designado – porque seus destinos estavam num *looping* infinito, nada terminando, apenas infinitamente recomeçando, sempre novo, sempre antigo.

O truque era: assim que você começasse a sua história, não poderia deixar de terminá-la. E não haveria escolha, a não ser ler e não ter nenhuma lembrança consciente daquilo que se passou antes.

Era vital que os mortais não conhecessem a verdade do tempo. Se conhecessem… poderiam saltar nas histórias de outros e influenciar coisas que não deveriam – e, tal qual um terceiro que editasse o que já fora publicado, isso resultaria numa bagunça que o autor original não apreciaria.

Rahvyn endireitou a cabeça. Enquanto fitava a campina, sentiu-se sugada no tempo, embora não metafisicamente. Com as lembranças vindo à tona, ela se transportou para outro campo, pertencente ao "Antigo País". E lá, ao seu lado, estava seu primo, Sahvage, gritando com ela, com o rosto contorcido de ódio. Ele gritava para que ela desaparecesse enquanto os guardas se aproximavam – mas ela não teria como deixá--lo… Em seguida vieram as flechas, e ele foi morto bem diante dela.

Depois disso, outras coisas aconteceram, coisas violentas, coisas que a transformaram, mas de modo necessário. O sofrimento por que passou lhe deu o poder para trazer Sahvage de volta – depois do que, ela teve que deixá-lo. Ele vira a mudança dentro dela. Também vira o que ela fizera com o aristocrata que a violara tão selvagemente. Com isso, ela veio para cá, a este ponto de tempo e lugar, para reencontrá-lo mais uma vez. Odiara ter forçado Sahvage a sofrer por não saber qual tinha sido o seu destino, mas soubera que ele precisava de séculos para superar o que a vira fazer.

E agora lá estavam eles, em Caldwell, os dois juntos de novo. Ele até encontrara uma parceira para si, o que era uma verdadeira bênção.

Ele não olhava para Rahvyn do mesmo modo, porém. Como poderia?

Pensamentos do chalezinho que um dia partilharam, na época em que fora órfã e ele, seu *ghia*, fizeram com que ela relanceasse para a casa onde estava hospedada. As fêmeas dali eram tão generosas com ela, tão gentis.

Se soubessem que ela despelara um macho vivo e depois o empalara pelo ânus, deixando-o pendurado bem na entrada do seu castelo, continuariam a demonstrar tanta compaixão? Ela achava que não. Sim, passaram-se séculos na linha do tempo deles, mas aquele assassinato, e todos os outros daquela noite, foram tão violentos que ela não acreditava que a passagem dos anos amenizaria sua gravidade.

E esse, claro, era o motivo pelo qual seu primo a tratava de modo diferente.

Erguendo as mãos, encarou-as, esperando ver sangue pingando pelos dedos, num brilho rubro ao luar. Para ela, a carnificina acontecera havia algumas poucas noites. Seu corpo ainda estava dolorido pelo modo como o aristocrata a usara.

Ele mereceu tudo o que lhe fora feito. Ela não se arrependia de nada. No entanto, agora ela tinha um segredo, um lado seu que ninguém conhecia.

Não, isso não era verdade. Sahvage suspeitava, e era por isso que ele a olhava daquela maneira agora. A jovem a quem ele protegera com tanto cuidado... acabara se revelando algo que ele temia.

— Não pertenço — sussurrou para a noite — a este lugar nem a nenhum outro.

Algum tipo de movimento a arrancou da sua armadilha interna e, quando ela voltou a enxergar propriamente, percebeu que tinha se virado de frente para a casa de fazenda.

Na janela da cozinha, via-se um grupo de três, dois machos e uma fêmea. Estavam sentados à mesa, com um pedaço de papel entre eles, e algo estava sendo desenhado.

O macho de cabelos escuros e blusão capturou e prendeu a sua atenção, e, como se ele pressentisse seu olhar apesar da distância que os separava, ergueu o rosto e olhou para fora na sua direção.

Com as luzes acesas onde Nate estava, ele não conseguia de fato enxergá-la.

Era melhor, para o seu bem, que as coisas continuassem assim.

Mas, principalmente, para o dele.

Capítulo 11

Erika recobrou a consciência e se descobriu deitada com a cabeça na curva de um braço forte e com uma das suas mãos presa numa pegada forte, quente. Quando seus olhos farfalharam para se abrir, como uma dama vitoriana, ela se sentiu confusa com o teto manchado logo acima e com o que era aquele perfume delicioso…

Sentou-se num movimento rápido. A visão do corpo de Connie, deitada no colchão sem lençol, trouxe tudo de volta.

Virando-se, olhou para o rosto… do homem que vinha tentando encontrar, que ela simplesmente *sabia* que vira direito em seus sonhos. Mas reconhecê-lo foi só até onde conseguiu ir. No instante em que as feições dele foram percebidas, seus pensamentos começaram a rodopiar e o zunido que a derrubara retornou. Ciente de que provavelmente estava prestes a desfalecer de novo, agarrou a jaqueta de couro e aproximou as cabeças.

Só que, antes que ela pudesse exigir saber o que ele estava fazendo com ela, ele disse com voz ríspida:

– Como você sabe...

Não foi uma pergunta, foi mais uma declaração. Do que ele estava falando?

Não tinha importância. Aquilo não era relevante.

– Você fez alguma coisa com a minha memória – grunhiu em meio à dor das têmporas. – Você tem que parar com isso…

Em resposta, ele a agarrou pelo braço e deu uma sacudida.

– Como você sabe?

– Deixe a minha mente em paz!

Os rostos estavam tão próximos que ela enxergava as pintas nas íris dele. E, sem nenhum motivo aparente, ela decidiu que o perfume dele era a melhor coisa que já estivera em seu nariz – não que isso fosse de qualquer ajuda, muito menos apropriado.

Respirando em meio às dores na cabeça, obrigando-se com a sua força de vontade a permanecer consciente, disse rouca:

– Sei que tirou algumas das minhas recordações. Você tem que devolvê-las. O que quer que tenha feito está deixando a minha mente instável e fazendo com que eu questione a minha sanidade. Por favor. Devolva.

Ela falava rápido, as palavras se atrapalhando, emboladas em meio à súplica, mas era o melhor que ela podia fazer. Seus pensamentos se embaralhavam de uma maneira que a assustava, fazendo com que a formação de frases convincentes fosse praticamente impossível.

– Você não tem que me salvar – ele disse asperamente.

Salve-o..., ela pensou

Sim... No sonho que acabara de ter na delegacia. A fumaça preta que saíra de dentro dele. E depois, no segundo pesadelo, a sombra da sua casa...

– Como sabe o que havia no meu sonho? – ela sussurrou, ciente de que estava no precipício de um mistério, de outra realidade.

– Eu não sei. Foram essas as palavras que você disse enquanto desmaiava. – Em seguida, ele praguejou. – Andou sonhando comigo?

– Sim, e é sempre a mesma coisa. – A dor de cabeça piorou quando ela tentou acessar a lembrança, mas ela se forçou a continuar. – Não consigo... Não consigo lembrar dos detalhes. Quando estou acordada, eu não me lembro, mas quando estou sonhando eu vejo você. E eu sei... – De repente, ela sentiu um medo imenso. – Tem alguma coisa indo atrás de você, não tem?

O homem de couro preto afrouxou a pegada no braço dela.

– Não, não tem.

Como ele não disse mais nada, ela teve a sensação de que não chegaria a parte alguma forçando o assunto.

– Devolva as minhas recordações – exigiu.

De alguma maneira, não conseguia acreditar que estava dizendo isso, ainda mais porque não acredita em hipnose e controle da mente nem nada dessas asneiras. Mas ele não estava discordando dela, estava? Se não outra coisa, ele parecia culpado.

– Sabe que o que fez comigo é errado – disse.

– É para protegê-la – ele rebateu. – Você não faz ideia do que eu sou.

– Faço, sim. Você é um ladrão. – Ele se retraiu ante isso, por isso ela forçou, insistindo no ponto fraco dele, sua mente ficando um pouco mais clara à medida que prosseguia, mais centrada. – Você é um ladrão e um criminoso violento. Eu o vi na câmera escondida levando os relógios de uma vítima de homicídio para o trailer de um conhecido traficante de objetos roubados. Que por acaso estava morto no sofá quando você entrou. Ele tinha sido alvejado na cabeça, mas você mal prestou atenção. Não se incomodou nem um pouco. Só levou um pouco de dinheiro e foi embora.

– Como sabe que os relógios eram roubados?

Estavam mesmo fazendo isso ao lado do cadáver da Connie?, pensou entorpecida. Mas era improvável que tivesse outra chance. Se ele fosse embora, ela sabia que nunca mais voltaria a vê-lo. Aquele encontro era um golpe de sorte cuja chance de ocorrer era de uma em um milhão.

A menos que ele a matasse. Nesse caso, não seria sorte nenhuma.

E ela provavelmente deveria se importar mais com o risco que corria, estando sozinha com um homem como ele.

– Então não vai negar que esteve naquele trailer? – perguntou. – Com os relógios?

– Tenho que ir.

Quando ele começou a se afastar, ela o puxou de volta pela jaqueta.

– Você roubou de mim. Da minha mente. Quero o que é meu de volta. Não sei como fez isso e não me importo. *Devolva as minhas lembranças.*

Forte como era, ele não teria problemas em se soltar dela e se levantar. Encarando-a de cima, sua expressão era distante.

– Não quero que se envolva em nada disso.

– É meio que tarde pra isso, não acha?

– Exatamente que tipo de perigo você acredita que eu esteja correndo?

– Pare de mudar de assunto...

– Que tipo de perigo? – As palavras dele foram altas e duras, e ecoaram ao redor do cômodo vazio e sujo e do corpo deitado ao lado deles. – *Como você sabe.*

Erika fitou o corpo de Connie e seu coração se condoeu. Sempre havia morte em Caldwell, mas, nesta noite, a Dona Morte parecia estar em toda parte. E a ideia de que este homem, com seus atos criminosos, estivesse em apuros não era nenhuma novidade. O problema era que... o perigo não vinha da sua vida nas ruas. Vinha na forma de uma sombra em seu pesadelo. Ela *sabia* disso.

– Meu sonho mudou – ela respondeu com rispidez. – Adormeci na minha mesa da delegacia hoje, sei que sonhei de novo... mas alguma coisa estava diferente. Diferente de um jeito ruim. Se você me devolver as minhas recordações, eu provavelmente serei capaz de te contar.

Ela não conseguia acreditar no que estava dizendo. Não acreditava em nada daquilo.

Porque era como se existissem duas partes de Caldwell, a óbvia e a escondida, e esses instantes com ele estavam fazendo com que ela andasse por uma divisória cuja existência, pressentia, ela nem sequer deveria conhecer.

– Você não pode me salvar. – Ele balançou a cabeça ao falar, os olhos parecendo sorver cada detalhe seu. – E toda esta maldita confusão é uma toca de coelho para a qual você não deveria descer.

Erika relembrou o momento em que despertou à mesa e despencou em queda livre até o chão. Houve dois sonhos: o recorrente, no qual ela está no tríplex, e um novo, que a assustava... Onde estivera no pesadelo? Onde estivera...

– Descendo a escada – disse de repente. – Eu estava na minha casa. As luzes estavam apagadas. Eu descia a escada até a porta da entrada. Olhei no espelho dali... Uma sombra. Foi uma sombra que me atacou. E foi uma sombra que atacou você.

A descarga de lembranças provocou a volta da dor de cabeça, mas ela não se importou. Era um alívio se lembrar de alguma coisa, de qualquer coisa – mesmo se os cabelos na base da nuca se eriçassem e um tremor percorresse o seu corpo. E era estranho. Ser perseguida num pesadelo por um tipo de escuridão era algo bem padrão, típico das coisas do subconsciente, entretanto ela sabia, bem no fundo, que o que quer que tivesse sido...

Era *real*.

Ela cravou o suspeito nos olhos com firmeza.

– Você não quer que eu te salve? Tudo bem. Apenas não me deixe numa posição da qual eu não possa me proteger. Aquela coisa estava na *minha casa*.

Não esquecer: *A merda pode sempre piorar.*

Quando Balz se levantou diante da sua detetive – não que ela fosse sua –, ele sabia que não deveria estar onde estava. Vampiros e humanos não se misturavam – mais precisamente, não *deveriam* se misturar. Mas depois de ter entrado na cabeça daquele idiota junto à ponte, não havia como deixar uma pobre mulher sangrando até a morte se pudesse evitar.

E o traficante deixara a mulher viva.

No momento em que Balz passara pela porta de entrada do apartamento, seguiu o cheiro cuprífero até ali, no quarto – e, assim que ficou evidente que já era tarde demais, ele teve a intenção de sair imediatamente.

Algo tornou isso impossível.

O destino devia saber que a sua detetive apareceria.

E ali estava ele agora, mais afundado na situação.

– Cacete. – Balz olhou ao redor do quarto esquálido. – Filho da... mãe.

Quando os globos oculares não lhe deram absolutamente nada com que resolver a situação rapidamente – como se, sei lá, aquela cena triste fosse um supermercado para soluções? –, ele se concentrou em Erika. Ela olhava para o corpo fixamente, e a sua imobilidade era um indicador claro de que passava por alguns impasses psicológicos. Muitos dos quais, culpa dele.

– Nunca acreditei na lista – ela disse distraidamente, como se falasse consigo. – Nunca... Mas acho que agora acredito.

– Que lista?

Demorou um bom minuto até ela relancear para ele. E, de novo, ele teve a sensação de que ela recitava seus pensamentos particulares em voz alta.

– Todos os que vão para a homicídios cedo ou tarde veem a lista. – Os olhos dela trafegavam para cima e para baixo do corpo dele, como se gravando cada detalhe. Assim como ele havia feito com ela antes. – Não há apenas casos não resolvidos, mas casos antigos não resolvidos totalmente inexplicáveis. Alguns com mais de cem anos. Corpos com sangue negro nas veias que mais tarde desaparecem do necrotério. Autópsias que revelaram anomalias anatômicas que nenhum médico legista jamais documentou. Locais ermos onde homicídios ritualísticos evidentemente foram realizados, mas sem qualquer vestígio humano ou animal. Relatos de pessoas desaparecidas e homicídios dados como "solucionados", só que ninguém sabe exatamente como nem por quê.

Houve uma pausa.

– E também há vítimas de homicídios que foram despeladas vivas ou cujos órgãos foram removidos sem nenhuma indicação do uso de instrumentos nos corpos... Vítimas como Herbert Cambourg, cujos relógios você deixou com aquele traficante do mercado negro. O tronco de Cambourg foi dividido ao meio. – Ela balançou a cabeça e olhou para a morta. – Mas algo me diz que você já sabe disso.

Como ele não respondeu, ela sorriu de forma dura.

— Você tem ideia de quantos detetives fazem ressonância magnética devido a dores de cabeça frequentes, que os levam a ter certeza de que sofrem de tumor cerebral? Mas nunca é isso. Tampouco há algo de errado com o meu cérebro, há?

Balz inspirou fundo.

— Não, imagino que não.

— Não consigo acreditar que eu esteja falando assim.

— Você pode confiar em mim.

Ela deu uma gargalhada irritada.

— Poupe-me, está bem? Estamos ao lado de uma mulher que você provavelmente matou.

— Ela estava morta quando cheguei. — Quando Erika tentou argumentar, ele a interrompeu: — O seu cara da perícia vai provar que não fui eu.

— Será? — Os olhos dela se voltaram para os seus e se estreitaram. — Ou será que você vai fazer com que eu e todos os outros do departamento acreditemos nisso? Como diabos você manipula as mentes das pessoas? É alguma coisa saída do *Scooby Doo*, com certeza.

— Eu adoro esse desenho — disse ele, distraidamente.

— Eu também. — Ela esfregou a testa e pareceu exalar derrotada. — Só que os monstros não são reais em Cabot Cove. E estou começando a acreditar que são reais em Caldwell.

— Cabot Cove é em *Assassinato por escrito*.[14]

— Ah, desculpe — murmurou exausta. — Não tive a intenção de bancar a Jessica Fletcher nesta situação.

— Tudo bem. Também gosto desse programa.

Ela inspirou fundo e pareceu não ter consciência do que estava dizendo, das palavras que saíam confusas.

---

14 - *Assassinato por escrito* é uma série da televisão estadunidense, iniciada em 1984, em que uma personagem, Jessica Fletcher (Angela Lansbury), é muito boa em resolver mistérios. Parece que os assassinatos a acompanham aonde quer que vá, seja casa de seus amigos e parentes, seja a sua cidade natal, Cabot Cove, no Maine. (N. T.)

— Maratonei as cinco primeiras temporadas em fevereiro, quando estava gripada. Não gosto a partir daí por causa dos outros detetives que colocaram na trama.

— Concordo. Sem falar no computador em vez da máquina de escrever na abertura do programa, mais para o fim da série.

— Eu fiquei superofendida.

E dizem que vampiros e humanos não têm nada em comum, ele pensou com tristeza.

Deus, se ao menos pudesse continuar conversando com ela desse jeito. Sobre nada especial ou estressante. Ele amava o som da voz dela.

Mas, claro, aquela não era a realidade deles.

— Vou avisar a Central sobre esta cena de crime — avisou ela. — E não vou parar de procurar por você. Cedo ou tarde, vou te encontrar e desvendar essa coisa toda. Se você tiver um mínimo de decência, pode facilitar em vez de dificultar isso para mim, porque, francamente, já faz anos que passei do meu limite. Mas isso não é problema seu, é?

— Posso salvar a nós dois. Você não vai ter que se defender.

— Você está falando com uma mulher que mora sozinha e põe assassinos atrás das grades. Eu sempre tenho que me defender. — Ela ergueu as mãos. — E se você me deixasse saber de que diabos estamos falando, isso seria *simplesmente* maravilhoso.

No silêncio que se seguiu, ele pensou em como, ultimamente, sua vida passava de uma má decisão a uma sorte pior ainda repetidamente. Por isso, óbvio, ele teve que abrir a boca.

— Você tem razão, Herbert Cambourg não foi morto por um humano — Balz se ouviu dizer. — E você também tem razão, aquela sombra no seu sonho é muito, muito real.

— Então, o que ela é? — ela perguntou numa voz aguda.

— É o mal. O puro mal.

— O que está acontecendo em Caldwell? O que há por trás das aparências? Você tem que me contar.

— Quanto menos você souber, melhor. Mas eu vou protegê-la. — Mais uma vez ele ergueu a mão na direção dela. — Sim, eu sei que sou um criminoso desprezível, um ladrão, um assassino, tudo isso. Mas, quando eu lhe digo que não vou deixar nada acontecer com você, estou falando sério.

– Não vou me lembrar disso, vou? – Balançou a cabeça. – Tropecei e caí num mundo diferente, não foi? E você vai dar um jeito nisso para que eu fique no meu.

Ela tinha uma expressão estranha no rosto, como se tivesse tentado conceber a coexistência de dois cenários mutuamente excludentes. Quando isso se mostrou impossível, resignara-se a aceitar a existência de uma dupla realidade que se chocava, ainda que fosse contra tudo o que ela acreditava… Pois era a única explicação que havia.

Balz teve o impulso absurdo de esticar a mão e tocar nela de alguma maneira, dando-lhe um aperto tranquilizador no ombro, roçando a sua face com a ponta dos dedos.

– Lamento muito – disse ele, mantendo as mãos para si.

– Por favor… por favor, não me apague novamente. – Quando a voz se partiu, ela pigarreou e, Deus, aqueles olhos estavam partindo a alma dele. – Só o que tenho neste mundo é a minha mente e você está acabando com ela.

– Não por escolha. – Merda, não suportava aquilo. – Erika… não vou deixar que fique no meio disto tudo.

Não, ele só estava levando Devina direto para ela se não fosse embora logo. Jesus, o demônio já estivera nos sonhos dela…

Balz recuou um passo. E outro.

– Você não pode se lembrar de mim. Isso a coloca em perigo.

– Não, por favor…

Ele odiou a expressão vazia no rosto de Erika quando entrou na sua mente e começou a apagar-se dela. Outra vez.

Ela tinha razão. Ele estava causando estragos, e por mais que tivesse danificado muitas, muitas coisas em sua vida de lutador, fazer mal a ela estava acabando com ele.

Mas que escolha ele tinha? Ela tinha que ficar longe dele, tanto na mente quanto fisicamente, enquanto ele expulsava Devina de dentro de si próprio.

E depois matava o maldito demônio.

Engraçado, ele se irritava quando a questão era apenas ele. Mas atrair essa mulher para a questão? Devina cometeu um puta de um erro.

Ele estava queimando de raiva. E se a história provava alguma coisa, ele era um inimigo muito, mas muito ruim de se ter.

– Não vou vê-la novamente, Erika – disse com suavidade. – E embora você não vá se lembrar de mim... eu jamais a esquecerei.

Capítulo 12

No fim da tarde seguinte, enquanto a luz do dia diminuía rapidamente graças a uma camada de nuvens pesadas, Erika entrou em sua viatura sem marcas oficiais e seguiu para a saída do estacionamento da delegacia do DPC. Ao passar o cartão pela guarita e a barreira se erguer, ela tomou o cuidado de verificar ambos os lados antes de entrar no tráfego local e, quando pisou no acelerador, não se preocupou em pisar fundo.

Enquanto seguia caminho no fluxo de carros, lembrou-se de ter lido um estudo que avaliava o tempo de reação de motoristas cansados. A conclusão foi de que os sonolentos ficavam tão incapacitados e perigosos quanto os embriagados e os que estavam sob a influência de drogas. Fazia sentido, por isso foi supercuidadosa, segurando o volante com as duas mãos na posição correta de dez para as duas enquanto olhava por cima do painel como uma senhorinha, os outros carros ao redor apenas um jogo de queimada ao qual ela só queria sobreviver.

Tinha sido outra noite bem, bem longa.

Meu Deus, Connie...

Enquanto Kip processara o suicídio ocorrido junto ao rio, ela lidara com a triste cena naquele prédio sem portaria da rua Market...

A dor de cabeça perene, que bondosamente se retirara por conta própria durante a tarde, deu um passo à frente de súbito, como um guarda de segurança pronto para lidar com um invasor. Jesus, era como se toda vez que pensasse na sua entrada no apartamento da Connie a maldita voltasse...

– Mas que droga.

A dor ao longo do lobo frontal logo ficou tão forte quanto uma dor de dente causada por abscesso, e ela teve que afastar quaisquer pensamentos sobre sua chegada ao apartamento. Mas era estranho. Se se lembrasse de qualquer outra coisa depois de ter chegado lá, a dor de cabeça ia embora: podia pensar o quanto quisesse sobre o momento em que ligara para avisar do cadáver, sobre ter tirado as fotos preliminares com seu celular e sobre a espera até a equipe de processamento da cena do crime chegar. E sair do local também não representava um problema: de volta à ponte, encontrar-se com Kip para trocarem as últimas informações, ter ficado lá até as dez da manhã... nada disso fazia sua cabeça latejar.

Quando chegou a um farol vermelho, apanhou a bolsa. O frasco de Motrim a que vinha recorrendo desde as quatro da madrugada estava ao seu alcance. Talvez devesse simplesmente facilitar as coisas e colá-lo à mão com velcro.

Ou na testa.

Tirando mais dois comprimidos, engoliu-os a seco – ou tentou. Engasgava e tossia e pensava em tumores cerebrais quando o farol ficou verde.

Seguindo em frente, pensou em todos aqueles outros detetives que reclamavam de enxaquecas, aneurismas, AVCS. Era praticamente um rito de passagem na divisão de homicídios a pessoa solicitar ao médico uma ressonância magnética...

– Ai... – gemeu quando a cabeça voltou a latejar.

Lutando contra a dor, ficou presa no cruzamento seguinte – e lembrou a si mesma de que as coisas poderiam ser piores. A julgar por como os pedestres que cruzavam a pista se curvavam contra o vento, podia-se jurar que estavam em janeiro, e não abril.

Ah, a primavera em Caldwell. A única coisa mais quente era um frigorífico, a única coisa menos tempestuosa, uma turbina.

Enquanto observava as pessoas, descobriu-se mergulhando em tristeza, como se estivesse lamentando a perda de alguém. A sensação no esterno não fazia sentido algum, no entanto, ela não conseguia se livrar da impressão de ter deixado alguém para trás.

Fantasmas a seguiam mesmo antes do pôr do sol.

Cerca de dez minutos mais tarde, parou o carro diante do Commodore. Pela graça de Deus, conseguiu encontrar uma vaga e, quando foi colocar moedas no parquímetro, havia 28 minutos deixados pelo usuário anterior na máquina.

– Talvez minha sorte esteja mudando – murmurou ao encarar a lateral do arranha-céu.

O Commodore era a vida luxuosa em sua expressão máxima, pelo menos de acordo com sua nova e elegante marca registrada. O prédio no passado era exclusivamente residencial, mas a administradora comprara grande parte dos andares inferiores, convertendo-os em hospedagens de curto prazo. Funcionando agora em parte como hotel, em parte como residência, sofrera uma bela reforma.

Andando até a entrada, empurrou a porta até a recepção de mármore e, no mesmo instante, foi recebida por uma fragrância forte, uma combinação de adstringência e pétalas de rosas.

Pelo visto o spa que acresceram devia estar funcionando a toda.

Havia um recepcionista na entrada e, quando ela mostrou o distintivo, ele nem perguntou quem ela queria visitar. Apenas autorizou a sua entrada, como se não quisesse mais nenhum problema no prédio – e não queria mesmo uma detetive parada na recepção, conversando em voz alta.

Por ela ter aparecido com tanta frequência nos últimos tempos, decorrência de dois homicídios bem complicados, os administradores do Commodore sem dúvida estavam ficando ansiosos. Casas Macabras faziam maravilhas para atrair o público de pedestres, durante o Halloween. Não eram *nada* boas para os locatários e os donos de propriedades urbanas caras.

O elevador a levou até o primeiro andar da cobertura tríplex e, assim que ela saiu para o corredor, suas passadas falsearam.

Alguma coisa aconteceu ali... alguma coisa envolvendo...

Seus pensamentos se fragmentaram quando a dor de cabeça piorou, como se a agonia estivesse determinada a redirecioná-la ou derrubá-la no tapete, caso necessário – e ela estava farta disso. A primeira coisa que faria na manhã seguinte seria ligar para seu médico e pedir uma indicação de neurologista. Não conseguia continuar desse jeito. As dores de cabeça eram constantes, e por mais que ela pudesse jurar que havia um padrão nelas, a ideia de aquilo em que estava pensando ser o motivador era simplesmente loucura.

E também não era um diagnóstico médico.

Forçando-se a superar o desconforto, seguiu pela passadeira do corredor e parou diante de uma porta decorada e marcada com uma plaquinha de latão na qual se lia: Sr. e Sra. Herbert Cambourg.

Antes de Erika tocar a campainha, a entrada do tríplex se abriu. A mulher alta e magra do outro lado tinha cabelos longos de mechas loiras e lisas, um rosto tão macio e adorável quanto o de um busto de mármore renascentista e um corpo afim ao de modelos como Kate Moss. Acompanhando tudo isso, os jeans escuros e a blusa de gola alta eram feitos sob medida – e, definitivamente, custaram mais do que o financiamento mensal do apartamento de Erika.

Pensando bem, o sr. Cambourg tinha muito bom gosto para arte, quer fossem objetos inanimados quer fossem da variante viva.

Por outro lado, os objetos que quis colecionar eram um assunto totalmente diferente.

– Eu a vi pela câmera de segurança – explicou Keri Cambourg. – E, como já disse, não precisa se desculpar nunca. Toda vez que quiser vir, será bem-vinda.

– Bem que eu gostaria de ter notícias sobre o seu caso. – Erika disse ao adentrar o corredor longo e formal. – Mas gostaria de reforçar que encontraremos a pessoa que matou o seu marido.

Keri fechou a porta e depois se recostou no painel.

– Não sei se encontrarão, e não quero com isso parecer desrespeitosa. Nada disso faz sentido para mim.

– Não vou desistir.

– Já nem sei se me importo mais. – A viúva cruzou os braços ao redor do corpo. Desviou o olhar. Olhou novamente. – Acho que isso não soa muito bem.

– As pessoas passam pelo luto de diferentes maneiras. Não há certo ou errado...

– Recebi três mulheres aqui nos últimos dois dias. Três. Passaram direto pelo recepcionista lá embaixo. Sabe por quê? O meu marido tem outro apartamento neste prédio, e o recepcionista conhecia as três. Evidentemente, elas vinham se alternando. – Quando Erika praguejou baixinho, a viúva meneou a cabeça. – Eu sabia que Herb... Bem, eu não ignorava o que ele fazia em suas viagens de negócios. Contudo, ele nunca jogou isso na minha cara. Ou foi o que pensei. Na verdade, ele só mentia melhor do que jamais eu poderia ter imaginado. Outro apartamento... num andar mais embaixo, neste mesmo prédio. Consegue acreditar nisso? O advogado me contou isso hoje.

– Ah, Keri...

– Suas amantes... – Keri passou uma mão pelos cabelos sedosos. – Aquelas mulheres vieram perguntar sobre o testamento dele. Queriam saber o que lhes fora deixado. O advogado não quis falar com elas, por isso elas subiram aqui me procurando. *Três* amantes.

– Eu lamento muito.

– Pensei que isso acabaria com a morte dele. A humilhação, quero dizer. – Quando a cabeça de Keri se abaixou, os cabelos escorreram para a frente numa onda luminosa. – Mas ele encontrou um modo de me fazer sentir inadequada mesmo depois de morto. É um dom, sério. Por isso, não, não estou me importando muito mais com quem o matou, contanto que eu não esteja correndo perigo.

Por que os homens ricos tinham essa tendência de serem uns imbecis, Erika ficou se perguntando. Com aquele arzinho de donos do mundo.

De repente, Keri endireitou os ombros.

– Mas chega de falar dos meus problemas. É para isso que servem os terapeutas, certo? Agora me diga, do que precisa?

– Eu, ah... Tem certeza de que é uma boa hora?

– Sinto que nada vai melhorar tão cedo.

Depois de um instante, Erika acenou com a cabeça na direção do corredor.

– Bem, eu gostaria de dar uma olhada na biblioteca novamente. Se não se importar.

– Claro. – As mãos da mulher foram para a base da garganta e passaram de um lado a outro entre as clavículas debaixo da gola da blusa. – Sabe, não entrei ali desde...

Quando a voz dela secou e a ponta dos dedos mexeu em algo debaixo da blusa, Erika teve a sensação de que a mulher usava aquele colar de diamantes de novo, o mesmo de quando viu a gravação do trailer, o mesmo sobre o qual Erika comentara pouco antes de o alarme ter disparado e ela ter descido para investigar...

Com um gemido, esfregou a cabeça.

– Prefere que eu entre sozinha?

– Não, acho que está na hora. E estou contente por você estar aqui quando eu, por fim, entrar... naquele cômodo. Você me dá coragem.

Keri tomou a dianteira, os saltos altos batendo com delicadeza no piso de madeira, as pontas bem cortadas dos cabelos balançando para a frente e para trás acima da cintura fina. Depois de passarem pelo arco, ela liderou o caminho ao longo do labirinto de salas que eram como gavetas numa cômoda, cada discreto espaço separado guardando uma subseção bem cuidada da coleção do sr. Cambourg.

– Vou vender toda essa porcaria – disse Keri, a mão se erguendo num gesto de dispensa enquanto passavam pelos ratos, gambás e guaxinins empalhados. – Sempre odiei tudo isso. Não entendo o motivo de ele ter se interessado por coisas tão feias e nojentas.

A sala seguinte estava repleta de grampos e sondas e outros tipos de equipamentos médicos – e Erika não pôde deixar de concordar. Herbie se interessara por coisas bem esquisitas, isso era certo.

Ah, sim, ali estavam os esqueletos de morcegos.

Keri desacelerou ao chegar à entrada de uma sala cheia de livros antigos de capa de couro.

– Aqui… está. Pode entrar, se quiser. Acho que só consigo vir até aqui.

Quando a mulher recuou um passo, Erika deu um leve aperto em seu ombro e entrou. De imediato, sentiu cheiro de água sanitária, e o fato de o cheiro de piscina não ter se espalhado sugeria que, assim como em qualquer museu, cada espaço tinha seu próprio sistema de controle de temperatura e umidade. E era bom controlar esse tipo de coisa ali. Em todas as paredes, prateleiras preenchidas com suportes de acrílico sustentavam textos antigos, manuscritos medievais e primeiras edições de sabe lá Deus o quê.

Ela não tinha de ser capaz de traduzir os títulos para deduzir que todos tratavam de assuntos sombrios. Dificilmente Herb se desviaria do tema Wes Craven[15] só para esta parte da sua acumulação.

Embora ele certamente não fosse comprar mais nada.

Do outro lado, a ordem rígida da mostra não fora apenas perturbada, mas destruída: uma seção inteira de prateleiras tinha se quebrado na parede, com os suportes que ainda permaneciam presos, entortados, e as tábuas de madeira lustrada desaparecidas. No meio da zona de impacto havia um afundamento no gesso – como se um homem adulto tivesse sido lançado contra a parede – e, debaixo do impacto, uma mancha no piso de madeira e lascas no verniz muito bem lustrado.

– Chamei uma empresa de limpeza – disse Keri de modo distante, como se estivesse tentando se controlar. – A empresa que você sugeriu. Livraram-se de tudo e foram muito gentis.

– Eles são muito bons em situações difíceis.

Entre uma piscada e a seguinte, Erika viu o corpo estatelado ali, sangue por toda parte, o tronco partido ao meio desde a junção das pernas

---

15 - Wes Craven foi um diretor, produtor, roteirista e editor de cinema estadunidense, célebre por ter criado as famosas franquias de filmes de terror *Pânico* e *A hora do pesadelo*. (N. T.)

até a base da garganta, como se os tornozelos de Herbert Cambourg tivessem sido afastados à força...

Sibilando quando mais dor a golpeou na testa, ela se virou para o mostruário vazio afixado ao chão.

– Keri, o que estava aqui mesmo? – gemeu. – Desculpe, sinto como se já tivesse perguntado isso antes.

– Ai, meu Deus. Eu odiava aquela coisa. Ela fedia a carne podre e me dava arrepios. Estou feliz que tenha sido roubada.

– Que tipo de livro era? – Erika esfregou uma têmpora. – E eu poderia jurar que já falamos sobre isso.

– Falamos, mas está tudo bem. – A mulher pegou um celular do bolso de trás e começou a passar pelas imagens na tela. – Não sei qual era o título, mas ele me enviou fotos daquela coisa quando a comprou. Estava tão orgulhoso da sua aquisição. Eu me lembro, ele chegou em casa agindo como se estivesse embriagado, só que não tinha bebido. Ele estava literalmente muito excitado... Ah, aqui está.

Com um som de desgosto, Keri virou o celular para ela.

Erika se aproximou.

– Posso?

Assentindo, Keri entregou-lhe o celular, e a respiração de Erika parou na garganta quando ela expandiu a fotografia. A iluminação não era ideal e havia um leve borrão, como se a mão que batera a foto tivesse tremido um pouco. Era impossível ter uma noção da escala e ela não conseguia ler nenhuma letra na capa de couro mosqueada.

Mas uma repulsa instintiva fez com que Erika devolvesse o celular bem rápido.

– O livro fedia *tanto* quando ele o trouxe – murmurou Keri. – Mas Herb estava obcecado. Era o seu bebê novo. Quero dizer, ele sempre ficava animado com o que colecionava, mas com aquele livro foi um exagero. Eu não conseguia tocar nele. Ele não conseguia parar de passar a mão nele.

Erika relanceou para a câmera de segurança no canto superior. Na noite do assassinato, todo o sistema de monitoramento da cobertura tinha misteriosamente deixado de funcionar.

Por isso não tinham nada sobre quem matara Herb e levara aquele livro...

– Ele lhe contou algo a respeito do livro? – Erika fez uma careta e esfregou uma das sobrancelhas. – Por exemplo, de onde ele veio?

– Nunca dei atenção a esse tipo de coisa. – Keri deu de ombros. – Herb comprava muitas coisas e eu não me importava com nenhuma delas. Nem ele, depois de um tempo. A mesma coisa aconteceu com o nosso casamento, no fim das contas.

Quando a mão da mulher voltou à base da garganta, Erika pensou na última vez que fora para conversar com ela.

– Posso lhe perguntar outra coisa?

– O que quiser, detetive.

– Lembra-se do sonho que me contou?

– Qual sonho? Ah, você se refere àquele com o homem do vídeo com os relógios? – O rubor que atingiu o rosto de Keri iluminou sem semblante como se ela estivesse diante de um pôr do sol romântico. Em seguida, ela pareceu sair do seu devaneio secreto. – Não. Mas eu... toda vez que vou dormir, eu espero que ele volte para mim... Ei, você está bem? Erika?

Capítulo 13

Eeeeee lá estava ela.

Quando Nate abriu a porta da frente da Casa Luchas, trazia um rolo de plantas debaixo do braço, um muito irritado Shuli logo atrás e uma esperança tênue de que cruzaria com a fêmea que de fato viera ver… E sim, *sim*, Rahvyn estava sentada no sofá da sala de estar. Estava com as pernas debaixo do corpo e uma cópia do *Caldwell Courier Journal* nas mãos. No segundo em que ele entrou, ela abaixou o jornal e olhou para ele.

Como se, talvez, ela o estivesse esperando chegar.

Ela estava cansada, ele pensou ao pigarrear e tentar se lembrar de como falar.

– Oi. Quero dizer, olá… oi.

– Olá – ela respondeu com suavidade.

O sorriso dela era hesitante, como se não estivesse certa quanto a como seria recebida – e era sempre assim com todo mundo, não só com ele. Ele nunca entendeu e se preocupava com o motivo. Ela podia ser a prima de primeiro grau de um membro da Irmandade da Adaga Negra… mas havia sombras por trás dos seus olhos. Sombras profundas, escuras.

– Como você está, Nate? – ela perguntou ao se sentar e ajeitar o suéter grosso que vestia.

Ainda que quisesse responder, ele só conseguia olhar para ela. Os cabelos prateados eram longos e brilhantes em contraste com a lã preta do tricô, os jeans eram escuros e novos, o rosto, desprovido de maquiagem. Para ele, ela era absolutamente perfeita. Dolorosamente perfeita.

E, sim, ele poderia ouvi-la dizer o seu nome pelo resto da vida e ainda assim não se fartaria do som. Talvez fosse pelo sotaque. Todas as palavras, não apenas os nomes próprios, eram demarcadas pelo que os outros chamavam de vogais do "Antigo País". Ao ponto de algumas das fêmeas mais antigas do Lugar Seguro assumirem ares nostálgicos quando Rahvyn falava – o que era raro e sempre baixinho.

Diga alguma coisa, idiota, ele disse a si mesmo.

– Vamos construir uma academia. – Ele mostrou o rolo de plantas arquitetônicas como se fosse um passe de acesso à casa. – Vim deixar o projeto para que todos possam ver. Se for aprovado, podemos começar amanhã.

Ela sorriu mais amplamente.

– Ah, isso é maravilhoso. Olá, Shuli.

– Eu vou pagar – o outro cara resmungou.

– E ajudar a construir. – Nate deu uma olhada na direção da cozinha e não viu ninguém, o que era ótimo. Talvez tivesse que esperar. – É o mínimo que podemos fazer para ajudar.

Rahvyn mostrou as palmas.

– Bem, se precisarem de uma mãozinha...

– Sim, sim. Seria ótimo. Simplesmente maravilhoso.

Enquanto agradecia sem parar, Nate tentou demonstrar indiferença. De outro modo, pareceria que ele tinha acabado de ganhar na loteria: se ela estava oferecendo ajuda, não só ele passaria tempo com ela, mas também significava que ela continuaria ali. Certo?

E isso não seria maravilhoso?

– Vai deixar as plantas? – Rahvyn perguntou. – Porque estão fazendo uma reunião de funcionários no andar de baixo e não acredito que termine logo.

– Sabe, acho que vou esperar.

– Acabaram de começar. Mas posso avisar que vocês estiveram aqui.

Tentando parecer casual, e não um perdedor de coração partido, ele deu de ombros.

– Ah, tudo bem, então. Acho que vou deixá-las na mesa da cozinha...

– Graças a Deus, assim podemos ir para o clube – Shuli disse baixinho. – Voltaremos no final da noite.

– Clube? – Rahvyn olhou para Shuli. – Uma organização particular à qual pertence?

– É um lugar onde há música e dança.

O macho lentamente enfiou outra camisa de seda dentro das calças bem passadas. Shuli tinha dois uniformes: a combinação de camisa polo da Izod com bermudas cáqui, que ele usava para trabalhar ou quando estava à toa na mansão dos pais, e a roupa de aparência urbana, sexy, que alguns dos caras na obra do dia anterior chamaram de Bradtastic. Sabe-se lá o que aquilo significava...

– Posso ir com vocês?

Espera, o quê?

– Ah... – Nate tentou visualizar Rahvyn dividindo espaço com um monte de humanos bêbados e drogados. – Não tenho certeza de que seria um bom lugar para você.

Tradução: *Definitivamente não é a sua praia.*

Com uma virada rápida, Shuli deu as costas para Rahvyn e arregalou os olhos, todo "o que você está fazendo, cara?".

Nate o afastou.

– Pode ser meio tumultuado. Você sabe, barulhento. Porque haverá um monte de gente lá, muitas pessoas que não são como nós, se é que me entende.

– Não tenho medo dos humanos. – Ela dobrou o jornal sobre a mesa de centro, depois se levantou. – E eu gostaria de sair e conhecer um pouco do mundo. Estou me sentindo presa aqui.

Juntando as palmas, Shuli parecia comemorar um gol.

– Perfeito, vamos. Estou de carro.

Quando o macho se dirigiu à saída, Nate esfregou o queixo, uma sensação de "isso não é uma boa ideia" ardendo em suas entranhas.

– Vamos? – disse Rahvyn

– Vou cuidar de você – murmurou. – Não se preocupe.

– Ah, não estou preocupada com a minha segurança. – Sorriu para ele com timidez. – Mas agradeço a sua preocupação.

Ora… se isso não fazia um macho se sentir mais alto, pensou ele ao ir para a cozinha e deixar as plantas sobre a mesa.

Mas aquela não era uma boa ideia.

– Então, onde fica esse "clube"? – Rahvyn perguntou quando ele voltou para a sala de estar.

– No centro da cidade, e Shuli está com o Tesla dele esta noite. – Porque era difícil apanhar humanos só com o ar como transporte. – A menos que queira se desmaterializar?

– Tesla? Está se referindo àquele carro elétrico que vi na televisão? Nunca estive em um antes.

– São os melhores – Shuli anunciou da porta. – Você não vai acreditar em como são confortáveis. Você nunca vai querer outro.

– Na verdade, nunca estive num carro.

Quando Shuli pareceu surpreso, Nate sentiu o mesmo. No entanto, depois de sair do laboratório em que fora mantido prisioneiro, carros também foram uma revelação para ele. Caramba, como queria conhecer a história toda dela – embora também a temesse.

– Gostaria de andar num hoje? – Nate perguntou. – A escolha é sua.

Rahvyn se aproximou um pouco dele para poder enxergar através da janela que dava para a entrada de carros – e seu cheiro era maravilhoso demais, uma mistura de roupa limpa, sabonete e xampu. Desejou saber as marcas que ela usava, mas seria atrevido demais perguntar e patético demais comprar os produtos só para tê-los em sua casa…

Quando os cabelos escorreram pelo ombro dela, ele quis tocar nas ondas brancas. Passar os dedos pelos fios. Senti-los… no seu peito nu.

– Sim, por favor, eu gostaria de andar nele – respondeu Rahvyn. – Desde que você vá comigo.

A escuridão é a liberdade de um vampiro.

Quando Balz se desmaterializou do esconderijo na montanha e partiu para a rua Market, estava acelerado não só pela agitação do uso do que lhe pareceu um quilo de cocaína percorrendo suas veias. Ocorre que, se você cheira bastante, aquele torpor de trinta a quarenta minutos acaba virando um barato perpétuo. Claro, o seu bônus é um cérebro bagunçado e um corpo que poderia muito bem ter sido ligado à bateria de um carro, a julgar pela quantidade de espasmos e tremores.

Francamente, era um milagre que ele conseguisse se concentrar o suficiente para se desmaterializar. Mas, pensando bem, salvar a vida de Erika era uma tremenda motivação.

Quando ele se rematerializou, estava no centro da cidade, e enquanto ele verificava o endereço que procurava no celular um pedestre o abalroou. Recuando, logo buscou uma das adagas...

– Ei, desculpa aí, companheiro – disse o cara num sotaque britânico. – Eu não estava olhando aonde ia.

O humano mostrou o próprio celular como explicação e depois voltou a andar e digitar uma mensagem de texto.

– Cacete – resmungou Balz ao baixar o olhar para os coturnos.

Na sua distração, ele retomou sua forma no meio da calçada, a não mais do que dois metros do poste de luz. Portanto, sim, caso o sr. *Downton Abbey* estivesse prestando atenção, o pobre bastardo teria levado um tremendo de um susto.

– Vê se se concentra, porra.

Aquela seria uma noite cheia de palavrões.

O quarteirão em que estava ficava a dois de onde pretendia ir, por isso ele começou a andar a passos largos, chutando uma sacola amassada do McDonald's para longe do seu caminho, olhando para trás. Para o outro lado da rua. Para as janelas escuras das lojas decadentes por que passava, pensando que aquela não era uma parte lá muito boa da cidade. Mas, quando pesquisara no Google aquilo que queria, só apareceu aquele endereço.

Livraria Bloody, rua Trade, 8999.

Também havia um número de telefone, mas só o que o interessava era o horário de funcionamento. Fechar às oito da noite contava pontos com ele.

E, veja só, eles mantinham a promessa. Quando ele se aproximou da minúscula vitrine, uma luz cor de urina brilhava num vidro tão sujo que parecia haver uma cortina para dar privacidade à loja. A porta mais afundada e de estrutura sólida era a única coisa a seu favor, a tinta preta grossa e craquelada, a janelinha coberta por tela de arame pendurada apenas por um fio.

Quando segurou a maçaneta, não se surpreendeu ao sentir algo pegajoso e pensou em Syphon. Seu primo odiava coisas pegajosas, a não ser que fossem bolinhos de canela – o que ele se recusava a colocar no templo do seu corpo agora que era um mártir da comida.

Como consequência, sua palavra menos preferida era "úmido".

Ao abrir a porta, Balz limpou a mão na parte de trás das calças de couro e um sininho soou sobre sua cabeça. O cheiro era de poeira, naftalina e de era atomizada, e pense em tendências acumuladoras. O lugar estava simplesmente tomado de estantes do teto ao chão, com etiquetinhas escritas à mão coladas com fita adesiva em cada prateleira, a escrita tão trêmula que não havia como saber o que identificavam. Uma rápida olhada ao redor e ficou claro que não havia uma escolha racional para os corredores, ou para nada daquilo, para ser exato. A planta evidentemente era uma obra interativa, aperfeiçoada ao longo do tempo à medida que o proprietário continuava a comprar, mas sem conseguir acompanhar com a parte da venda nos negócios.

– Bem-vindo – disse uma voz anciã vinda de trás. – Entre.

E você nem sabe que está falando com Drácula, Balz disse para si mesmo.

Era sempre engraçado quando os humanos tropeçavam em sua mitologia falsa sobre os vampiros.

Movendo-se em meio às pilhas, Balz teve que se virar de lado para acomodar os ombros e, por baixo da sola dos coturnos, as tábuas do piso rangeram como se não houvesse nenhum suporte debaixo delas.

Quando seu nariz coçou, ele segurou o espirro. Depois da quantidade de cocaína cheirada durante o dia, seu septo não suportaria mais nenhum desvio sem explodir como estrelinha de festa.

Precisaria de algo diferente, um pico ou uma bolinha, mas isso era um problema que teria pelo menos dez horas para resolver.

Primeiro, o mais urgente.

Quando deu a volta numa prateleira mais larga que abrigava volumes preto e branco combinando, que pareciam somar mais de cem, ele...

Congelou.

Piscou algumas vezes.

Não conseguiu entender o que via.

Desafiando a lógica e as probabilidades, aparentemente a detetive Erika Saunders do Departamento de Polícia de Caldwell estava parada diante do balcão da livraria, falando com um homem velho o bastante para ser considerado um fóssil. Estava concentrada no proprietário da loja, mas Balz reconheceria aquele perfil em qualquer lugar – e agora ela virava a cabeça na direção dele.

Quando seus olhos se cruzaram, ela empalideceu. Em seguida, afastou a mão para se equilibrar, tateando uma pilha de livros sobre o balcão, procurando um ponto de apoio. Parecia que ela estava prestes a ter outra convulsão.

Do outro lado da antiquada caixa registradora, o ancião inclinou a cabeça, a pele frouxa deslizando para o lado quando suas feições encontraram um novo equilíbrio.

– Ah, vejo que são amigos – murmurou ele com voz trêmula. – Que interessante.

– O que está fazendo aqui? – perguntou Erika.

– Estou procurando um livro – respondeu Balz. E foi um alívio ser franco com ela a respeito de alguma coisa, de qualquer coisa.

– Ela também. – O proprietário da loja sorriu e ajeitou a manga do seu cardigã remendado com uma pegada artrítica. – Talvez estejam procurando pelo mesmo livro?

Um instinto fez Balz olhar para o velhote de novo e só o que ele viu foram tufos grisalhos crescendo nas sobrancelhas, nas costeletas e nos ouvidos – mas, pensando bem, dada a bagunça da loja, ele não poderia esperar encontrar cabelos bem cortados e um par de sobrancelhas e lóbulos aparados no dono. E como o pobre coitado conseguia vender alguma coisa para alguém era um mistério. Havia livros em toda a bancada, outros mais atrás, uma porta aberta que dava para um corredor escuro revelava estalagmites de volumes brotando do chão em direção ao teto.

– Permita-me responder à sua pergunta, minha jovem. – O homem sorriu para Erika, os olhos marejados tão focados quanto os do Mr. Magoo com seus óculos de fundo de garrafa. – O livro a que se refere, aquele que vendi ao sr. Herbert Cambourg, chegou a mim por acaso. Os meus melhores achados surgem por mera sorte, como se houvesse um canal de boa ventura que os trouxesse até mim. No caso da aquisição do sr. Cambourg, um homem simplesmente entrou na loja com o volume. Ele não fazia ideia do que trazia nas mãos e me disse isso com todas as letras. Ele pediu cem dólares por ele. Eu lhe dei o dinheiro sem hesitação. Eu sabia sem nem sequer levantar a capa que era muito antigo, muito raro.

Houve uma pausa, como se Erika esperasse que Balz fosse embora. Em seguida, ela pigarreou.

– O homem lhe disse onde o conseguira?

– Ele me contou que encontrou o livro num beco, como se alguém o tivesse jogado fora. Consegue imaginar? – O velho relanceou para Balz. – Esse é o motivo pelo qual veio também? É o livro que procurava?

Quando os instintos de Balz se aguçaram, ele olhou além do proprietário novamente, para o depósito escurecido.

– Lamento dizer que ali atrás está um tanto bagunçado. – O velhote se virou de costas para a caixa registradora e foi fechar a porta. – Mas vou arrumar tudo. Logo.

Quando o proprietário da loja retornou, cruzou os dedos retorcidos e se inclinou na bancada lascada. Junto ao cotovelo, uma série de recibos manuscritos tinham sido enfiados num prego e, a julgar pela fina camada de poeira cobrindo os papéis, pareciam ser os registros do ano passado. Da década passada.

– Qual era o título? – Balz perguntou em voz baixa. – Desse livro.

– Ele não tinha título.

– Então, qual era o conteúdo?

– Estava em um idioma que não domino.

– Mas pagou cem dólares pela coisa.

O proprietário sorriu, revelando dentes manchados e lascados.

– A tinta era extraordinária.

Erika se pronunciou:

– Muito bem, obrigada por…

– Você não conseguiu ler nem uma única página – Balz interrompeu –, mas sabia que deveria ligar para um colecionador de merdas góticas e macabras para comprá-lo?

– Sim, é claro. – O velhote sorriu novamente, muito casualmente, apesar do palavrão que acabara de ser dito em sua presença. – Assim que o tive em mãos, soube que seria perfeito para a coleção do sr. Cambourg.

Franzindo o cenho, Erika se colocou entre os dois e esticou um dos braços. Como se sentisse a agressividade.

– Era só isso que eu queria saber…

Balz sacou a arma a apontou por cima do ombro dela na direção da cabeça do homem.

– Você é um mentiroso.

– Que *diabos* você está fazendo? – ela exigiu saber.

Quando Erika tentou segurar seu braço, Balz a virou para trás de si e a manteve ali.

– Nós vamos embora…

– Não vou a parte alguma com você! Mas que…

– Na minha época – o homem disse numa voz entrecortada –, os homens sabiam controlar suas mulheres. E as pessoas não eram mal-educadas.

Foi nessa hora que a sombra apareceu de lugar nenhum. A maldita coisa surgiu do chão, ou talvez tenha aparecido por trás das prateleiras, mas isso lá era importante? Enquanto Erika continuava gritando com ele e tentando se soltar, Balz virou o cano para a direita. A entidade era do tamanho de um lutador, com ombros largos, cintura estreita, pernas grossas, mas não tinha feições faciais nem um corpo de verdade. Uma criatura translúcida, mas capaz de segurar armas e dar socos, e Balz não precisava olhar em seus olhos para saber que aquele ser era cruel, perigoso e estava atrás de sangue.

Sem hesitação, ele puxou o gatilho três vezes em sequência. A sombra foi atingida uma, duas, três vezes no peito, o corpo de nuvem escura levando balas como se fosse sólido, um grito profano explodindo no ar enquanto ele era levado para trás.

Só que o recuo não duraria, mesmo com a munição especial que ele tinha. Para eliminar aquela coisa de verdade, ele teria que descarregar um monte de chumbo, mas antes ele tinha que se preocupar com outra coisa.

Pensando bem, dois pássaros numa cajadada só.

Dois males numa puxada de gatilho.

Balz apontou sua arma para o velhote…

E estourou a cabeça do bastardo.

Capítulo 14

Tudo passou a acontecer em câmera lenta quando o suspeito que Erika vinha procurando, de quem não conseguia se esquecer e por quem nutria sentimentos bizarros, começou a atirar nas prateleiras de livros empoeirados. Três tiros foram dados, um depois do outro, em uma vítima que ela não conseguia ver porque ele a prendia contra seu corpo largo.

Em seguida, ele virou a arma na direção do proprietário da loja.

E puxou o gatilho.

Quando Erika gritou, o velho foi lançado para trás, as mãos se soltando da bancada, os braços se abrindo enquanto ele cambaleava e caía no chão. Por uma fração de segundo, o choque a deixou completamente imobilizada – mas logo ela o superou. Uma batida de coração mais tarde, ela tirou do coldre a arma de serviço e empurrou o cano na lateral do corpo do homem.

– Largue a arma! – Sua voz saiu alta quando ela gritou para ele. – Largue a porra da sua arma!

– Fique atrás de mim – ele berrou de volta, o braço livre abanando, empurrando-a. – Para trás!

– Eu atiro em você...

– Você quer morrer?!

Quando ele virou de lado para encará-la, ela...

Parou de se mexer. Parou de respirar.

Do outro lado da loja, uns seis metros adiante, com a silhueta contra uma pilha de livros, algo se erguia do chão. Por uma fração de segundo, ela pensou que fosse um homem e que o que ela via fosse a sombra lançada por ele. Mas, então, percebeu que não havia homem algum.

Era apenas uma sombra.

Quando seu sangue esfriou, ela se equilibrou no braço forte do suspeito.

– Que… diabos… é isso…

No entanto, ela sabia: era aquilo que aparecia no seu sonho. Uma sombra que era algo mais, e má demais.

O suspeito apontou… para que diabos fosse aquilo.

– Vai se foder! *Vai se foder!*

Ele abriu fogo para a coisa, esvaziando o equivalente a um pente cheio de munição naquilo que a atacara em seu pesadelo. A cada impacto havia mais daqueles gritos agudos que ela deduzira que fossem de uma pessoa com dor. A cada ferimento, partes da entidade se movimentavam para fora, a forma se alterando como água.

Embora Erika visse com seus próprios olhos, sua mente se recusava a processar o que acontecia – só que, de repente, tudo fez sentido. Aquilo só podia ser outro pesadelo. Estava dormindo de novo, provavelmente à mesa da delegacia, seu subconsciente expelindo mais dessa merda – sem dúvida porque fora visitar Keri Cambourg e elas estiveram naquela sala de livros e falaram sobre o volume feio e antigo que desaparecera. Em seguida, logo depois que Erika quase teve outra convulsão, quando se direcionava para a porta do tríplex, Keri se lembrou do nome da livraria. Depois, ela entrara no carro e dirigira até…

Ah, Deus, talvez aquilo estivesse de fato acontecendo.

Detendo seus pensamentos, ela apontou o cano da sua arma para a sombra e, quando o suspeito na sua frente sacou outra arma sabe-se lá de onde, ela começou a atirar.

Porque, se aquilo fosse só mais um sonho, isso não importaria. E, puta merda, se fosse de fato real? Ela precisava se defender, defendê-lo.

Pop, pop, poppoppop…

Bem quando ela chegava ao sexto disparo, quando o suspeito começou a apertar o gatilho de novo, ela ouviu uma voz feminina em seu ouvido: *Você está mexendo com o meu bichinho de estimação.*

As palavras foram tão inesperadas, tão tranquilas e mensuradas, tão deslocadas no meio de toda aquela gritaria aguda vinda da entidade, que Erika virou a cabeça para ver quem estava...

Era a morena. Da ponte junto ao rio.

Mas em vez das roupas vermelhas e agarradas... Ela estava vestindo o cardigã do velho.

– Você é mesmo muito inexpressiva pessoalmente – a mulher disse numa voz arrastada em meio a todo aquele barulho, de uma maneira que não podia ser explicada. A menos que estivesse implantando as palavras diretamente na mente de Erika. – E você vem comigo.

Antes que Erika pudesse responder – ou lutar –, um peso esmagador a apertou tanto pelo peito quanto pelas costas. Foi como se ela estivesse presa entre duas paredes e seu corpo cedesse sob a pressão. Sua arma caiu no chão, ela lutou contra a sufocação e a dor, tentou lutar contra a compressão, gemeu para chamar atenção do suspeito.

– Ah, pois é, você não vai conseguir nada com isso.

Quando o suspeito passou para um par de facas compridas e atacou com as lâminas gêmeas, Erika acabou inclinada, o corpo endurecido foi puxado para trás por uma força invisível como se estivesse num carrinho sobre trilhos. Enquanto sua visão ia e vinha, ela vislumbrou a caixa registradora e a parte de trás do balcão e, depois, foi sugada para o depósito escuro...

No piso de concreto, junto a uma pilha de livros derrubada, o corpo de um homem ancião estava deitado de costas no chão, os olhos abertos sem enxergar nada. Sangue se empoçava debaixo da cabeça e, a julgar pelo tom pálido da pele, ele devia estar morto havia pelo menos uma ou duas horas. Ele vestia... exatamente o mesmo cardigã que...

– Ah, mas que droga – disse a voz feminina. – Ainda estou vestindo aquele suéter cheio de naftalina... Hum, muito melhor assim.

Um estalido, de saltos altos no piso de concreto, circundou Erika por trás; em seguida, a porta começou a se fechar, aparentemente por conta própria. Conseguiu ver o suspeito uma última vez do outro lado do balcão. Ele lutava com uma ferocidade que só se obtém com muito treinamento e experiência, aquelas adagas de lâminas prateadas brilhavam enquanto ele atacava a sombra. E, em resposta, a coisa, o que quer que ela fosse... o atacava de volta com aquelas extensões parecidas com braços e, quando havia contato, o homem sibilava e recuava como se tivesse sido ferido...

A porta do depósito bateu ao se fechar, interrompendo a visão de Erika.

– Odeio quando você olha para ele assim – disse a voz da mulher. – Faz com que eu queira matá-la agora mesmo.

Por mais que estivesse ocupado lutando contra a sombra, Balz percebeu quando Erika parou de atirar atrás dele. Quando ele passou das pistolas para as adagas, rezou para que a mulher tivesse tomado a rota da autopreservação e saído correndo da loja...

– Seu *filho da puta* – ele grunhiu quando a sombra o acertou em cheio no ombro de novo.

Reforçando o ataque com seus golpes, ele se inclinou na direção da luta, as lâminas de aço brilhavam na luz fraca, cortando as ofensivas da sombra. Toda vez que entrava em contato com a forma da entidade, a coisa berrava e se deslocava, mas sempre voltava. Dois cartuchos cheios de balas, e agora a luta era corpo a corpo, e o maldito não demonstrava sinais de que estava se cansando.

Balz estava ficando em apuros ao ser forçado num recuo que o levou contra a bancada em que estava a caixa registradora. Junto a um horrível fedor de peixe queimado, ele sentiu o cheiro do seu sangue, e ele suava mais do que deveria debaixo do couro da jaqueta, o corpo como um motor de carro superaquecido numa subida com fumaça saindo por baixo do capô. Ele não conseguiria sair daquilo sozinho, mas como poderia pedir reforços...

Clink!

Quando o salto do seu coturno bateu em algo que lhe respondeu com um som metálico, ele baixou o olhar.

Um extintor de incêndio. De onde diabos aquilo tinha brotado...

Use-o.

Quando a voz de um terceiro participante entrou na sua cabeça, ele não perdeu tempo se perguntando de onde viera o conselho. Mudou a pegada da sua mão dominante, soltando a empunhadura e segurando a lâmina entre o polegar e os dois primeiros dedos – em seguida, lançou a arma, girando-a, na direção da "cabeça" da sombra.

Habilidades perecíveis muito boas e praticadas bem pra cacete significavam que, mesmo quando você está com a cabeça cheia de coca e um bagaço por conta de uma insônia autoinduzida, se precisar atingir um alvo no meio da porra de uma briga, você consegue: a adaga cravou o topo do que seria a cabeça da sombra e, quando a entidade emitiu um rugido de dor, Balz se agachou, espalmou o extintor e embainhou a adaga remanescente. Tirando o pino da manopla, ele soltou a mangueira lateral e apontou o bico para a frente. Quando seu oponente se endireitou, ele descarregou a nuvem química na coisa...

O som foi o de uma carreta freando em concreto quente, o grito perfurante de soprano tão alto que Balz ficou imobilizado, como se tivesse levado um golpe na cabeça. Felizmente, sua mão continuou apertando e, em questão de segundos, ele não conseguiu enxergar mais nada na neblina que tomou conta da loja.

Em seguida, percebeu que só o que ouvia era o sibilo do extintor. Não havia mais gritos. Soltando a alavanca, ele conteve o jato, mas continuou preparado enquanto arfava na nuvem branca de produtos químicos que rodopiava ao redor das pilhas de livros velhos. Quando ela se dissipou, revelou...

Que a sombra tinha sumido.

– Erika!

Uma luta convencional e regras de sobrevivência o teriam feito recarregar as armas automáticas, pedir ajuda e fazer uma rápida varredura nos corredores da loja para ver se havia mais perigo. Em vez disso, ele ficou com o extintor e saltou por cima do balcão. Aterrissando do outro lado, não viu o "velhote" em que atirara em lugar nenhum. Grande surpresa – e sentiu uma breve satisfação ao saber que o demônio teve que vestir não apenas o cardigã do sr. Roger,[16] mas também a pele flácida de um humano velho.

– *Erika!*

Não havia a menor possibilidade de ela ter saído pela frente.

Balz avançou pela porta fechada do depósito abarrotado e, quando a escancarou, viu o corpo do verdadeiro dono da loja no chão. Uma poça de sangue emanava da cabeça e algo fora arrastado do plasma coagulado, deixando um rastro, como se do salto de uma bota ou sapato.

– Erika…

Quando um terror absoluto tomou conta dele, Balz soltou o bico do extintor e levou a mão ao intercomunicador do ombro…

Porra. Ele não o trouxera porque não estava em serviço.

Pegou o celular. A mão tremia tanto que ele mal conseguia fazer a coisa funcionar. Comando de voz. Ele precisava…

– Ligar para Vishous – ordenou.

Em qualquer outra circunstância, ele teria chamado Xcor, o líder do Bando de Bastardos. E se tivesse a oportunidade de fazer uma segunda chamada, esse macho seria o seguinte. Mas não estava lidando com um *redutor*. Aquele demônio era uma coisa completamente diferente…

– Ah, muito obrigada.

Balz ergueu a cabeça rápido.

---

16 - Fred McFeely Rogers, mais conhecido por Fred Rogers ou Mr. Rogers, foi um pedagogo e artista norte-americano, pastor da Igreja Presbiteriana, que se notabilizou como apresentador televisivo, autor de letras para canções educativas e apresentador de programas televisivos infantojuvenis. Falecido em 2003 aos 75 anos. (N. T.)

Devina estava na frente de uma torre pensa de caixas plásticas, a expressão no lindo rosto malvado era de alguém prestes a comprar um carro novo: deleite, excitação e uma boa dose de autossatisfação. Nos jeans pretos e na blusa gola rolê justa, as curvas do corpo dela eram um conjunto de perfeição.

Que não o afetavam em nada.

– Eu me vesti para você, a propósito. – Ela deslizou uma mão pelo quadril. – Pareço uma ladra? Bem, exceto pelo calçado. Mas, francamente, aqueles sapatos de solas macias que você usa quando rouba coisas não fazem o meu estilo...

– Onde ela está? – Balz perguntou num grunhido baixo.

– Quem está onde?

– Ei, Bastardo – disse a voz de V. pelo celular. – O que foi?

Mantendo os olhos no inimigo, Balz aproximou o aparelho da boca.

– Estou com o demônio na minha frente. Preciso de você aqui agora.

– Você comprou Marlboro? – Vishous praguejou. – Não acredito que esteja se rebaixando a fumar isso depois...

– O quê?

– ... dos que eu te dei. Olha só, vou te levar um pouco mais. Estou indo para uma reunião com Wrath e os irmãos. Assim que eu sair, eu te procuro, certo?

Balz ergueu a voz.

– Preciso de você! Você sabe onde estou no centro. Estou com ela aqui na minha frente...

– Claro, posso levar comida...

– Não preciso de comida!

– A reunião está começando. Te vejo daqui a pouco.

Quando a ligação foi interrompida, o demônio sorriu.

– Ele parece um cara legal. Um verdadeiro Uber Eats só que com caninos, certo? Que perfeição.

Ignorando o comentário lançado com um beijo na ponta dos dedos, Balz passou por cima do corpo do proprietário da loja.

– Onde ela está?

— A única fêmea de que você precisa sou eu.
— Vai se foder.
— O plano é esse.

Com uma mão perfeitamente estável, Balz espalmou a adaga remanescente.

— Eu nunca mais vou te foder.

Ele apoiou a lâmina na própria garganta e pressionou a ponta afiada sobre a jugular. Após uma pontada de dor, ele sentiu mais do seu próprio cheiro e tomou ciência de que seu ombro o estava matando.

— Nunca mais – repetiu.

O demônio estreitou os olhos negros brilhantes.

— Você não vai fazer isso. Só o que conseguirá com isso é o Inferno por toda a eternidade e eu sozinha com a sua amiguinha. Não que eu vá me divertir muito com a sua garota.

— Ela tem um protetor mais forte do que eu.

— Tem, é? – Devina balançou os dedos diante do rosto e fez cara de medo fingido. – Estou com *tanto* medo.

— Deveria estar. Lassiter cuidará dela...

— Acha que ele vai perder tempo com uma humana? Tudo bem, então onde ele está agora? – O tom dela era de tédio. – Para logo com isso. Você não vai se matar. Você sabe que não deveria blefar com alguém como eu...

— Não estou blefando. Ela é inocente, e se você a ferir por minha causa, ela se tornará uma das dele. – O olhar de Devina se estreitou e ele assentiu. – Eu me mato e ela fica livre por dois motivos. Não terá mais nenhum vínculo comigo e de jeito nenhum você conseguirá tocar nela.

— Pensei que você tivesse dito que ela não significava nada para você. – Devina ergueu uma sobrancelha. – Ou achou que eu não o tivesse ouvido daquela vez?

— Divirta-se com aquele anjo caído.

Quando ele aprontou a pegada na empunhadura, Devina disse rápido:

— Você vai parar no Inferno. Nada de Fade para você.

– Não me importo de ficar no *Dhunhd* para sempre se isso a salvar.

Então, ele transpassou a lâmina ao longo da garganta, cortando a veia. O jato de sangue foi imediato, e os gorgolejos enquanto ele tentava respirar em meio ao sangue dificultavam a sua fala.

Tornando-a quase impossível.

E, mesmo assim, ele conseguiu dizer:

– Nunca… mais.

Capítulo 15

Sentado ao lado de Butch – num sofá de seda que pertencia a um museu com um aviso de "proibido sentar" por cima –, Vishous tentava se concentrar no que estava sendo dito no escritório do grande Rei Cego. A Irmandade, os Bastardos e todos os lutadores lotavam a sala cheia de adornos, parecendo um esquadrão militar que fora redirecionado para Versalhes.

A mobília francesa e as paredes azul-claras combinavam com todo aquele metal de armas e o couro das roupas tanto quanto um lencinho de renda envolvendo uma granada.

Mas ele estava pouco se fodendo para a decoração.

– ... destruído – Sahvage dizia. – E o Livro também. Por que ainda estamos falando sobre isso?

V. verificou o celular, depois o apoiou na coxa com a tela para baixo.

– Porque nosso garoto, Balthazar, sente o demônio. E consegue vê-lo.

– Nos sonhos dele – Sahvage contra-argumentou na sala repleta de guerreiros. – Não quero desrespeitar o Bastardo. Só que eu estava naquele incêndio. Eu vi. Ambos foram incinerados.

Sahvage era um cara grandão, mesmo de pé ao lado de um Irmão como Murhder. Com os cabelos cortados curtos e a sombra de uma barba, ele era exatamente o que parecia: um matador extremamente inteligente e muito agressivo, que estava disposto a dar a vida pela sua companheira, pelo Rei e por todos naquela sala.

Falando em reis, o líder da espécie estava estacionado do lado oposto da imensa mesa entalhada que combinava à perfeição com o enorme e entalhado palácio para traseiros em que estava sentado. Ambos tinham pertencido ao seu pai, assim como o seu nome e o nome do seu filho. Os cabelos negros compridos que caíam do bico de viúva também tinham sido herdados, mas e o temperamento explosivo e a boca suja? Isso não. Quanto a esses dois aspectos, o pai dele fora um cavalheiro. Wrath,[17] por sua vez, digamos que... o nome lhe caía como uma luva.

Para falar a verdade, no que dizia respeito a V., eles não precisavam de um rei com bons modos. Precisavam de um com coragem.

– Acredito nele – V. anunciou para a multidão. – E temos que levá-lo a sério. Acham que ele tem evitado voltar para casa por um maldito capricho?

Sem falar no pedido que lhe fizera na noite anterior. Não que V. fosse revelar isso para o grupo.

Conversas floresceram em todos os cantos, e Wrath se recostou, os óculos escuros ajustados ao crânio compondo uma máscara, assim como sua expressão fechada. Quando as vozes ficaram ainda mais elevadas, o Rei se esticou para o lado, apanhou George, seu cão-guia, e colocou o *golden retriever* no colo. George odiava conflito. Portanto, passava muito tempo juntinho ao seu dono.

E aquela discussão não duraria muito. O Rei uma vez mais ordenaria que todos acreditassem que o Livro e Devina estavam por aí em algum lugar de Caldie. Era o único plano a seguir, e, ainda que Sahvage insistisse em estar certo, o Irmão cederia logo. Não custava nada ser precavido e presumir o pior – embora Wrath não fosse bater o martelo de imediato. Ele sabia com que machos estava lidando. Eles precisavam descarregar as energias, não que alguém discordasse do que Balz reportara.

V. franziu o cenho e verificou o celular. Em seguida, inclinou-se na direção do seu colega de apartamento e sussurrou:

---

17 - Wrath em inglês significa cólera, fúria, raiva. (N. T.)

– Já volto.

Butch também se inclinou e manteve a voz baixa, não que alguém fosse ouvi-los em meio às conversas ruidosas.

– Aonde você vai?

– Fumar.

– Pode trazer uma bebida na volta?

– Se o Fritz me apanhar com uma bandeja de prata e um copo daquele bourbon que você tanto gosta, sou um macho morto.

– Você consegue ser mais rápido do que ele, sabe disso, não? Ainda mais se for pelo *black label*.

– Não sem matá-lo com um ataque cardíaco. E como será que os residentes daqui reagiriam a isso, hum?

Deixando a sua recusa no ar, V. se levantou e abriu caminho até a porta – e, ao chegar perto de Xcor, puxou o braço do macho. O Bastardo não fez perguntas; simplesmente o seguiu até o corredor.

Quando V. fechou as portas duplas e se recostou nelas, olhou para o celular de novo. Depois fitou o patamar da escada com seu corrimão dourado e passadeira vermelho-sangue. Quando olhou para a direita, o Corredor das Estátuas estava onde estivera na noite anterior. Junto à entrada da ala dos criados, ele conseguia ouvir duas *doggens* conversando baixo sobre o esquema de troca de roupa de cama. À esquerda havia a sala de estar do segundo andar e, além dela, a ala leste que fora aberta para acomodar o Bando de Bastardos quando eles se mudaram para lá.

Quando foi verificar o celular pela terceira vez, meneou a cabeça.

– Acabei de falar com o Balz.

O líder do Bando de Bastardos assentiu uma vez. Xcor era mais largo que todos os outros e, com o lábio superior deformado, ele parecia um lutador de luta livre de rua. Mas não era grosseiro. Vinculado à Escolhida Layla, pai adotivo de Lyric e Rhamp, ele era um bom cara para se ter na sua retaguarda. Em sua casa. Protegendo seu Rei. Sua *shellan*.

– E… – o macho o incentivou a continuar.

– Ele queria cigarros e comida.

– Ok.

Vishous relanceou para o telefone e não conseguia descobrir qual era a porra do problema.

– Eu lhe disse que depois da reunião enrolaria uns e arranjaria umas calorias para ele.

– É?

– É.

– Que bom. – Xcor cruzou os braços diante das adagas de aço embainhadas, com os cabos para baixo, na frente do peito. – Ele não fala comigo. Eu ligo, ele nunca liga de volta.

Quando a necessidade de verificar a porra do seu Samsung apareceu de novo, V. enfiou o aparelho no bolso de trás da calça. Depois deu às mãos algo para fazer ao acender um cigarro. Quando exalou, ele pensou na conversa que tivera com Balz atrás da delegacia de polícia de Caldwell.

– O que não está me contando? – Xcor exigiu saber. – Você vai me contar agora. Ele é meu.

O Bastardo tinha muito do Antigo País no seu sotaque numa noite tranquila. Esta noite? Suas palavras eram quase um idioma diferente.

– Noite passada – disse V. –, ele me fez prometer que o mataria se essa merda com Devina exigisse isso. – Quando o rosto de Xcor se enrijeceu, V. deu de ombros. – Ele não quer sobrecarregá-lo com essa tarefa. E você precisa relaxar. Sei que ele está falando sério, mas vamos pegar esse demônio. Sei que vamos.

Xcor se afastou e andou até o início da grande escadaria. Quando baixou o olhar pelos degraus forrados por carpete vermelho até o vestíbulo abaixo, ele parecia querer esganar o outro Bastardo com as próprias mãos. Também parecia devastado, como alguém cujo melhor amigo estava morrendo.

Demorou um longo minuto até ele voltar. Quando o fez, não havia nenhuma expressão em seu rosto. Ele não revelava absolutamente nada.

Mas as palavras foram duras:

– Ele partiu meu coração.

V. ergueu a mão enluvada.

– Olha só, eu sinto te dar essa notícia, mas preciso saber. Ele tem surtos ou algo assim? Sei lá, passa por períodos de depressão ou obsessão?

– Nunca. Ele é estável. Sempre foi.

V. cofiou o cavanhaque e balançou a cabeça.

– Não entendo. Quando me ligou agora há pouco, ele estava falando de nicotina e comida. No meio de tudo o que está acontecendo. Como se nada estivesse errado.

– Talvez ele tenha finalmente conseguido dormir um pouco – murmurou Xcor. – De todo modo, se ele falou sério quanto ao que lhe pediu, precisamos ajudá-lo de todas as maneiras possíveis, quer o Livro ainda exista ou não.

– Fechado. – V. estreitou os olhos. – Você tem que saber, porém, que eu dei a minha palavra.

O lábio superior de Xcor se afastou das presas.

– Você tem uma escolha.

– Não. Quando dou a minha palavra, eu não tenho. – V. apontou a ponta do cigarro para o Bastardo. – Não quero que sejamos inimigos se a situação chegar a isso. Se ele se matar, não existe Fade para ele, e ele sabe disso. Só para ficar claro, não estou com pressa de mandá-lo para o túmulo. Estou te contando isso antecipadamente para que nós dois estejamos entendidos. Você tem algum problema com isso? Então vamos, você e eu, foder com esse demônio.

Houve um período de silêncio, e o momento de tensão silenciosa demorou tanto que V. se perguntou se acabariam tendo um problema naquela hora mesmo.

– O único com quem você tem mesmo que se preocupar – disse Xcor com seriedade – é o Syn.

No depósito escuro e empoeirado da livraria, Erika perdia a consciência por falta de oxigênio. O aperto inexplicável e invisível no seu corpo era tão forte, tão inexorável, que não conseguia inflar os pulmões adequadamente e os seus arquejos superficiais não bastavam para mantê-la desperta. E, de maneira surpreendente, a hipoxia que ameaçava sua vida não era o problema principal.

– Ele é meu – a morena disse na sua cara – até eu me cansar dele. De todo modo, nosso relacionamento está uma merda por sua causa...

A porta se escancarou e o suspeito tomou conta da soleira, a luz às suas costas transformando-o numa sombra com matéria – em contraposição ao que... quer que estivesse lá fora antes.

– Onde ela está? – ele exigiu saber.

Estou aqui, Erika respondeu. *Estou bem aqui...*

Ela estava gritando. Pelo menos achou que estivesse. Mas era como se o suspeito não conseguisse vê-la, escutá-la. Desesperada, ela berrou o mais alto que pôde. E de novo. Quando o suor brotou na sua testa e escorreu por dentro do colarinho do casaco, ela teve que desistir porque permanecer parcialmente consciente era mais importante do que repetir o fracasso vocal.

Nesse meio-tempo, o homem entrou, parando debaixo de uma lâmpada pendurada no teto por uma corrente enferrujada.

Sob a luz berrante, o rosto dele parecia bárbaro de raiva, as partes afundadas debaixo dos malares, o recorte do queixo, os riscos das sobrancelhas, o retrato perfeito da ira e da vingança, a fúria tão grande que chegava a ser tangível...

– Eu *nunca* mais vou te foder.

As palavras foram pronunciadas com ódio em cada sílaba e, quando a morena bateu o salto alto no chão como resposta, Erika tentou se concentrar. Baixando o olhar para o peito, como se isso fosse ajudar, ela não viu absolutamente nada. Não havia correntes de aço, nenhuma faixa, nenhuma compressão. Ainda assim, a falta de ar e a sufocação, a inclinação do corpo, como se ele estivesse suspenso em pleno ar em determinado ângulo, eram todas muito reais.

Com a mente tentando entender o inexplicável, ela chegou a pensar que nada daquilo estava acontecendo... ou o mundo que sempre conhecera fosse uma mentira: o tênue véu entre pesadelo e consciência fora borrado de tal forma que ela começava a acreditar em coisas que não faziam sentido...

Ele pegou uma faca?

Quando sua vista ficou embaçada, ela piscou até tudo voltar a ter foco. Por certo ele não ia encostá-la na...

– Você não vai se matar – a morena estrepitou. – Você não deveria blefar com alguém como eu.

– Não estou blefando. E não me importo de ficar no *Dhunhd* para sempre se isso a salvar.

Com um movimento violento do braço, o homem cortou a própria garganta e sangue jorrou das suas veias. Quando Erika gritou de novo, ainda sem produzir qualquer som, ele falou num gorgolejo horrendo:

– *Nunca... mais.*

O homem caiu de joelhos, com aquela luz acima da sua cabeça lançando um brilho teatral, a correnteza vermelha aterrorizante se derramando sobre a jaqueta de couro preta, cobrindo o que pareciam coldres de armas. Ele não levantou a mão para tentar estancar o fluxo, ele não lutou contra o efeito mortal de um buraco em sua traqueia. Simplesmente encarava furioso um ponto acima e à esquerda de Erika.

Ela berrou de novo, sentindo o alargamento da boca, a queimação na garganta. Nada saiu – e, durante todo o tempo, o som dele respirando em meio ao sangue, a coisa mais horrível que ela já tinha ouvido, pareceu alto o bastante para o mundo inteiro escutar...

– Você *deve* estar de brincadeira. – A voz da morena só parecia levemente aborrecida. Como se pessoas se matando diante dela fosse uma inconveniência mensal, senão semanal. – Fala sério. Você só vai acabar me vendo no Inferno.

Enquanto o homem sangrava até a morte, seu rosto empalideceu a ponto de parecer uma parede branca, a pele perdendo o brilho de uma maneira que Erika sabia que jamais esqueceria. Em seguida, ele despencou para a frente e aterrissou no chão num barulho metálico por conta das armas que portava terem atingido o concreto sujo.

Deus... o cheiro de cobre no ar...

A morena passou pelo campo de visão de Erika, aqueles saltos altos se chocando no chão até ela parar acima do homem. Uma poça se formava rapidamente ao redor da cabeça dele, e ela esticou uma das pernas bem torneadas, inclinou o sapato elegante e arrastou a ponta fina do salto, formando uma espécie de desenho.

Os olhos de Erika se esforçaram para acompanhar o que ela fazia.

— Bem, que merda — a morena resmungou ao terminar o que evidentemente era seu nome. — Você era uma transa muito boa mesmo.

Em seguida, ela virou a cabeça na direção da porta aberta do depósito.

— Ah, *qual é*.

Apesar do delírio, Erika viu o que chamara atenção da morena: uma luz se formara na frente da loja, a princípio apenas um pontinho, que agora se tornara mais brilhante que o farol de um carro... cuja intensidade aumentava até se tornar o tipo de iluminação que se vê num aeroporto ou no alto de um arranha-céu.

A morena levou as mãos aos quadris e bateu um pé no chão de novo, espirrando sangue do homem na perna da calça.

Em seguida, algo semelhante a um milagre aconteceu.

A iluminação de alguma maneira entrou no depósito, como se fosse um ser sensitivo se movimentando por vontade própria. No mesmo instante, Erika sentiu um alívio em seu desconforto, no medo, na sensação de iminente perdição. Uma fração de segundo depois ela entendeu por quê. O brilho se tornou uma figura que a princípio era apenas luz, mas logo se solidificou em algo que parecia estar vivo, respirando, um homem de cabelos loiros e negros na altura dos ombros... cujos olhos eram tão atraentes quanto um arco-íris, tão repletos de vingança quanto os de um cavaleiro em uma cruzada.

— Ah... E agora você vai fazer o que me acusou de estar fazendo. — A morena apontou uma unha bem-feita na direção da aparição. — O

Criador vai ter o que dizer se você usar a carta da ressuscitação aqui, a menos que tenha aparecido para vê-lo morrer.

Havia petulância nela agora, como uma criança ameaçando dedurar alguém que comeu massinha de modelar nos fundos da classe.

– Se o salvar, você e eu estaremos quites – anunciou ela. – Posso ter invadido o corpo dele, mas você estará interferindo no destino se agir agora. Ah, e se o deixar viver? Não vou deixá-lo. Só existe uma maneira de eu fazer isso, e você sabe qual é, anjo. Ele consegue a liberdade dele se eu conseguir o que quero de você. Então, banque o salvador, não banque. Estou pouco me fodendo.

Com isso... a morena desapareceu.

Em pleno ar.

Fechando os olhos, Erika gemeu e rezou pelo fim do sofrimento em que estava, pelo fim da confusão, da convicção de que estava num mundo totalmente diferente... mesmo estando aparentemente em Caldwell...

No mesmo instante, a pressão no seu peito desapareceu. Entre uma batida do coração e a seguinte, o aperto simplesmente sumiu e ela caiu no chão, aterrissando de costas, a cabeça se chocando no concreto e a deixando atordoada. Mas aquela não era hora para isso. A inspiração forçada soou alta em seus ouvidos. Inspirou mais uma vez. E outra.

Foi então que ela percebeu que o gorgolejo tinha parado.

Rolando de lado, esticou uma mão na direção do homem e abriu a boca para dizer seu nome. Mas ela não sabia qual era...

Ela não estava sozinha.

Virando a cabeça, olhou para a figura que atravessara a porta na forma de uma iluminação. Deveria ter medo. Não tinha. E não porque estivesse confusa.

Quando a entidade só ficou ali parada, encarando-a, ela se concentrou novamente no homem que se cortara. Enquanto uma sensação de impotência apertava sua garganta, ela se esticou ainda mais na direção do suspeito, embora não pudesse salvá-lo. Nada além de uma transfusão de sangue e uma sala de operações poderia...

– Salve-o... – sussurrou enquanto desviava o olhar para o homem misterioso. – Por... favor...

O homem olhou por sobre o ombro para verificar se a barra estava limpa. Então, fixou o olhar em algo que estava além dela, talvez numa porta dos fundos.

Enquanto ele parecia suspenso em seus pensamentos íntimos, Erika soube que aquela era a única esperança deles. A detetive perdia forças rapidamente e preocupava-se com a possibilidade de desmaiar. E o suspeito – bem, provavelmente já era tarde demais. Mas ela não podia deixar de implorar.

– Por favor...

Mais tarde, ela se perguntaria o motivo de estar tão determinada a salvar um suspeito. E, pensando bem, ele entrara ali para salvá-la.

De repente, o brilho retornou. A silhueta de uma luz apareceu ao redor do homem de longos cabelos loiros e negros e seu calor mágico reverberou para fora dele, engolfando-a, acalmando-a, curando sua dor e atenuando a ardência em seus pulmões.

O homem se adiantou e se ajoelhou ao seu lado – e então ela reconheceu a sensação em seu rosto, em seu corpo: luz do sol. Ela sentiu como se estivesse deitada numa toalha, na praia Million Dollar às margens do lago George, o sol do fim do mês de agosto brilhando sobre ela, entrando em seus ossos enquanto uma brisa vinda da água impedia que ela se superaquecesse.

Raios de uma graça celestial.

Esse é Jesus?, Erika se perguntou.

Não, foi a resposta em sua mente.

Uma mão se estendeu na sua direção, e ela chegou a pensar que ele estava sem sorte se pretendia que ela se levantasse. Por mais que a presença dele tivesse magicamente melhorado o modo como ela se sentia, ela estava desprovida de energias, incapaz de se mover.

– Não consigo... – Então, Erika franziu o cenho.

No meio da mão do homem formou-se uma bola de luz flutuante. E, enquanto ela tentava compreender o que via, o homem esticou a mão e tocou o seu rosto. O toque não era nada sexual, mas trafegou até seus ossos, sendo percebido por toda ela como calor.

Como gentileza e compaixão.

Suavemente, ele pegou a mão dela e a virou. Depositando o orbe na sua palma, ele voltou a se levantar.

Erika espiou novamente a fonte de energia e se maravilhou. Em seguida, ergueu a cabeça pesada e se deparou com os olhos estranhamente coloridos dele.

O homem acenou com a cabeça na direção do suspeito.

Depois disso, ele recuou um passo e desapareceu exatamente como a morena tinha desaparecido: num momento ele estava lá, no seguinte... ele simplesmente tinha sumido.

Com um gemido, Erika segurou a bola de energia até o ponto em que ele estivera, como se isso fosse algo que pudesse trazê-lo de volta. Depois, voltou a se concentrar no suspeito.

Ele desaparecera. Era tarde demais.

E, de toda forma, o que ela estava segurando?

A reflexão sobre isso foi apenas momentânea. Mesmo se perguntando o que estava fazendo, ela rolou de barriga para baixo e começou a se arrastar para perto do homem que vinha procurando, o homem que, segundo Keri Cambourg, estivera nos sonhos dela.

O homem que se sacrificara para salvá-la.

Fragmentos do que fora dito entre ele e a morena flutuaram em sua mente. Nada daquilo fazia sentido e ela nem sequer tentou entender. Arrastar-se sobre o concreto com apenas uma mão e os pés para empurrar era tudo o que ela conseguia fazer naquele momento.

Quando se aproximou do homem, ela respirava com força e estava começando a ficar tonta. Não sabia o que devia fazer...

Ou melhor, sabia, sim.

Erika empurrou a palma com o brilho na garganta dele, onde estava a ferida. Ao sentir o calor do sangue dele, fechou os olhos.

– Por favor... não morra – rezou.

Capítulo 16

O "o quê" era menos importante do que o "por quê".

Foi o que um dos TED Talks disse. Ou talvez tenha sido um livro? Um vídeo no YouTube? Certamente uma postagem no Insta da conta CarpeDaDayum.

Parado do lado de fora da livraria Bloody, Lassiter ergueu os olhos para o céu e inspirou fundo. Quando só o que conseguiu sentir foi o cheiro de fritura do outro lado da rua, e depois um punhado de nuvens sem graça passou diante da face da lua minguante, ele enfiou as mãos nos bolsos das calças de moletom ao estilo Mark Rober e começou a andar.

Não soube aonde iria até ter chegado.

E, então, quando seu destino se apresentou, a localização lhe pareceu inevitável.

Talvez tudo aquilo devesse estar em algum livro dos humanos. Se tinha aprendido alguma coisa naqueles últimos dias de incansável autocrescimento foi que os *Homo sapiens* eram capazes de elevar quase qualquer declaração banal do óbvio a uma observação profunda sobre um autorreferencial indicador de humor.

Também lera isso num artigo.

Inclinando a cabeça para trás, leu a placa na entrada da boate: Dandelion, ou seja, dente-de-leão. O lugar estava pintado de verde, do teto até a calçada, e a música alucinada que emanava da sua construção do tamanho do quarteirão era só aquela coisa sintetizada, sem um único instrumento convencional nas batidas.

– Está indo ou vindo?

Diante da pergunta exigente, Lassiter relanceou para a porta. Um humano barbado com coque samurai e algumas tatuagens de andorinha tinha a aparência de que, para ele, seria um problema arrancar qualquer coisa que pesasse mais que cinquenta quilos daquele estabelecimento. Talvez estivesse apostando no seu olhar de bibliotecário desaprovador para encurralar os bêbados e drogados.

Boa sorte com isso, meu chapa.

Ou talvez o cara só estivesse irritado com seu uniforme. Mantendo o tema da natureza, o mandachuva dali o fizera usar uma camiseta verde-clara e calças marrons. Ficou parecendo uma roupa ruim de Halloween, como se o homem estivesse fantasiado de turfa e grama.

– Oi. – Ele acenou na frente do rosto de Lassiter. – Alguém aí? Não pode ficar à toa aqui na frente. Vai atrapalhar a minha fila de entrada.

Uma rápida olhada à esquerda e: ou Lassiter estava deixando de perceber uma fila de humanos ou aquele enfeite de jardim estava tirando uma da cara dele.

– Há uma fêmea aí dentro – Lassiter ouviu-se explicar – que eu quero ver, mas não deveria. Nada de bom pode resultar disso. Eu deveria deixá-la em paz.

Coque de Samurai olhou duas vezes para ele de propósito, como se pensasse que o mundo fosse um story de Instagram.

– Tenho cara de terapeuta? O que você vai fazer? Ou vou chamar reforços.

– A quem estou incomodando aqui? – Lassiter indicou os pés. – Isto é propriedade pública, não? Mantida pela cidade, não por você.

O cara se aproximou dele e levantou o queixo, num movimento que ele evidentemente achou que daria certo. Uma pena que houvesse um enorme limitador para toda essa agressividade: o cara trabalhava numa boate com nome de planta e vestia calças marrons.

Enquanto Lassiter se lembrava com saudosismo da cena de abertura do primeiro filme do *Deadpool*, Coque de Samurai levantou todas as sobrancelhas que tinha.

– Estamos com algum problema?

Lassiter meneou a cabeça.

– Não.

– Então, siga em frente ou entre na fila.

Movendo os olhos acima do ombro do cara, Lassiter observou que não havia janelas pelas quais poderia espiar, e tentou imaginar o que Rahvyn estaria fazendo ali dentro. Com quem estava. Se estava dançando.

Não que isso fosse da sua conta. Mas não conseguia evitar, e o fato de que estava todo incomodado por conta de uma fêmea que deveria, e teria que, continuar uma estranha para ele fez com que o anjo passasse bem rápido de levemente irritado a puto pra caralho com o humano diante dele.

– ... chamar a polícia. Agora...

Lassiter encarou o cara... e, de repente, a situação não estava mais divertida para nenhum dos dois. O humano parou no meio da frase de boca aberta, e embora isso provavelmente se devesse a algo aterrorizante na expressão de Lassiter, o lado do anjo caído naquela situação não iria se preocupar com o motivo.

Do nada, estava farto de tudo e de todos, de Balz e do seu drama com Devina, passando por aquela humana da livraria, até esse metido a valentão na sua frente, com sua mínima dose de poder que ele estava decidido a impor sobre um filho da puta que estava apaixonado por alguém a quem ele...

Ah... cacete, Lassiter pensou. Não estava apaixonado por Rahvyn. Ele nem sequer a conhecia.

Pensando bem, não era assim que a vinculação acontecia?

– Tudo bem, meu irmão – o segurança recuou hesitando. – Tanto faz...

– Não – Lassiter estrepitou. – Não tem um "tanto faz" aqui. E não sou seu "irmão".

Quando o humano tentou recuar um passo, Lassiter mentalmente o prendeu no lugar; quando ele começou a tremer, essa troca de poder conseguiu o que nada mais poderia. Trouxe certo alívio a Lassiter, um frescor para sua raiva impotente, um ponto focal para aliviar a sua tensão.

Matar este homem qualquer, na rua mesmo, num mundo de humanos que eram tão menos importantes do que Lassiter, que não estavam no seu nível de modo algum, que eram como formigas aos seus pés... era a única coisa que parecia certa há tanto, tanto tempo.

A coceira atenuada. A queimação extinta. A dor aplacada.

Por um breve instante, claro. Mas ele lá se importava com a duração? Um momento era o que bastava...

– Diga boa-noite, seu babaca hipócrita – grunhiu Lassiter. – Te vejo no noticiário da manhã.

De volta ao depósito da livraria, Erika teve que deitar a cabeça sobre o braço esticado. Ao fazer isso, percebeu que estava deitada sobre a poça de sangue do suspeito, e então pensou que aquele tipo de visão do chão, da poça em que estava, do corpo ao seu lado, fosse uma versão do que muitas vítimas de homicídio viam antes do fim. Foi o que seu pai, a sua mãe e seu irmão viram.

A garota do quarto cor-de-rosa. O homem junto ao rio também.

Com os olhos farfalhando e o coração batendo num ritmo descompassado, seu medo foi sumindo e sendo substituído por uma tristeza impotente que se infiltrou em sua medula. Por tanto tempo vinha lutando para encontrar respostas após tantas mortes violentas, mas nunca pensou sobre este momento... esta aceitação... que aparecia quando uma pessoa está prestes a morrer. E sabia disso.

Era surpreendentemente tranquilizador.

Pouco antes de desfalecer, olhou para a mão debaixo da ferida aberta. O brilho de luz em sua palma estava diminuindo, desaparecendo como um lampião antigo de querosene quando você vira...

Thump. Thump. Thump.

Passadas. Pesadas.

Na loja.

Com um breve ressurgimento de forças, tentou retrair a mão e pegar sua arma. Mas não conseguia lembrar onde ela estava. Tinha caído? Não sabia, não tinha como saber. Mas o que isso importava? Ela não tinha forças para apontá-la para ninguém.

Para nada, aliás.

Os sons de alguém andando sobre as tábuas velhas de madeira ficaram mais fortes e, em seguida, tornou-se óbvio que havia duas pessoas entre as prateleiras e os livros. E ela teria que ter sido uma pessoa diferente, alguém com uma vida diferente, para acreditar que quem quer que estivesse ali seria uma boa notícia para ela e para o suspeito...

A porta para o depósito voltou a se abrir, a luz sobre a caixa registradora entrando num feixe que foi se ampliando até atingir seu rosto. Enquanto piscava cega, ouviu uma imprecação e, depois, todo tipo de luz brilhou, parecendo vir de todas as direções. Alguém acendera a luz do teto.

Dois homens entraram, e seu primeiro pensamento foi de que estavam vestidos com couro preto, assim como o suspeito. O da esquerda tinha cavanhaque e tatuagens na têmpora. O outro era mais forte, com o lábio superior distorcido. Ambos pararam e a encararam de cima como se não entendessem o que estavam vendo.

– Ajudem-no – disse ela numa voz gutural. – Salvem-no...

O de cavanhaque virou a cabeça na direção do ombro e acionou um comunicador. A voz soou baixa demais para ela ouvir o que ele dizia – mas ela rezou para que ele estivesse ligando para a emergência. O outro homem se aproximou dela e se ajoelhou devagar, como se temesse assustá-la.

– Fêmea, não se preocupe. Iremos cuidar de vocês dois.

Os olhos dele se fixaram nos dela, e a confiança que ele projetava fez com que a visão dela borrasse com lágrimas de alívio.

– Estou tentando salvá-lo... ele se cortou. Com...

Os olhos dele deixaram os dela e se voltaram ao que só podia ser o colega dele, amigo, irmão? Quando as pálpebras dele se abaixaram brevemente, foi como se ele não conseguisse conter a dor que sentia. Em seguida, ele se inclinou sobre ela e apoiou a mão larga sobre o ombro do amigo. O homem começou a falar, mas ela não entendia as palavras. A língua parecia ter palavras em comum tanto com francês quanto com alemão.

Não precisava de tradução para saber que ele estava abalado em seu íntimo.

– Eu tentei – ela murmurou sem forças – salvá-lo.

– Fêmea – disse ele –, ele ainda está vivo. Ainda respira.

– Ele está?

O homem assentiu e depois pareceu confuso.

– A sua mão… conteve a hemorragia de alguma forma.

– Não foi a minha mão. – Quando ele franziu o cenho, ela olhou para onde a palma ainda pressionava o ferimento da faca. – A luz. O brilho. Foi… o brilho. Ele está vivo?

As sobrancelhas dele se uniram ainda mais, mas, então, o homem de cavanhaque encerrou qualquer comunicação e disse em voz alta:

– Cinco minutos. Manny não está longe.

Em seguida, encararam-na, como se ela fosse um cachorro abandonada à beira da estrada e eles estivessem tentando decidir se tinham espaço suficiente no banco de trás.

– Não tirem as minhas recordações – disse de repente. – Eu não… entendo nada disto, mas, por favor. A minha cabeça não aguenta mais nenhuma amnésia.

– Nós a levaremos conosco – o mais forte dos dois disse. – Não se preocupe.

– Filhodamãe – o de cavanhaque resmungou.

– Ela é a fêmea dele – foi a resposta. – Ela tem que vir.

De repente, ela ouviu a voz do suspeito em sua cabeça: *Não me importo de ficar no* Dhunhd *para sempre se isso a salvar.*

Eeeeee esse foi o último pensamento consciente que teve. Ao dar uma última olhada no homem ferido, tentando ver se ele ainda respirava

– ou se o amigo dele só estava sendo esperançoso quanto a isso –, ela se perguntou se talvez não tivesse imaginado aquela bola de luz.

Eu sou dele?, ela pensou ao desistir de brigar contra a escuridão que aumentava para reivindicá-la.

Capítulo 17

Lassiter surfou na onda maligna de ter a vida do humano nas mãos – até o momento em que alguém saiu da boate. Ele quase não olhou para lá, mas, no último minuto, relanceou na direção da figura que emergira do confinamento de música gerada por computadores e de gente embriagada. Era uma mulher, e a mão dela subiu para os cabelos, afastando-os da nuca como se estivesse com calor.

Não era quem ele viera procurar.

Divisão de espécies à parte, aquela mulher tinha cabelos negros e não prateados, e usava uma minissaia que ele não conseguia ver em Rahvyn. Ainda assim, tão logo ela o viu junto ao segurança, ele transpôs para as suas feições aquelas que não saíam de sua mente sempre que estava desperto.

Quando ela estreitou os olhos, era Rahvyn quem olhava para ele com suspeita. Como se soubesse que havia algo errado.

– Está tudo bem aqui? – perguntou a mulher.

As palavras dela foram uma condenação devastadora das suas ações. Da sua falta de controle. Da sua ausência de perspectiva, de compaixão, de conexão.

Era como se aquele demônio o tivesse possuído, embora não tivesse entrado nele.

Lassiter tirou seu encantamento de cima do segurança e, depois, porque não podia suportar nem que uma hipotética Rahvyn o flagrasse fazendo algo imperdoável, entrou na mente da mulher e enviou-a de volta para a boate sem lembranças de ter, sem querer, esbarrado neles.

No entanto, fechar o depósito de lembranças dela não fez o tempo regredir e reconstruir a sua intenção. Reprogramar a sua reação...

– Eu estou bem?

O segurança de camiseta cor de grama e calças marrons de caganeira ergueu as mãos para o rosto, dando uma de Kevin McCallister[18] de maneira cuidadosa, como se não tivesse certeza de que a cabeça não sairia voando do alto da coluna como, bem... como num dente-de-leão.

– Não sei... se estou bem – disse ele, rouco.

Fechando os olhos, Lassiter teve vontade de se jogar na frente de um carro. Isso não o mataria, mas talvez, se acabasse com um par de ossos fraturados, uma concussão e sangrasse um pouquinho, ele poderia compensar pelo que quase fizera.

– Você está bem, Pete – resmungou.

– Ah. – O cara balançou a cabeça. – Ei, como é que sabe o meu nome?

– Eu sei de tudo. – E, porra, como queria que às vezes não fosse assim. – O seu pai se chama Ted. Sua mãe, Marilyn. Eles quase se divorciaram no ano passado. A sua irmã é casada com um babaca. Está grávida, a propósito, e não sabe ainda como se sente em relação a isso. O seu carro precisa voltar para a Midas. Eles colocaram o tipo errado de óleo, mas você provavelmente não vai fazer nada a respeito porque é um preguiçoso de merda, sem querer ofender o seu uniforme. E, sim, a sua namorada gosta daquele cara que estudou com vocês, mas ela não te traiu, nem vai. Se você não fosse tão ciumento, vocês poderiam ser bem felizes juntos, mas, assim como no caso do óleo, não acho que você vá fazer alguma coisa a respeito. Ah, e o seu colega de quarto usou o dinheiro do aluguel para comprar o equivalente a setecentos dólares em maconha esta tarde. Ele não vai te contar nada disso, mas, no seu lugar, eu pediria pra fazer hora extra.

---

18 - Kevin McCallister é o personagem de Macauley Culkin em *Esqueceram de mim*. (N. T.)

Peter Phillip Markson, conhecido como Cagão no Ensino Fundamental por ter tido um episódio de diarreia na escola uma vez – e vejam se isso não parecia algo predestinado em relação ao uniforme de trabalho –, piscou como se estivesse verificando rapidamente todas as informações e descoberto que tudo estava correto. E Lassiter poderia ter prosseguido ao falar de como Pete perdera a virgindade aos dezesseis anos no banco de trás do carro do primo com a melhor amiga do primo, e depois prosseguido com o surto de mononucleose que ele distribuiu para outros cinco membros da sua fraternidade porque estava sempre bebendo de latas de refrigerantes que eram e não eram suas. E também poderia ter mencionado a DST no último verão. Mas, sério, isso seria só para se gabar, não?

– Jesus... Cristo.

– Pois é, ainda não sou ele. – Lassiter relanceou para a boate. – Olha só, será que você consegue dar uma relaxada aqui? Você não está fazendo a segurança de um desfile presidencial.

E isso quase fez com que você acabasse morto.

– É o que a Franny sempre diz – murmurou Pete.

– Você deveria dar ouvidos a ela.

– Obrigado...?

Com um aceno, Lassiter se virou e começou a andar. Não ligava para onde estava indo, contanto que a regra da inevitabilidade não o fizesse girar e se replantar na calçada daquela boate de novo...

Ao chegar ao fim do quarteirão, parou no meio-fio, embora o sinal para pedestres estivesse em contagem regressiva, de modo que ele deveria ter se apressado para atravessar enquanto podia.

Girou e ergueu a voz:

– Olhe para o seu relógio, Pete.

Pete, que ainda parecia atordoado, fez o que lhe foi ordenado.

– São oito e vinte. Bem, e dois. Oito e vinte e dois?

Houve uma pausa. Depois da qual Lassiter disse lenta e claramente:

– Em 32 minutos, um carro vai dobrar esta esquina. – Ele apontou para os pés para enfatizar a localização. – Haverá dois caras de moletom com capuz no banco da frente. Assim que você o vir, quero que se deite no concreto e fique aí. Cubra a cabeça e não olhe para cima. Deixe-o passar e ir embora. Eles não estão atrás de você, mas balas não decidem onde vão em espaço aberto.

– O q... O quê?

– Você me ouviu. Trinta e dois minutos a partir de agora. Trinta e um, na verdade.

Lassiter voltou a caminhar, em passos sem destino, saindo da calçada e atravessando a rua, apesar de o sistema de alerta para pedestres parecer prestes a explodir.

Mas a questão do livre-arbítrio era assim mesmo.

Você está livre para tomar decisões ruins.

E outras melhores.

– Isso não faz sentido algum.

Quando V. fez seu pronunciamento em meio ao ronco de um motor potente, seu cunhado, o dr. Manny Manello, estava debruçado na mesa de exames na parte de trás da unidade cirúrgica móvel, examinando um ferimento de quinze centímetros na garganta que, de alguma forma, magicamente cicatrizara sozinha.

Como se a parte anatômica tivesse se costurado sozinha, *sui generis*.

A evacuação da livraria fora bem rápida. V. e Xcor extraíram Balz do depósito sujo, segurando o lutador pelos braços e pernas pela parte de trás e colocando-o na sala de operações sobre rodas. Enquanto Manny ligava o equipamento de monitoramento e Xcor saltava para trás do volante, V. voltara para apanhar a mulher humana.

Ele não tinha certeza de que concordava com Xcor sobre toda aquela bobagem de ela ser dele, mas queria respostas, e ela vira o que acontecera naquele lugar.

Antes de irem embora, ele também verificou que o velho humano estava de fato morto; depois, apagou as luzes e trancou tudo. Haveria tempo para voltar, recuperar as armas e limpar a cena antes que a polícia humana fosse chamada. Havia coisas maiores e mais importantes os ocupando no momento.

– Não consigo discordar de você – murmurou Manny enquanto o veículo passava por algum tipo de vala e eles balançavam para se segurar em alguma coisa, como num episódio de *Star Trek*. – Quero dizer, vocês, vampiros, são bons nessa coisa de autorreparo, mas nada semelhante a isto.

A despeito do fato de Balz ter caído de cara em doze quartos do próprio plasma, toda a sua pele, as veias por baixo, os tendões e ligamentos tinham sido remendados. O que não significava que ele não tivesse um tremendo de um machucado ali. A linha vermelha da ferida estava bem evidente, e o corte fora limpo e profundo a julgar pela quantidade de sangue perdido.

– Temos que alimentá-lo – Manny disse ao pegar o celular. – A pressão está uma merda e ele está com taquicardia. Os níveis de oxigênio são mínimos. Ele está fora de perigo por uma questão de centímetros, não metros, e se ficar assim por muito tempo vai acabar com danos cerebrais.

Quando algum obstáculo no caminho foi superado, V. teve que se segurar uma segunda vez, lançando a mão para a alça acoplada no teto. No segundo em que se equilibrou, seus olhos se voltaram para o corpo nu de Balz. Tinham cortado todo o couro, procurando por outros ferimentos que explicassem o sangramento. Porém, a não ser por algumas queimaduras e vergões nos braços e no abdômen, um punhado de contusões consistentes com uma luta corporal e alguns poucos cortes merecedores de band-aids, não havia nada aparentemente errado com o lutador.

O misterioso corte na garganta fora a causa da hemorragia.

– Como estamos aí? – Xcor perguntou do banco do motorista.

– Estamos chamando uma Escolhida – V. respondeu.

– Bom. Estamos entrando na garagem agora.

Mais sacudidas, a bolsa de soro balançando em seu apoio, o corpo de Balz oscilando amarrado à maca. V. relanceou para o banquinho baixo em que colocara a humana. Ele a prendera ao assento, e ela evidentemente não estava gostando muito, a cabeça se levantando como se o trajeto acidentado a tivesse despertado de um coma.

Ele se lembrou de como a encontrara, deitada no concreto ao lado de Balz, a mão embaixo da garganta do Bastardo. Bem onde a marca vermelha estava.

Como se o toque dela tivesse costurado tudo de volta.

Não era possível.

Humanos eram muitas coisas – maus motoristas, barulhentos, perigosos, pois eram estúpidos e havia muitos deles no planeta –, mas não eram capazes de reconectar veias e artérias e fechar aquela ferida que podia muito bem ter sido um corte cirúrgico ao longo do esôfago de Balz.

Mas, então, que porra aconteceu ali?, ele pensou ao se concentrar na mão direita da mulher.

– Ele cortou a própria garganta.

As palavras ditas com suavidade saíram roucas, como se a garganta da mulher também estivesse com problemas, e V. voltou o olhar para encarar o rosto dela. Ela estava quase tão pálida quanto Balz e, mesmo completamente vestida, ele tinha certeza de que também teria seu conjunto de hematomas: havia rasgos nas calças, nos sapatos e na jaqueta que vestia.

Quando a unidade cirúrgica parou de supetão e o motor foi desligado, ela se ajeitou um pouco mais para cima no banco; quando ela fez uma careta e puxou o cinto de segurança que lhe cruzava o peito, foi impossível determinar qual parte do corpo dela doía. Talvez todo ele.

– Desculpe – V. disse. – O que acabou de dizer?

Embora tivesse ouvido muitíssimo bem, ele queria que ela repetisse as palavras, para garantir que ela sabia que diabos saía da boca dela.

– Ele pegou uma faca, encostou na garganta... – A respiração ficou presa, mas ela superou a constrição com tanta força que era evidente que tinha experiência em controlar o medo. – Ele cortou a própria garganta.

Lá no banco do motorista a cabeça de Xcor girou rápido.

– O quê?

– Pelo visto resolveu me poupar o trabalho – V. resmungou.

– A Escolhida está a caminho – Manny os interrompeu.

A mulher, então, se tornou o foco dos três.

Como se soubesse o que queriam dela, ela disse numa voz surpreendentemente firme:

– Fui à livraria para ver se conseguia mais informações sobre um livro que foi roubado da cena de um crime. Ele estava lá. – Apontou com a cabeça para Balz. – Estávamos conversando com o dono da loja, ou quem eu achava que fosse o dono.

Ela parou nesse ponto. Quando o silêncio se prolongou por um minuto, V. soube que seu cérebro humano estava tentando entender as coisas que vira e ouvira e que não se encaixavam na versão de realidade da espécie dela.

– Uma sombra apareceu – ela disse por fim. – Não sei de onde veio. Não sei o que era… E ele começou a atirar nela. Depois atirou na cara do senhor atrás da caixa registradora. Mas não era um homem de idade. Era uma mulher… Olha só, sei que tudo isso parece loucura.

– Prossiga – Xcor disse com gentileza.

– A mulher me prendeu de alguma maneira. Sem tocar em mim. Eu não sei o que ela fez, mas eu não conseguia respirar, eu não tinha controle algum sobre mim mesma, e ela estava me levando com ela. Mas, daí, ele… – A humana engoliu com força. – Ele veio atrás de mim, para me salvar. Ele a confrontou, e foi então que encostou a faca na garganta. Ele disse para ela…

– O que ele disse para ela? – V. insistiu.

– Que ele… não ia mais dormir com ela. – Quando V. praguejou, a mulher olhou para ele, os olhos suplicantes, mas ele ficou sem saber pelo que ela implorava. – Eles estavam discutindo, para mim foi difícil acompanhar. E ele disse para ela que iria se matar para me salvar. Que alguém… Lassiter…? Que ele iria me proteger. Depois disso, ele… – A humana levou as mãos ao rosto, cobrindo os olhos como se desejasse não ter visto o que havia visto. – Ele cortou a própria garganta.

— Como era essa mulher? – V. perguntou enquanto Xcor começava uma oração no Antigo Idioma.

— Ela era linda. Tinha cabelos castanhos compridos. Ela, de alguma maneira, conseguiu... Isso vai parecer loucura, mas ela matou o dono da livraria, sei que matou. Ele estava no chão, morto, naquele depósito. E depois... ela se *transformou* nele por um tempo. – A mulher esfregou a testa. – Vocês têm que acreditar em mim...

— Nós acreditamos – V. disse. – Em cada palavra.

Abaixando os braços, seus olhos injetados se ergueram novamente para os dele.

— Estou me sentindo louca.

— O que aconteceu depois? – Ele perguntou, apesar de saber muito bem a resposta. E, pelo menos, tudo fazia sentido agora, mesmo ela estando confusa pra caramba. – Me conta o que aconteceu depois.

— Surgiu uma... uma luz, na parte principal de loja. Ela entrou no depósito e, daí, apareceu um homem. Eu estava perdendo a consciência a essa altura, mas consigo visualizá-lo perfeitamente. Ele reluzia... como um anjo, ele reluzia. Ele e a morena discutiram e ela foi embora. Em seguida, ele segurou a minha mão e me deu uma bola... de energia. – Ela abaixou o olhar para a palma. – Só de segurá-la meu corpo começou a se sentir melhor. Ele também foi embora, e eu não tinha certeza do que fazer, mas logo rastejei até perto dele e a coloquei onde... onde havia sangramento.

— Isso explica a cicatrização – disse Manny com tranquilidade.

Fechando os olhos, ela exalou derrotada.

— Estou tentando fazer com que tudo isso tenha um nexo, mas a questão é que ontem mesmo eu sonhei com uma sombra. Igual a que vi na livraria, com a qual ele lutou. Fico pensando que vou acabar acordando. Mas não vou, vou?

— Você não tem que se preocupar com nada disso. – V. fez um movimento de pegar um dos cigarros feitos à mão de dentro da jaqueta de couro, mas fumar não era permitido na unidade cirúrgica. Definitivamente não enquanto houvesse tanto oxigênio sendo empurrado para dentro do Bastardo. – Nada disso. O problema não é com você.

Aqueles olhos exaustos se depararam com os dele.

– Vocês vão tirar as minhas lembranças, como ele fez? Porque ele fez isso. Eu sei que fez.

– Qual era mesmo o seu nome?

– Eu não lhes disse. Mas isso não importa, importa? Quem são vocês? – Ela sinalizou com a mão ao redor. – O que é isto? Onde estou…

– Caldwell, Nova York – murmurou Vishous. – Onde mais?

O olhar dela se voltou para Manny. Depois para Xcor. Por fim, deteve-se em Balz, que estava deitado na maca. Lentamente, ela balançou a cabeça.

– Esta não é a minha Caldwell. – O rosto dela se tornou uma máscara de compostura, como se ela tentasse aceitar notícias muito ruins. – É a de vocês, não?

Capítulo 18

Dentro da boate com nome de erva daninha e telhado de sapé de aspecto divertido e jovial, Rahvyn abaixou os olhos quando outro feixe de luz rosa girou ao redor do espaço aberto com tema de campina. Logo que chegou, sobressaltara-se com a decoração. Flores por todas as partes, penduradas no teto, dispostas em vasos pendurados na parede – retratadas em fotografias emolduradas e em arte amadora ao longo da área de servir, tão comprida que ela não conseguia enxergar seu fim. Mas, em seguida, percebera que as pétalas eram de seda; as folhas, de plástico. E, a despeito da planta enorme do prédio, ele estava todo, completamente lotado.

Outro problema para ela era o barulho. Música de ritmo rápido e percussão grave lançava ondas de choque pelo ar aquecido. Os cheiros eram igualmente sobrepujantes. Os tantos humanos, com seus perfumes e colônias, nem eram o pior da coisa. Os feromônios sexuais a engasgavam, e não era mistério algum o motivo para tanta excitação.

A dança era corpo a corpo.

Por isso era difícil saber para onde olhar.

Santa Virgem Escriba, ela estava chegando ao ponto de não conseguir mais respirar...

– Ns podms sir quanoocê quisr.

– O que foi? – Virou-se para Nate. – O que você di...

– Nós podemos sair quando você quiser – ele disse mais alto.

A única bênção em todo aquele experimento de exploração era que Nate parecia tão desconfortável quanto ela. O amigo dele, Shuli, por sua vez, se encaixava muito bem. Desde que chegaram, há quase uma hora, o macho vinha comprando bebidas de cheiro tão forte quanto o do hidromel no Antigo País. Ele as comprava para si e também para outros, embora não parecesse conhecer os humanos. Aconteceram diversas apresentações.

De fato, ele estava muito interessado em fazer novas amizades.

Particularmente da variedade feminina...

– Como estamos, crianças?

Shuli veio por trás, apressado, com dois drinques frutados nas mãos. Quando lançou os braços ao redor dela e de Nate, líquidos espumosos amarelos derramaram no chão.

– Isso não é demais? – Ele curvou o braço ao redor do pescoço de Nate e sorveu um gole de um dos copos. – Eu amo!

O macho falava aos berros, mas ela teve a sensação de que não era por causa da música, mas devido à sua excitação vibrante. Os olhos dele nem sequer estavam voltados para ela e Nate. Mantinham-se fixos na pista de dança, nas mulheres humanas cujos olhares ele buscava.

– Voltojá!

Soltando-os, ele saltou na direção da multidão, segurando os copos no alto como prêmios a serem capturados – e ela suspeitava que ele também estivesse disponível para ser agarrado.

Literalmente.

– Creio que eu gostaria de ir – disse, basicamente para si mesma.

– Então, vamos.

Rahvyn olhou para Nate e pensou que talvez devesse fingir não ter dito nada. Mas, ah, não poderia mentir assim.

– Obrigada.

Ele assentiu e depois indicou o caminho a ser seguido – que, para ela, parecia inexistente. Havia tantos humanos, tanto parados quanto em movimento, todos se esbarrando uns nos outros. Quando uma sufocação abrupta tomou conta dela, ela cambaleou, sem conseguir segui-lo.

– Deixe-me ajudar.

Mal ouvira as palavras de Nate, mas sentiu uma mão quente e firme envolver a sua, e logo ele a estava guiando em meio aos humanos, liderando o caminho com seu corpo muito maior, as pessoas se movendo para acomodá-lo por causa do seu tamanho, mesmo ele não agindo de modo agressivo.

Atravessando o pior da multidão, aproximaram-se da porta pela qual tinham entrado, e ela fez uma pausa para olhar por cima do ombro.

– É uma pena mesmo. Gostei tanto das flores.

Disse isso e voltou-se para a saída...

Nate a fitava com uma fixação que ela reconhecia. Era a mesma que Shuli acabara de demonstrar para as mulheres do lugar.

E também era a demonstrada pelo aristocrata. Pouco antes de ele...

Lembranças do que acontecera naquele quarto fizeram com que seu coração parasse e ela arfou, soltando a palma de Nate e levando a mão à base da garganta. Não que isso a aliviasse de algum modo.

– Estaremos do lado de fora em um segundo – Nate disse rigidamente.

Quando Nate lhe deu as costas, ela teve o instinto repentino de puxá-lo de volta para se desculpar. Em vez disso, ela o deixou passar pela porta primeiro. Haveria um momento melhor – e um lugar mais tranquilo – para explicar.

Bem, para lhe contar que o seu retraimento não era culpa dele.

No instante em que pisou do lado de fora, o ar frio e límpido a atingiu no rosto corado e na testa suada. Enquanto seus poros se contraíam, o formigamento foi um alívio refrescante.

– Ah, não – exclamou, relanceando para trás. – E quanto a Shuli?

Nate deu de ombros.

– Eu mando uma mensagem para ele para avisar que levamos o carro. Ele me deu as chaves antes e já está bêbado demais para dirigir. Com um pouco de sorte, estará sóbrio o suficiente antes do amanhecer para se desmaterializ...

Um grunhido alto fez com que ambas as cabeças se voltassem para o cruzamento das ruas ao lado da boate. Um veículo se aproximava pela esquina numa velocidade tão alta que os pneus guincharam, a lataria e as janelas escuras como um arauto do mal.

– Abaixem-se! – alguém exclamou.

Surpreendida pelo comando, Rahvyn relanceou para a direita. O humano que lhes permitira acesso ao prédio da boate se abaixara para a pedra polida em que pisava, deitando-se com o rosto para baixo.

– Senhor? – ela inquiriu ao se esticar na direção dele. – Está se sentindo mal...

Por cima do barulho do motor, três sons agudos soaram, um depois do outro, *shoo, shoo, shoo*. Foram sucedidos por um grito mais alto e ela ergueu o olhar. Ao fim do lado oposto do prédio, um macho humano de casaco escuro, que parecia ter dobrado a esquina, cobriu a cabeça e cambaleou para trás. Ao se equilibrar novamente, ele se abaixou para se proteger enquanto o carro preto aumentava de velocidade em linha reta, o atirador se escondendo atrás de uma janela escura que subia.

– Rahvyn?

Quando Nate a chamou, ela tateou o humano que estava no chão.

– Senhor? Está se sentindo bem? Nate, melhor pedirmos ajuda. Ele não está respondendo...

– Rahvyn...

– Precisamos de ajuda – ela disse ao se virar. – Qual o número que eles chamam quando...

Nate estava de pé diante dela com a expressão mais estranha no rosto.

– Socorro...

– Sim, precisamos pedir...

As mãos dele tremiam quando segurou a barra do moletom. Quando o ergueu, ela franziu o cenho. Havia um círculo vermelho na camiseta branca embaixo.

O círculo estava crescendo. Rápido.

– Nate?

O macho caiu de joelhos no chão, o blusão ainda embolado nas mãos. Seus olhos se prenderam aos dela, o medo dilatando as pupilas.

– Rahvyn – ele sussurrou.

A fêmea gritou, mas, de repente, não conseguiu mais ouvir nada. Quando ele despencou de lado, ela se jogou em sua direção. Chegou tarde demais para impedir que Nate caísse com força, aterrissando como se já não tivesse vida.

– Não! – exclamou. – *Não!*

Capítulo 19

O cenário no qual Balz se encontrou era desolado até onde a vista alcançava, nada além de areia obsidiana debaixo dos pés e nuvens negras se movendo acima. Quando raios vermelhos lamberam a parte inferior dessa cobertura, um vento turbulento soprou no horizonte, revolvendo seus cabelos.

– Vejo que o Garanhão voltou.

Balz fechou os olhos ao som da voz do demônio, mas se ele queria bloquear a visão de Devina, isso de nada ajudaria. Ele via as mesmas coisas, quer as pálpebras estivessem abertas ou fechadas – e foi assim que descobriu que estava dentro da sua mente. E não estava sozinho lá.

Devina se pôs na frente dele. Trajava um longo vestido branco, fluido como uma cascata, e, no vento estranho, os cabelos castanhos se moviam ao redor dos ombros como serpentes.

– Estive à sua espera. – Ela encostou as unhas pintadas de vermelho no peito nu dele como se o reivindicasse. – Senti saudades.

Ele baixou o olhar e viu que estava completamente nu.

– E sei que você sentiu a minha falta.

Algo o atingiu nas costas de leve. Uma gota de chuva. E mais uma. E outra. Um rio de gotas agora.

Sangue caía das nuvens negras e aterrissava na sua pele, e ele observou, como que de uma grande distância, enquanto seu tronco começava a ficar listrado de vermelho. A lavagem sanguínea ardia nas partes em que o atingia, e ele chegou a pensar que era como se as unhas vermelhas dela o tivessem arranhado todo.

– Beije-me – o demônio exigiu.

A chuva não a tocava. Era como se houvesse um guarda-chuva invisível sobre ela, a descarga da tempestade desviando-se da cabeça dela e daquele vestido branco.

Um vestido de noiva, ele percebeu. Como os que as mulheres humanas usavam no altar.

– *Beije-me.*

Inclinando-se na direção dele, o demônio pendeu a cabeça para trás e entreabriu os lábios. Debaixo do véu dos cílios grossos, os olhos negros brilhavam com um calor que revolveu o seu estômago. Ela era feia de uma maneira que desafiava o olhar. Ela era maligna de uma maneira que aviltava a alma.

Quando ele não reagiu, ela ergueu uma sobrancelha.

– Bancando o difícil? – A gargalhada rouca era uma carícia auditiva. – Esse não é o seu estilo, apesar de me odiar. Como eu sempre disse, uma das coisas de que mais gosto quando trepo com você é o modo como o seu corpo trai a sua mente e o seu coração. É um belo sacrifício de princípios, ainda mais quando você goza dentro de mim.

Com aquele sorriso horrendo, ela se ajoelhou lentamente, o vestido de festa branco espalhando-se sobre as poças rubras que se formavam no chão negro, a saia de cetim flutuando acima do sangue.

– Muito bem, eu cuido de tudo. – Encarando-o de baixo, ela deslizou as mãos pelas curvas dos quadris dele. – Gosto desta vista. E você também.

Ela lambeu os lábios vermelhos brilhantes, a língua rosada demorando o quanto queria em sua rota.

Ao diabo com isso, Balz não gostava da vista. Ele odiava a vista, ainda mais quando ela abriu a boca.

Seu pau estava flácido quando ela o chupou, e o calor, a umidade, as puxadas, trouxeram lágrimas aos seus olhos. Ele não queria aquilo. Nunca quis.

Quando ela contraiu os lábios, o estômago dele embrulhou e ele virou o rosto na direção da chuva de sangue, fechando os olhos e sentindo os pingos nas bochechas, no nariz, no queixo.

Lá embaixo, ela se empenhou mais; sugou mais forte, mais rápido, para a frente e para trás. As pontas niveladas dos dentes, que resvalavam toda a extensão até a cabeça, eram um aviso claro para ele. Mas ele não estava nem aí se ela arrancasse o maldito com uma mordida.

Dor. Ela o maltratava agora.

Segurou as suas bolas, girando-as.

Balz travou os molares e conteve a dor, os punhos se fechando nas laterais...

O demônio parou.

– Que diabos há de errado com você?

Nivelando a cabeça, o sangue escorreu para dentro dos olhos dele.

– Eu não quero você.

Quando ele falou, a chuva entrou na sua boca e ele sentiu gosto de vinho tinto. Quando engoliu propriamente, um rastro de calor, de energia, fervilhou garganta abaixo e floresceu em suas entranhas.

– Você não entende – ela estrepitou. – Pouco importa se você me quer ou não.

O demônio socou a pelve dele em frustração. Depois se voltou para trás, plantando as palmas nas poças que não a tocavam.

– Você ainda é meu. – Ela o encarou com fúria. – O seu truquezinho com aquela faca... Isso não mudou nada.

Quer dizer que estava morto?, ele pensou. *Aquilo era o* Dhunhd?

Enquanto olhava ao redor para toda a vastidão inóspita, pensou em Erika Saunders, a detetive de homicídios que conhecera por acaso e da qual se lembrava como se ela fosse seu destino.

Isso vale a pena se ela estiver a salvo agora.

Mesmo se tivesse que passar a eternidade lutando contra o demônio.

Raios cruzaram o céu novamente, banhando Devina numa luz vermelha, as sombras lançadas por suas feições e seu corpo movendo-se mesmo enquanto ela não se mexia, pequenas cavidades de suas defensoras encolerizando para o caso de serem necessárias. Quando o rubor da tempestade rubra diminuiu, ela voltou a ficar intocada, uma falsidade num branco virginal.

– Eu posso vê-lo quando eu bem entender – ela disse provocadoramente. – E estarei com você toda vez que eu quiser.

Em vez de se levantar, ela meio que se materializou numa posição ereta e lá se foi o vestido branco de noiva. Estava toda de preto agora, com uma blusa decotada o bastante para revelar desde o umbigo até a curva dos seios.

Devina se aproximou, apoiando-se no peito dele.

– Quando eu bem quiser.

Erguendo as mãos, ele segurou as laterais dos seios dela e os uniu. Enquanto fitava os atributos dela, viu a chuva escorrer do topo da sua cabeça e se avolumar na cuba feita de pele e carne.

Quando o suficiente se empoçou ali, ele abaixou a cabeça. O demônio expeliu um gemido, como se estivesse esperando que ele a acariciasse e lhe desse prazer. Em vez disso, ele bebeu o que juntara.

Precisaria de todas as suas forças para derrotar aquela vagabunda.

– Malditos vampiros – ela resmungou. – Por que simplesmente não comem um bife?

Dentro da garagem de pé-direito alto e vigas expostas como de uma catedral, com mais metragem do que uma quadra de tênis e nenhuma janela, Erika estava de pé ao lado do homem alto de cavanhaque. Estavam atrás do trailer, que tinha sido estacionado de ré perto de uma parede de concreto pintada de preto fosco. O restante do interior bem iluminado era de placas de aço, tudo reforçado com vigas e rebites a ponto de ela poder chamar aquilo de *bunker* se estivessem em tempos de guerra.

Relanceou para o Cavanhaque e decidiu que ele combinava perfeitamente com as instalações *hardcore*. Assim como os outros. Na verdade, todos aqueles homens se vestiam e agiam como se estivessem em guerra. Contra o quê, porém? Aquelas sombras? Aquela… mulher?

Haveria um braço governamental secreto nos Estados Unidos que combatia as coisas que ela vira com seus próprios olhos e nas quais, mesmo assim, não acreditava? Enquanto contemplava as possibilidades, o fato de se sentir tão calma significava que ela provavelmente estava em estado de choque – do tipo clínico, que envolvia pressão arterial e batimentos cardíacos.

Nesse meio-tempo, Cavanhaque apreciava mais um cigarro, sem pressa alguma. Seu ritmo era lento e constante ao fumar em cadeia os cigarros enrolados manualmente que tirava do bolso da jaqueta. Enquanto ele fumava toda a extensão do cigarro, ele a lembrava de alguém que aguarda em uma fila, só esperando de boa por conta de um atraso com o qual ele se recusava a ficar frustrado. E, embora ela normalmente detestasse o cheiro de cigarro, o que quer que ele estivesse exalando não era nem um pouco desagradável. Era até que bom, na verdade – embora não pudesse afirmar o mesmo a respeito da companhia dele. Se a atitude dele fosse uma loção pós-barba, seria chamada de *La desaprovação*.

Pensando bem, talvez ele só tivesse um rosto irritado mesmo em repouso.

– Você me lembra o meu avô – disse ela quando seus olhos mais uma vez deram a volta pelo interior imaculado da garagem.

À esquerda, havia um pequeno conjunto de móveis aleatórios, típicos de uma república de estudantes, as poltronas e a mesa de carteado dobrável tão diversas do trailer de última geração e de todos os reforços quanto em total sintonia com a ideia de que aqueles homens iam àquele espaço para relaxar.

– Lembro, é… – disse o cara.

Sua resposta não foi colocada em forma de pergunta, e ela não se surpreendeu quando ele não pareceu se importar com seu avô ou se ela lhe daria mais detalhes sobre quaisquer semelhanças entre Archibald Saunders (falecido) e ele. A falta de interesse pareceu-lhe animadora.

Um número excessivamente alto de pessoas mostrara uma curiosidade assustadora a seu respeito por tempo demais.

– Ele fumava cachimbo. A fumaça era perfumada, como a do que quer que você tenha enrolado aí.

– Tabaco turco é o melhor.

– Hum. Eu jamais iria adivinhar.

Há quanto tempo estavam ali? Difícil precisar. Fora examinada e depois lhe forneceram fluidos via oral – também conhecidos como Coca-Cola de primeira qualidade servida na sua latinha vermelha gelada – e, quando ficou evidente que ela conseguiria ficar de pé sozinha, o Cavanhaque a acompanhou para fora da unidade cirúrgica móvel. Um momento depois, alguém, a quem ela não conseguiu nem sequer vislumbrar, chegou à garagem por uma porta lateral e entrou no veículo pela porta do passageiro na frente.

O perfume de flores frescas sugeriu que fosse uma mulher. Talvez uma enfermeira?

– Com frio? – Cavanhaque perguntou.

– Não, por que pergunta?

– Acabou de estremecer.

– É mesmo?

Que interessante, não estava nem um pouco preocupada se estava ou não com frio. E nem tinha certeza de estar com frio.

– O que vocês vão fazer comigo? – perguntou.

– Nada.

Erika relanceou na direção dele. Cara, ele era grande, e todo aquele couro preto o fazia parecer ainda maior. Ele também tinha os olhos mais estranhos que ela já tinha visto: íris brancas gélidas circundadas por um contorno azul-marinho. As pupilas no centro eram negras como as profundezas do inferno.

Ela pensou no suspeito deitado naquela maca, sem nada além de um lençol cirúrgico azul cobrindo-lhe a parte de baixo do corpo. Lembrou-se dele diante da morena, dizendo coisas sobre um lugar chamado *Dhunhd*.

– Quero vê-lo antes de ir embora. – Ou antes que a matassem? – O homem aí dentro.

Como não houve resposta, ela ficou muito ciente de que não portava uma arma nem tinha uma ao seu alcance. E o fato de não conseguir se lembrar se a sua tinha sido tirada dela ou se ela a perdera pelo caminho não era algo com que valesse a pena se preocupar. Havia tantos outros problemas mais prementes do que a sua preocupação com a localização da sua arma de serviço.

A essa altura, ela só conseguia rezar para viver o suficiente para ter que relatar esse desaparecimento.

Cara, ela vinha quebrando todo tipo de protocolo ultimamente, incluindo o que acontecera com aquela funcionária da limpeza na noite anterior e agora seu coldre vazio. O distintivo também tinha sumido. Quando o buscou no grampo que o prendia à cintura, não o encontrara, e uma vez que o distintivo do DPC não teria simplesmente caído, ela tinha a sensação de que eles o tinham tirado dela e sabiam que ela era da polícia.

Encarando a lateral do trailer, ficou imaginando se chegaria a se ver do lado de fora daquela garagem novamente. Viva, quer dizer. E enquanto confrontava a ideia de que não sairia andando daquela situação, mas sim carregada, ela pensou...

Bem, ela se preocupou se teria ou não desligado a cafeteira após se servir de uma caneca de viagem às duas da tarde para voltar para a Unidade.

Ok, isso era ridículo. Vira um homem lutar contra uma sombra e tentar se matar, pessoas desapareceram em pleno ar bem diante dela, segurara um globo brilhante na mão... e agora estava de pé ao lado de alguém – algo? – que tinha o selo de Dona Morte estampado em toda a sua figura de durão, e ficava ali se preocupando com riscos de incêndio?

Vejam só ela, toda cidadã civil. Mesmo prestes a ser assassinada.

– Eu já disse, nada.

Ela relanceou para o Cavanhaque.

– Como é?

— Não vamos fazer "nada" com você, e isso inclui matá-la.

Se as palavras dele tivessem sido ditas com mais secura, teriam sido como bolas de feno.

Erika quis xingar o cara, mas não tinha forças.

— Quer dizer que só vai tirar as minhas lembranças e me deixar no acostamento de uma estrada com uma dor de cabeça de matar e a sensação de estar sendo perseguida... Enquanto aquelas sombras que o atacaram vêm atrás de mim e eu não tenho meios de me proteger porque não sei que diabos está acontecendo.

Ele olhou para ela, os olhos semicerrados fazendo-a pensar num *husky* siberiano. Que mordia, não ladrava.

— Vamos deixá-la em casa, não num acostamento.

Na frente do trailer, a porta do passageiro se abriu e se fechou, e do lado oposto da unidade móvel um par de pés andou pela extensão do *bunker*, dirigindo-se para algum tipo de saída.

— Ele quer vê-la.

Inclinando-se na porta do passageiro, o cara de jaleco cirúrgico gesticulou para ela e, quando Cavanhaque abriu a boca, ele ergueu uma palma.

— Ordens médicas.

— Não aguento mais esse risco na segurança.

— Ele está vivo e está pedindo para vê-la. E você gosta de atirar em coisas. Então, qual o seu problema?

Houve alguns resmungos, mas Erika os ignorou — assim como o médico com suas ordens. Seguindo para o trailer, aceitou a mão que lhe era oferecida — porque já passara do ponto de se importar em parecer durona.

O interior da cabine era como a própria garagem, arrumado e limpo, e um painel tinha sido empurrado de lado para revelar a área de tratamento.

O paciente ainda estava deitado no mesmo lugar, na maca de aço inoxidável, o lençol cobrindo a parte de baixo do corpo. Como se ele sentisse a sua presença, a cabeça se virou e ele olhou para ela...

Com um desespero que ela não entendia, ele esticou o braço... e Erika nem tentou se conter. Por motivos com os quais se preocuparia mais tarde, ela se lançou sobre o seu peito nu e se segurou a ele com firmeza.

— Pensei que você tivesse morrido – disse a detetive em meio a lágrimas que não conseguia conter.

— Eu também – ele respondeu emocionado.

Quando os braços pesados dele a envolveram e a abraçaram com força, Erika inspirou profundamente pelo que pareceu ser a primeira vez em um ano.

Ou, talvez, em uma década inteira.

Capítulo 20

Para Balz, abraçar essa mulher humana com tanta força foi a coisa mais natural do mundo. Embora o corpo estivesse fraco, a alma estava firme como uma rocha e foi daí que vieram as forças para levantar os braços. Esse momento, esse instante vital, transcendente, foi com o que fantasiou desde a primeira vez que a viu.

E pelo que sacrificara o Fade se isso a salvasse.

– Você está bem? – perguntou rouco.

Quando ela balançou a cabeça, ele odiou o que ela o tinha visto fazer... o que ela ouvira Devina dizer.

– Não sei o que aconteceu lá – sussurrou ela. – Contra o que você estava lutando... o que você fez...

Os lábios dela se moviam contra seu ombro, o cheiro dela estava em seu nariz, a voz dela era só o que ele conseguia ouvir – e a combinação de tudo isso era um curto-circuito que ele não queria combater. Preferia estar onde estava, submerso em tanto dela.

Mas não queria deixá-la sem respostas, e ela merecia respostas honestas. Não que ele as tivesse.

– Eu sinto muito – disse ele numa voz fraca.

A cabeça dela se ergueu e ele conseguiu dar uma boa olhada naqueles olhos verde-acastanhados. O cabelo dela estava todo bagunçado, emoldurando o rosto, e ela tinha um arranhão na bochecha que o fez querer chamar Manny para marcar um horário na sala de cirurgias para ela.

Mesmo que o corte provavelmente só precisasse de um Band-Aid.

— Oi – ele sussurrou como um bobo.

Erika pôs os cabelos para trás. Depois, abriu a boca, e a expressão tensa o fez pensar que ela diria algo vivaz, mas voltou a fechá-la e ficou quieta.

Levou um tempo para ela voltar a falar. E tudo bem. Ele estava satisfeito em memorizá-la assim de perto. Ela parecia ter uma cicatriz de catapora na lateral de uma sobrancelha e o lábio superior era um pouco mais alto do lado esquerdo. Ela tinha uma pinta na bochecha, bem no lugar em que Marilyn Monroe costumava desenhar uma. E não usava lentes de contato. Sua visão evidentemente era perfeita.

O que fazia sentido para ele. Afinal, ela era perfeita.

— Você voltou lá – ela disse – para me salvar.

— Pode ter certeza de que sim.

As pálpebras dela se abaixaram brevemente.

— Só não sei do quê. E, o mais estranho, não sei se isso importa.

— Não importa.

Quando ela voltou a fitá-lo, havia uma reserva nela, e ele sabia onde ela tinha ido parar.

— Sinto muito que tenha me visto fazer aquilo – disse antes que ela pudesse comentar.

Os olhos dela se desviaram para a frente da garganta dele. Em seguida, ela corou e se endireitou. Depois de um momento, fez uma careta e esfregou a têmpora.

Droga. Ela estava cutucando aquele remendo em sua memória de novo.

— Erika...

— Como sabe o meu nome? – Com um movimento abrupto, os olhos dela deixaram os seus e passaram pelo interior do veículo. Ele podia apostar que ela não estava reparando nos equipamentos médicos. – Esta não foi a primeira vez que nos encontramos, foi? Você já se apresentou para mim antes?

Havia tristeza nas palavras, impotência também. Ambas o corroíam por dentro.

– Não minta para mim – murmurou ela. – Não depois de uma noite como esta. Depois de tudo por que passamos, eu mereço a verdade, não acha?

– Balthazar. Esse é o meu nome.

Os olhos dela retornaram e a cabeça dela se inclinou um pouco enquanto ela o observava.

– Combina com você.

– Você me fez ganhar a noite. A menos que não seja um elogio.

O sorriso dela foi basicamente a melhor coisa que ele já tinha visto, mas não se surpreendeu por ele não durar muito.

– Quantas vezes? – Quando ele se mostrou confuso, ela pigarreou. – Quantas vezes você se apresentou para mim?

Porra.

– Só uma.

– E quantas vezes nos encontramos?

Bem, se você contar as minhas fantasias…

– Duas.

Embora isso só causasse mais problemas para ela, ele queria apagar mais lembranças dela. Queria higienizar o que ela sabia dele até que, para ela, ele se tornasse um macho normal…

Vampiro.

– Cristo – resmungou ele. Como se ela fosse ficar feliz ao saber o que ele era?

– Ele me disse que não era Cristo.

Balz a encarou por um momento. Em seguida, se apoiou sobre os cotovelos.

– Quem disse isso para você?

– Foi… Não sei o que ele era. Havia uma luz ao redor dele e ele… me entregou uma forma de energia. – Ela mostrou a mão. – Eu a coloquei na sua garganta. É por isso… Não fui eu quem o salvou. Foi ele.

– Lassiter – Balz sussurrou.

– A morena disse para ele… – Erika encolheu os ombros. – Algo a respeito de ele saber o que tinha que fazer para tirá-la de você. O que ela quis dizer com isso?

Um alarme começou a soar na frente do trailer, e ele sabia o que isso significava. Era um alerta para toda a Irmandade. Alguém estava ferido, seriamente.

Outro alguém, quer dizer.

– O que é isso? – Erika perguntou.

Girando, Balz tentou entender o alerta enquanto Manny se postava atrás do volante e pegava o celular de algum lugar. Quando o cara o aproximou do ouvido, foi impossível interpretar seu rosto e, instintivamente, Balz levou a mão ao próprio ombro, como se seu comunicador estivesse acoplado à sua jaqueta – só que ele estava nu, a não ser pelo lençol.

E, merda, tudo doeu quando ele se moveu rápido.

Enquanto ele gemia e voltava a cair sobre a mesa de exames, Erika pareceu prestes a chamar reforços médicos, mas ela nem precisou. Manny deu um pulo até a parte de trás.

– Temos uma emergência médica. Tenho que ir agora. Você está suficientemente estável por enquanto, e se puder esperar aqui…

– Estou bem. Está tudo bem. – Balz se sentou e ficou ereto, cerrando os dentes quando chicotadas de dor se espalharam pelo peito, descendo pelas costas, ao longo das pernas. – Quem é? Quem está ferido…

Vishous escancarou as portas duplas atrás do trailer.

– Temos que ir…

– Me ajuda a sair? – Balz pediu a Erika. Embora quisesse fazer perguntas, isso só retardaria tudo.

Erika logo se prontificou. Segurou-o pelo braço quando ele apoiou os pés e tentou colocar seu peso neles. Quando quase capotou, ela o amparou pela cintura – e o fato de o lençol ter caído no chão da área de tratamento não pareceu aborrecê-la.

O que meio que o aborreceu.

Ok, tudo bem, ela arquejar e dizer algo do tipo: "Puxa, não sabia que vinham desse tamanho" teria sido provavelmente irracional, dadas as circunstâncias. Mas agora ele estava preocupado que ela não estivesse nada impressionada.

Ou nem sequer tivesse notado que ele era um macho?

Sim, sim, o ego do pênis era frágil, não?

Com uma banda tocando uma marcha de insegurança masculina a segui-lo, ele se arrastou até descer pelo para-choque traseiro. A essa altura V. substituiu Erika brevemente, erguendo-o para fora e o transferindo para o chão da garagem como um volume de bagagem. Erika logo voltou para perto dele para ampará-lo – e, embora ele odiasse estar fraco assim, não se importava nem um pouco em estar perto dela.

Quando o motor do trailer ganhou vida e uma das portas de rolar da garagem começou a se abrir, o cheiro adocicado do diesel o fez espirrar e os dois recuaram para dar passagem.

– Quem foi? – perguntou quando V. saltou para dentro do compartimento cirúrgico.

– Você sabe onde as armas estão. – V. começou a fechar as portas. – Voltamos assim que pudermos.

– *Quem foi?*

– Nenhum de nós.

Com isso, o Irmão lançou o lençol para fora. *Bam!* As portas se fecharam e, em seguida, o enorme trailer saiu acelerando pela noite.

Observando o brilho vermelho das luzes de freio dobrando à direita, Balz se lembrou de quando a Irmandade da Adaga Negra e o Bando de Bastardos eram inimigos mortais. Engraçado como a passagem do tempo mudava as coisas. "Nós" agora se referia a todos eles.

Talvez fosse apenas um civil que precisasse de ajuda para chegar às instalações médicas secretas de Havers.

A porta da garagem imediatamente começou a baixar, interrompendo os sons da cidade e o fedor das margens do rio. Quando se fechou completamente, Balz teve um único pensamento – e não foi algo que refletiu bem o seu caráter, a julgar por tudo o que estava acontecendo. Deveria estar preocupado com coisas como segurança… e aquele demônio.

Em vez disso, só pensava em Erika.

Finalmente, estava sozinho com ela.

Nu.

Muito nu.

Enquanto segurava a cintura de Balthazar, Erika estava intensamente ciente de que sua mão tocava muita pele desnuda. E a julgar por todo o restante que estava… bem, pendurado por aí, por assim dizer… ela supôs que deveria estar mais envergonhada. Havia muito dele – e, desconsiderando as partes privadas, não era por ele ter uma barriga de cerveja.

Ah, isso não. Balthazar era todo músculos. Todo. Músculos.

E esse era um nome incrível, de verdade.

– Pode me ajudar a ir até ali?

Quando não conseguiu encontrar sua voz de imediato, ela ficou contente quando ele apontou para o par de poltronas e para a mesa de carteado que estava…

– Aquilo é uma tábua de charcutaria? – perguntou ao perceber a amostra de queijos e bolachinhas praticamente saída da revista *Gourmet*.

Quando foi que aquilo apareceu magicamente?

– Fritz – ele respondeu.

Quando começaram a claudicar até a área de estar, ela murmurou:

– Isso é um "sim" de algum idioma estrangeiro com o qual não estou familiarizada?

– É o mordomo.

Erika perdeu o ritmo do andar atrapalhado deles.

– Mordomo? Como naquelas coisas do Castelo de Windsor?

– Isso. Terno de pinguim e cronometragem perfeita, não existe ninguém como ele. Ele deve ter trazido isso enquanto... Bem, quando chegou a ajuda extra.

– É, eu teria notado antes disso.

Havia tantas perguntas a serem feitas, mas, quando ela fitou o rosto branco como um papel, entendeu que ele devia estar com muita dor e tentava encobrir isso.

– Quase lá – ela murmurou.

As poltronas eram de cores diferentes, mas igualmente feias em termos de estampas, florais e berrantes, mas, ainda bem, desbotadas. A decoração típica de um refúgio masculino – o que fazia sentido. Ela achava que aquele esconderijo fortificado era usado para os encontros de um grupo de bordadeiras?

– Você vai ter que me ajudar a sentar – o homem disse. *Balthazar* disse.

– Claro. Só se apoie...

– Deixa, acho que consigo...

Crash! Ele aterrissou como algo que tivesse sido lançado do alto de um lance de escadas, a poltrona rangendo, os braços batendo... bem, nos braços da poltrona. Em seguida, a cabeça dele pendeu em direção às clavículas como se ele estivesse exausto...

– Merda, estou pelado.

Ele bateu as mãos sobre as partes privadas e corou como se nunca tivesse ficado despido diante de uma presença remotamente feminina antes. E quais eram as chances de isso ter acontecido?

– Toma. – Ela apanhou o lençol do concreto frio. – Isso deve dar jeito.

Quando ela se aproximou, manteve os olhos erguidos e focados na porta da garagem que tinha acabado de se fechar, e ele assumiu a liderança na entrega desajeitada. Enquanto ele cobria o colo, ela parou ao lado, na poltrona cor de berinjela com salpicos de salsinha.

– Acho que o Prince largou isto aqui há uma década – murmurou ela.

Ele deu uma leve risada.

– Quer comer?

– Não estou com fome.

Ainda assim, serviu-se de uma fatia do que parecia ser queijo brie e um biscoito do tipo integral cheio de grãos. Quando ela mordeu, seu estômago despertou.

– Ai, meu Deus. Espera, acho que estou faminta.

– Sirva-se. Acho que vai encontrar vinho naquela geladeira…

– Nada de vinho – disse enquanto mastigava. – Ou jamais sairei desta poltrona.

Ele sussurrou algo baixinho, do tipo: *Por mim, tudo bem.*

E foi então que a situação ficou verdadeiramente estranha. O que, considerando o que vira no começo da noite, significava alguma coisa.

A questão era: enquanto ela mastigava, tentando não apreciar a vista dos peitorais e dos ombros dele, daqueles braços e daquele estômago…

– Qual foi mesmo a pergunta? – disse de repente.

– Não sabia que tinha feito uma. – Ele sorriu de leve. – Como está o queijo?

– Maravilhoso.

– Gosto de vê-la comer – disse ele com um suspiro. Quando ela congelou e relanceou para ele, Balz desviou o olhar. – Desculpe.

– Não. Tudo bem.

Porque, de repente, aquilo estava parecendo um encontro para ela também. O que, sim, era mais estranho do que o cara brilhante, e aquela morena, e a sombra…

– As suas queimaduras – comentou –, ou o que quer que tenham sido, é como se estivessem cicatrizando bem diante dos meus olhos.

Ele ergueu uma sobrancelha e virou o antebraço. O vergão do lado de baixo estava vermelho como um morango e parecia uma fileira de pontos de tricô em uma malha. Mas tanto o inchaço como a coloração diminuíam enquanto ela fitava seus machucados.

– Você se machucou mesmo lutando contra aquela coisa – murmurou ela.

– Não, já estou bem.

Talvez isso fosse melhor, ela pensou. Por mais que seu cérebro lutasse para pensar no que acontecera, talvez fosse melhor se lembrar do motivo de estarem juntos ali. Porque aquela não era uma situação em que se encontravam depois de terem deslizado a imagem no aplicativo para a direita, sem falar do queijo fantástico.

– Sou um ladrão – disse ele distraído enquanto olhava para um machucado semelhante cruzando o peito. – Nisso você tem razão.

Sim, isso é muito bom, ela enfatizou mentalmente. Embora odiasse o lembrete de que ele era um criminoso. Um suspeito, na verdade, em um dos seus próprios casos em andamento.

– Quer dizer que roubou os relógios daquele tríplex? – Afastou a tábua, já não sentindo mais nada pela comida. – Do Herb Cambourg.

– Roubei e não lamento.

Erika ergueu uma sobrancelha.

– Bem, se você tivesse um problema de consciência, não estaria roubando, pra início de conversa.

– É um modo de se encarar a situação.

Quando ele se calou, ela meneou a cabeça.

– Você pode, por favor, parar com as bobagens? Estou exausta e confusa, e não existe motivo para você fazer uma grande confissão se eu não puder me lembrar de nada. É o mesmo que bater o telefone antes de deixar um recado. Ou apagar o recado. – Ela voltou a esfregar as têmporas. – Não sei que diabos estou dizendo. Não tenho nada que ficar fazendo metáforas.

– Tecnicamente, acho que a primeira foi uma comparação.

Erika olhou para ele.

– Eu queria muito mesmo mandar você se foder agora.

– Não a culpo.

– Strunk e White não têm lugar nesta garagem.

– Strunk e quem? – Ele moveu a mão. – Espere, essa eu sei. De uma dica nas palavras cruzadas do *New York Times* da semana passada.

– Da quinta.

– É, isso mesmo. – Ele deu um leve sorriso. – Você também as faz?

– Às quintas eu costumo desistir. Fica muito difícil para mim a partir desse dia.

– Tenho que fazer a lápis. Meu primo as faz a caneta e me enche o saco por causa disso. Recebemos doze cópias do *Times* todas as manhãs porque é a única maneira de ninguém se machucar durante a Primeira Refeição.

As sobrancelhas dela se arquearam.

– Você mora com doze pessoas?

– Nem todas são parentes de sangue.

– Vocês são da máfia ou algo assim?

– Não.

Ela se concentrou na garganta dele. A linha que estava ali sumia tão rápido quanto as queimaduras. Enquanto ela via mais daqueles inchaços desaparecerem... teve o pensamento de que ele era diferente dela, e não só por ser um homem.

Ou... do sexo masculino.

E, quando ela falou, surpreendeu a si mesma:

– Não sinto tanto medo assim desde uma noite de 24 de junho catorze anos atrás.

– Ah, Erika, puxa, eu sinto muito...

Quando ele se esticou para a mão dela, ela se desviou.

– Você tem que parar de se desculpar. O que tem que fazer em vez disso é dar um jeito no que tenho aqui em cima... – Ela gesticulou para o alto do crânio. – E depois me mandar de volta para casa. De um jeito ou de outro, eu dou conta, Deus bem sabe que já fiz isso antes. Além do mais, e se uma daquelas sombras for atrás de mim? – Ela balançou a cabeça. – Estarei morta se souber da existência delas ou não.

Ela não conseguia acreditar que estivesse tão calma. Mas que escolha tinha?

– Quero proteger você.

Erika olhou para ele – e não teve a intenção de fitá-lo dos pés à cabeça. Mas, primeiro, lembrou-se dele lutando contra aquela sombra ou sei lá o quê, e, por ser treinada em defesa pessoal, sabia perfeitamente que ele era habilidoso. E segundo...

Bem, a vista era simplesmente espetacular. Do volume dos peitorais para os montes dos bíceps e o tanquinho que ele mostrava como se fizesse dez mil abdominais antes de comer uma barra de proteína com suas claras de ovos pela manhã…

– Sei que quer me manter a salvo – disse ela num tom baixo. – Obrigada por isso. De verdade. Mas a triste verdade da vida é que, às vezes, não conseguimos aquilo que queremos. E, olha só, venho lutando há muito tempo contra coisas que não estão realmente diante de mim. Quem sabe… Talvez eu vença uma sombra.

Era uma coisa boba de dizer. Idiotice maior ainda acreditar que isso seria verdade. Ela vira o que aquele ataque fizera contra um homem como aquele, e ele tinha bem uns 35 quilos de músculo a mais que ela. Pelo menos.

– Só apague as minhas lembranças de novo – disse a ele – e me deixe viver a minha vida, não importa o resultado.

Ele ficou calado por um bom tempo. Calado por uma eternidade.

E ela só continuou ali sentada. Parada como um dois de paus, como diria o seu pai.

– Impotência aprendida – murmurou ela.

Balthazar pareceu voltar a prestar atenção.

– Desculpe, o que disse?

– Sou formada em Psicologia. Impotência aprendida é um padrão comportamental apresentado por alguém que sente que não há mais causa e efeito em suas ações. Leva a um colapso das estratégias de solução de problemas e apatia generalizada. – Ergueu o indicador. – O interessante no meu caso aqui não é que não consigo ver a causa e o efeito. Trata-se mais de eu não saber qual comportamento é verdadeiramente meu ou em que tipo de mundo eu vivo. De todo modo, é por isso que sou um zumbi. E é uma pena mesmo que eu não possa reescrever meu último trabalho sobre esse assunto.

– Rolling Stones – ele disse de repente.

– O quê?

– A canção. Não conseguia lembrar da canção.

Estamos na mesma conversa?, ela ficou imaginando.

– *You can't... always get... what you waaaaant.*[19] – Ele pigarreou e cantou um pouco mais alto: – *You can't always geeet what you wannnnt.*

Quando ele parou, ela disse:

– Uau. Você...

– Não consigo cantar nada.

– É. Quero dizer. É bem...

– Ruim. Ruim mesmo. Não acompanho a melodia. Ruim como um gato de rua. Muito mais que desafinado.

Erika começou a sorrir. Depois gargalhou.

– Também não sou nenhuma cantora de ópera.

– Prometo nunca mais fazer isso.

– Não, você não tem que fazer isso. – Ela deu de ombros. – É meio que legal saber que nem tudo a respeito do seu corpo é perfeito.

Os olhos dele dispararam para os dela, ela corou e desviou os seus.

E foi quando tudo mudou entre eles. Claro, permaneceram onde estavam, e ele ainda estava se recuperando – Deus, de ter cortado o próprio pescoço –, e ela estava em outro tipo de recuperação. Mas, de repente, havia uma eletricidade no ar.

Que não tinha nada a ver com medo.

Talvez ela devesse ter ficado apenas com a parte de comer queijo do encontro. Porque aquela eletricidade sexual? Tinha todo jeito de uma transa de uma noite só, e já que ela evidentemente perdera o juízo... não conseguia pensar num motivo para aquilo ser uma ideia terrível.

Erika o fitou novamente e se deparou com aquele olhar sensual e misterioso dele.

– Sabe como era a última parte daquela canção? – Balthazar perguntou com voz grave.

– Canção? – ela repetiu, concentrando-se nos lábios dele.

---

19 - *You can't always get what you want*, em tradução livre: "Você nem sempre consegue o que quer". (N. T.)

Ele se inclinou na direção dela, todo músculos à mostra e aquele perfume incrível que, de repente, saturou o ar, como se ele, magicamente, tivesse passado mais um pouco.

– A última parte do refrão daquela canção. "Mas, se você tentar algumas vezes, você pode até descobrir…"

Não faça isso, a parte racional dela exigiu. Como se, caso ela preenchesse a lacuna, não só estaria reconhecendo o que quer que estivesse florescendo entre eles, mas respondendo "sim" à pergunta que ele não havia feito…

– "Que consegue o que precisa" – ela terminou sofregamente.

Capítulo 21

Os pais de Nate vieram correndo pelo longo corredor branco, braços e pernas agitados, jaquetas esvoaçando, num pânico afobado. Davam-se as mãos como se isso fosse o que os impediria de serem carregados por uma onda maligna e, com os olhos arregalados e as bocas abertas como se fossem gritar, eram o retrato do terror.

Rahvyn não fora apresentada a nenhum dos dois. Mas, naquelas circunstâncias, era óbvio quem eles eram.

Da sua perspectiva, sentada no piso azulejado duro com as pernas enfiadas debaixo do corpo, ela ergueu o olhar enquanto eles corriam à sua frente. Não olharam para ela. Nem pareceram vê-la. Tinham uma única prioridade – e, mesmo assim, ela desejou dar um pulo e abraçá-los. E lhes dizer que sentia muito e que, de alguma forma, aquilo era culpa sua.

Talvez se não tivesse tentado ajudar o humano no chão...

Talvez se...

Mudando a posição do corpo dolorido, levantou os joelhos e apoiou a bochecha naquela protuberância ossuda das suas pernas. O destino dos pais de Nate era o quarto do paciente ao fim do corredor. Do lado de fora da porta fechada, um aglomerado da Irmandade da Adaga Negra formava um nó de preocupação bem armada. Não conhecia todos eles, mas reconheceu o Irmão Rhage, de cabelos loiros e olhos muito azuis, e o Irmão Butch, que estava vestido com elegância formal, em vez de roupas de guerra. Havia uns outros dois… e também seu primo de primeiro grau, Sahvage.

Quando o macho e a fêmea nervosos desapareceram na sala de tratamento de Nate, Sahvage relanceou para onde ela estava e ela repassou o trajeto até aquela instalação médica subterrânea, lembrando-se do momento em que olhou para cima e viu Nate erguendo o blusão… e ele caindo no chão… e, finalmente, ela gritando e se lançando na direção dele.

O homem junto à porta do clube Dandelion, que havia se deitado e ela imaginara que tivesse sido ferido, tentou se envolver. Ela o imobilizara no lugar e remendara suas lembranças – e depois viu um carro passar. E outro. Do outro lado da rua, havia diversos humanos parados, os corpos se inclinando à frente como se estivessem na iminência de atravessar correndo.

Foi nessa hora que ela parou tudo.

Tudo em Caldwell.

Todos os humanos, todos os vampiros, todos os roedores e as cobras. Os carros e trens, as bicicletas, tudo parado. Não havia mais fumaça subindo pelas chaminés nem água escorrendo pelos ralos. Nenhum arquejo, nenhuma imprecação, nenhum sussurro para atrapalhar.

Parados.

Exceto Nate e ela própria. E outros que ela extraíra do quadro segundo sua necessidade.

Com mãos trêmulas, ela vasculhou os bolsos do homem, encontrou seu celular e aproximou a tela do rosto dele. Quando o reconhecimento facial foi bem-sucedido, ela entrou na lista de contatos dele, grata por ele ter lhe ensinado a usar o aparelho. A primeira ligação foi para seu pai adotivo, Murhder. Quando foi direcionada para uma gravação, ela tentou a mãe. Também uma gravação.

A terceira fora para Shuli. De novo uma gravação.

Nesse tempo todo, Nate arquejava em busca de ar. E, depois, parou de arquejar.

Abençoadamente, o quarto número atendeu, e uma voz anciã e solícita anunciou jovialmente que seu nome era Fritz Perlmutter.

Ela não fazia ideia de quem fosse o macho, mas, cinco minutos após a chamada, um veículo enorme de tratamento clínico, como uma nave piedosa sobre rodas, parou diante deles.

Um humano usando roupas azuis folgadas e o Irmão Vishous saltaram da parte de trás do automóvel com uma maca e removeram Nate do local. Ela entrara na parte de trás com eles, e se acomodara fora do caminho enquanto o Irmão Rhage dirigia.

Só quando se afastaram do local e deram a volta para o meio da pista ela permitiu que Caldwell retomasse suas atividades. Um relance pelo painel de vidro à frente mostrara o agrupamento de humanos retornando de sua paralisia. Estariam confusos, mas ela não tinha energia para manipular suas lembranças. Teriam simplesmente que se contentar com o que acreditavam ter visto – e quando se aproximassem do homem do lado de fora do clube, ele lhes informaria que, sim, houve disparos de uma arma de fogo e um cachorro de rua tinha sido alvejado, mas fugira dali.

Seria só isso.

A caminho daquelas instalações, ela estava assustada demais para falar, ainda mais com tantas coisas sendo feitas em Nate, tantos... tubos, tanta gaze, braçadeiras, máquinas conectadas, implantadas, enfiadas dentro dele. Os dois machos que tratavam dele trocavam palavras entre si, as sílabas além da sua compreensão, um idioma desconhecido.

O trajeto durara uma vida, contudo, um relógio com números vermelhos brilhantes informara-lhe que apenas dezessete minutos tinham se passado. Quando o destino fora alcançado, o veículo sacolejante e barulhento parou. Quando as portas duplas foram abertas, o cenário de um bosque foi revelado e a fragrância de pinheiros e terra entrou, substituindo o cheiro de sangue e o calor. Rahvyn seguiu por trás quando Nate foi removido para uma mesa com rodinhas junto com um monte de equipamentos piscantes e barulhentos e aqueles fios e tubos.

Do que pareceu ser um monte de terra, um macho com óculos de aro de tartaruga e jaleco branco abriu uma porta muito bem disfarçada, expondo o interior iluminado. Fêmeas em uniformes brancos o acompanharam. Irmãos apareceram.

Assim como Sahvage.

Seu primo se apressara para abraçá-la e ela se jogou sobre ele, balbuciando detalhes sobre o que ocorrera que não eram tão relevantes assim. A única bala era o que importava. Bem, isso e o que acontecera em seguida.

Nate e os vários atendentes uniformizados desceram em uma caixa de aço primeiro. Depois, ela, Sahvage e os Irmãos os seguiram, uma engenhoca mecanizada os levando para baixo da terra.

Eles foram tão gentis com ela, os lutadores. E, diante de tanta compaixão, tão dissonante com as armas e roupas de proteção de couro, ela finalmente chorara, escondendo o rosto no peito de Sahvage, exatamente como quando eles eram pequenos...

Quando o pônei dela morreu por ter comido aquela planta. E quando seu gato fugiu...

E quando os pais dela foram assassinados.

Agora ela estava ali, sentada no piso azulejado, num labirinto de corredores e portas fechadas rescendendo a limão, desejando não ter saído do clube quando saíram. Se tivesse escolhido outro momento... – talvez quando Nate sugeriu que fossem embora, talvez um pouco antes de quando finalmente saíram.

Um instante era só o que era preciso para mudar o curso de tudo. A questão era... ninguém nunca sabe qual momento vai importar, e havia tantos, tantos, mesmo na vida dos mortais...

Um grito abafado de dentro da sala de tratamento atravessou a porta fechada como uma onda de choque, os corpos da Irmandade oscilando ao levarem as mãos das adagas aos rostos, à frente das gargantas. Aos corações.

E foi seguido pelo choro da *mahmen*.

Um choro terrível, ensurdecedor, detrás daquela porta fechada.

Ele partira. Rahvyn não precisava que lhe dissessem isso.

Quando lágrimas rolaram dos seus olhos, escorrendo pelas faces, ela também levou as mãos às bochechas numa tentativa vã de se conter, de refrear o horror, de entender como uma noite impulsiva terminara numa tragédia decisiva.

E foi quando aconteceu.

Do grupo de Irmãos de costas largas, da mancha de tristeza que marcava o ar parado acima deles, a cabeça do seu primo Sahvage lentamente se virou na sua direção.

Seus olhos ardiam de emoção quando ele olhou ao longo do corredor para ela.

O que ele quer de mim?, ela pensou com o coração partido.

No entanto… ela sabia.

Capítulo 22

A solidão de um colecionador quase nunca é um fardo.

Às vezes, você só quer estar sozinho com suas coisas, você precisa desse tempo especial.

Esta noite não era assim.

Enquanto ia e vinha pelos corredores formados pelas araras de roupas penduradas, Devina estava sozinha demais, e nada, nem mesmo sua mais nova jaqueta buclê da Chanel, tampouco sua mais antiga aquisição, preenchia o vazio. O que, claro, não era o efeito que sua acumulação normalmente exercia sobre ela.

O pior? Ela não queria comprar mais nada. Portanto, seu vício em compras também a estava deixando na mão.

Demorou um tempo até ela perceber o que a incomodava – ou, melhor, talvez tivesse demorado um tempo até suportar reconhecer o problema: estava ali de novo, largada por um macho. Largada por um macho que não a suportava a ponto de cortar a própria garganta para se livrar dela...

Não, espere, era ainda pior do que isso. Aquele Bastardo Balthazar se matara para salvar a fêmea que ele queria de verdade, e Devina fora parte da medida do tanto que ele gostava daquelazinha. Ele odiava Devina, mas se dispusera a ficar preso com ela no Inferno por toda a eternidade só para proteger a srta. Detetive de Homicídios.

Aquilo tudo era simplesmente um insulto.

Devina não conseguia acreditar em toda aquela maldita situação. Sim, ok, claro, ela sabia que era uma puta dos diabos, mas não era tão ruim assim.

Está bem, está bem. Talvez fosse tão ruim assim.

Era uma fêmea ardente, porém, e sabia ser boa com um amante. Se sentisse vontade. Se quisesse. Mas *qual é!*

Parando diante dos vestidos de noite longos, puxou o branco que vestira para entrar na mente de Balthazar durante sua sonequinha pós--hemorragia. O cetim era tão virginal, suave e frio em suas mãos, e ela amava como o vermelho das suas unhas brilhantes se destacava contra o tecido. Como sangue numa nuvem clara.

Erguendo a cabeça, fitou todos os cabides, todos os seus bebês.

O Livro estava junto à parede oposta, suspenso como se num balanço invisível. A maldita coisa estava roncando, a capa de cima borbulhando num ronronado ritmado e suave, as páginas embaixo revolvendo-se silenciosamente.

Exalando, ela sentiu os ombros penderem. Não podia continuar com aquilo, sendo deixada de lado por conta das ditas "melhores opções" dos machos. As rejeições a estavam deixando com um complexo. Mas foda-se ser a prioridade de alguém. Ela nem sequer era uma alternativa.

— Por favor — disse derrotada. — Por favor, me ajude a encontrar o amor verdadeiro.

Diabos, se fosse deixada para tratar sozinha do assunto, era capaz de isso jamais acontecer...

A capa do Livro se abriu e fechou num baque, como se ele tivesse despertado. Em seguida, sentou-se, de modo a ficar de frente para ela em vez de deitado em pleno ar.

Ela, porém, não tinha esperanças. Até onde podia saber, pediria para entregarem comida tailandesa no covil pelo Uber Eats. Talvez uma cadeira de escritório. Até parece que ela sabia que porra se passava pela cabeça dele.

Houve uma série de tossidas e, depois, as páginas pareceram se lamber. Depois de uma sacudida final, como de um pássaro ajeitando as penas, aquela capa feia e sarapintada se expôs totalmente e assim ficou.

As páginas começaram a virar.

Devina piscou algumas vezes. Abaixou a saia do vestido e andou até lá, chamada pelo movimento do pergaminho, a princípio rápido, e agora desacelerando. Foi a coisa mais estranha. Mais páginas se viravam do que havia amarradas à lombada, mas ela sempre acreditou que existiam infinitos fólios presos dentro do volume...

O movimento cessou.

Simplesmente parou do nada.

– Não seja cruel – disse ela antes de dar uma olhada. Ela quis que aquilo soasse como um aviso, mas as palavras saíram como um pedido suplicando para o lado bom daquela coisa. Se é que o Livro tinha um.

Quando o volume não se mexeu mais, permanecendo um objeto inanimado, ela prendeu a respiração e se inclinou para baixo.

A primeira coisa que viu, num roteiro gracioso escrito à mão, foi: "Feitiço de amor para um belo demônio".

Seus olhos se encheram de lágrimas.

– Sinto muito ser sempre tão malvada.

Uma das páginas se ergueu e resvalou sua face, apanhando a lágrima. Em seguida, o Livro se reacomodou, como se estivesse cansado de brigar com ela e de quaisquer emoções piegas.

– Certo. – Ela fungou e esfregou o nariz. – O que temos aqui?

Agia como se fosse preparar um cozido e tivesse que verificar se todos os ingredientes estavam na prateleira.

Seus olhos marejaram de novo quando ela leu em voz alta:

– Se devidamente seguido, este encantamento trará à feiticeira o amor verdadeiro para todo o seu ser, todas as partes contidas nela, malignas ou não.

Ela esticou a mão e afagou a página.

– Obrigada, velho amigo.

Houve uma fungada por parte do Livro, o canto superior direito da encadernação soprando levemente.

– E agora... o que tenho que fazer? – murmurou ao voltar a ler.

– Do que você precisa, Erika?

Quando Balz fez a pergunta, ela estava carregada de duplos sentidos. Mas a questão era: o corpo dela já acompanhava o seu. Ele sentia o cheiro da excitação dela e, mesmo que seu nariz estivesse errado – o que não era o caso –, não havia como não saber para onde os olhos dela se dirigiam.

Queria que ela olhasse para ele assim pelo resto da vida deles.

Era como se ela não só aprovasse seu corpo... mas quisesse tocá-lo. Saboreá-lo.

E que surpresa do cacete, ele era incapaz de não reagir ao desejo sexual dela. Ainda que a garagem escondida da Irmandade fosse tão romântica quanto uma loja da AutoZone, ele estivesse todo acabado e não houvesse lugar confortável para se deitar, ele ainda estava mais do que disposto a...

– Me conta – sussurrou. – Do que você precisa?

Os olhos dela voltaram para a sua boca, e era como se ela já estivesse experimentando os lábios dele com os seus, tocando-os, dando-lhes a proverbial mordidinha – e foi assim que soube que ele a teria. O "sim" estava no olhar ávido, na virada do corpo, e naquele puta daquele cheiro dela.

Quando ela inspirou fundo, ele quis continuar falando, se isso a deixasse à vontade...

– Preciso que você me deixe ir – disse ela, roucamente. – Por favor.

Balz abaixou as pálpebras. E rezou para conseguir esconder sua reação. Não era raiva; era desapontamento – e não só por não ter a oportunidade de montar nela e de penetrá-la e de lhe dar os melhores orgasmos da sua vida. O maior lamento era consigo mesmo. Como de costume.

– Sabe – disse ele, sacudindo a cabeça –, estou ficando bem cansado de ser ladrão.

– Existem outras profissões – disse ela com secura. – Você poderia tentar contabilidade. Advocacia. É melhor não ser professor, porém, dadas as suas habilidades. Algumas coisas não deveriam ser transmitidas à geração seguinte.

Ele sorriu de leve. Mas logo voltou a ficar sério.

– Não quero mais roubar nada. Pelo menos não no que se refere a você. Já deu pra mim.

Encarando-a nos olhos novamente, ele entrou na mente dela e trouxe de volta todas as lembranças. Tudo o que ele tinha escondido. Cada uma das recordações que ele tinha enterrado.

No mesmo instante, ela arfou e focou no chão no meio deles, os olhos piscando. Quando, por fim, olhou para ele de novo, pareceu reavaliar todos os detalhes sobre ele – e não havia a menor possibilidade de que o que ela via lhe fosse favorável.

– Eu estava certa – disse. – Você pegou as minhas lembranças...

– "Remendei" seria o termo mais adequado.

– Como?

Ele pigarreou.

– É o mesmo que virar algumas chaves numa placa-mãe. O cérebro humano é como um conduíte para eletricidade, então é só uma questão de redirecionamento.

– Mas... como...

Quando ela olhou para a garagem de novo, como se estivesse tentando calcular o valor de *pi* até três bilhões de casas decibéis – *decimais*, corrigiu-se –, ele não conseguiu suportar mais nada em toda aquela situação entre eles. Tudo aquilo era muito fodido.

Levantando-se, ele enrolou com força o lençol na parte de baixo do corpo – porque se mostrar não ajudaria em nada – e foi até uma caixa à prova de fogo do tamanho de uma tv de tela plana grande. Afixado à parede interna da garagem, o cofre do arsenal tinha uma tranca convencional, não uma feita de cobre, portanto, ele só tinha que destrancá-lo com a mente, em seguida seria só...

– Bem-vindo ao espetáculo de armas – Erika disse hesitante.

– Puta merda, era exatamente nisso que eu estava pensando. – Relanceou por sobre o ombro e viu que ela tinha ficado de pé. – Quero garantir que você esteja devidamente armada antes de ir embora.

Quando se virou para as armas guardadas em prateleiras, seus instintos lhe disseram que ela se aproximava dele – e, Deus, como desejou que vivessem num mundo onde ela não tivesse motivos para estar armada e ele não tivesse motivos para se certificar de que ela carregasse tantas balas consigo. Avaliando as automáticas, os rifles, os fuzis que faziam buracos maiores na parte de baixo, ele escolheu duas nove milímetros e apanhou um par de cartuchos extras.

– Tome – disse, oferecendo a automática. – Não tenho coldres, mas você tem pelo menos um, certo?

– Não posso aceitar essas armas.

– Não há escolha. Jogue-as no rio amanhã de manhã se quiser, não me importo. Mas se você vai embora, não vai sair sem poder cuidar de si mesma.

Quando ela só o encarou, Balz assentiu.

– Você me pediu para deixá-la ir. Então, é isso o que estou fazendo.

Empurrando as armas para as mãos de Erika e enfiando os cartuchos em seus bolsos, ele cambaleou pela garagem até a porta de pedestres na lateral. Outro cofre ao lado da saída. Abrindo-o, pegou uma chave de carro qualquer. Verificando a etiqueta, viu que era de um modelo e marca comuns.

Incógnito, pensou. Perfeito para ela não atrair atenção.

A porta externa reforçada era trancada com cobre, mas a chave estava escondida na parte de cima do batente. Depois de destrancar o mecanismo industrial, a porta se abriu. Quando o ar frio e pungente do rio entrou, ele olhou por cima do ombro.

Erika estava parada onde ele a deixara, diante do arsenal à altura de sistemas de entrega de projéteis, com uma arma em cada mão, os cartuchos enfiados de qualquer jeito na jaqueta. Olhando para ela ali de longe, ele percebeu as manchas de sangue nas roupas, a terra e a poeira também. As calças estavam amassadas e havia aquele arranhão no rosto.

A detetive parecia ter tido uma noite bem longa e difícil.

Desejou que pudessem ficar juntos para sempre, mesmo se não houvesse sexo. Ele se contentaria em abraçá-la.

– Eles verificaram se você está bem? – exigiu saber. – No trailer?

– Sim. – Ela baixou o olhar para si. E foi andando na direção dele. – Eu não estava machucada. Não de verdade. E não sei o que aconteceu comigo.

Balz soltou o ar. Do lado de fora, o freio de um caminhão foi acionado, o sibilo próximo demais para deixá-lo tranquilo. Deus, só o que ele queria fazer era fechar a maldita porta, trancá-la, prender dez rifles ao corpo e montar guarda diante da mulher enquanto ela descansava um pouco.

E depois o quê?, pensou.

– Você vai simplesmente me deixar ir embora daqui? – ela perguntou.

– Você não é minha prisioneira.

– E quanto à minha memória? – Ela levantou o braço como que para tocar a lateral da cabeça, mas, então, pareceu perceber que tinha uma arma na mão. – Estou com todas elas. Desde o momento… em que o vi pela primeira vez. Na sala de coleções em que Herb Cambourg foi assassinado. Você e outro homem brigavam por um dos livros. Aquele muito velho, que ainda está desaparecido.

– Isso.

Quando foi só isso o que ele disse, ela balançou a cabeça.

– Por quê? Por que está me deixando com as minhas lembranças?

– Porque são suas.

– Mas, então, por que as tirou antes?

– Pensei que fosse a coisa certa a fazer. Não era. E eu sinto muito.

Erika desviou o olhar. Olhou de novo.

– Você não me contou nada de verdade. Não explicou nada.

– Motivo pelo qual você está livre para ir. Quanto menos souber, mais liberdade terá e menos perigos correrá.

Desde que ele conseguisse manter aquele demônio afastado dela.

Quando os dois se calaram, uma sirene soou em algum lugar no fim da rua. Em seguida, houve alguns gritos, mas muito distantes.

Ele lhe estendeu a chave do carro.

– É um Honda de dez anos. Prateado, interior preto. Sabe dirigir com câmbio manual?

– Sim – ela respondeu distraída.

– Está logo à frente, a um quarteirão daqui. Vou ficar olhando até você entrar nele. – Com uma sensação de lamento profundo, ele olhou para o rosto dela, ciente de que aquela seria a última vez que a veria. – Adeus, Erika…

– Eu vou atrás de você, sabe disso, não? – Ela pigarreou e aprumou os ombros. – Ainda tenho um trabalho a fazer, e você está do lado errado da lei. Nada do que aconteceu esta noite altera a realidade do que tenho que fazer.

– Eu sei. E, olha só, não que isso seja muito importante, mas sabe os relógios?

– Os do Commodore?

– Sim. Bem, eu os roubei mesmo daquele cara, e os levei até o trailer do traficante. Saí de lá com 5 774 dólares. Levei o dinheiro para o abrigo de animais St. Roche. Ligue para eles e pergunte sobre a sacola que foi deixada na mesa da administradora, Wanda Trumain. Ela provavelmente a encontrou assim que entrou no escritório na manhã seguinte ao roubo. Ela se lembrará disso por uma série de motivos, mas principalmente porque será capaz de jurar que trancou a porta na noite anterior e não consegue entender como alguém entrou ali, ainda mais por haver funcionários que fazem a ronda dos corredores à noite.

– Então, você está dizendo que é Robin Hood?

– Não. Estou dizendo que roubei daquele rico babaca que traía a esposa e a tratava como se fosse uma peça de arte que ele podia simplesmente adquirir, guardar e depois esquecer. E depois dei o dinheiro que eu teria conseguido no mercado clandestino para um abrigo de animais que está tentando cuidar de cachorros e gatos abandonados e maltratados.

– Como Robin Hood.

– Não vou nem me sentir mal a respeito.

Erika pigarreou novamente. Como se fosse um tique nervoso.

– Quantas vezes você já fez isso?

– Desde que cheguei a Caldwell? Ou ao longo da minha vida?

– Tanto faz. Os dois. – Ela afastou uma das mechas soltas da frente do rosto. – Não sei.

– É o que eu faço. Tenho a habilidade de entrar em lugares dos quais as pessoas tentam manter as outras afastadas, e tenho que fazer alguma coisa com o que levo. Não preciso dessas merdas.

– Então é tudo um jogo para você?

– É uma maneira de eu exercitar as minhas habilidades. E nem todo mundo pode ter seis malditos relógios que valem, juntos, mais do que a casa da maioria das pessoas. – Balançou a cabeça. – Como já disse, nunca vou me desculpar pelo que fiz.

– E você não vai parar, vai?

– Não. Os ganhos sempre vão para lugares em que são mais necessários.

Ele a encarou, mas não de maneira agressiva. Mais para deixar claro que estava contando a verdade e que ela estava livre para julgá-lo.

– Sabe – ela disse numa voz baixa, como se seus colegas da polícia pudessem ouvir numa escuta –, eu também não me sentiria mal, se fosse você.

Balz sorriu de leve.

– Obrigado por entender.

A voz profissional dela voltou a atuar.

– Mas ainda é ilegal. Presumindo que os objetos que você rouba sejam segurados, não é um crime sem vítimas mesmo que os proprietários sejam reembolsados.

– Ainda assim não lamento.
– É errado.
– Não ligo. Alimenta pessoas e animais que têm fome. Dá aos desafortunados um lugar para dormir quando eles não têm um. E mantém seguros aqueles que estão desesperados e com medo.
– Virtude verdadeira não vem com um asterisco.
– E ladrões podem ter moral. Ei, essa é a nossa primeira briga?
Erika piscou. Em seguida, pareceu tentar não sorrir.
– Eu chamaria mais de discussão do que de briga. – Em seguida, as sobrancelhas se uniram numa carranca. – E você vai mesmo me deixar ir embora? E quanto aos seus colegas?
– Não se preocupe com eles. Não irão atrás de você. Tampouco eu, Erika. Pode confiar em mim quanto a isso.

A detetive abriu a boca, mas ele entrou na mente dela uma última vez. Deixando suas lembranças em paz, ele lhe deixou um presente: inseriu a percepção clara de que seria melhor se ela nunca, jamais, chegasse perto dele ou desta garagem, e nunca, nunca mesmo insistisse em investigar qualquer coisa que tivesse visto, ouvido ou feito esta noite…

Devido ao transe em que a colocou, só o que ela conseguiu fazer foi encará-lo, os olhos confusos, a boca ligeiramente aberta, o corpo parado.

Teria sido a hora perfeita para beijá-la.

Mas ele já tirara dela coisas demais sem permissão.

E tudo entre eles terminava naquele instante.

Tudo.

Capítulo 23

E Sahvage continuou a encarar Rahvyn ao longo do corredor branco.

Enquanto os Irmãos ao seu redor demonstravam um padrão de luto tipicamente masculino, com seus rostos fortes fechados, olhos marejados, mas sem lágrimas caindo, ele a encarou e prendeu o olhar ao dela, a exigência não um chamado para que ela agisse, mas um berro.

Abrindo um elo de comunicação entre eles, ela disse na mente do primo: *Você odiou o que fiz com você.*

Sahvage balançou a cabeça de lado a lado. Se em negação ou se afirmando que aquilo não importava, ela não tinha certeza, e, nesse meio-tempo, do outro lado da porta fechada atrás dele, aquela *mahmen* chorando era uma mancha no ar, infiltrando-se e infectando tudo ao seu doloroso alcance com o peso da sua tristeza.

Como não reagir a tanto sofrimento?

O corpo de Rahvyn se moveu primeiro, antes que o cérebro conscientemente instruísse as pernas a apoiar o peso dos pés no chão e os braços que a equilibrassem contra a parede limpa e sem adornos quando se ergueu. Na vertical, ela teve a noção absurda de alisar as roupas, portanto foi o que fez, tentando ignorar as manchas vermelhas por ter amparado Nate no concreto do lado de fora daquele clube.

Caminhou atordoada.

Concentrando-se apenas em Sahvage, o corredor desapareceu em sua visão periférica, assim como os lutadores que o cercavam. Tudo sumiu, menos o seu querido primo, o remanescente da sua família, o símbolo vivente, respirante, do que um dia ela tinha sido.

Antes de ter emergido da violência em seu pleno poder.

Quando parou diante dele, ele disse numa voz baixa:

– Você tem que salvá-lo.

Quer devido à sua aproximação em meio a eles, quer pela intensidade das palavras proferidas pelo seu primo, os Irmãos um a um olharam para ela. Viraram-se para ela. Estreitaram seus olhares na direção dela.

– Salve-o – repetiu Sahvage enquanto o choro continuava dentro daquele quarto.

Rahvyn abaixou a cabeça. Teria evitado aquela revelação de si mesma se pudesse – e soube, de novo, que deveria ter ido embora depois da noite em que ela e Sahvage se reencontraram. Depois de ter lhe assegurado de que estava viva, o motivo de ela estar naquele lugar e naquela época já tinha sido atendido.

– Não há volta – disse baixinho. – Você mesmo sabe disso.

– Eu estou pouco me fodendo e eles também estarão. Apenas traga-o de volta. Se perdermos Nate, perderemos outros dois esta noite.

Quando Rahvyn olhou para a porta, os Irmãos não fizeram perguntas nem se opuseram, como se não precisassem entender para concordar com o que Sahvage dizia. Mas ela sabia, sem que lhe dissessem que seria cobrada por eles caso a situação ficasse feia.

E talvez essa fosse a questão. A fêmea sentia como se essa tragédia fosse culpa sua e queria compensá-los. No entanto, o que tinha a oferecer não vinha sem problemas, e ela não sabia com o que seria mais difícil viver: não fazer nada... ou fazer o que podia...

Outra vez, seu corpo tomou a decisão antes que a mente formulasse o pensamento de se mover. Os pés se deslocaram à frente, passo, passo, passo. E quando ela passou pelo grupo de machos, ela era como um salgueiro em meio aos pinheiros imponentes que eles representavam, contudo, a deferência deles se mostrou na forma como lhe abriram caminho sem dizer nada.

Rahvyn observou a mão se esticar e abrir a porta.

A cena do outro lado era um retrato de sofrimento ao redor do corpo sem vida, os vivos inclinando-se para baixo, Nate deitado de costas, imóvel e iluminado sobre a mesa de aço. Todos os tubos e fios do transporte ainda estavam ligados a ele, mas as máquinas tinham sido silenciadas, não havia mais bipes, nenhuma luz piscante ou desenhos aparecendo nas telas. No chão, havia tufos de gaze manchados de sangue, embalagens plásticas e poças de sangue.

Os médicos tentaram valentemente salvá-lo, ela pensou ao observar os detalhes.

A parte inferior do corpo de Nate estava coberta por um lençol azul; o peito, manchado com algo laranja além do sangue seco. Os olhos estavam fechados e a boca, aberta. Os cabelos... estavam como eram quando ele estava vivo.

O macho de óculos e jaleco branco foi o primeiro a olhar para ela e pigarreou de maneira oficial:

– Lamento, mas vou ter que pedir que saia.

Murhder, pai adotivo de Nate, relanceou na sua direção. Enxugando os olhos vermelhos, disse rouco de emoção:

– Está tudo bem. Ela é amiga dele. Venha aqui e se despeça...

A voz dele se partiu nesse momento, então ele usou as mãos para gesticular, acenando para que ela chegasse mais perto.

A *mahmen* não desviou a cabeça do filho. Apenas continuou do outro lado de Nate, com as mãos sobre o ombro e o antebraço dele, lágrimas caindo sobre a pele que esfriava.

– Eu sinto muito – sussurrou Rahvyn.

– Você fez o que pôde – disse o pai. – Ligou pedindo ajuda e lhe deu sua melhor chance de sobreviver.

– Vocês permitem que eu o reviva?

A *mahmen* ergueu a cabeça, o rosto uma visão do desespero.

– O que disse?

– O que está acontecendo aqui? – o médico exigiu saber. – Devo chamar os seguranças...

– Psiu – Murhder o interrompeu. – Minha querida... ele se foi. É tarde demais.

– Não, não é. – As sobrancelhas do Irmão se abaixaram, mas antes que ele conseguisse discutir e partir o coração da sua *shellan* ainda mais, Rahvyn disse rapidamente: – Vocês permitem que eu o ajude?

Murhder pigarreou.

– Sinto muito. Se você não vai prestar suas homenagens com respeito, nós gostaríamos de ter um pouco de privacidade...

A *mahmen* esticou-se sobre o corpo do filho morto e agarrou o braço de Rahvyn.

– Sim, sim... *sim*.

Seus olhos estavam arregalados, o corpo inteiro tremia, e Rahvyn sabia que tinha ficado no mesmo estado quando se postou diante do corpo cravado de flechas de Sahvage.

– O que pode fazer? – implorou a fêmea.

– Eu o trarei de volta para vocês – sussurrou Rahvyn.

– Por favor. Oh, Deus... Só preciso dele vivo.

Quando os machos começaram a levantar protestos, ela e a *mahmen* travaram seus olhares – em seguida, Rahvyn abaixou as pálpebras.

No mesmo instante, tudo ficou tão claro como água para seus sentidos que os cheiros de sangue, medo e angústia eram como fragmentos de vidro em seu nariz, o brilho das luzes do teto e da luminária sobre a mesa era um feixe reluzente direto em seu rosto. Conseguia ouvir a respiração rasa e tensa da *mahmen* como se fosse um grito, e as vozes do pai e do médico eram baixos retumbantes, e mesmo o som das roupas se movendo ou da mudança dos pesos eram altos como metal sobre metal.

Não há volta, enviou esse pensamento para ambos os pais.

– Por favor – implorou a *mahmen*. – Salve-o.

Com o coração pesado, Rahvyn convocou seu...

A oscilação das luzes do quarto foi percebida através dos olhos fechados, e ela teve um pensamento fugidio de que essas piscadas não tinham acontecido na última vez que fizera isso. Ou melhor, na primeira vez que fizera isso. Com Sahvage.

Mas isso tinha ocorrido havia séculos no que se referia ao tempo linear. Nada de eletricidade naquele castelo. Apenas velas. E o luar.

Quando a oscilação se intensificou, a pulsação começou. Ela conseguia sentir a energia emanando do seu corpo em todas as direções, não apenas na de Nate...

Thump. Thump.

Thump.

Diante desses sons, ela abriu os olhos. As três pessoas que estavam ao redor da mesa foram lançadas contra as paredes do cômodo e eram mantidas presas por ondas de magia que distorciam o ar, transformando o oxigênio que deveria ser invisível em algo semelhante à superfície da água depois que uma pedra é lançada num lago parado.

Rahvyn se moveu sem andar até a mesa, o corpo levitando e se impulsionado até o lado de Nate segundo a sua vontade. Quando se concentrou no rosto dele, sombras foram lançadas como se uma luz muito brilhante estivesse apontada para ele, apesar de não estar. Não havia nenhuma iluminação, mas o contraste dobrou e redobrou até que o mais suave dos contornos do queixo e das bochechas, dos cabelos e das orelhas, estivesse como que desenhado por tinta preta como o breu.

Em seguida, toda a cor escorreu dele e daquilo que o cercava. Não havia mais o lençol azul, nem seu abdômen estava manchado de laranja e vermelho, nem os fios azuis, vermelhos e amarelos que saíam de círculos colados ao seu peito tinham cor. Tudo era preto, branco e tons de cinza. A pele dele também perdeu o matiz, as partes que haviam começado a se acinzentar agora totalmente assim. Depois disso, a distorção se intensificou e assumiu outras características. Ele se tornou um desenho a lápis de si mesmo, não só preto e branco, mas já não mais tridimensional, todos os aspectos seus se achatando em duas dimensões.

Durante a sua concentração e invocação de poder, Rahvyn perdeu a noção do que os cercava. O quarto tinha sumido, assim como seus equipamentos e as pessoas; desapareceram o corredor e aqueles machos do lado de fora, nula e inválida se tornou toda a cidade de Caldwell... e depois este Novo Mundo... e, finalmente, o oceano que ela cruzara e o Antigo País de onde todos eles se originaram.

A rotação começou devagar, ela e Nate dando uma única volta. E mais uma. E outra e outra depois dessa. A velocidade começou a aumentar em seguida, os giros aumentando até se transformarem num borrão – e, mesmo assim, não havia uma brisa para mexer nos seus cabelos ou nos dele. Rápido e mais rápido... Mais rápido ainda eles se moveram. Mais rápido. Mais rápido...

O impulso aumentou até que as revoluções chegassem a tal velocidade que o centro não conseguia mais segurar. Quando uma aceleração crítica foi alcançada, houve um choque enorme, como se um raio tivesse atingido uma árvore.

Ante o som, eles se soltaram dos giros e flutuaram num vácuo. O estado de transcendência era impossível de ser descrito, todavia, era uma experiência inegável, pois todos os opostos se tornavam um: tanto estático quanto giratório, uma dimensão, ainda que três, tempo parando e também acelerando, os dois sem peso e mais densos que a Terra.

Vida e morte, juntos. Coexistindo. A linha que separava os dois estados de mortalidade sem limite algum, a distinção desaparecendo.

De tal forma que Rahvyn conseguiu fundir o incompatível segundo seu desejo...

Sobre a mesa que existia e não era existente, a boca de Nate se abriu e ele inspirou fundo o ar de modo tão audível quanto um grito, silencioso como uma pluma aterrissando.

Com um movimento abrupto, seu tronco se ergueu, os olhos se escancararam e as mãos foram para o estômago, onde fora alvejado. Enquanto ele respirava em desespero, com inspirações ávidas, os pulmões inflavam-no do seu estado bidimensional, os seus contornos ressurgindo e se soltando do achatamento, a coloração voltando não só ao rosto e à pele, mas a tudo o que o cercava.

Rahvyn assistiu, bem ao lado dele e a uma boa distância, enquanto ele lutava com a fronteira na qual jazia.

E da qual jamais sairia.

Tão vivo quanto morto.

Para todo o sempre.

Capítulo 24

Quando disparou para fora da garagem, Erika correu o mais rápido que conseguiu, correu como se sua vida dependesse disso.

Enquanto o coração acelerava e a garganta ardia, os sapatos batiam no asfalto. Com a chave do carro numa mão e um…

Não, espere, ela tinha armas em ambas as mãos e a chave do carro pendurada no dedo mindinho. Como se isso lá tivesse importância. A única coisa com que se importava era chegar ao Honda prateado ao qual tinha que chegar porque, se não chegasse ao Honda prateado, ela nunca, jamais, estaria segura, nunca mais. O Honda prateado era a sua missão. O Honda prateado era o quarto do pânico. O Honda prateado era a salvação…

Correu mais rápido, embora estivesse a menos de um quarteirão de distância, o objetivo se aproximando enquanto sua jaqueta tremulava e os cabelos eram afastados do rosto numa tempestade de vento criada por ela mesma. E ainda assim ela correu. Até sentir como se o Honda prateado estivesse ficando cada vez mais distante.

Finalmente. Com a respiração acelerada, ela empunhou o controle da chave, apertando todos os botões enquanto ainda segurava as armas – até que o porta-malas se abriu ao mesmo tempo que as portas destravaram. Deixou a parte de trás aberta enquanto se lançava ao volante. Batendo a porta do motorista, tateou descontroladamente o painel enquanto tentava não atirar nele nem em si mesma – onde estava o botão de trancar as portas?!

Quando ouviu o barulho da trava sendo acionada, sentiu uma fração de segundo de alívio. Que não durou muito. Ao olhar para fora pela janela do condutor, a visão do prédio malcuidado do qual saíra a encheu de um terror tão intenso que foi como se uma adaga tivesse sido pressionada contra sua garganta…

Entre um piscar de olhos e o seguinte, ela viu Balthazar apontar a lâmina afiada para a garganta. A boca dele se movia, ele gritava, seus olhos estavam vibrantes de raiva… enquanto confrontava aquela morena, aquela que avistara embaixo da ponte na noite anterior, aquela que tinha sido o senhor de idade na livraria antes de ser ela mesma.

Em seguida, Balthazar sangrava copiosamente. Caía de joelhos, o sangue escorrendo pela frente do peito…

Erika olhou para as armas em suas mãos. Sentiu o peso dos pentes cheios nos bolsos. Lembrou-se de como um homem a quem não deveria conhecer a fitara nos olhos enquanto enxergava todas as partes da sua alma.

Por favor, me deixe ir.

Após o pedido dela, ele a deixara ir embora com as suas lembranças, mas a libertação era apenas física. Mentalmente, ela estava presa pelo que vira naquela noite, pelo que sabia agora, pelo que não conseguia acreditar ser real. Nesse meio-tempo, ele ainda estava naquele caos com a morena, com aquelas sombras, com aqueles outros lutadores.

– Tenho que ir – disse para o para-brisa. – Eu *tenho* que ir.

Quando tentou acionar o freio, estava longe demais do pedal. Pôs as armas no banco do passageiro e levou a mão entre as pernas para encontrar a alavanca do banco. Deslizando-o, tentou novamente alcançar o pedal e conseguiu dar a partida.

Agarrando o volante, olhou por cima do capô do Honda… Mas não conseguiu ir para a frente.

No fim, não estava tão livre quanto pensara. Não tão livre quanto Balthazar prometera.

Presa…

Com o olhar por cima do ombro na direção daquela garagem, disfarçada para parecer qualquer dos outros prédios malcuidados, nada especial em seu estado precário, no bairro nada especial, uma onda de terror a mobilizou.

Com um pânico renovado, ela pisou na embreagem, moveu a alavanca antiquada do câmbio e acelerou...

Ao sair da vaga em que o carro estava estacionado, vislumbrou a porta pela qual saíra. Ela acabava de se fechar. Balthazar mantivera a palavra de observá-la para se certificar de que chegaria a salvo ao carro.

Assim como a protegera antes.

Abandoná-lo parecia errado, mas o medo dentro dela era tão intenso que ela não tinha escolha a não ser ceder a ele e fugir da garagem, fugir dele e do mundo dele.

Enquanto acelerava pela avenida Shore, não fazia ideia de para onde estava indo. Ou de onde estava, a não ser pelo fato de estar nas imediações da margem do rio Hudson, em direção ao centro da cidade. Que era a direção errada. Deveria ir para casa.

Era isso o que ela tinha que fazer. Ela precisava de uma rampa de acesso para a Northway, a fim de tomar a direção oposta à que seguia no momento.

Precisava voltar para seu apartamento... Que, na verdade, não era um apartamento, mas uma casa geminada que não declarara propriamente como seu lar porque não havia lar para ela, não desde que tinha dezesseis anos.

O seu lugar. Isso estava certo. Embora não estivesse mais segura ali do que em qualquer outro local, ela se sentia como alguém num hospital com uma doença temida, cujo único pensamento era de que, se conseguissem voltar para a própria cama, tudo estaria bem.

Era uma crença tola.

Mas inegável.

De pé diante do Livro, Devina leu, pela terceira vez, o feitiço que fora criado para ela e apenas para ela. E isso era o que o feitiço informava que ela deveria fazer. Ler três vezes, como se ele se preocupasse que ela estivesse tão animada que não conseguiria se concentrar.

O que, claro, era verdade: não conseguia. Mas ela pegou o jeito da coisa muito bem.

Virando-se para a sua coleção, teve que sorrir.

Era extraordinário pra cacete, e ainda assim completamente adequado, o quão perfeito o feitiço era. Pensando bem, ao longo dos séculos, ela acabara entendendo como o Livro funcionava. Entre a capa e a contracapa, em todas aquelas infinitas páginas de pergaminho, havia um portal que se abria de diferentes maneiras para quem quer que ele escolhesse servir, como se cada alma que o abordava tivesse uma chave distinta para uma fechadura específica. E ao que se referiam as palavras escritas em si? Eram infinitamente transmutáveis, todos os idiomas já falados ou lidos dentro do seu escopo, um horizonte infindável de poder disponível, exprimível de maneiras incalculáveis.

Sempre nos seus termos, contudo.

– Eu não deveria estar surpresa – murmurou enquanto seus olhos acariciavam suas roupas, seus acessórios, seus sapatos. – Mas você me conhece mesmo, não conhece?

O feitiço era absolutamente personalizado para quem e o que ela era, e o que ela tinha que seguir como receita lhe parecia magnífico. A segunda e a terceira leituras foram desnecessárias. Ela entendera de imediato o que usaria para o que fora prescrito.

E, pela primeira vez em sua vida imortal, seguiria as instruções.

Por mais desesperada que estivesse pelo resultado, também não tinha pressa, a sensação de antecipação era como um orgasmo postergado, algo como uma frustração deliciosa, ardente. Portanto, caminhou lentamente, mirando seu destino num desvio que a levou a uma revisão de tudo o que lhe era precioso, tudo o que escolhera e cuidara com carinho… tudo o que ela amava.

Andando ao longo das araras, estendeu a ponta dos dedos e tocou todos os tipos de tecido, do brim ao algodão, do cetim à seda. Lantejoulas também. Chegou até a parar para pegar um par de calças boca de sino de veludo de Stella McCartney. Eram da coleção outono/inverno de alguns anos antes.

Eeeeeee, finalmente, Devina estava diante das Birkins, os mostruários de acrílico lembrando-a daquela biblioteca no Commodore, onde o Livro se hospedara e estava determinado a permanecer. Mas, quando ela pensou na obstinação dele, decidiu não ficar irritada com a coisa. Inferno, após o que lhe dera esta noite, ela seria gentil e generosa com ele por toda a eternidade.

Talvez até lhe desse uma almofada adornada em vez daquela lata de lixo na qual repousar.

Seus olhos se ergueram para o topo do monte Everest das Hermès. Aquela posição de destaque permanecera árida, o mostruário vazio como se um órgão vital tivesse sido removido, mas sem que houvesse transplante disponível.

Quando ela invocou o caixãozinho de volta, pensou que era tão irônico. Estivera exatamente naquele lugar, enterrando seu item mais amado, imaginando que ele iria embora e nunca mais teria serventia, e agora lá estava ela de volta, descobrindo um propósito para a coisa, por mais que ela estivesse arruinada.

De fato, a ruína era o fator chave.

– Quem haveria de pensar – murmurou o demônio ao levantar a tampa do caixão.

Reencontros com os mortos eram sempre situações estranhas, presumindo que o morto seja um dos seus, e, quando seus olhos marejaram, ela odiou essa fraqueza. A ressurreição também era fedorenta, e o cheiro de couro queimado incomodou seu nariz. Mesmo assim, ela pegou a bolsa com mãos gentis, como se ela estivesse imaculada, como se estivesse viva.

Firmando os saltos agulha no chão, segurou a Birkin à sua frente. O feitiço era tão simples, tão óbvio, que ela poderia ter sido capaz de adivinhá-lo sozinha – ou ignorá-lo por ser tão descomplicado. Mas ela já vira em primeira mão o poder dos mandamentos do Livro.

E estava escolhendo o seu amuleto com sabedoria.

De acordo com as palavras invocadas para si, ela deveria pegar um objeto precioso, algo que lhe fosse pessoal, algo de grande significado, e olhar para ele como se ela fosse o amante que buscava e o objeto fosse ela. Enquanto ela direcionava toda a sua adoração e atenção ao que escolhera, todos os seus desejos e vontades, seus sonhos e esperanças, seu amor era o agente de invocação, e ela conseguiria, segundo as palavras do feitiço, aquilo que lhe concernia.

Quanto mais amor projetasse, mais amor receberia.

Portanto, resolveu que, em meio a tantas das suas belas coisas, ela precisava escolher aquela de que mais gostava... e isso era a casca queimada da bolsa mais cara do mundo. Bela e feia alternadamente, funcional e quebrada ao mesmo tempo, gerando tristeza pelo que foi perdido e alegria pelo que um dia fora, era uma contradição que desafiava padrões e testava o amor e a lealdade.

Sim, era difícil admitir que ela fosse feia, mas, maldição, ela tinha seu valor – e partes suas estavam imaculadas pra cacete.

Resumindo, ela estava farta daqueles machos que a largavam porque viam algo nela de que não gostavam. Transparência total estava ali nas suas mãos, o entendimento do que exatamente ela era – e, mesmo assim, ela poderia, ela *amaria* a bolsa arruinada como nunca amara nada em toda a sua vida.

E, com isso, ser amada como merecia.

Viram? Havia feito progressos. Aquela terapeuta certa vez lhe dissera que ela precisava ser mais precisa em seu "inventário pessoal". Perfeito pra cacete. Estava sendo superprecisa agora – e poderia fazer caber um celular e uma carteira na porra da sua efígie para completar.

Ah, e quem é que teria pensado que aquela fêmea idiota que queimara a Birkin acabaria lhe fazendo um tremendo de um favor? Teria beijado aquela Mae se pudesse.

Inspirando fundo, Devina amparou a bolsa junto aos seios. O cheiro da pele chamuscada chegou forte ao seu nariz, mas ela disse a si mesma que aquilo era perfume, o mais perfeito dos perfumes que ela já sentira. Em seguida, desdobrou os braços e encarou a bolsa.

– Você é linda – disse – de todas as maneiras. Você é tudo o que sempre quis e do que sempre precisei. Eu nunca, jamais a deixarei. Nunca...

Enquanto repetia as palavras várias vezes, um pequeno floreio que acrescentava ao feitiço, ela acariciava as escamas que ainda estavam em boas condições com a ponta dos dedos, sentindo as ondulações da textura, notando as mudanças sutis na coloração. Passando para as partes metálicas, virou o fecho e soltou as placas de diamante enegrecido. Mesmo sob a fuligem, as pedras preciosas delicadas brilhavam, e ela tirou um pouco do resíduo com o polegar. Foi difícil soltar a aba, um lado das alças gêmeas havia sido seriamente comprometido. Mas quando o interior foi exposto.

– Isso...

O lado interno estava de fato imaculado. Novinho como no dia em que deixara a mesa de trabalho do seu artesão. Resplandecente.

Assim como ela. Sim, claro, havia algumas questões superficiais, mas sob toda essa tolice, ela era pura perfeição.

Uma puta perfeição.

Devina se lembrava de todos os detalhes da compra da Birkin, a sensação de tê-la em suas mãos assim que saíra da sacola com estampa de espinho de peixe na saleta privativa da loja. Como seu corpo inteiro formigara com uma alegria orgásmica, como a adrenalina de vê-la e saber que ela era sua fez sua cabeça girar, como seu coração acelerara e ela emitira um gritinho de felicidade. Com zelo especial, lembrou-se de como a assistente de vendas, com quem vinha se comunicando há uns dois anos, ficara afastada e observava tudo com total aprovação.

Devina foi jantar no Astrance naquela noite porque queria que outros vissem o que ela possuía...

Foi quando ela se visualizou no pequeno restaurante, três estrelas do guia Michelin na época, que aconteceu.

A bolsa se tornou uma janela através da qual conseguia enxergar, a linha precisa da sua forma contendo um fundo que revelava...

Um cenário sobrenatural. Que não era horrível nem particularmente sobrenatural. Ela só sabia em seu íntimo que o que lhe era mostrado não pertencia à Terra: pisos de mármore branco e paredes brancas com velas em mourões lançando uma luz amarela que não se movia por nenhuma brisa.

Um santuário e, todavia... Um lugar maligno.

Como a lente de uma câmera se movendo para entrar em foco, algo se sobressaía no cenário... uma cama. A plataforma de uma cama.

Ela arfou.

Havia um macho deitado sobre ela. Ele estava nu, esticado sobre o lençol branco, os cabelos loiros brilhantes, o corpo absolutamente magnífico.

Pensou que ele era exatamente como uma Birkin, depositado sobre um acolchoado, contornado por papel, no interior branco da sua caixa laranja.

O ângulo da suposta câmera mudou novamente, girando até parar num rosto nobre com ossos malares delineados e lábios sensuais, sobrancelhas arqueadas arrogantes mesmo em repouso, aquele cabelo claro muito grosso e com leves mechas. Em seguida, o visual mudou uma vez mais, passando para os ombros, descendo pelo peitoral bem desenvolvido, flutuando acima dos músculos abdominais até...

– *Puta* merda.

Sim, sim, esse servirá muito bem. Suuuuuperbem.

E lá estava ela de volta ao rosto.

Tudo era perfeito, exatamente o que ela teria pedido se tivesse que escolher o que acreditava ser atraente. E ela teve a estranha sensação de que aquilo era como uma compra virtual – e ela podia escolher se queria ou não comprá-lo.

Devina encarou aquele rosto. Sua beleza masculina estava no nível do que ela via no espelho toda vez que checava a maquiagem, e ela gostava desse alto padrão. Mas conseguiria olhar para aquilo por toda a eternidade?

– Quero ver os olhos dele – exigiu.

Houve uma movimentação e, a princípio, ela pensou que fossem os lençóis, como se o som tivesse sido aberto na conexão. Mas não, tinha sido o Livro.

Ela olhou para o ponto em que o volume flutuava no ar.

– Seus olhos. Preciso vê-los.

A movimentação era um "não" muito claro, embora ela tivesse dificuldade de explicar exatamente como sabia disso.

– Por favor? – Mas que inferno, imaginou que não havia problema, já que o caminho da boa educação a levara até ali. – Por favorzinho?

Era assim que os humanos diziam?

Quando o Livro só repetiu a mesma movimentação das páginas, ela praguejou para si mesma e voltou a olhar pela janela da Birkin. O macho era perfeito – e ele a adoraria, assim como ela adorara a bolsa. Que importância teria a cor dos olhos dele?

– Está bem – anunciou. – Eu fico com ele.

Tendo feito esse pronunciamento, ela pôs a Birkin de volta na parte mais alta do mostruário e mandou embora o caixãozinho. Por esse serviço, manteria a bolsa permanentemente naquele lugar, arruinada ou não. Finalmente, depois de tanto sofrimento, ela teria o que sempre quis, o que sempre mereceu.

Um macho que a amasse incondicionalmente.

E eles viveriam felizes para sempre.

Ou ela acabaria com a raça dele.

Capítulo 25

Conversa.

Conversa muito rápida acima do rosto de Nate. E também... uns sons... eletrônicos que o lembraram do videogame antigo que um dos funcionários do laboratório o ensinara a jogar, aquele em que a tela preta era dividida ao meio por uma linha vertical e dois traços jogavam um ponto de um lado a outro. Só que esses bipes eram ritmados e até...

Ah, Deus, o cheiro. Era igual ao do laboratório, uma lufada antisséptica no ar, coberta por uma camada salgada de lágrimas e um toque de cobre que sugeria que alguém havia sangrado.

Sim, estava de volta ao laboratório. Era outro daqueles pesadelos em que estava no laboratório sendo...

Não, espere. *Ele* havia sangrado. Era dele o sangue derramado.

Seu cérebro demorou a compreender, mas, de repente, tudo voltou: estava no clube com Rahvyn e disse a ela que poderiam ir embora. Ela aceitou a sugestão. Eles seguiram para a porta.

Eentãoumcarroviroueaesquinacantandopneuseealguématirou...

Nate escancarou os olhos, ergueu-se e lançou as duas mãos para a parte da frente do corpo.

Só que... de imediato percebeu que não estava na rua, e não havia nenhum carro, e ele não tinha sido alvejado...

Braços de pronto o cercaram, abraçando-o e confortando-o. Duas pessoas. Uma de cada lado. Lágrimas agora, muitas lágrimas.

Seus pais? O que estavam fazendo no laboratório?

Espere, aquilo não era o laboratório. Era um quarto hospitalar.

Sua consciência lutava para acompanhar tudo aquilo – até ele inspirar fundo e sentir o cheiro do xampu da sua mãe, aquele da Pantene de que ela gostava e sempre usava.

– Mãe? – ele chamou rouco, porque ainda estava muito confuso.

Sua mãe humana, aquela que o adotara junto com seu novo pai, aproximou o rosto do seu. Ela parecia – bem, ela estava horrível, as faces inchadas e molhadas de lágrimas, a respiração ruidosa como se estivesse prestes a desfalecer.

E o rosto do pai apareceu ao lado do seu também. Em contraste com sua mãe, seu pai estava branco como papel. Porém, Murhder também havia chorado. E chorava agora...

– Estou bem? – Nate perguntou de repente. E baixou o olhar para o estômago.

Ok, fora mesmo alvejado ali: sob uma mancha laranja e um pouco de sangue seco, havia um buraco circular à esquerda do umbigo. Não doía. Na verdade, nada em seu corpo parecia estranho... a não ser pela parte úmida atrás, que ele instintivamente imaginou ser o ponto de saída da bala, por onde ele sangrara.

Sua mãe pôs as mãos nele, tateando seus braços, seus ombros, agora suas bochechas, como se custasse a acreditar que o estivesse tocando. E estava falando com ele, seu pai também. Ele os ouvia muito bem, e supunha que as palavras tivessem algum sentido. Mas, de verdade, ele não conseguia acompanhar nada...

– Rahvyn! – exclamou de repente. – Onde está Rahvyn?

E se ela tivesse sido ferida...

– Ela... – O pai pareceu incapaz de continuar.

– É incrível – completou a mãe.

Por algum motivo, isso renovou as emoções que eles sentiam, as mãos seguraram as suas, as palavras ditas mais rapidamente.

– Onde ela está? – Ele relanceou ao redor e viu todo tipo de equipamento médico e nada mais. Nem mesmo uma cadeira para alguém sentar. – Ela está bem?

Bem, claro, eles meio que responderam isso; ele seriamente duvidava que alguém fosse usar a palavra "incrível" se ela tivesse algum ferimento grave. Mas ele se sentiria melhor se simplesmente pudesse vê-la.

– Ela salvou você – Murhder disse emocionado. – Não sei o que ela fez… mas você… tinha partido.

– Para onde? – Nate perguntou. Depois lambeu os lábios. – Posso beber alguma coisa…

Mal tinha terminado o pedido e sua mãe partiu para a pia de aço inoxidável. Parecia que, se ele não recebesse um copo de água nos próximos dois segundos e três quartos, seus órgãos internos o deixariam na mão e se liquefariam pelo buraco da bala.

Quando ela aproximou o copo de plástico da boca dele, derramou um pouco sobre o lençol azul que cobria a parte inferior do corpo. Suas mãos estavam mais firmes que as dela, por isso ele a ajudou, e, depois que terminou o que havia ali, encarou o abdômen.

Meio que esperando que um arco de H_2O saísse pelo seu umbigo secundário.

Quando pareceu que ele era solúvel à água – não, espere, essa palavra estava errada e "resistente à água" tampouco parecia certo –, ele devolveu o copo para a mãe. Nem chegou à primeira sílaba no pedido de um pouco mais. Ela correu de volta à pia e, desta vez, as mãos dela tremeram menos durante a entrega.

Ele bebeu três copos cheios e o gosto era mágico. Fresco e puro. Sem aditivos químicos.

– Retenção de água – anunciou. – Ou talvez retentor, se é que isso é uma palavra.

Seus pais olharam para ele de uma maneira que ele ficou se perguntando se estariam menos surpresos caso sua cabeça girasse para trás.

Dando um tapinha na barriga, disse:

– Estou segurando a água. Não tem nenhum vazamento.

Sua mãe fungou e limpou o nariz com um papel-toalha.

– Isso mesmo. Chega de vazamentos.

– Pensamos que o tivéssemos perdido – sussurrou Murhder.

Deparando-se com o olhar do pai, Nate pensou que ele não compreendia nem concebia de verdade o que lhe acontecera. Era como se seus pais tivessem assistido a um filme diferente: o dele tinha passado na TV a cabo, onde os comerciais eram meio que entediantes e as tramas sempre tinham um tantinho de drama, mas nada que o maravilhasse ou que fosse muito revelador ou surpreendente.

Já o deles tinha sido um documentário sobre as atrocidades da guerra que venceu o Oscar de Filme Mais Triste de Todos os Tempos.

– Vocês estão bem? – ele perguntou, olhando de um a outro.

– Agora estamos – respondeu o pai. – Agora... nós estamos bem.

Foi nesse instante que ele conseguiu, por fim, vê-los adequadamente. Seu pai adotivo ainda tinha uma aparência ameaçadora com todo aquele couro que ele sempre usava fora de casa, os cabelos vermelhos e pretos espetados para cima como se os tivesse puxado, quase arrancando-os. Sua mãe era menor, mas não menos forte, mesmo que seus olhos cor de mel costumeiramente diretos estivessem marejados e as roupas que denunciavam ser uma cientista estivessem amassadas.

– Estou me sentindo bem – disse. Basicamente testando a resposta, para o caso de, por algum motivo, e a despeito da consciência e da ausência de dor, não estar. – De verdade.

No chão, em volta da mesa em que estava, havia restos de gaze ensanguentados e apetrechos médicos descartados. Evidentemente, alguém salvara sua vida, e se esforçara muito para isso.

– Estou bem mesmo.

Nate abraçou os dois – e depois ficou se perguntando quanto tempo teria que esperar até poder pedir para falar com Rahvyn. Não queria ser insensível com os pais, mas tinha que vê-la. Ele não acreditaria em ninguém além de si próprio para se certificar de que ela estava bem – e não só no que se referia a não ter levado um tiro.

Se ele a tivesse visto quase morrer assim? Mesmo ela não estando tão na dele, isso teria sido aterrorizante. Ainda mais se ele soubesse que ela tinha vivido um trauma em outra vida. Muitos e muitos traumas.

– Ainda bem que Rahvyn ligou pedindo ajuda – disse, tentando entrar na parte em que ele os deixaria ali para ir procurá-la. Ou em que eles interromperiam aquele momento familiar para incluí-la. – Quero dizer, ela pensou rápido, não? O dr. Manello me operou em campo? Porque aconteceu do lado de fora da boate?

Quando ele relanceou de um a outro de novo, viu suas expressões mudarem, uma tensão sutil substituindo o amor franco e o alívio poderoso.

– O que foi? – perguntou. – Alguma outra pessoa me operou?

Quando, mesmo assim, eles não responderam, ele pigarreou.

– Escutem, estou preocupado com Rahvyn, está bem? Ela deve estar muito assustada. Vocês podem... Vocês podem simplesmente trazê-la até aqui? – Olhou ao redor. – Onde quer que "aqui" seja? Preciso muito mesmo ter certeza de que ela não está em choque ou algo assim.

– Você não tem que se preocupar com ela – murmurou Murhder. – Nunca.

Nate franziu o cenho, seus instintos afloraram, embora ele conseguisse decifrar exatamente o que eles tentavam lhe dizer.

– Preciso vê-la – exigiu. – Agora.

De volta à garagem da Irmandade no centro, Balz só pensava em ver Erika de novo. Naquele instante. Tinha que ir atrás dela, saltar na frente daquele Honda prateado e implorar para que ela...

Implorar o quê?, pensou. Que o perdoasse por ser exatamente o que ele era? Por viver como vivia, com pessoas como ele, no meio de uma batalha metafísica?

Enquanto um demônio resolvera acampar no seu gramado pessoal, instalando-se com fogareiro, panela e tudo o mais?

Quanto mais distante Erika ficasse dele, mais segura ela estaria, e foi por isso que ele implantou o terror absoluto se ela tentasse voltar para aquela garagem à sua procura. E se por algum motivo ela conseguisse superar esse pavor, o que ela não conseguiria fazer, não importaria se ela tentasse encontrá-lo. Apesar de ele a ter deixado ir com seu banco de recordações intacto, e a despeito do fato de ela ter uma filmagem dele naquele trailer, ele não existia legalmente no mundo dela. Era um fantasma que vivia e respirava entre humanos como ela, e não havia como ela arrastá-lo para o lado dela das coisas.

Pelo menos ele já não sentia mais que tinha roubado algo dela.

Sempre fora um ladrão com princípios.

Ao girar sobre os pés descalços e fitar a enorme garagem, o espaço negro vazio, com eco, parecia uma tremenda metáfora para a sua vida solitária. Embora, claro, ele ainda tivesse uma parasita muuuuuito leal da qual se livrar.

Do outro lado, as duas poltronas Archie Bunker descombinadas em que ele e Erika haviam sentado lhe proporcionaram todo tipo de sofrimento equivocado, prova de que a conspiração mente-emoção podia incluir até mesmos duas coisas feias como aquelas a uma cena de beleza trágica.

O último lugar em que se sentou com ela era como um *memento mori*[20] do tamanho do monte Rushmore para o seu amor impossível.

Talvez pudesse roubar as poltronas.

Substituir as poltronas por algo melhor, consertou.

Claro, e onde diabos as colocaria?

E, sim, ele usou o termo "amor"…

Bang, bang, bang.

Não eram tiros. Alguém batia na porta lateral com o punho.

Olhando por cima do ombro, estreitou o olhar. Não barricara a porta, apenas recolocara a trava de cobre.

O demônio Devina jamais batia. Os Irmãos e os demais tinham a senha de acesso. Nenhum outro vampiro sabia onde este lugar ficava.

Portanto, aquele era um humano que se perdera.

Bang, bang, bang…

---

20 - *Memento mori*, em latim, pode ser traduzido como "lembre-se de que você vai morrer". (N. T.)

— Endereço errado — resmungou.

Como V. equipara o lugar com todo tipo de segurança possível, sem dúvida havia câmeras do lado de fora, mas sem um celular e nenhuma ideia de como acessá-las, ele não tinha como verificar exatamente quem se perdera, indo parar na porta da garagem. E ele se importava com isso? Sem querer ofender, mas se algum cara estava disposto a ficar parado ali no frio...

Bang, bang.

— Filhodamãe.

Levando seu traseiro seminu para o mostruário de armas, pegou uma quarenta milímetros do lugar em que estava pendurada e não se surpreendeu, ao verificar o pente, que ele estava cheio. Naturalmente, seria melhor deixar o *Homo sapiens* na soleira chegar à conclusão de que não adiantaria usar os nós dos dedos, mas Balz tinha que começar a formular um plano para o estado de merda em que estava a sua vida, e era certo como o Inferno que não conseguiria fazer essa ginástica mental deprimente com uma versão amadora de *Boom Clap*.

Sim, assistira *A culpa é das estrelas*. Podem processá-lo.

— Malditos ratos sem cauda...

Enquanto fazia uma transmissão simultânea de escancarar a porta da garagem e apontar o cano na altura média do rosto de um macho humano, ele...

— Não atire!

Numa espécie de truque em que a realidade é transformada, aparentemente Erika Saunders era quem estivera imitando Charli xcx. E, quando ergueu as mãos para o alto, ela mal conseguia respirar.

O corpo dela tremia violentamente, as pálpebras estavam escancaradas em terror, o rosto coberto por uma camada de suor por causa do mais absoluto pavor.

— P-p-por f-f-favor — ela gaguejou. — M-me d-deixa ent-trar.

— Por que você está aqui...? — ele disse ao puxá-la para dentro. — Não era para você estar aqui.

Ela se virou na garagem vazia como se esperasse ser cravejada por balas, esfaqueada, agredida e decapitada tudo de uma vez.

– V-v-você est-tá em p-p-perigo. – Ela engoliu compulsivamente, abraçando-se. – N-não p-posso te deixar em p-perigo.

Por uma fração de segundo, Balz só conseguiu encará-la com uma descrença atordoante. Cortesia do implante que adicionara ao seu banco de lembranças, ela literalmente estava passando por cima do seu instinto de sobrevivência... só para tentar salvá-lo, um vampiro ladrão degenerado.

Ele nem tentou se deter.

Ao destravar a manipulação mental, puxou-a ao seu encontro e passou os braços ao redor dela, partilhando o calor do seu corpo na esperança de poder atenuar os tremores que a sacodiam.

Eu te amo, pensou para ela. Mesmo isso não fazendo nenhum sentido.

Enquanto essas três palavras permeavam sua consciência, ele percebeu, pelo modo como a abraçava, que a quarenta milímetros carregada em sua mão... apontava diretamente para o seu rosto.

Perfeito pra caralho.

Capítulo 26

Nada aconteceu.

Porra *nenhuma* aconteceu.

Devina não era a mais paciente dos demônios. Tipo, nem um pouco. E, enquanto observava pelo portal da Birkin arruinada, e podia ver seu maldito e querido amado, o macho dos seus sonhos deitado como um pedaço de carne de primeiríssima qualidade sobre a cama, odiou esperar. Especialmente porque esperou um pouco mais. E... esperou mais ainda.

Fixando um sorriso forçado no rosto, olhou para o Livro com uma expressão que julgava exprimir paciência. Embora estivesse considerando transformar aquele fedido numa tocha tiki.

– Meu querido – disse num tom tímido. – Alguma coisa não está funcionando.

O Livro se folheou. E folheou de novo.

Levando a janela Birkin consigo, ela sabia que estava deixando pegadas fumegantes em seu rastro, pequenos redemoinhos de raiva se erguendo do chão. Mas não havia nada que pudesse fazer a esse respeito. Talvez o Livro não notasse.

– Pois não? – Forçou as sobrancelhas a se erguerem numa pergunta educada. – Você dizia?

Mais páginas se mexendo, enquanto o Livro permanecia aberto no mesmo lugar.

Devina tentou não revirar os olhos.

– Mas eu já li três vezes, como estava escrito. Apesar de que, claro, eu *adoraria* ler o feitiço novamente.

Com os olhos apontando sem forçar para as palavras, a tinta inerte na página e, ainda assim, capaz de brilhar nas letras que registravam: *blá-blá-blá, observa como desejas ser observada, blá-blá-blá, o objeto do teu desejo, blá-blá-blá, eternidade, blá-blá-blá, outros amores, mundo gira ao redor do par perfeito...*

Ao chegar ao fim, quis gritar: *Bem, começa logo, então!* Só conseguia pensar, só se importava em tirar aquele macho sabe-se lá de que inferno ele estava naquele pano de fundo para o seu covil. Depois, ela treparia com ele e depois...

– O que foi? – Devina cerrou os molares. – Quero dizer, acha que estou deixando alguma coisa passar?

Em resposta, o texto brilhou para ela tão intensamente que ela teve que piscar para se proteger. Em seguida, quando sua vista se ajustou, ela seguiu uma sequência de palavras destacadas. Mas se o Livro achava que isso a estava ajudando a ler, estava muito enganado. O exercício de focalizar era como pular amarelinha para ela, os olhos saltando de um bloco de letras para o seguinte, deixando o que tinha acabado de ser visto para trás.

Quando chegou ao fim do feitiço, ela levou as mãos aos quadris enquanto a Birkin flutuava no ar diante dela.

– E?

O texto brilhou novamente.

– Olha só. – Ela soprou a franja que não cobria a testa. – Eu fiz o que você me disse para fazer. Encarei o que mais amo da minha coleção e eu gosto do que, em troca, me mostrou. Ele vai servir. Por isso, não quero dar uma de vaca impaciente – na verdade, ela *era* uma vaca impaciente; não existia um "ops, acho que estou me fazendo entender mal" –, mas vamos dar seguimento.

As páginas do Livro se ergueram da lombada, como se estivessem batendo continência. Em seguida, voltaram para seus lugares como se tivessem desistido de tentar falar com ela.

– Obrigada. – Em seguida, ela se inclinou e levou a mão ao coração. – E digo isso com sinceridade…

Houve uma explosão de luz para fora da janela da Birkin, o brilho uma coluna de pura energia expressa como iluminação. Foi tão potente que Devina cambaleou para trás, a bolsa agora um portal entre as duas dimensões, não algo que a Hermès produzisse.

E por um rasgo no tecido espaço-tempo surgiu o seu verdadeiro amor.

O macho que ela vira na cama emergiu da abertura, apertando-se pela fronteira que permanecia limitada pelo perfil da Birkin. A constrição distorceu suas feições, puxando a pele do rosto, o pescoço se esticando quando os ombros ficaram presos na abertura até um se soltar, depois o outro – depois do que, o tronco surgiu, seguido do quadril, do sexo.

As pernas e os pés foram os últimos, e ele aterrissou com força no chão de qualquer jeito.

Com seu trabalho concluído, a energia se retraiu, e o feixe foi sugado de volta para dentro da Birkin arruinada.

Que, depois disso, também despencou no chão.

O macho estava com o rosto voltado para baixo e respirava com esforço. E, pelo que pareceu uma eternidade, ele simplesmente permaneceu ali com as costelas subindo e descendo. Depois, porém, ele plantou as palmas no chão e afastou o peitoral.

Os músculos dos ombros e dos braços se contraíram debaixo da pele lisa desprovida de pelos, e o espetáculo da coluna ondulando era sensual pra cacete. E ele tinha uma tremenda… bunda. Uau, que bunda ele tinha.

Devina lambeu os lábios. E enfiou uma mão dentro da blusa para sentir o seio.

Mal podia esperar para sentir a boca dele lá…

Com uma mudança abrupta, o macho olhou ao redor do bíceps, o lindo rosto se virando para cima como se a pressentisse. As pálpebras permaneciam fechadas, mas a boca estava entreaberta e, ah, porra, os músculos do peito eram todos marcados, fortes.

E então ele abriu os olhos.

Devina arfou.

As íris e as pupilas estavam trocadas, o centro era azul safira, o círculo externo negro, e o que irradiava deles era malevolência pura. O contraste daquelas duas profundezas do Inferno com os cabelos loiros de mechas mais claras era eletrizante. Ainda mais quando ele baixou o olhar pelo seu corpo, aquele olhar agressivo e astuto demorando-se o quanto queria… e parando de vez quando ele viu que a mão dela estava dentro da blusa de seda.

E foi então que aconteceu. Na altura do quadril, seu pau, que já tinha um tamanho decente flácido e tal, começou a engrossar e a alongar.

Devina mordeu o lábio inferior quando uma fonte de luxúria pura e não adulterada surgiu entre suas pernas.

— E quem é você? — ele exigiu saber num tom aristocrático e arrogante que foi uma surpresa.

Quando ela não respondeu de imediato, uma das sobrancelhas dele se ergueu — como se estivesse acostumado a ser o melhor em cada situação, um presente especial para o mundo, e todos ao seu redor precisassem justificar sua existência. Quando ele bem quisesse.

Convencido, seu nome é Adônis, ela pensou.

Puta merda… Ele era exatamente como ela.

Devina sorriu tão amplamente que seu rosto doeu.

— O seu único amor verdadeiro, eis quem eu sou.

Capítulo 27

Quando recobrou a consciência, Rahvyn não sabia exatamente onde estava.

Estava deitada em algo muito macio e, quando abriu os olhos, viu paredes brancas, sem janelas, e armários de suprimentos com portas de vidro e máquinas silenciosas com fios. Havia uma pia e prateleiras num canto. Uma cadeira com rodinhas de assento preto. O piso era lustroso e sarapintado da cor de mingau. Uma porta estava fechada.

Ela não sabia como viera parar ali. Nenhuma pista de quem a transportara até lá.

Lembrava-se, contudo, do que havia feito.

Acima, havia o sibilo silencioso do calor passando pelo sistema de ventilação e, do lado de fora, no que ela presumia fosse o corredor em que aguardara, alguém passou sobre solados macios.

– Está acordada.

Ao som da voz do seu amado primo, ergueu a cabeça. Sahvage estava sentado numa cadeira próxima da cama do outro lado da cabeceira, com os cotovelos nos joelhos, o peso inclinado para a frente como se quisesse pular para dentro da sua inconsciência e tirá-la de lá.

O rosto estava marcado por linhas de tensão.

– Ele está bem – disse ele. – Nate.

– Eu sei. – Sua voz saiu áspera e ela pigarreou. – Posso beber alguma...

O primo deu um salto, desesperado para ajudar, e de pronto arranjou um copo branco, como se estivesse esperando para executar essa função de reidratação. Teve que ajudá-la a colocar o canudo entre os lábios e segurou tudo no lugar. Depois de alguns goles, ela voltou a se recostar nos travesseiros.

Sahvage deixou a água de lado numa bandeja da altura da cama. Em seguida, voltou a se sentar e a encarou.

– Sim – sussurrou ela. – Foi isso o que fiz com você.

– Havia muito vento naquele quarto. Tentamos entrar, mas a porta estava bloqueada.

– É preciso muita energia para chegar à junção da criação.

Sahvage baixou o olhar para as próprias mãos.

– Como soube que conseguiria fazer aquilo? Quero dizer, eu sabia que você tinha... poder. Mas eu não fazia ideia...

Quando ele deixou a frase inacabada, ela soube que ele não estava somente reconsiderando o que ela fizera com ele. Ele estava pesando o que ela fizera naquele castelo. Com os guardas que tentaram mantê-la lá e, especialmente, o que fizera com o aristocrata que abusara tão violentamente do seu corpo.

Ela matara uma dúzia ou mais de machos naquela noite.

E brutalizara aquele que tomara sua virgindade à força.

– Para onde você foi depois que deixou o castelo? – ele perguntou com indiferença, como se fosse mais uma questão sobre a qual ele havia ponderado inúmeras vezes ao longo dos séculos em que ficaram separados.

– Estive no tempo – murmurou. – Eu lhe disse.

– Nem sei o que isso quer dizer. Não entendo nada disso.

Rahvyn se sentou na cama. Ao baixar o olhar para si, viu que uma coberta havia sido colocada sobre ela. Ainda vestia as mesmas roupas – o suéter preto, as calças jeans –, e limpou o sangue seco com as mãos.

Mesmo depois de lavá-las, ela nunca mais vestiria aquelas roupas.

– Eu sinto muito – disse ela. Porque era mais fácil do que lhe contar que teria que partir.

– Eu costumava pensar que essa... imortalidade que me deu... fosse uma maldição. – Meneou a cabeça e disse lentamente: – Mas, se você não tivesse me dado esta... vida nova, ou o que quer que ela seja, eu não teria a minha Mae. Eu não poderia ter protegido a minha Mae.

Rahvyn não sabia bem o que dizer sobre isso.

– Em todo caso, obrigado – disse ele, emocionado. – Eu não teria como... ser mais grato.

Ele pegou sua mão, segurando-a gentilmente entre as suas palmas muito mais largas. Em seguida, abaixou a testa e a apoiou sobre as mãos unidas.

Esticando o braço, ela afagou os cabelos do primo. E, de novo, descobriu que não tinha nada a dizer. Quer pelo esforço demandado para salvar Nate, quer...

A batida à porta foi suave. Como se quem estivesse do outro lado da porta se preocupasse por ter interrompido alguma coisa. Logo ela captou um cheiro que reconheceu.

– Nate? – disse ela.

A porta do quarto abriu-se e lá estava ele, de pé, com uma cor saudável, o peso sustentado por um apoio no qual havia uma bolsa com um líquido transparente. Atrás dele, seus pais pareciam abalados, mas já não choravam mais; os dois guardiães do seu bem-estar evidentemente tiveram uma noite terrível.

Ao se deparar com os olhos de Nate, os seus se encheram de lágrimas, e ele se apressou para perto dela – mesmo quando os pais tentaram impedir que ele corresse. Mas ele não precisava de ajuda para andar. Ele não precisava do que estava inserido em sua veia. Ele não necessitaria de qualquer ajuda com seu físico, nunca mais.

Rahvyn endireitou-se quando ele se aproximou e logo estavam se abraçando, os braços dele ao redor dos seus ombros, os dela circundando-o pela cintura. Quando escondeu o rosto no pescoço dele, ela percebeu vagamente que os outros no quarto falavam baixinho... e, em seguida, recuaram para o corredor.

Depois de um longo momento, Nate se afastou e se sentou na beirada da cama.

– Quer dizer que você também foi alvejada? Você está bem?

– Sim.

Ele empalideceu.

– Sim, você foi atingida ou...

– Não. Quis dizer que não estou machucada, portanto, estou bem.

– Graças a Deus.

Houve silêncio, os olhos percebendo os detalhes da sobrevivência um no outro. Em seguida, ele abaixou o olhar, e ela se preparou para o que ele ia perguntar. O que ele tinha todo o direito de saber. Aquilo que ela não tinha como explicar.

Santa Virgem Escriba, quem era ela para possuir tamanho poder?

– O que aconteceu, Rahvyn? Ninguém quer me contar.

– Eu sinto tanto. – Quando ele tentou retrucar, ela o deteve. – Eu queria ter podido perguntar se você queria voltar.

– Claro que quero estar vivo...

– Sim, mas existe um preço, e você merecia ter a escolha. Eu só não sabia mais o que fazer...

Ele ergueu uma mão.

– Estamos falando de manobras de ressuscitação, certo?

– O que é isso?

– Ressuscitação cardiopulm... – Ele balançou a cabeça. – Deixa pra lá.

Houve uma pausa porque ela não sabia por onde começar. E foi quando a expressão dele mudou. Ela vira isso muitas vezes, desde o Antigo País, na época da sua juventude, quando não entendia a si mesma mais do que qualquer outra pessoa entendia: cautela e um pouco de assombro.

Nesse ínterim, ela ficou sem voz. O que talvez fosse bom. Existia uma verdade que ela se recusava a partilhar com qualquer pessoa, mesmo consigo mesma, e ela se preocupava agora com o que fosse sair da sua boca.

– Na noite em que aquele meteoro caiu atrás da Casa Luchas... – disse ele, lentamente. – E eu a vi lá, junto ao local de impacto...

Ela observou a mente dele funcionar por meio das sutis mudanças dos músculos faciais, os lábios afinando, as sobrancelhas se abaixando e se levantando, a mandíbula se movendo como se ele estivesse cerrando os dentes de trás. De fato, ele unia os pontos das coisas que deixara passar, obtendo a verdade por meio de uma série de detalhes previamente desconectados. E assim era a vida, não? Uma pessoa seguia com sua vida, sem saber que os detalhes superficiais não passavam de uma tela para uma revelação que ainda tinha que se materializar.

– O que, exatamente, você fez comigo? – ele exigiu saber.

Sentado no leito hospitalar de Rahvyn, com as pernas penduradas para um dos lados, uma mão apoiada no colchão, Nate percebia que se sentia diferente dentro da própria pele. Era difícil entender exatamente o que havia de diferente. O mais perto que conseguia chegar de definir a sensação era o que vivenciara nas noites imediatamente anteriores à sua transição.

Estava supercarregado. Vibrando de energia. Não apenas vivo, mas... desperto.

E seu cérebro crepitava com pensamentos e lembranças – embora isso pudesse ser resultado da sua confusão quanto a toda essa coisa relacionada a ela. Ele ficava pensando no dia em que fora para o campo atrás da casa com Shuli para investigar o espetáculo celestial e o impacto. Rahvyn – ou Elyn, como a conhecia no começo – estivera lá na floresta, afastada dos demais que, do mesmo modo, tinham ido ver o que havia lá.

Em seguida, lembrava-se de quando falara com ela na noite seguinte, os vagalumes ao seu redor, os pequenos lampejos de luz lançando uma linda iluminação em seu rosto delicado.

Na época, ele não questionara de onde tinham vindo os insetos. Mas nunca os vira antes no frio e não os vira desde então.

Se fosse franco… não tinha certeza do que aqueles pontinhos de luz tinham sido de fato.

E, depois, ele se lembrou daquele momento no quarto dela quando ela o fitara nos olhos e ele sentiu como se seus pensamentos fossem drenados, como se ela estivesse lendo sua mente. O horror que se formara no rosto dela pareceu assegurá-lo de que ela conhecia todos os detalhes do seu passado, tudo sobre o tempo passado no laboratório, e toda a dor e medo que passara quando fora submetido aos experimentos daqueles humanos, a morte da sua *mahmen* e seu resgate impossível.

– Eu estava na porta do Fade – ouviu-se dizer. – Não estava simplesmente parado diante dela, eu a abri e passei por ela. Eu estava do outro lado…

Recordações confusas, de um cenário branco e, depois, de algo tão belo que ele não tinha palavras para descrever, flutuaram em sua mente, cegando-o para o quarto hospitalar e para ela. Mas ele voltou da visão de glória eterna.

Assim como ele voltara do que tinha sido a sua morte.

– Eu estava morto. – Concentrou-se nela. – E você fez alguma coisa comigo, não fez?

A fêmea sobre quem vinha pensando sem parar – desde que a vira no ponto de impacto do meteoro –, cuja presença ele buscava, tentando parecer descontraído, na Casa Luchas, cujo rosto fantasiava estar perto do seu quando fossem partilhar o primeiro beijo… subitamente era o de uma estranha.

– O que é você?

Quando ela abaixou a cabeça, os cabelos brancos penderam para a frente, as feições obscurecidas pelas mechas. Quando ela, por fim, falou, foi com tristeza:

– Você nunca terá que se preocupar com a mão fria da morte aterrissando em seu ombro. Você está livre do fardo mortal do túmulo. Você é… imortal, Nate.

O impacto dessas palavras foi retardado, o cérebro dele reexaminando as sílabas como se fossem um sítio arqueológico, na certeza de que, na primeira passada, ele tivesse interpretado erroneamente algumas. A maioria.

Ou melhor, todas.

– Não ouvi direito – disse ele, atordoado.

– Você foi liberto das rédeas da morte, ela jamais virá clamá-lo novamente.

– Como… – Ele esfregou o rosto. – Não entendo.

– Não pude deixá-lo morrer. – O cheiro salgado e úmido das lágrimas surgiu, e ela enxugou os olhos com mãos trêmulas. – Seus pais choravam sobre seu corpo, os Irmãos estavam do lado de fora da sua porta… e foi minha culpa. Eu fui o motivo de você ter sido alvejado.

Nate se retraiu.

– Como é possível que tenha sido sua culpa?

– Parei junto ao humano, por isso você também parou. Ou, talvez, eu tenha precipitado todos os acontecimentos ainda antes disso. – Fungou. – Se eu tivesse conseguido suportar por mais tempo o interior caótico daquele clube Dandelion, não teríamos saído àquela hora. Você não teria sido atingido. Você não teria… morrido.

– Nada disso faz com que seja culpa sua.

Rahvyn ajeitou os cabelos atrás das orelhas e seus olhos luminosos se prenderam aos dele.

– Nate, eu sinto muito. Eu não lhe dei nenhuma dádiva. Isso é uma complicação com implicações muito sofridas.

Como alguém perdido em terreno desconhecido, um que podia ou não ser perigoso, seus sentidos se aguçaram e ele relanceou ao redor do quarto por reflexo. Puxa, tiveram essa conversa diante de uma plateia: seus pais e Sahvage estavam no quarto com eles. E não era nenhuma surpresa que os adultos estivessem sérios e solenes. Pensando bem, aquilo tudo era incomparável a qualquer coisa.

Se o que ela disse era verdade, por mais inacreditável que parecesse, então ele renascera de uma maneira que ia contra a ordem natural das coisas.

E ela era algo completamente diferente de uma fêmea civil de origens desconhecidas, parente de um membro da Irmandade da Adaga Negra.

Ela era poderosa de uma maneira que apequenava até mesmo o Grande Rei Cego.

Ela era poderosa como a Virgem Escriba.

– E agora eu estou aqui – murmurou distraidamente.

– Eu não podia deixá-lo partir. – A voz dela se partiu. – Eu não... suportaria perdê-lo, Nate.

O ruído de alta frequência em sua mente instantaneamente se acalmou, o fogo dos seus pensamentos rodopiantes, vagamente em pânico, se extinguiu.

De todas as coisas que ela lhe dissera, essas simples palavras foram as que mais o afetaram.

E isso, se considerarmos que a fêmea por quem estava apaixonado lhe dissera que o havia transformado num imortal, de fato queria dizer alguma coisa sobre como os machos funcionavam.

A ideia de que Rahvyn pudesse retribuir seus sentimentos de alguma forma era como... ser imortal. Nada poderia afetá-lo.

– Mas não entendo quem você é – disse com suavidade.

– Sou o que eu sou.

– Popeye.

– O que disse? Não entendo.

– É um personagem de desenho animado. Quando eu estava no laboratório, às vezes eles me deixavam assistir à TV, e assisti tanto aos desenhos quanto ao filme. "Eu sou o que sou."

– Ah.

Quando ela se calou novamente, havia muita tristeza nela, os olhos estavam abaixados, os ombros, pensos para dentro. Ele chegou a pensar que se lembraria daquele quarto de hospital, com o leito e aquela única cadeira acolchoada e seu equipamento médico tão discretamente empurrado de lado, pelo resto da sua...

Vida.

– Vou viver para sempre? – perguntou quando um desconforto foi abrindo caminho em seu peito novamente.

– Você não terá uma morte.

– Então não posso morrer? – Ele imaginou a Terra sendo atingida por um meteoro ainda maior, e ele flutuando no espaço, girando lentamente num vácuo cósmico, ao infinito e além. Para sempre Buzz Lightyear.

– Você não morre.

– Como fez isso?

– Eu o levei ao plano da criação. E agora você é tão diferente quanto o mesmo. Não há como desfazer e não havia como eu perguntar o que você queria. Creio que descobrirá que existem benefícios e tragédias nesse estado. E, de novo, talvez seja igual a uma vida normal, o bom e o ruim entrelaçados. A diferença para você agora é que não haverá fim.

Ele a encarou, rememorando suas feições, tentando catalogar todas as mudanças que ele agora via no que lhe fora tão familiar. Em seguida, pensou nos pais, e em como estavam quando ele recobrou os sentidos, a confusão, as lágrimas... o sofrimento que estilhaçara suas almas.

– Você fez o que era certo – disse de repente. – Eu não... entendo muito disso tudo, mas não trocaria estar aqui por nada.

Não houve alívio nela quando ele falou. Apenas aquela tristeza no olhar.

– Espero que continue a se sentir assim – sussurrou ela. – De verdade.

Capítulo 28

– Tem certeza de que está bem com isso?

Quando fez essa pergunta, Balz percebeu que estava sendo um pouco ambíguo. Seus olhos fitavam através do para-brisa dianteiro do Honda prateado modelo antigo, fixos na porta de entrada de uma bela casinha geminada – e, a menos que Erika os tivesse levado até a porta da garagem da casa de outra pessoa, era ali que ela morava.

Em sua mente, ele já estava lá dentro, tomando uma chuveirada em um dos banheiros dela.

Depois, ele se enfiaria em meio aos lençóis frescos da cama dela, puxando-a ao encontro do seu corpo nu...

Não, não vou fazer isso.

Ela se virou e o fitou ao longo dos bancos dianteiros.

– Desculpe. O que disse?

Merda, ele falara em voz alta.

– Ah, nada, nada. – Relanceou para ela. – Só quero ter certeza de que é isso mesmo o que você quer fazer.

– Você não tem nenhum lugar para ficar, correto? – Ela deu de ombros. – E quanto mais penso naquelas sombras... não tenho certeza de que sei me defender contra aquilo sem você. Além do mais, eu estava segura com você antes. Você nunca foi agressivo comigo, e eu também não terei que me preocupar com os seus amigos vindo atrás de mim.

– Como já disse antes, eles não lhe farão mal.

– Porque sou a sua fêmea, certo? – Ela estreitou o olhar. – Ouvi um deles dizendo isso.

– É apenas uma forma de expressão. – Quem será que sabia? E quem diabos andou dizendo isso na frente dela? – E você tem razão. Se eu estiver com você... aquelas sombras terão um problemão nas mãos.

Sua fêmea, hum. Não tinha certeza de que poderia discordar disso, mas já houvera revelações demais para uma única noite. Ah, porra. Tinha se vinculado a ela? Pensando bem, a regra de ouro entre os vampiros machos era: se você estiver se perguntando isso, a resposta provavelmente é *sim*.

Maravilha. Outra camada no seu bolo de merda...

– Espera, aquilo é... – Ela franziu o cenho e se inclinou na direção da janela. – Aquilo ali é a minha bolsa?

Balz olhou ao longo do painel do carro mais uma vez. Sim, bem na escada da entrada, um pouco fora do alcance da luz de segurança, ao lado da caixa do correio, estava a bolsa que ele a vira carregar.

– Como ela chegou aqui? – ela perguntou ao abrir a porta do carro.

Bem, pelo menos para essa pergunta ele tinha uma resposta, e não era uma surpresa ruim.

Obrigado, V., ele pensou ao saltar para fora do carro também.

Balz ficou logo atrás dela enquanto ela avançava por uma pequena entrada a passos largos. Na metade do caminho até a porta, percebeu o quanto parecia ridículo: ainda estava pelado com um lençol envolvendo suas partes pudicas e tinha uma arma presa à coxa e uma bolsa de lona cheia de *clique-clique-bang-bang* pendurada no outro ombro.

Uma pena que não fosse Halloween para os humanos. Ele poderia dizer que estava fantasiado de assassino com propensão ao exibicionismo e talvez acreditassem nele.

Além do mais, se um cara aparecesse na sua porta com uma calibre quarenta, em uma noite de "travessuras ou gostosuras", você provavelmente largaria a tigela de doces onde quer que ele lhe mandasse deixar a coisa. De modo que ele pegaria tudo e Rhage ficaria louco de alegria.

Quanto ao conteúdo da bolsa de lona, Erika sabia o que havia na sua bagagem de mão. Ela o tinha visto pegar as automáticas e a espingarda de cano curto das prateleiras do cofre na garagem – certificando-se de trazer bastante munição também. O fato de ela não ter reagido a tanto poder de fogo o entristeceu: ela deve ter visto muita coisa para estar calma assim. Pensando bem, ela lidava com a morte diariamente em seu trabalho, não?

Três degraus de pedra acima e ela apanhou a bolsa. Ele se preparou para ela abrir a bolsa e vasculhá-la ali mesmo. Ela não fez isso. Passou o braço pelas alças e, na mesma hora, destrancou a porta e a abriu. Estavam do lado de dentro num piscar de olhos e ela trancou tudo com a mesma presteza.

Ainda que, francamente, como poderiam se proteger em qualquer lugar? Das sombras, quer dizer. De Devina também.

Enquanto Erika deixava a bolsa na mesinha de centro e começava a vasculhar dentro dela, ele olhou ao redor. A planta era o que ele esperava, sala de estar dando para a cozinha nos fundos que tinha um espaço para refeições. Uma escada colada à parede sólida partilhada entre as casas logo atrás dele, e ele conseguia ver duas portas abertas no andar de cima.

A mobília não era elegante, mas parecia muito confortável, embora nada parecesse combinar muito. Era como se Erika tivesse comprado o sofá, as poltronas e as mesinhas separadamente para tapar buracos no espaço, em vez de coordenar cores.

Estranhamente, não havia fotos nem gravuras em parte alguma, nem nas paredes, nem sobre a cornija da lareira elétrica, nem nas prateleiras das estantes embutidas em cada lado dela.

Se você desconsiderasse a ausência de harmonia na decoração, pareceria o *showroom* de um imóvel em desenvolvimento, anônimo, um palco limpo ocupado apenas por um corretor.

Ele parou diante da janela curva atrás do sofá e afastou as cortinas. Lá fora, havia outras dez construções ao longo da rua sem saída, cada uma delas bifurcada, a escala de tudo modesta, os carros estacionados diante das garagens eram sedãs ou caminhonetes com menos de cinco anos de uso. Se ele tivesse que adivinhar, as estruturas tinham sido construídas nos anos 1980, portanto eram antigas, mas bem mantidas.

– Está tudo aqui. – Ela olhou por cima do ombro para ele. – Minha arma, meu celular, até meu distintivo. Mas como foi que a bolsa chegou aqui...

Ele soltou as cortinas.

– Meus amigos cuidaram de tudo.

– O que quer dizer com "cuidaram de tudo"?

– Ah, você sabe, certificaram-se de não deixar nada para trás antes de ligar para avisar da cena na livraria.

– Ligar para quem? Um, nove, zero?

Quando ele assentiu, ela balançou a cabeça, mas não como se estivesse discordando dele. Mais como se sentisse que seus pensamentos estavam confusos e que deixara alguma coisa passar.

– Por que fariam isso? – murmurou.

– Por que não fariam? É um assunto dos humanos.

– Assunto... dos humanos. – Fechando os olhos, disse para si mesma: – Preciso de uma cerveja.

Balz a seguiu até a cozinha que ocupava a parte de trás da casa. O esquema de cores alternava amarelo e creme, papel de parede de girassóis com folhagem verde, o linóleo salpicado de cor de açafrão, tudo desbotado, mas em boas condições. Do mesmo modo, os eletrodomésticos eram antigos, mas limpos, e as bancadas eram de fórmica, não o granito que se via nos lugares mais novos.

Ultrapassado. Tudo ali era ultrapassado, provavelmente original da construção. Mas também era um lugar no qual ele de pronto relaxou, embora isso provavelmente estivesse mais relacionado a Erika do que a qualquer coisa no ambiente.

Com isso em mente, aproximou-se da mesa redonda na alcova e se sentou numa cadeira que achou que sustentaria seu peso. Uma luminária de vime pendia do teto e, centralizada debaixo dela, havia um porta-guardanapos vazio.

– Não costumo ter muita comida – anunciou ao ir na direção da geladeira. – Felizmente, tenho quatro garrafas de Miller Lite.

Ela pegou duas e se aproximou dele. Depois de lhe entregar a sua, ela virou a tampa da outra e tomou uma bela golada. E mais uma. Quando ela se sentou, ele só queria ficar olhando para ela, mas como ficara olhando para ela em boa parte do trajeto naquele Honda velho, seria melhor bancar o descolado.

Mais descolado.

Meio que descolado.

– Então, está me dizendo – começou ela depois de mais uma golada da garrafa de vidro – que, se eu ligar para a central, eles vão me dizer que já foram avisados sobre o corpo naquele endereço.

– Isso.

– Vocês costumam fazer muito disso por aqui?

Ele deu de ombros e abriu sua cerveja.

– Não é a primeira vez.

– Só vou mandar uma mensagem para o meu parceiro para perguntar. Sem querer ofender.

– Não ofendeu – ele murmurou quando ela pegou o celular.

No instante em que ela olhou para a tela, suas sobrancelhas se uniram. Em seguida, entrou no que pareceram ser suas mensagens ou e-mails e começou a ler alguma coisa.

Balz olhou para a sala de estar. Quando analisou o sofá, conseguiu se visualizar muito bem dormindo ali, com a cabeça em uma das pontas, apoiada naquela almofada, os pés pendurados na outra...

Merda. Janelas.

Ou ele achava mesmo que, do nada, superara a sensibilidade à luz solar dos vampiros nas últimas... hum, doze horas?

– Talvez eu não consiga ficar aqui durante o dia – disse.

Ela ergueu o olhar.

– Você tem razão. Houve um chamado. Meu parceiro está no caso. Cara, mas que noite.

– Estou contente. A família daquele senhor tem o direito de ser notificada.

– Sim, tem. – Erika ficou encarando a telinha iluminada. – E eu deveria avisar o departamento que estive lá.

Na pausa que se seguiu, ele soube que ela pensava com seus botões: *Mas que diabos posso dizer que não vai me fazer parecer louca?*

– Vamos dar um jeito nisso – ele se prontificou.

Os olhos se ergueram para os dele.

– Se eu soubesse o que "isso" é, talvez me sentisse melhor.

Na verdade, você provavelmente se sentiria pior, ele pensou.

– E, sério… – Ela deu um longo suspiro. Tomou mais um gole de cerveja. – Estou muito feliz de que esteja aqui.

Balz piscou. E se sentiu corar. O que, claro, só podia ser efeito do álcool. Porque uma Miller Lite é forte pra caramba.

– Certeza?

– Sim. – Ela deu de ombros. – De verdade.

Erika teve que desviar o olhar de Balthazar. Como se tivesse malditos doze anos de idade e acabasse de admitir que tinha uma paixonite por Billy Wittenhauer do sétimo ano.

O que, de fato, aconteceu, portanto, a metáfora, símile, seja lá o que for, realmente se aplicava.

Ou talvez fosse apenas uma comparação, concedeu. Em vez de algo gramaticalmente glamoroso.

– Também estou feliz por estar aqui – disse ele.

Houve um período de silêncio, e ela tinha ciência de que havia uma pergunta importante que ela queria fazer, talvez "a" pergunta. No entanto, ela não sabia se conseguiria lidar com a resposta. Portanto, optou por uma indagação teoricamente menos ousada, para entrar somente com a pontinha dos pés, como se testasse a água gelada.

— Aquela morena… — Tomou mais um gole de cerveja. — O que ela é? De verdade.

As sobrancelhas de Balthazar se uniram acima dos olhos.

— Tem certeza de que quer saber disso agora?

— Em vez de quando? No próximo Natal?

Ele inclinou a garrafa na direção dela. Em seguida, pareceu desistir dos termos apaziguadores. Completamente.

— Ela é um demônio.

Erika se recostou na cadeira. Ainda assim, se perguntando por que não estava minimamente surpresa.

Bem… Porque não é todo dia que você acorda e percebe que está numa continuação do filme *Invocação do mal*. E ela deveria muito mesmo ter alguma reação. Um rosto chocado, pelo menos. Talvez uma imprecação ou duas, sussurradas baixinho.

Em vez disso, ela não sentiu absolutamente nada.

— Um demônio. — Mais cerveja. Ela precisava de muuuuuito mais cerveja. — Do tipo Linda Blair[21] de demônio, com sopa de ervilha, cabeças girando?

E existia algum outro tipo?

— É assim que vocês, humanos, os chamam.

Eeeeee isso era uma deixa para a verdadeira pergunta.

Por isso ela deu seguimento com o que tinham até ali:

— É contra ela que vocês estão lutando?

— Não por escolha, mas sim. — Ele levou a mão para o peitoral desnudo. — Ela está em mim, Erika. Entende o que quero dizer?

Quando os cabelos na base da nuca se eriçaram, ela pensou no seu sonho com a sombra. E se concentrou nele. Engraçado como aquele homem já não era mais um estranho. Pensando bem, tinham tantas coisas em comum depois daquela noite que a situação mudara. Ele estava mais para um amigo agora.

---

21 - Linda Blair é uma atriz norte-americana, mais conhecida por interpretar Regan McNeil no filme *O exorcista*. (N. T.)

Não, essa não era a palavra certa. Ela não pensava nele como um "amigo".

Não quando olhava para os lábios dele.

Mas tanto faz, a questão de ele já não ser um desconhecido foi o motivo de ela pedir que a acompanhasse ao seu "apartamento", que, na verdade, não era um apartamento. Se ele fosse apenas um suspeito, um ladrão, um possível assassino, ela teria levado aquele Honda para a delegacia e pedido ajuda para cercá-lo no estacionamento e prendê-lo.

No entanto, nada daquilo era normal. Nenhuma maldita coisa, não o que ele era capaz de fazer com seu cérebro, tampouco aquela morena, certamente não as sombras. Portanto, sim, Balthazar era um ladrão, mas que bem faria entregá-lo, para ela ou para qualquer outra pessoa? Ele simplesmente manipularia a mente e as lembranças de qualquer um que aparecesse ali com algemas. Algo que levaria um instante.

Portanto, em vez de perdê-lo no meio da noite, e ficar sem entender nada do que lhes acontecera, ela arriscara a sorte apostando que ele não lhe faria mal. O que não chegava a ser uma aposta. Ele só tentara mantê-la a salvo...

Uau, pensou de repente. Ele ainda estava meio pelado.

E que vista aquela à sua mesa da cozinha.

Interessante o que se nota, e o que não se nota, dependendo do quanto se está estressado.

Pigarreou. E gaguejou mesmo assim.

– Então... você... Ela o possuiu?

Ele baixou o olhar para o porta-guardanapos vazio. Quando ele assentiu, aquele frio na sua nuca se intensificou.

– Como vai conseguir tirá-la de você?

– Preciso daquele Livro – ele respondeu. – Aquele que estava no tríplex. É por isso que eu estava lá na noite em que a conheci. E hoje também. Fui à livraria porque pesquisei vendedores de livros raros em Caldwell no Google e aquela foi a primeira a aparecer. Pensei que talvez conseguisse uma pista ou a origem dele.

– Fui lá pelo mesmo motivo. – Ficou batendo no fundo da garrafa com a unha e logo se irritou com o som. – Tenho uma ideia de como podemos obter alguma informação sobre ele. Mas vai ter que esperar até amanhã de manhã.

– Qual o seu plano...

– O que você é?

Pronto, ela perguntou. A pergunta importante. Aquela cuja resposta mais a preocupava.

E quando ele não respondeu de imediato, ela deu de ombros.

– Não custa você me contar. Você disse que, quanto menos eu souber, mais livre permanecerei, mas isso não é verdade quando você está sentado à mesa da minha cozinha, enrolado num lençol.

Depois de um momento, ele aquiesceu.

– Concordo.

Mas não disse mais nada.

À medida que o silêncio se prolongava, ela se levantou da cadeira. Talvez fosse por causa daquela Miller Lite. Talvez fosse pelo tanto que vira no decorrer daquela noite.

Talvez fossem todos os lugares a que sua vida a levara – muitos deles horríveis de verdade –, mas a ideia de algo sobrenatural em sua casa não lhe parecia uma emergência tão grande assim.

Quando deu a volta na mesa e ficou parada na frente dele, ele a fitou, os tendões que marcavam as laterais do pescoço musculoso se flexionando quando ele inclinou a cabeça para trás.

Não toque nele, disse para si mesma. *Se tocar nele agora não terá como voltar atrás.*

– Não há mais como voltar mesmo.

– O quê? – ele murmurou.

– Não importa.

Ela se aproximou tanto que os joelhos dele se afastaram para acomodá-la. Em seguida, ela acariciou os seus cabelos, pensando em como os afagara quando ele estava deitado no chão daquele depósito, numa poça do próprio sangue.

– Mostre – ela exigiu. – Se não pode me contar, mostre para mim.

Houve uma pausa pesada que pareceu ter a mesma densidade das consequências da explosão de uma bomba. Em vez disso, foi apenas o preâmbulo do que de fato a abalou.

O lábio superior dele afastou-se dos dentes da frente.

E, quando ela notou que ele tinha caninos longos, bem longos…

… eles se alongaram ainda mais do céu da boca, bem diante dos seus olhos.

Erika começou a arfar, mas isso não surtiu efeito algum para aliviar a sufocação esmagadora que sentia no peito.

– Vampiro – sussurrou.

– Você não precisa ter medo de mim. Precisa saber que…

– Ai… meu Deus.

Com uma expressão exausta, ele ergueu uma mão como se tentasse deter as conclusões a que ela chegava em sua cabeça.

– Espera! Vocês, humanos, entenderam tudo errado. Não existe essa coisa de morder para transformar as pessoas, e uma estaca no coração não difere de uma adaga. E ao inferno com essa coisa de deflorar virgens e, não, nada de alho nem de cruzes nem nada assim. – Ele balançou a cabeça. – Somos uma espécie diferente de vocês e só queremos tocar nossas vidas em paz, algo bem difícil de conseguir quando existem tantos de vocês em toda parte. E quando há outras coisas não relacionadas com os humanos querendo nos matar. É uma guerra, o tempo todo. É ótimo que sejamos tão bons de luta.

Ao dizer isso, ele cruzou os braços diante do peito nu e se recostou na cadeira. A julgar pela impostação do queixo, ela teve a impressão de que ele se ofendia por muita coisa da sua espécie.

Bem-vindo ao clube, pensou consigo mesma. Às vezes ela também não ficava nada impressionada com os humanos.

– Por que está sorrindo? – ele perguntou.

Ela ergueu a mão e tocou a própria boca, alheia ao fato de que os lábios tinham se curvado.

– Hum…. Acho que estou surpresa por não estar assustada. E chocada por sentir que não somos tão diferentes assim.

– Você não precisa ter medo de mim.

– E não tenho. Em vez disso, eu acho você…

Quando ela deixou as palavras suspensas no ar, concentrou-se na boca dele. E ficou imaginando como seria beijá-lo. Só se inclinar e pressionar os lábios nos dele.

Mas você está pronta para o que aconteceria em seguida?, perguntou-se.

– Pode concluir esse pensamento – ele disse com voz rouca, sensual.

– Humm?

– Termine o seu pensamento sobre o que acha sobre mim. Porque você está totalmente livre para partilhar quaisquer opiniões quando olha assim para mim.

– Como estou olhando para você? – A voz dela se abaixou, e não porque houvesse alguém por perto para ouvi-la. – Conta pra mim.

– Como se quisesse me beijar.

Erika abriu a boca. Fechou.

Ele ergueu as duas mãos.

– Honestamente, mesmo se você estiver só curiosa, tudo bem por mim.

Erika franziu o cenho.

– Como se eu fosse usá-lo para um experimento?

– Está tudo bem. – As pálpebras dele se abaixaram. – Porque se você me testar, só para ver se sou como um homem, isso me dará a chance de provar que sou muito melhor do que qualquer coisa que já tenha tido.

– Você é bem confiante.

– Nada disso. São apenas os fatos.

Quando o corpo dela se aqueceu, ela pôde jurar que ele ronronou no fundo da garganta – e ficou plenamente ciente de que, parada ali tão perto dele, aquele… aquele momento eletrizante… era para onde as coisas vinham se direcionando o tempo inteiro. Provavelmente desde a primeira vez que pôs os olhos sobre ele.

– Você acredita em destino? – murmurou.

– Beije-me agora e eu direi que sim, absolutamente, acredito no destino.

Erika esperou que algum instinto de autopreservação a desviasse para um território neutro de conversa, do tipo: *E aí, há quanto tempo vem sendo possuído por um demônio? Quantas vezes lutou contra uma sombra? Todos os seus amigos, inclusive aquele de tatuagens na têmpora e cavanhaque, são vampiros também?*

Algum plano para o verão?

Yankees × Mets?

Mas, não. Seu sistema de alerta permaneceu em silêncio.

Por isso ela fez a única coisa em que conseguiu pensar.

Inclinou-se e segurou o rosto dele nas mãos. E, quando ele inclinou a cabeça ainda mais para trás, o modo como aquiesceu ao seu toque a fez sentir-se ainda mais no controle. E, uau, aquele perfume dele... era como se ele tivesse acabado de passar mais.

Pouco antes de os lábios dela resvalarem nos dele, Balthazar suspirou. Como se esperasse por aquilo há tanto tempo quanto ela.

– Eu também – sussurrou ela.

E logo veio o primeiro contato, a boca dela pressionando a dele, o fervilhar de puro prazer atravessando todo o seu corpo enquanto aquele ronronado surgia dele de novo.

Virando a cabeça de lado, ela explorou gentilmente o que ele oferecia com tanta boa vontade. E, quer saber, ele estava com a razão.

Ele beijava bem demais.

Quando, por fim, ela recuou, os olhos dele brilhavam para ela.

– E, então, o que me diz?

– Eu acho... – Ela acariciou os cabelos dele para trás. – É um bom começo.

– Minha vez?

Ela teve que sorrir.

– Eu estava fazendo errado?

Balthazar se sentou à frente, as mãos partindo para os quadris dela.

– Ah, não. Você foi perfeita.

– Mas você consegue fazer melhor? – Ela ergueu uma sobrancelha. – Tudo bem. Mostre o que sabe fazer, vampiro...

Ele se ergueu da cadeira num piscar de olhos. E logo ela percebeu que estava nos braços dele, sendo curvada para trás... de modo que a única coisa a mantê-la longe do chão eram os braços fortes. Quando ela arquejou e se agarrou aos ombros nus, teve ciência da força do corpo dele – e de como a pele era macia e de quantos músculos firmes ele tinha. Fitando os olhos ardentes, ela nunca se sentira tão excitada na vida. E também não era por causa de algum mito do Drácula. Era por causa *dele*. Deste homem – macho, tanto faz. Era por causa... do Balthazar.

– Agora eu vou te mostrar como um vampiro beija a fêmea que ele deseja.

A boca que tomou posse da sua não foi gentil. Foi exigente e um pouco rude, e quando a língua entrou nela, ela desistiu da farsa de tentar se segurar. Entregou-se completamente à onda sexual, deixando-se levar.

E ele estava com a razão.

Ele era o melhor que ela já tivera. Seu corpo inteiro ganhou vida, os seios formigavam, o sexo doía, as pernas viraram gelatina. Deus... ela só queria mais. Não, ela *precisava* de mais.

Quando, por fim, ele ergueu a cabeça, os dois arfavam – e ele parecia surpreso. Como se achasse que seria bom, mas não tivesse pensado que seria *tão* bom assim.

– O seu cheiro é maravilhoso – ele grunhiu.

– Não estou usando perfume.

– Está. – Os olhos dele desceram pelo seu corpo. – Do melhor. Do tipo que vai me impedir de dormir durante o dia. É a sua excitação. Consigo sentir o quanto você quer o que eu posso lhe dar.

Erika arfava – e não se deu ao trabalho de esconder. Ainda mais quando as palavras dele fizeram sentido. Mas espera um pouco... Ele não ia seguir com aquilo?

– Ou talvez... – Ela deslizou uma mão pela nuca dele. – Talvez a gente possa fazer algo a esse respeito.

O sorriso no rosto dele foi sombrio. Erótico. Tão ávido quanto ela se sentia.

– Pensei que jamais fosse pedir – ele ronronou.

E logo ele a beijou novamente.

Capítulo 29

De volta ao covil de Devina, o demônio assistia enquanto o seu tão aguardado "felizes para sempre" se erguia do chão como se fosse uma montanha nascida da própria terra, ficando cada vez mais poderoso a cada centímetro de altura que se desenrolava diante dos olhos aprovadores dela. E quando ele ficou totalmente ereto, seu esplendor era tal que ela cobriu o rosto com as mãos.

Debaixo das palmas, ela sorria enquanto os olhos se enchiam de lágrimas.

A sensação de uma longa jornada chegando ao fim, um destino alcançado, uma família finalmente estabelecida, a atingiu com tanta força que ela cambaleou nos saltos altos.

E foi então que ele a tocou pela primeira vez. Foi só a ponta de um dedo, pressionando seu esterno entre os montes dos seios hipersensíveis.

Quando a respiração de Devina ficou presa, aquele ponto de contato se moveu lentamente, levando a frágil seda da blusa para um pequeno passeio, até que o mamilo rijo sentisse um raspão e, logo, o ar mais frio.

– Vou te comer – o macho disse numa voz baixa.

Sim, você vai, ela pensou ao abaixar as mãos...

Ah, Deus. Ele estava excitado, completamente excitado, o pau esticado a partir do quadril, evidentemente capaz de realizar o trabalho que ela queria que ele fizesse, bem dentro do seu centro...

Seu verdadeiro e único amor a segurou pela base da garganta, junto às clavículas, e o sorriso que ele deu foi do tipo que ela imaginou que um assassino em série mostraria pouco antes de arregaçar as mangas.

Entre as pernas, seu clitóris latejava.

Aqueles olhos estranhos, erráticos, enterraram-se nela quando ele começou a empurrá-la para trás, e ela não teve escolha a não ser andar com ele se quisesse permanecer de pé.

Era uma dança entre os corpos, um vaivém de equilíbrio e de passos, todos dirigidos por ele. E, quando a parede chegou às costas dela, e não havia mais para onde ela ir, ele também parou. O lábio superior dele afastou-se dos dentes e foi nessa hora que ela viu as presas. Evidentemente, estavam ali o tempo todo, mas ela teve coisas deliciosas demais nas quais se refestelar para notá-las.

Devina gemeu. Ela tinha um fraco por vampiros. Tinha mesmo.

– Você gosta deles? – ele murmurou ao expor os caninos para ela.

Ela gostava de tudo nele.

– Sim.

– Tenho planos de usá-los em você. – Ele pressionou a base da garganta dela com a mão. – Por um tempo.

A respiração dela saía com força, *pump*, *pump*.

– Você acha que vai me matar, não acha?

– Você parece surpresa. Mas este não é exatamente um encontro marcado pelo Tinder.

Devina meneou a cabeça.

– Você não pode me matar.

– Quem vai me impedir? – Ele relanceou pelas roupas, sapatos e bolsas. – Ninguém vai salvar você. Ainda mais depois que eu a amordaçar para que ninguém a ouça gritar.

– Não preciso que me salvem, meu amor.

Ao dizer isso, ela o lançou para trás com uma onda de energia, fazendo-o voar pelos ares, até o lado oposto do seu covil. Quando o fez se chocar contra o concreto, a expressão no rosto dele era impagável, e ela desejou ter um celular para tirar uma foto.

Foi a vez de Devina avançar, e ela deliberadamente deixou a blusa aberta, o seio exposto com o mamilo duro balançado com seus passos. Quando o olhar dele se fixou no que ela queria que ele visse, ela abriu mais alguns botões e revelou o outro.

Desejou que ele apreciasse a vista. Ela certamente aprovava o modo como o enorme pau se projetava na sua direção, grosso como um antebraço, o saco proeminente prometendo-lhe toda sorte de ejaculações…

Bebês.

Seu passo falseou quando esse pensamento ricocheteou dentro dela.

Um macho como aquele… poderia engravidá-la, não poderia? Se ela assim o quisesse.

Quando parou a uns bons três metros dele, o macho a quem ela prendia com tanta facilidade franziu o cenho. Em seguida, fez força contra o que o prendia. O que, claro, não o levaria a parte alguma. Ela era mais poderosa do que…

Quando o braço direito dele se soltou, ele encarou o esquerdo com raiva, como se estivesse puto por ele não estar seguindo instruções. Com essa demonstração de força, Devina deixou de lado aquela tolice de bebês e estreitou o olhar. Como ele podia ser tão forte assim?

– Qual o seu nome? – perguntou de repente.

Os olhos negros e azuis a encararam firmemente. E, como ele não respondeu, e apenas continuou a lutar contra seu confinamento, ela percebeu… ele não iria pedir que o soltasse. E tampouco lhe diria qualquer coisa só porque ela queria. Ele não seguiria nenhuma ordem ou mesmo um pedido.

Maldição… Ela o queria.

Os Louboutins de Devina começaram a se mover novamente, e ela parou quando ficou bem diante dele, assistindo enquanto ele continuava a forçar e puxar aquele braço esquerdo preso, a ereção se movendo adiante, recuando, balançando para a esquerda, para a direita. A luta, aliada aos movimentos da ereção, era a coisa mais erótica que ela já vira, a raiva crescente que ele direcionava a ela fazendo com que ele irradiasse intenções malévolas.

A mão dela tocou um dos seios expostos e atiçou o mamilo, prendendo-o entre os dedos. Puxando-o e o deixando voltar ao seu lugar com um estalido. Esfregando-o.

Aquelas presas fizeram outra aparição espetacular e ele sibilou – como se, em sua mente, ele estivesse arrancando aquele bico com os dentes e o engolisse.

– Qual o seu nome? – Apesar de ela saber que ele não responderia. – Diga-me.

A negação lhe provocava uma emoção deliciosa e, mais tarde, ela reconheceria aquilo como o início de tudo. Do seu vício por ele.

No fim, a sua versão de amor verdadeiro tinha um elemento de compulsão. Fazia sentido. A felicidade sempre a entediara. Um ciclo de desejo sofrido, seguido pelo êxtase da conquista e da realização, culminando com o brilho da satisfação? Aquele era o seu barato.

Devina sorriu.

– Não vou soltá-lo, a menos que me diga o seu nome...

O braço esquerdo dele se soltou num estalo e ela ergueu uma sobrancelha. Em seguida, ele começou a se dobrar para a frente, o peito e o abdômen flexionando, os dentes com aqueles caninos rangendo, suor brotando em toda a pele – até que o tronco, de alguma forma, descolou da parede. Ele não deveria ser capaz de fazer nada daquilo – e foi nessa hora que a segunda compreensão aconteceu.

– Você é como eu. – E ela não se referia a traços de personalidade. – Você é alguma outra coisa, não é?

Nenhum vampiro comum conseguiria fazer nada daquilo.

E, claro, seu verdadeiro amor não disse porra alguma. Só continuou a puxar, lutar, brigar contra o que o prendia. Ele tremia, os ombros flexionavam, as veias que percorriam os braços saltavam pela pele, os músculos abdominais destacavam-se em alto-relevo – e ele ainda estava excitado, quer de fúria quer de atração sexual, ela não tinha certeza, pouco ligava. Ela aceitaria o primeiro caso, porque seria divertido, e o feitiço teria garantido o segundo.

Portanto, talvez fosse por ambos.

Relanceou para o Livro. Ele ainda estava aberto na sua página, as palavras escuras no pergaminho.

A perna direita do macho saiu do chão, os músculos da coxa se contraindo quando o pé descalço se ergueu. Ele voltou a baixá-lo e... jogou o outro para cima. A bunda foi a última coisa a se soltar, e embora ele tenha sido obrigado a cerrar o queixo perfeito para fazê-lo, ele conseguiu se soltar por completo do seu aprisionamento.

– Impressionante – disse ela no que desejou ser um tom descontraído.

Por dentro, ela estava uma geleia, sem ossos, nem mesmo cartilagem. Derretera. E o fato de os seus instintos lhe dizerem que era melhor que ele não soubesse o quanto a impressionara era grande parte da excitação.

Encararam-se, e ela entendeu que ele a avaliava, assim como ela fazia com ele. Oponentes? Sim, mas seriam tão mais do que isso.

– Não vou beijá-lo até que me diga o seu nome – disse. Uma demonstração perfeita de decoro.

Como resposta, ele lhe deu as costas e seguiu para a porta.

– Espere... O quê? – Devina exigiu.

Quando um sino de alerta tocou em sua mente, como se ela tivesse levado um soco, apressou-se na direção dele.

– Aonde pensa que vai?

Quando chegou à saída do covil, o macho olhou por cima do ombro.

– Não tenho que lhe dar satisfações.

– Você não vai sair...

– Eu, definitivamente, vou sair.

Devina apontou o dedo para o painel de aço diante dele.

– Não há nada do outro lado para você.

– *Au contraire*. Existe uma Caldwell inteira.

– Não, não existe. – Estava ficando irritada e não sentiu nenhuma necessidade de esconder isso. – Você não está no mesmo plano de existência do prédio em que acredita estar... Espere, como sabe que está em Caldwell?

– Só há um lugar em que eu queira estar.

– Sim, comigo. Caldwell que se foda.

Uma das sobrancelhas dele se ergueu.

– Sabe, nunca apreciei fêmeas que praguejassem. Não é apropriado.

Devina fechou os olhos – e visualizou-se esfaqueando-o. Umas 150 vezes.

Em seguida, abriu os olhos de novo.

– Quer saber o que eu *odeio* nos machos? Idiotas que dizem esse tipo de coisa.

– Acho que não somos um par perfeito, então, somos? – Ele fez uma pausa. E pareceu estar memorizando sua aparência. – Uma pena. Você é gostosa pra caralho.

– Bem, eu não gosto de machos que praguejam – ela o imitou.

– Que bom que estou de saída, então.

Esimplesassim, ele se foi.

O rato maldito literalmente saiu porta afora como se soubesse exatamente como manipular o continuum espaço-tempo.

– O que... o que acabou de acontecer aqui? – Ela girou para o Livro. – *Que diabos acabou de acontecer aqui?*

Quando chamas brotaram da ponta dos seus dedos, e pela parte de cima dos ombros, e sentiu o calor engolfando sua cabeça, Devina marchou até o Livro, com a intenção de rasgá-lo em pedaços com as próprias mãos.

– Isso foi algum tipo de brincadeira? Que porra há de errado com você...

Um vento digno de tempestade surgiu dentre as páginas, impedindo-a de segurar o Livro, impedindo-a de se aproximar demais. Quando os cabelos foram empurrados para trás e ela afastou os braços para se equilibrar, o vento cessou por si só.

Em seguida, a tinta no pergaminho voltou a brilhar, tão forte que era como se o sol a golpeasse em cheio no rosto.

Devina franziu o cenho e inclinou a cabeça para reler a página. Nada no texto era novidade...

Uma parte tinha um brilho colorido e iridescente, as palavras se destacavam do restante como que delineadas com todas as cores do círculo cromático.

Devina leu a página de novo, os olhos passando por tudo mesmo com todo aquele brilho – ou talvez por causa dele. Esfregando o rosto, ela ficou se perguntando por que tudo aquilo tinha que ser tão difícil, e com uma exalação exausta pensou em desistir de toda aquela tolice.

Mas, então, visualizou aquela ereção. Ele ainda estava ereto ao partir. E era melhor que não fosse usá-la com ninguém mais...

As palavras do feitiço brilharam ainda mais. Em seguida, começaram a piscar como se fossem uma seta na frente de um bar.

– Não entendo que diabos você quer que eu faça – resmungou.

A iluminação desvaneceu, o texto retornando à caligrafia cursiva marrom e opaca, como o restante das letras. Em seguida, a página se enrolou... e desenrolou.

Como se o Livro estivesse lavando as mãos de tudo aquilo, tendo cumprido sua missão.

Devina relanceou para a porta. Em seguida, foi até ela e apoiou a mão. Ainda sentia a vibração no metal, resquícios do poder usado pelo macho para sair dali.

Estreitando os olhos, relanceou de volta para o Livro.

– Quem é ele, de verdade?

Não esperava obter uma resposta. Mas obteve.

Na parede branca acima de onde o Livro flutuava em pleno ar, um desenho apareceu, com um brilho não muito diferente daquele que iluminara partes do feitiço. E, quando seus olhos se ajustaram, ela tentou descobrir o que a linha vertical e as três horizontais que surgiam significavam...

– Temos mesmo que brincar de adivinhação? – resmungou. – Diz logo de uma vez...

A voz dela se perdeu assim que um segundo símbolo se manifestou ao lado, à esquerda: quatro linhas em ângulos que formavam duas pontas.

Em seguida, uma terceira imagem, um pouco mais distante das outras duas que estavam juntas… a forma de uma tenda.

Letras.

O Livro soletrava algo para ela – e só quando o último símbolo da sequência apareceu, na ponta esquerda… na verdade, a primeira letra da palavra… foi que ela viu…

O nome.

ÔMEGA.

– Puta merda… – sussurrou.

Capítulo 30

Foi quando as coisas sofreram uma reviravolta inesperada.
Enquanto ela permanecia sentada na cama, atenta ao som do chuveiro no quarto de hóspedes do outro lado do corredor, esse pensamento ficou rondando a cabeça de Erika, na voz de um narrador britânico onisciente. Já fazia um tempo que Balthazar estava ali, mais do que ela precisaria para tomar a sua chuveirada. Mas, pensando bem, ela era eficiente com a rotina do xampu e do sabonete. Sempre fora.

E Deus bem sabia que ele tinha muita superfície para cobrir. Aquele corpo dele era...

Atrás da porta do quarto de hóspedes, o jato foi fechado e ela ouviu a cortina do chuveiro sendo puxada. O som de água escorrendo. Seguido pelo barulho da toalha sendo usada.

Ai, meu Deus, ela o estava espiando com os ouvidos. E, uau, que retrato mental, ele todo nu, úmido, o corpo reluzindo por causa d...

A imagem era simplesmente sensual demais, por isso ela se ocupou de afofar os travesseiros. E, depois, levantou-se e ajeitou a colcha. Luz acesa ou apagada? Relanceando para si, puxou a barra da camiseta um pouco mais para baixo por cima do short de flanela.

Definitivamente apagada. A luz do abajur com seu brilho fraco mais do que bastaria. Na verdade, o mais completo breu seria preferível, a não ser pelo fato de que ela não seria capaz de enxergá-lo dessa maneira.

Estava nervosa ao andar na ponta dos pés pelo carpete até o interruptor, mas não porque pensasse em desistir daquilo. Não, estava nervosa porque sabia que *não* desistiria daquilo, e ficadas de uma noite só não eram algo que ela já tivesse feito antes. Era super a favor da expressão sexual; só tinha dificuldade de se entregar… por conta do seu histórico.

Clique.

Quando apertou o interruptor e tudo ficou mais escuro, ela olhou para a porta aberta que dava para o corredor. Em um instante, ela voltou para aquele seu sonho, ouvindo barulhos, descendo… vendo a sombra atrás dela pelo espelho…

Uma silhueta enorme se pôs diante do seu campo de visão e ela começou a gritar. Mas a voz de Balthazar interrompeu o seu pânico:

– Erika! O que foi?

Ela ficou tão aliviada por ser ele que se esticou e o agarrou pelos antebraços. Em seguida, antes que acabasse parecendo uma tola, recuperou-se.

– Desculpa. Desculpa… Eu sinto muito…. – *Balbucios, balbucios.* – Não sei qual o meu problema.

– Sério? – ele disse com suavidade. – Espera que eu tenho uma tremenda de uma lista para te mostrar.

Ela deu uma risada de leve. Mas logo deixou de sorrir, mas não porque sua mente estivesse tentando se assustar.

Balthazar trocara o lençol por uma das suas toalhas, o que, considerando o tamanho dele, fazia parecer que ela deixava guardanapos pendurados nos banheiros. Estava cheirando à fragrância do sabonete Dial e do xampu dela… E era tão lindo, com o corpo todo cheio de ângulos agudos e recortes, veias e músculos.

– Me beija – pediu.

Ela não teve que pedir duas vezes. A boca dele encostou na sua e, Deus, foi ainda melhor do que no andar de baixo. Ele era todo urgência e avidez selvagem – e tinha toda a razão: ele era o melhor que ela já tivera e nem haviam chegado à horizontal.

Nisso ela conseguia dar um jeito.

Envolvendo-o com os braços pelo pescoço, foi puxando-o para trás pelo seu quarto até a cama.

– Erika... – disse ele. – Eu te quero.

– Eu também. – Ela balançou a cabeça para clareá-la. – Quero dizer, eu quero... bem, você. Sabe de uma coisa, não sou muito boa nisso.

Ele amparou seu rosto com as mãos largas.

– Você chegou a me enganar. Eu acho você perfeita.

Quando ele abaixou a cabeça de novo, eles voltaram a se beijar, e o que ela percebeu em seguida foi que estavam deitados e ele estava por cima. O corpo dele era pesado, mas o colchão era macio – não que ela tivesse se importado caso estivesse apoiada num piso de tijolos. Quando ela afastou as pernas, ele se acomodou entre elas – o short de flanela não foi realmente uma barreira para a ereção rija dele.

Toda vez que aqueles quadris se moviam, ele a atiçava com sua extensão quente e grossa. E ela mal podia esperar por mais, por ele inteiro.

À medida que se beijavam mais intensamente, ela desceu as mãos pelas costelas até o alto da toalha. Sua ousadia a surpreendeu. Mas, de certo modo, ela queria aquilo, agora, ali mesmo, porque significaria que ele era real, que *tudo* aquilo era real...

Ele interrompeu o beijo e recuou um pouco.

– Não para. – Ela rolou a pelve contra ele, como um lembrete do que estavam fazendo. – Sei que não quer parar.

Os olhos de Balthazar trafegaram pelo seu rosto e, depois, uma mão alisou seus cabelos para trás. Quando ele hesitou, ela chegou a pensar que talvez ele fosse se afastar dela.

Por mais que ela conseguisse sentir muito bem o quanto ele queria aquilo...

Do nada, ela pensou na morena da livraria. E como aquilo foi de cortar o tesão. Aquele... demônio... era a última coisa que ela queria acolher naquele espaço sagrado. Mas a conversa que testemunhara entre os dois fazia com que ela chegasse a todo tipo nauseante de conclusão – e ela teve a sensação de que era para esse lugar que a mente dele tinha se voltado.

– Eu não sou ela – ouviu-se dizer. – Ela não está aqui.

– Será que não? – ele respondeu com voz rouca.

– Não. – Erika o afagou no ombro. – Somos só você e eu.

Depois de um momento, a tensão que se instalara nele se atenuou um pouco.

– Eu quero isto desde a primeira vez que te vi.

– Verdade? – Um rubor a atingiu no rosto. – Foi antes ou depois de eu ter apontado uma arma para você?

– Durante. – Ele sorriu de leve. E depois sorriu abertamente. – Você é gostosa pra caramba quando fica me dando ordens.

– Você gosta disso?

– Uh-hum.

– Bem, então me beija de novo. Agora.

Ela não teve que pedir duas vezes. Embora Balthazar evidentemente tivesse outras coisas nos recessos da mente, ele voltou ao boca a boca, e foi tão bom para ambos o modo como ele a dominava, penetrando-a com a língua, empurrando o quadril contra o dela. Debaixo do corpo dele, ela se sentia viva como nunca – viva no bom sentido, em vez de estar no estado de consciência nervoso e paranoico no qual costumava funcionar.

Quando os lábios por fim a abandonaram de novo, não foi mais porque ele estivesse reavaliando a situação, mas porque desceu pelo pescoço dela em resvaladas suaves que a fizeram curvar os pés e deixaram as suas coxas trêmulas – e ela podia jurar que sentiu uma ponta afiada se arrastando por sua pele. A ideia de que fosse o canino dele – ah, qual é, ela achava que ele tinha um canivete entre os dentes ou algo assim? – fez com que ela se arqueasse ao seu encontro, e quando os seios se encontraram com o peitoral duro, ele gemeu.

Que som. O tipo de coisa que ela sentiu dentro do corpo.

Antes de estar plenamente ciente do que estava fazendo, as mãos escorregaram pela toalha e, cara, aquele pedaço de pano se foi como se estivesse pendurada por um fio. Balthazar tratou de largar a toalha no chão e... ah, Deus, o calor daquela ereção.

E ele era tão incrivelmente grande.

A situação foi ficando cada vez mais quente, os corpos se movendo juntos numa ondulação, subindo, recuando, um preâmbulo do que estava por vir. E estava tão bom. *Tão bom...*

Até ela sentir uma das mãos dele na barra da sua camiseta.

A subida daquela palma até sua cintura e depois o calor da pele dele na sua não foram como um disco arranhando na vitrola até parar porque ela estava esperando por aquilo. Mas a arrancou do momento.

Ela não queria que ele visse as cicatrizes.

Não porque tivesse vergonha ou sentisse culpa. Mas porque não queria que o encanto se rompesse com todas aquelas merdas do seu passado: ele inevitavelmente perguntaria sobre aquilo e ela se sentiria compelida a explicar e depois ele a fitaria com aquela expressão no rosto como as outras pessoas, aquela tristeza que beirava a pena.

E, de repente, outra vez, como sempre, tudo revolveria ao redor do que acontecera com ela e com a sua família, naquela única noite definitiva, que lhe roubava esta única noite eletrizante que ela já tivera.

Estava cansada de lhe roubarem as coisas normais da vida, como uma vida sexual que representasse prazer e nada mais. Uma vida profissional que fosse descomplicada. Uma vida de lazer que não estivesse maculada pela possibilidade de um documentário ter sido feito sobre a sua tragédia.

– Posso ficar de camiseta? – pediu, com voz rouca, ao pousar a mão sobre a dele para detê-lo.

A cabeça dele se ergueu do seu pescoço. Houve uma mudança breve na expressão dele, como se ele não compreendesse o motivo de ela não querer que ele visse seus seios ou tocasse neles ou os beijasse. Mas, em seguida, ele assentiu.

– Claro. Quer apagar a luz?

Ele estava tão preocupado ao fazer a pergunta que parecia disposto a qualquer coisa para deixá-la à vontade.

Engraçado como as coisas mais simples faziam com que as pessoas se sentissem queridas.

Ela o acariciou no rosto e teve que piscar algumas vezes.

– Não, porque senão eu não conseguiria ver você.

O sorriso dele retornou, aquele seu sorriso travesso e sensual.

– Que bom. Quero os seus olhos colados em mim.

Dito isso, ele recuou, o peso saindo de cima dela. Quando o peitoral enorme se afastou, ela fez o que ele aprovava e desceu o olhar pelo abdômen definido. O sexo ereto estava pendurado distante da pelve e só de vê-lo ela gemeu e ergueu os joelhos para poder ficar ainda mais aberta para ele.

Mas ele juntou as pernas dela.

Só para poder tirar o short.

Erguendo o quadril para ajudar, ela suspendeu os braços acima da cabeça, uma das mãos encontrando a boca, a ponta dos dedos resvalando os lábios. Arqueando-se novamente, ela se sentiu desinibida e livre por estar com a parte de cima coberta – e chegou a pensar que estava grata por ele não ter dado tanta importância ao seu pedido.

Compatibilidade tinha muito a ver com respeito mútuo.

E, puxa vida, estavam em total sintonia um com o outro.

Quando Balz deixou o short de Erika cair no chão, ele estava completamente ligado no sexo, e, no entanto, sabia que seu coração estava se partindo.

Era uma estranha dualidade estar amarrado aos extremos de querer trepar com aquela mulher até ela berrar de prazer… e querer abraçá-la para que ela pudesse lhe contar exatamente o que havia debaixo daquela camiseta.

Ele teve acesso às lembranças dela antes. Sabia que a pele carregava o legado de todo aquele sofrimento físico e emocional. E queria saber a origem daquela história porque ela desejasse lhe contar.

Aquele, porém, não era o momento certo. Isso ela havia deixado bem claro.

– Você é linda – murmurou ao voltar a se acomodar em cima dela.

As pernas dela acomodaram seu corpo muito mais largo, esticando-se para lhe dar espaço, e ele adorou o modo como ela penetrou a própria boca com os dedos, sondando o interior como se, em sua mente, estivesse imaginando como seria o pau dele enterrado completamente no seu corpo.

– Você também é – disse ela. – Lindo.

– Sério? – Ele lançou uma piscada. – Pode me contar mais, se quiser.

A risada dela era o melhor som do mundo.

– Querendo confete?

– Um macho quer saber se agrada sua fêmea.

Quando ela ficou séria, ele quis chutar o próprio traseiro. Mas, em seguida, ela sussurrou:

– Eu não me importaria de ser sua, sabe. Se o mundo fosse diferente. Se… nós fôssemos diferentes.

Ele estudou o rosto dela, memorizando, pela centésima vez, como era a curva do pescoço dela e o arco das sobrancelhas, e também os cílios ao redor dos olhos castanho-esverdeados.

– Você vai ser minha esta noite – disse-lhe. – E depois veremos como fica o amanhã.

Era o melhor que ele podia fazer. E, quando ela só fechou os olhos e assentiu, ele soube que ela estava igualmente ciente de que haveria poucos amanhãs para os dois.

Melhor fazer aquelas horas escuras contarem, então.

E, sabe de uma coisa, sua ereção estava bem onde precisava estar – ou quase. Quando ele rolou os quadris, esticou a mão entre os corpos, segurou seu mastro e se esfregou no centro dela. Em resposta, ela gemeu e se arqueou de novo. A excitação dela perfumou o ar ainda mais espessamente com aquela fragrância que entrou no seu cérebro e alterou sua química; todavia, mesmo quando o sangue latejou em suas veias, ele não temeu machucá-la. Ele jamais…

Balz ergueu a cabeça e olhou por cima do ombro.

– O que foi? – ela perguntou.

Quando os instintos dele se aguçaram, ele saiu de cima dela, se pôs de pé e jogou a colcha sobre sua fêmea.

– O que você ouviu? – ela perguntou enquanto ele agarrava a toalha e a enrolava na cintura.

Pelo canto do olho, ele a viu se esticar na direção da mesa de cabeceira, abrir uma gaveta e apanhar uma nove milímetros.

Balz olhou ao redor do quarto. As duas janelas do lado oposto à porta que dava para o corredor estavam fechadas por cortinas. O armário ficava no canto e suas portas estavam fechadas. O banheiro estava aberto e escuro.

Merda, por que não trouxera a sacola de lona com as armas para cima?

Porque armas não são nada românticas, eis por quê.

– Você tem uma arma extra? – perguntou ao olhar pela porta aberta.

– Aqui.

O barulho da gaveta sendo aberta pela segunda vez foi seguido pelo de lençóis. Quando a coronha de algo frio e pesado bateu na sua mão, ele segurou com firmeza. Não havia motivo para baixar o olhar e ver que tipo de arma era. Não se importava, desde que cuspisse balas.

– A trava está solta – explicou ela. – O pente está cheio.

Mais barulho de tecido, como se ela voltasse a vestir o short.

Segurando a arma com as duas mãos, ele as apontou para a direção imediatamente à frente do peito, para a escada escura.

– Fique aqui – disse de modo sussurrado.

– Mas nem a pau.

– Você é uma distração – ele estrepitou ao começar a andar.

– Não, sou outra atiradora muito bem treinada.

Ele relanceou por cima do ombro. Ela estava de costas para ele e cobria as janelas, para se certificar de que ele não ficasse indefeso.

Ok, aquilo era sexy pra caramba. E estava certa, ela era útil pra cacete.

Moveram-se juntos na direção do corredor e ele não teve que perguntar para saber que ela também estava verificando se o banheiro não traria nenhuma surpresa para ele.

Ele odiava terem sido interrompidos. Mas não estava surpreso. Que porra de má sorte a sua. Tivera quatro meses de inferno ininterrupto com aquele demônio no seu sono – e só uns quatro minutos com a humana que ele desejava como ninguém que tivesse conhecido antes. Em todos aqueles seus anos de sexo – e em todos os seus anos como ladrão também –, não houve nenhuma fêmea nem objeto mais precioso do que aquela…

… que naquele exato instante se certificava de que ele não levaria uma bala na parte de trás da cabeça.

Cinturinhas finas e peitões são legais e tal. Mas, para ele, sexy era muito mais do que isso. E, sabe, Erika Saunders assinalava todas as suas opções. Se eles sobrevivessem à merda que aquilo era? Ele engoliria os orgasmos que lhe desse como se fossem vinho e a preencheria entre as pernas até ficar seco.

Mas antes? Tinham de sobreviver à próxima ameaça.

Porra.

Capítulo 31

A Casa de Audiências do Rei ficava numa parte da cidade em que a densidade populacional era de cerca de dois humanos para cada quatro mil metros quadrados, no máximo. O que, segundo o senso de proporção de V., eram dois humanos a mais, mas o comitê de zoneamento de Caldwell não ligou para ele para saber a sua opinião. Com casas grandiosas guardadas atrás de portões e metros de grama cortada por jardineiros nos meses mais quentes, era ali que os ricos moravam e faziam o que seus corações mais desejavam.

Quando V. subiu a colina dirigindo seu R8, estava atrasado. Pegara o caminho mais longo a partir da montanha da Irmandade, mas o primeiro passeio do ano sempre fazia bem ao humor. Quando se mora num lugar em que os montes de neve chegam à altura de pequenas árvores, e às vezes Prince mostrava ter razão, pois nevava em abril, você aguarda de respiração suspensa até poder usar seu carro adequadamente. Sim, era verdade que o Audi tinha aquela coisa nas quatro rodas, o que ajudava na tração, e uma vez que escolhera o motor de alto desempenho, um pouco de tração das rodas dianteiras acrescidas ao *vrum-vrum* das de trás vinha a calhar, não importando as condições climáticas. Mas o supercarro ainda assim não era o tipo de transporte para as quatro estações.

Aprendera isso por experiência própria.

Uma vez tentara guiá-lo na neve, com Butch de carona. Tudo corria muito bem em termos de tração, mas o limitador tinha sido a maldita entrada de ar no para-choque. Distante do chão numa altura máxima de uma pilha de dez folhas de papel – ok, vinte e cinco –, não demorou para que ficassem presos na neve.

Mas tinha sido divertido.

Esta noite não estava sendo divertida.

Embora o trajeto de carro tenha ajudado.

Quando chegou perto da antiga propriedade de Darius, pegou leve no acelerador e prosseguiu tranquilo por uns bons quinze metros. A entrada para carros tinha que ser transposta bem devagar e em determinado ângulo, com o R8 virando para um lado quando ele subisse na rampa. Depois disso, era seguir em linha reta até a garagem anexa nos fundos da propriedade. Quando ele estacionou, sem nenhum motivo aparente, olhou para o segundo andar daquela construçãozinha e se lembrou do que Saxton fizera com o macho que mexera com o seu companheiro.

Pense na necessidade de um aspirador de água.

E era preciso respeitar um advogado que sabia usar tanto a caneta quanto a espada. É possível que uma ferramenta elétrica tenha sido usada também, não se lembrava com exatidão.

Ao sair do carro, as costas estalaram, e o reajuste involuntário e inútil provocou uma careta. Uma alongada lateral fez com que a vértebra que dava trabalho, seja qual fosse, entrasse na linha, e, quando ele partiu para a entrada de trás da mansão em estilo Federal, acendeu um cigarro. Ele jamais fumava no seu R8, mesmo com a capota abaixada.

Bem quando chegava à porta da cozinha, relanceou para trás. Ele tinha acertado em cheio: tudo, desde a cor da funilaria até o contorno dos quatro círculos do logo da Audi, era preto.

Era um míssil com tanque de gasolina e um par de airbags.

Um pensamento desconcertante o desafiou, alegando que ele não o dirigia muito. Mas e ele lá iria vendê-lo? A Audi, assim como a maioria dos fabricantes de automóveis, estava partindo para os carros elétricos, e embora ele fosse totalmente a favor de cuidar do meio ambiente, não existia nada como o som daquele motor V-10 naturalmente aspirado bebendo combustível fóssil como se fosse sair de moda.

O que, supunha-se, acabaria acontecendo...

A porta dos fundos se abriu e Fritz apareceu, o rosto ancião do mordomo caindo para a frente como o de um *basset* olhando por cima do patamar de um degrau.

– Senhor? Gostaria que eu lavasse o seu automóvel?

V. meneou a cabeça. Nem era preciso dizer que, quando aquele *doggen* oferecia algo do gênero, não havia nenhum "nós" envolvido. O macho ancião pegaria um balde, um pano e o sabão adequado, e ele próprio ficaria de pé exposto a temperaturas de sete graus dando uma de sr. Miyagi[22] até que seu R8 brilhasse como um ônix.

– Não é necessário, mas obrigado.

Fritz abriu passagem quando V. entrou.

– Uma dose de Grey Goose para o senhor, então?

– Estou de plantão.

O mordomo se curvou profundamente.

– Mas é claro. Permita-me mencionar que os demais já chegaram. Creio que estejam à espera do senhor e do sr. Lassiter.

– Maravilha – murmurou V.

Cara, ele desejou poder aceitar a vodca.

Quando passou pela cozinha, com a equipe uniformizada e os aromas caseiros com os quais nunca crescera e só conhecera como adulto porque Fritz estava na sua vida, a sensação de que algo estava para acontecer o incomodava.

Essa paranoia era o real motivo de ele ter vindo de carro em vez de simplesmente se desmaterializar até ali. Tivera esperanças de deixar de sentir essa coisa incômoda ao longo das estradas serpenteantes ao redor da montanha, ou na Northway voando a 160 km/h, ou quem sabe nos subúrbios com seus centrinhos comerciais, complexos de apartamentos e bairros mais pobres que se espaçavam até aquele código postal mais abastado.

---

22 - Referência ao personagem do filme *Karatê kid*, sr. Miyagi, que, para ensinar ao seu pupilo, Daniel Larusso, os movimentos básicos do caratê o fazia lavar e encerar automóveis e pintar cercas. (N. T.)

Nada disso.

Parando no corredor de pé-direito alto que ligava a parte da criadagem da casa com os cômodos públicos, ele encarou a porta de entrada por onde os civis passavam para encontrar o Rei e receber bênçãos, conselhos, decisões em disputas.

V. relanceou para trás de si.

E fechou os olhos. Lançando seus instintos numa missão de reconhecimento, vasculhou a casa sem se mover, rastreando os sons dos Irmãos conversando na sala de jantar onde Wrath fazia suas audiências... ouvindo a recepcionista marcar um agendamento na sala de espera do outro lado do vestíbulo... notando a conversa jogada fora dos *doggens* da cozinha. O andar de cima estava silencioso, e por algum motivo ele pensou na primeira vez que dormira ao lado de Butch naquele quarto de hóspedes, naquelas camas de solteiro que os fizeram retornar à época de infância.

Endireitando a cabeça, estreitou os olhos. Não recebera nenhuma visão durante o dia, e isso deveria fazer com que se sentisse melhor. Quando uma pessoa só prevê cenas do futuro que envolvem mutilações, chamas e uma variedade de jogos de guerra, ela meio que se sente aliviada pela tela em branco naquela parte do seu cérebro.

A questão era que... ele nunca via coisas que o afetavam diretamente. E era isso que o estava preocupando. Com todas as merdas rodopiando ao redor, ele tinha a sensação de que mais alguma coisa estava para acontecer. Ele só não conseguia enxergar onde. Ainda.

Pegando o celular, ligou para um número. Ao ser atendido no segundo toque, seu coração quadruplicou de velocidade...

– Alô, oi – sua *shellan*, Jane, disse.

Que alívio, caralho, ele pensou.

No mesmo instante, a voz dela ficou tensa.

– Espera, você está na ronda hoje. O que aconteceu...

– Quero que faça uma coisa por mim.

– Qualquer coisa. Tudo o que precisar de mim.

Maldição, como a amava.

– Quero que fique no centro de treinamento pelo resto da noite.

– Ah. – Pausa. – Bem, eu ia até a clínica de Havers para ver como Nate está. Manny me deixa a par dos acontecimentos, mas eu gostaria de ver o garoto pessoalmente.

– Mas você está na clínica agora, certo?

– Sim, Ehlena e eu estamos atualizando os prontuários médicos.

– Jane, você tem que ficar aí. Pode fazer uma teleconferência com Nate, está bem? E também não quero que vá até o Buraco. Fique dentro do complexo.

– Vishous. Que diabos está acontecendo?

– Não sei, e é isso o que está me deixando assustado pra cacete. Mas desde que você esteja segura, eu consigo me concentrar em todo o restante.

Houve a mais leve das hesitações.

– Está bem. Devo dizer a Ehlena e aos demais que fiquem aqui dentro também?

– Sim, todos eles. Todas as *shellans*, todas as crianças.

– Ok. Vou me certificar disso.

Ele fechou os olhos.

– Obrigado.

– Tome cuidado – disse ela.

– Sempre.

Quando encerraram a ligação com os "eu te amo", ele voltou a andar. A sala de jantar ficava à esquerda e suas portas duplas estavam fechadas. Antes de ele entrar, inclinou-se na direção da sala de espera e cumprimentou a recepcionista. Ela deu um breve aceno com a caneta e não interrompeu o ritmo das suas anotações.

O que fazia sentido. Ela tinha pelo menos oito compromissos para cancelar. Talvez mais, a depender de o resto da noite cair na categoria espetáculo de merda ou na de espetáculo de entretenimento.

No primeiro caso, seria apenas um drama que se autorresolveria. No segundo, demandaria intervenção para dar certo.

Junto às portas do teto ao chão, ele segurou as maçanetas combinando e deu um puxão. No mesmo instante, a conversa do outro lado cessou – e quando os adultos viram que era só ele, o volume aumentou para os decibéis anteriores. Ele voltou a fechar as portas não por causa das discussões, mas para poupar a criadagem do barulho.

Pelo menos a Irmandade, os Bastardos e os lutadores cabiam naquele espaço cavernoso. Como haviam retirado a comprida mesa de mogno e o contingente de cadeiras tinha sido reduzido para as duas acolchoadas diante da lareira e apenas um par junto à mesa de Saxton no canto, havia espaço mais que suficiente na sala. Procurando entre os corpos, V. avistou seu colega de apartamento junto ao aparador e abriu caminho em meio ao congestionamento para chegar até Butch.

Quando se aproximou do Irmão, o tira levantou as palmas para o ar.

– Jesus, Maria e José, eu tiro uma noite de folga e toda essa merda acontece.

– Acrescente a isso algumas bandejas de enroladinhos de salsicha e teremos uma tremenda de uma festa, certo?

– Que diabos aconteceu na clínica? – Butch perguntou.

– Alguém disse Hormel? – Rhage se intrometeu.

Butch franziu a testa.

– Como é? Eles não fazem chilli? – Depois voltou a se concentrar em V. – Ouvi alguma coisa sobre Nate ter sido trazido de volta à vida por algum tipo de magia.

V. exalou e apanhou o cinzeiro da cornija da lareira.

– Não, não foi o Nate. Foi o Balz, por causa de alguma humana, depois que se feriu no pescoço...

– Não, foi o Nate que levou um tiro no estômago do lado de fora do Dandelion...

– Sim, eu estava lá quando o levamos até o Havers. Mas ele morreu...

– Na verdade, eles fazem muito mais do que apenas chilli. Mas os cachorros-quentes deles são de primeira linha.

Tanto V. quanto Butch se concentraram em Hollywood:

– O quê?

– Oi?

Enquanto eles agiam como câmeras de eco com as perguntas, Rhage deu um passo à frente e tornou o grupinho deles um círculo.

– Eles também são donos das carnes Dinty Moore. Mas, sim, gosto tanto do chilli quanto dos cachorros-quentes da Hormel.

Vishous fechou os olhos e esfregou a têmpora com a mão enluvada.

– Você nunca para de falar de comida?

– Foi você quem tocou no assunto do enroladinho de salsicha…

– Temos um anjo nesta sala ou somos só nós com presas? – A voz de Wrath interrompeu a conversa. – Lassiter? Onde diabos você está?

O Rei estava junto à lareira, sentado na poltrona da esquerda, todo de couro preto contra o brocado vermelho. Com uma expressão mal-contida de quem odeia o mundo, ele varria a sala com seus olhos cegos, aqueles óculos escuros escaneando da esquerda para a direita. Nesse meio-tempo, não havia nenhum anjo, e ninguém se voluntariou a dar a notícia. Pensando bem, Wrath já sabia que havia uma copiosa ausência de Lassiter na multidão, e sua interrupção grunhida foi mais para dar voz à sua insatisfação por ter sido obrigado a esperar.

Tohr, sempre o pacificador, pigarreou e se arriscou:

– Ah, não. Ele não está aqui. Vou mandar uma mensagem de novo.

– Ora, mas em que inferno ele está? – Wrath exigiu saber. – Quero saber como duas fêmeas, uma supostamente civil e a outra uma maldita humana, conseguiram magicamente trazer de arrasto dois machos de volta do Fade esta noite.

V. relanceou para seu colega de apartamento e, ao se deparar com aqueles olhos castanho-esverdeados, as sobrancelhas de Butch lhe indicaram um "eu te disse".

Pelo visto, Nate tinha sido salvo de alguma maneira. V. tivera que voltar para a livraria para limpar o local assim que o deixaram lá na…

De repente, todos na sala congelaram.

Nada mais de passar o peso de um lado a outro. Nenhum movimento de mãos nem de cabeças. Nenhuma conversa, nenhuma piscada, nenhuma respiração – e ele não teria se surpreendido caso todos os corações também tivessem parado.

O seu certamente se solidificara no peito.

Algo estava errado. Algo estava... terrivelmente errado.

Como se cada macho no recinto tivesse o mesmo instinto, a mesma sensação de medo que ele tinha, armas foram sacadas, todo tipo de palma localizando todos os modelos de cabos e coronhas.

V. foi o único que não sacou sua quarenta milímetros. Ele pegou o Samsung e, numa rápida sequência, inicializou o protocolo de defesa tanto na Casa de Audiências como na mansão. Em seguida, entrou no monitoramento das câmeras e verificou em primeira mão que as venezianas que se fechavam durante o dia desciam ao redor do exterior de ambas as estruturas. Por fim, enviou uma mensagem de texto de grupo que só usara uma vez como teste.

Era um alerta para se esconderem onde quer que estivessem, disparado para cada pessoa da comunidade da Primeira Família, dos *doggens* às *shellans* e todos no meio deles.

Dentro da sala de jantar houve um instantâneo reposicionamento de lutadores: Xcor e Tohrment flanquearam Wrath enquanto Rhage e Qhuinn saíram pelas portas duplas para cobrir a entrada da frente. Outros Irmãos e Bastardos se parearam com lutadores, equipes predeterminadas e treinadas enquanto cercavam a casa e enviavam todos os desarmados para o porão como medida de segurança.

V. só desejou saber que diabos todos eles tinham detectado.

Mas algo estava errado em Caldwell, numa escala nuclear.

– Onde *diabos* está aquele anjo? – Wrath ladrou entre dentes.

Capítulo 32

Lassiter teve que aguardar até que todos saíssem do quarto hospitalar de Rahvyn. Demorou um tempo. Quando, por fim, Nate saiu e pegou seu pai que estava esperando no corredor para irem embora, o anjo deu outra verificada para se certificar antes de assumir sua forma corpórea.

Aproximando-se da porta, ergueu o cós das *leggings*. Depois olhou para elas — e trocou-as de rosa-choque e pretas para apenas pretas. Depois trocou-as de novo: de calças de elastano para um belo par de calças sociais.

Com pregas. E um vinco bem passado no meio de cada perna.

Não. Formal demais.

Ele mudou a parte de baixo para calças esportivas pretas da Adidas. Legais, normais, pernas ajustadas na parte inferior de modo que as coxas parecessem maiores e mais fortes. Assim, pronto. Ah, merda. Sapatos. Precisava de algum calçado. Chinelos das Princesas Disney provavelmente não passariam a mensagem correta.

Por sinal, o fato de ele ter que alargá-los para caberem nos seus pés tamanho 44 o ofendera. Como se homens de verdade não pudessem gostar da Tiana e da Ariel.

No entanto, era uma noite sombria. E ele também desejava que Rahvyn o levasse a sério.

Ainda mais depois do que ela fizera naquela noite. Deus, ele não tinha a mínima noção do que ela era capaz, mas sentira que dentro dela havia algo singular, algo… poderoso. Ele só achava que fosse o efeito que ela tinha sobre ele.

Era muito mais do que isso, porém, não era?

Bateu na porta, esperou. Quando não obteve resposta, bateu novamente.

Depois de olhar novamente para ambos os lados do corredor, empurrou a porta um tanto – e, só para o caso de ela estar trocando de roupa ou algo assim, manteve os olhos grudados no chão.

– Olá? – disse ele.

Quando não teve resposta, por uma fração de segundo ele pensou que ela estivesse morta – como se tivesse trocado a própria vida pela de Nate. Mas, então, inclinou-se pelo batente e olhou para a cama.

A fêmea que realizara um milagre a uma jovem alma merecedora estava deitada contra dois travesseiros brancos, a armação ajustável da cama inclinada num ângulo de 45 graus. Os cabelos brancos, que mais pareciam seda fina e delicada, estavam espalhados pelos ombros, e suas roupas de civil, largas e modernas, não pareciam lhe caber bem, e não só porque eram do tamanho errado.

Ela deveria vestir-se de sedas e cetins… um vestido de noite de corte antigo, algo feito à mão especificamente para ela com reverência.

Verde-primavera. Sim, essa cor seria o complemento perfeito para ela.

Ele se moveu até o pé da cama, mas fez isso flutuando acima do piso para não correr o risco de despertá-la com seus passos. O corpo dela estava tão frágil debaixo da manta que a cobria, e ela estava completamente imóvel, de uma maneira que o fez pensar que ela não dormia muito e estava recuperando o sono atrasado. Ele não achou que tivessem lhe administrado algum sedativo – não havia acesso intravenoso em seu braço.

Sim, a julgar pelos círculos escuros sob os olhos, ela só estava exausta, e ele ficou imaginando se ela finalmente se sentia segura para dormir ali. Estavam num subterrâneo, afinal; num local seguro.

Talvez ela precisasse viver em algum lugar que não fosse a Casa Luchas. Algum lugar onde ninguém jamais lhe provocasse medo outra vez.

Um lugar no alto de uma montanha à qual humanos não iam.

Um lugar que não existisse em mapas e que, se alguém por acaso acabasse entrando, houvesse uma camada extra de magia de segurança ao redor que confundiria o invasor e embaçaria seus olhos, acabando com seu senso de direção.

Um lugar com camas macias e comida boa, saudável...

E um anjo todo-poderoso que poderia levá-la para o Outro Lado num piscar de olhos se ela um dia fosse ameaçada.

Ele ainda não sabia por que ela não morava com Sahvage e Mae. Ouvira dizer que a convidaram, mas ela dissera que o novo casal precisava de privacidade.

– Ah, sinto muito, não sabia que havia alguém aqui...

Lassiter se virou e lançou um amortecedor de energia antes de ver a enfermeira uniformizada que entrara no quarto. Quando a fêmea ficou congelada onde estava e, depois, levitou uns trinta centímetros do chão, seus olhos se arregalaram e sua boca ficou escancarada.

– Merda – disse ele, baixinho, ao rapidamente descê-la e libertá-la.

Ela cambaleou de lado e se segurou na parede.

– Ai... puxa.

– Sinto muito por isso.

– Eu, ah... – Os cabelos loiros estavam presos debaixo do chapeuzinho e ela o ajeitou com um tapinha. – Não sabia que ela era uma paciente de acesso restrito. Só vim verificar se ela precisava de alguma coisa.

As palavras saíram num murmúrio, e ele estava muito ciente de que ela não fazia ideia do que estava dizendo.

– Não se preocupe. – Ele lhe sorriu. – E ela está bem?

– Ah, ela desmaiou. Lá no quarto do... – A fêmea se deteve. – Desculpe, mas quem é você?

Lassiter ergueu uma mão e apaziguou a mente da fêmea. Em seguida, mandou-a para fora do quarto de novo – não sem antes vasculhar suas lembranças e se tranquilizar de que, sim, no que dizia respeito às informações da equipe médica, Rahvyn não tinha nenhum problema de saúde.

Todos eles só acreditavam que ela tivesse desmaiado ao lado do leito do jovem macho que tivera uma recuperação absolutamente miraculosa.

Nenhum dos funcionários do hospital sabia nada do que ela fizera. Melhor assim.

Quanto menos soubessem, melhor.

Lassiter esticou a mão, mas retraiu o braço. Não parecia correto tocar nela sem seu conhecimento. E, também, ele estava admirado com ela.

Era melhor ir embora.

Na parede, havia um relógio simples, com a face branca e números pretos. Os ponteiros das horas e dos minutos eram pretos; o dos segundos era um risco fino como uma linha, vermelho como sangue e percorria seu caminho rapidamente. Ele observou o medidor de tempo fazer seu trabalho e disse a si mesmo que precisava mesmo ir embora.

Mas, Deus, seria difícil deixá-la. Agora... ou em qualquer outro momento.

Vindo da garagem, Balz entrou na cozinha da casa geminada de Erika. Passara por todos os cômodos e não encontrara nada, mas a sensação generalizada de desconforto o fez se questionar se deveriam ficar na casa ou tentar encontrar algo que oferecesse uma melhor posição defensiva. Pensando bem, a ameaça com que ele mais se preocupava era metafísica, portanto, qualquer código postal, conjunto de paredes ou até mesmo um maldito *bunker* não faria diferença alguma, faria?

A boa notícia era que ele não estava cansado. Nem. Um. Pouco.

– Não há nada aqui – disse ela com suavidade.

– Não que eu consiga ver – disse ele ao relancear para ela.

Ela vestira calças jeans e enfiara os pés num par de botas. Os cabelos também tinham sido presos num rabo. Nesse meio-tempo, ele ainda estava de toalha e descalço, mas poderia se desmaterializar para fora dali se precisasse. Não que fosse deixá-la para trás.

– Você está com as chaves do Honda? – perguntou ele, apesar de conhecer a resposta.

– Estou.

Ele teve a fugaz ideia de levá-la para a mansão da Irmandade da Adaga Negra. Não estava usando seu quarto, caralho. Mas como isso funcionaria? Eles iriam até lá e ele simplesmente a jogaria porta afora do carro, dizendo-lhe que procurasse por Fritz para que ele a levasse ao seu quarto no andar de cima?

Além do mais, ele não fazia ideia do que estava captando. Sentiu como se houvesse mil inimigos do lado de fora da casa, mas...

O som sutil foi tão suave que foi quase impossível ouvi-lo por cima da agressão que rugia em seus ouvidos, em seu sangue, em seu corpo. Quando se repetiu, porém, deu-lhe algo para rastrear, e ele olhou ao redor, procurando pela sala de estar. Teve que esperar um intervalo antes de voltar a acontecer, e, dessa vez, ele se aproximou da bolsa de Erika.

– Acho que é o seu celular – disse ele. – Está vibrando.

Erika passou apressada por ele e relanceou ao redor antes de apoiar a arma na mesinha de centro.

– Mas eu não deixo no silencioso.

Abrindo a bolsa, enfiou as mãos e tirou uma carteira marrom, um pacotinho de lenços de papel, uma embalagem de balas. Um bloco de notas. Duas canetas. Cupons fiscais. Batom. E aquilo era...

– Isso é uma multa de trânsito? – ele perguntou.

– Não tive escolha. Precisava muito de café.

– Não existe algum tipo de cortesia profissional?

– Não, nem deveria existir. Se você estaciona em lugar proibido, deve ser multado.

Quando mais quinquilharias saíram da bolsa dela, ele decidiu que se parecia com um carro de palhaços para entulho. E, apesar de continuar alerta, ele achou aquela bagunça uma graça. Ela era sempre tão controlada, a casa limpa, as opiniões francas, o profissionalismo evidente, que a ideia de que houvesse um pouco de caos debaixo daquela fachada fez com que sentisse que não precisava ser tão perfeito.

E que bom, uma vez que ele estava bem longe de um A+ na escala da pontuação de qualquer pessoa.

– Não, não é o meu. – Ela segurou um iPhone. – E só tenho este... Ah, espera.

Ela pareceu abrir um zíper. E pegou um celular Samsung que ele reconhecia.

Quando ele vibrou na mão dela, Erika franziu o cenho.

– Não sei de quem é...

– É meu. – Portanto, V. sabia onde ele estava. Pensando bem, seria mesmo tão difícil assim deduzir que ele não a deixaria? – Esse celular é meu.

– Como entrou a minha bolsa?

Ela o entregou a ele – e no segundo em que ele o acessou para ler a mensagem de texto, ficou contente por terem trazido todas aquelas armas da garagem.

– O que foi? – ela perguntou.

– Precisamos ficar aqui. – "Protejam-se onde estiverem" era o jeito formal de V. dizer "fiquem na porra dos lugares em que estiverem". – E eu tenho que descobrir o que está acontecendo... Existe algum lugar no qual possa se trancar? Um banheiro sem janelas?

Embora isso não fosse ajudar em nada se a questão fossem sombras brotando por toda Caldwell, ainda mais ao redor de vampiros.

Erika se colocou bem na frente dele.

– Está com a mulher errada se acha que vou dar uma de donzela em apuros dentro de uma banheira enquanto você sai por aí, dando uma de macho, sendo alvejado nas costas porque está indefeso.

Balz piscou. Em seguida, apenas uma coisa passou pela sua mente.

Não diga a ela que a ama agora.

Apesar de isso ser a mais pura verdade.

Ah, merda, ele não queria mesmo que isso escapasse da sua boca agora.

– O que foi? – ela exigiu saber. – É bom me contar de uma vez porque, de alguma forma, não creio que esta noite possa piorar mais.

Seus olhos tracejaram o rosto dela e ele meneou a cabeça pesarosamente. O que diabos faria com ela?

Que diabos faria *sem* ela?

– Não aposte nisso – resmungou. – Ficar pior é sempre uma possibilidade.

– Bem, só o que eu sei é que onde você for eu vou. – Cruzou os braços diante do peito. – E, se você tiver um problema com isso, não estou nem um pouco interessada em ouvir.

Ele praguejou. Depois pensou nela no andar de cima, protegendo a sua retaguarda.

Com outra onda de palavrões, ele foi para a sala de estar e voltou com a sacola de lona cheia de armas.

– Muito bem. Quero ver o porão.

Erika assentiu uma vez.

– É essa porta atrás de você. E eu vou na frente.

Capítulo 33

Como foi que Ômega mudou de ideia?

Enquanto andava pela rua do centro da cidade, o macho estava nu e alheio ao frio. Também estava invisível aos poucos humanos que passavam de carro. Mas ele estava *vivo*.

Com o vento soprando em seus cabelos loiros e no peito nu, as sensações eram distantes e também desconhecidas – e ele ficou se perguntando por quanto tempo ficara naquele miasma, no vácuo torturante, no Inferno de óleo negro onde vivenciara sofrimento de tal nível que se *tornara* ele próprio sofrimento.

Sem forma, sem função, apenas agonia que, de alguma forma, tinha consciência...

A despeito de quem o havia gerado, ele nunca pensara muito sobre o *Dhunhd*. Agora que havia morrido, sabia por experiência própria da sua existência – e não no que se referia aos aposentos privativos do pai, mas sim na danação eterna sobre a qual os humanos faziam poesias e que os vampiros, igualmente, procuravam evitar.

Não sabia bem o motivo de ter voltado.

Passando ao lado de um carro estacionado, retornou para verificar as placas. O adesivo no canto tinha uma data que não fazia sentido para ele. Era de apenas dois anos após ele ter "morrido".

Não. Morrido, não. Não no sentido convencional. Apodrecido. Sim, esse era um termo mais adequado. Naquele colchão, incapaz de combater a onda de putrefação que invadia e permeava seu corpo: abandonado pelo pai; esfaqueado e largado para apodrecer e se degradar no Inferno. Deixado como um experimento que deu errado – ou, pior, esquecido como um brinquedo que fora explorado, possuído e descartado.

Desejava imaginar que seu pai fizera um jogo de longo prazo com seu "nascimento" e posterior inserção ainda no estado infantil no seio rarefeito daquela família aristocrática. Fora uma jogada verdadeiramente estratégica da parte de Ômega, isto é, garantir que ele se infiltrasse no inimigo desde o instante em que ganhou consciência, posicionar o filho num curso no qual não só seria treinado pela Irmandade da Adaga Negra, mas no qual lutaria com eles.

Ele fora o escolhido, não um *redutor* iniciado na Sociedade Redutora, mas um filho de sangue, o herdeiro do poder, a dádiva especial para a Terra.

Quando o filho ficou pronto, ele assumiu o comando da vingança coordenada contra os vampiros, e a primeira coisa que fez foi matar a família na qual fora criado. E, depois, porque estivera nas mansões de toda a aristocracia, levara o exército de assassinos para fazer o que de melhor sabiam fazer. Ele mesmo liderara o extermínio e quase toda a *glymera* fora dizimada. O caos societário resultante quase havia sido suficiente para derrubar o Rei Cego, e esse início auspicioso tinha ocorrido como ele pretendera que continuasse. Estivera determinado a erradicar toda aquela espécie em meio à qual fora criado.

No entanto, em algum momento desse curso...

Seu pai se tornara o inimigo. O filho só saberia disso tarde demais.

Quando chegou ao *Dhunhd*, ficou chocado. E sofreu! Mas agora estava cem anos mais velho do que antes. Forjado no fogo da agonia, ele estava mais endurecido. Mais forte. E não conseguia nem sequer começar a imaginar por que tinha sido renovado.

Do ponto de vista tático, era estupidez. Ômega era poderoso e aterrorizante, e tudo isso estava no filho – que agora se apresentava descontente e irritado por ter marinado perpetuamente no tipo de dor que se produz quando se é atingido por um carro e todos os ossos do seu corpo são fraturados. Por que alguém agiria em favor de um inimigo que sabe tanto sobre...

O macho parou. Ergueu o olhar para o céu. Baixou-o para os pés. Girou num círculo. Toda a volta.

– Pai? – chamou baixinho.

Fechando os olhos, aguçou seus instintos, procurando por...

As pálpebras se ergueram. E ele franziu o cenho quando o que havia diante de si entrou em foco. Era a saída para uma garagem de vários andares, a placa luminosa vermelha com os dizeres "Não Entre" acima de um arco na parede de concreto.

Ele não sentia Ômega. Em parte alguma.

Antes da sua morte, ele reconhecia a presença do pai como a sua imagem num espelho, a consciência constante do mal que o gerara como o céu acima dele, a terra sob seus pés, o ar ao seu redor.

Uma lei da natureza.

E agora... só o que ele sentia era a ausência daquela nota específica dentro do arranjo musical da sua realidade. Uma nota grave que se fora.

Será que a Irmandade finalmente conseguira? Eliminaram aquilo que os perseguira?

Girado ao redor, olhou às suas costas e tentou captar os ecos de algum *redutor*...

A menos que sua ressurreição tivesse eliminado a sua habilidade de reconhecer as pegadas do mal em Caldwell... parecia que estava completamente sozinho. O único sobrevivente de algum tipo de Armagedon que dizimara não só a Sociedade Redutora, mas também sua própria origem, seu senhor e criador.

Encostando as mãos no estômago, desceu as palmas pelos músculos e segurou o sexo rapidamente. Em seguida, tocou no rosto. Na garganta. Nos peitorais.

Ele tinha substância. Tinha forma. Tinha pensamentos e livre-arbítrio.

Seria possível que Ômega soubesse que, de alguma maneira, não sobreviveria ao que acontecera? E num último esforço de ter uma parte sua viva, seguindo em frente... trouxera de volta aquilo que havia esquecido?

Enquanto o macho considerava onde despertara, percebeu que a cama tinha sido a de Ômega. Os aposentos privativos... tinham sido os de Ômega. Sabia disso porque era convocado àquele local de tempos em tempos.

Não tinha sido abandonado, percebeu. Ele era o maldito bote salva-vidas do mal.

Seria concebível que ele não tivesse sido descartado, mas que seu apodrecimento estivesse ligado ao declínio acelerado de Ômega?

Ele nunca saberia.

Ele estava aqui agora. Disso ele sabia.

E sabia de mais uma coisa.

A morena sensual ajudara a trazê-lo de volta à Terra. Ele não fazia a mínima ideia de quem diabos ela era ou o motivo de ela ficar falando de amor verdadeiro e de outras fantasias de variedade romântica. Não dava a mínima. Lá embaixo, nos aposentos do pai, o macho tinha consciência, mas nenhum lugar para ir até que ela o invocou – e, aparentemente, ela tinha alguns truques guardados na manga.

Se seus caminhos voltassem a se cruzar, ele se divertiria subjugando-a.

Mas, agora, ele precisava de um plano. Precisava de recursos. Precisava de...

O macho deixou a cabeça pender para trás. Não havia estrelas para ver, se é que não estavam cobertas por nuvens. Excesso de luz ambiente. Tinha certeza, contudo, de que elas estavam lá e, de todo modo, a presença delas não dependia dos seus olhos para ser validada. Elas simplesmente existiam.

Assim como o destino.

E a sina.

Ele estava de volta a Caldwell. Não sabia de quanto tempo dispunha, qual a sua expectativa de vida, que tipo de poderes podia controlar.

No entanto, ele era filho do seu pai.

Ao visualizar o rosto de Wrath, filho de Wrath, o macho começou a sorrir.

Seu objetivo não podia estar mais claro – embora não fosse honrar a entidade que lhe trouxera à existência, que o deixara na mão e que, depois, o ressuscitara. Terminar o que havia começado antes que as coisas saíssem dos trilhos serviria à sua própria satisfação.

– Obrigado, meu pai – Lash grunhiu para a noite. – Eu assumo daqui.

Capítulo 34

Quando conduziu Balthazar até o porão, Erika estava de respiração suspensa. Acendera a luz antes de começar a descer e a boa notícia era que não havia paredes no andar de baixo. Apenas vigas de suporte de dez centímetros de diâmetro.

Fácil olhar ao redor.

E não havia nada atrás da escada aberta ou além da porta do lavabo.

– Tudo limpo – disse. Não que fosse necessário.

Enquanto ele mesmo avaliava o lugar, ela olhou para o seu porão com olhos renovados e ficou contente por tê-lo terminado – bem, meio que terminado, com carpete e alguma mobília e uma camada nova de tinta. Quando fizera a reforma, cerca de dois anos antes, parecera-lhe uma extravagância desnecessária, considerando-se que só usava o espaço para lavar roupa. Mas, na época, acabara de ser promovida para a divisão de homicídios, tinha um dinheiro sobrando e concluiu que, se não gastasse demais nas suas escolhas, poderia pagar por aquilo. E talvez estivesse tentando transformar a casa geminada num lar de verdade. O que parecera uma coisa saudável a se fazer.

Pois é, fracasso total nesse departamento. Nenhuma quantidade de tinta transformaria aqueles três andares e um teto num "lar". Ainda era um apartamento para ela, um acampamento, uma tenda. Algo temporário em vez de permanente.

Ele verificou as máquinas de lavar e secar e olhou atrás do sofá, embora houvesse apenas poucos centímetros entre ele e a parede de concreto. Inspecionou a caldeira e o aquecedor de água. Chegou a abrir a caixa de força.

— Meu empreiteiro queria muito que eu colocasse gesso na frente das partes mecânicas e fizesse um teto adequado. — Deu de ombros, embora os olhos dele não estivessem nela. — Mas sou comedida por natureza.

Também soubera, quando já estava na metade da pintura e da troca do piso, que seu verdadeiro objetivo não seria alcançado, pouco importando quantos canos e fios elétricos fossem cobertos.

— Bem, qual é o plano... — disse ela.

Quando ele só balançou a cabeça, ela não ficou surpresa. Tinham passado por todos os cômodos, verificado todos os armários e garantido que portas e janelas estivessem trancadas. Mas a expressão séria dele não melhorou e aquela bolsa de lona que ele trouxera consigo sugeria que ele não estava mais confortável do que estivera quando começaram a inspecionar cada andar.

— Vamos ficar aqui embaixo. — Ele se aproximou e deixou a bolsa de armas junto do sofá. — Até eu ter notícias da Irmandade.

— Irmandade?

— Meus chapas.

Ela visualizou o cara de cavanhaque e tatuagens na têmpora, além do outro mais forte. Em seguida, lembrou-se da sombra da livraria.

— Ok. Vamos ficar aqui embaixo.

Ele assentiu. E andou até a máquina de lavar.

Quando se virou, por algum motivo ela percebeu que ele ainda estava com a toalha enrolada na cintura. Com a arma na mão, ele parecia um modelo fitness que resolvera abraçar seu lado interior *Filhos da anarquia*.[23]

---

[23] - *Sons of anarchy*, no Brasil, *Filhos da Anarquia*, é uma série de televisão dramática e de ação norte-americana criada por Kurt Sutter que foi ao ar de 2008 a 2014. O programa segue a vida de um clube de motoqueiros fora da lei que opera em Charming, uma cidade fictícia no Vale Central da Califórnia. O grupo lida com atividades ilícitas, como o tráfico de drogas e o mercado clandestino de filmes pornôs, e é liderado por Clay Morrow e Jax Teller. (N. T.)

E, sabe, agora que estavam relativamente a salvo, seus olhos avaliavam seu corpo e ela pensou na sensação de estar debaixo dele… O que, supôs, era prova de que o impulso de procriação fazia parte do instinto de sobrevivência: devido ao perigo em que estavam, sexo deveria ser a última coisa em sua mente. Mas os humanos não viveram cinco milhões de anos como espécie porque suas libidos não respondiam à atração, a despeito das circunstâncias.

Além do mais… ele era um vampiro.

De algum modo, aquela pequena revelação se perdera na ameaça que ainda tinha que se materializar. E essa coisa toda de uma espécie diferente não deveria incomodá-la? A existência deles não deveria fazer com que ela reconsiderasse tudo? O fato de os dois quase terem feito sexo não deveria chocá-la?

Não, ela pensou ao medir a porção de pele macia e desprovida de pelos do peito dele. *De jeito nenhum, pelo menos com relação à parte do sexo.*

Caramba, com abdominais como aqueles ele poderia ser um Chevy Tahoe que mesmo assim ela iria querer montar nele.

– Costumeiramente – disse ele ao se virar para ela –, não sou muito de seguir regras. Mas quando é uma ordem direta de alguém a quem respeito, estou de acordo.

– Você acha que são sombras? Como a que estava na livraria?

– Não tenho como afirmar. – Ele parecia estar mordendo os molares, o côncavo das faces ficando mais pronunciado. – Não sei. E isso está me deixando louco. Consigo sentir alguma coisa, só não consigo enxergá-la.

Então, ele olhou para ela. Inclinou a cabeça. Sorriu de leve.

– Sabe, você está lidando muito bem com isso tudo.

– Estou? – murmurou ela, sem certeza disso.

– Totalmente. – O sorriso dele se ampliou. – Qual é, quando foi a última vez que recebeu um vampiro no seu porão?

Deus… ele era incrível. Era uma presença estranha, mística e incontrolável, todavia, não era assustador. E o bizarro era que… ela não o conhecia – *conscientemente* – há mais de uma semana… Mas não conseguia imaginar não tê-lo na sua vida. Em comparação com todas as pessoas que conhecia no trabalho, os conhecidos de Caldwell, os amigos da época da faculdade, esse homem, macho, ou o que quer que ele fosse, era insubstituível.

Ela não conseguia pensar em não vê-lo. Não tê-lo em casa.

Erika arfou.

– O que foi? – ele perguntou.

Como ela não conseguiu responder, ele andou até ela e segurou sua mão livre.

– Você está bem?

Ela relanceou ao redor do seu porão pateticamente "acabado". Pensou no piso acima e na mobília desleixada. Visualizou seu quarto no segundo andar.

Desviando os olhos para ele, teve que piscar para afastar as lágrimas. Como poderia explicar que desde os seus dezesseis anos ela morava em lugares que se recusara a chamar de seus? E, no entanto, ele estava debaixo daquele teto havia quanto tempo mesmo?

E o transformara num lar.

– Vem cá – disse ele ao arrastá-la ao encontro do seu peito nu.

Erika fechou os olhos e se apoiou na força dele. Mantivera-se falsamente composta por tanto tempo que se esquecera de que aquilo era apenas uma fachada, de que o que antes fora uma habilidade de sobrevivência agora era um hábito arraigado tão profundo que se tornara uma característica definidora da sua personalidade.

A palma larga dele a afagava pelas costas, subindo e descendo, e ele murmurava coisas no topo da sua cabeça. Em troca, ela o abraçou com força, e, ao fazer isso, tentou comunicar pelo toque aquilo que não seria possível para ela dizer em voz alta.

Porque era uma tolice. E uma loucura...

Uma vibração baixa e suave os enrijeceu, e ele lhe deu um breve aperto antes de ir à bolsa de lona a fim de pegar o seu celular. Qualquer que fosse a mensagem, ele pareceu lê-la duas vezes. Isso ou a mensagem era bem longa.

– Tudo sob controle. – Ele balançou a cabeça e digitou alguma coisa, os dedos grossos voando pela telinha. Quase que imediatamente, outra vibração em resposta. – V. disse que todos estão bem e não há nenhum combate, mas Wrath está tirando de campo todos os lutadores de plantão esta noite.

– Wrath…?

– Nosso Rei.

Erika só conseguiu encará-lo atônita do outro lado do cômodo enquanto ele continuava a se comunicar com quem quer que estivesse na outra ponta daquelas mensagens. Um *rei*? Do tipo… uma sociedade inteira, vivendo fora do radar em Caldwell, com uma hierarquia política própria, seus próprios problemas, seu próprio mundo? E isso vinha acontecendo há quanto tempo? E "combate", "lutadores", "campo" – essas eram palavras militares.

Como se estivessem em guerra.

Mas, qual é, como se ela não tivesse visto isso bem de perto.

E foi nesse momento que ela percebeu o motivo de estar tão calma. Por mais chocante que lhe fossem todas essas revelações, elas de fato explicavam tudo o que não se encaixava para ela e para tantos outros por tantos anos: das dores de cabeça aos exames de imagem de cérebros totalmente limpos dos seus colegas na homicídios, das cenas de homicídio ritualísticos que aconteciam com certa regularidade aos corpos encontrados em condições inexplicáveis, dos fatos confusos relatados por testemunhas a tudo o que estivera fervilhando debaixo da superfície e que ela – e todos os outros detetives encarregados de investigar crimes violentos em Caldwell – se esforçara para entender dentro do contexto de mundo que aparentava ser verdade… tudo isso, de repente, fez sentido.

E ela aceitaria uma verdade chocante em vez de uma colcha de retalhos fictícia e irreconciliável das cenas dos crimes que não faziam sentido algum e buracos nas lembranças de tantas pessoas que, de outro modo, eram totalmente sensatas e racionais.

Erika foi até o sofá e se sentou.

Um momento depois, Balthazar atravessou o cômodo e se sentou ao seu lado, apoiando o celular com a tela para baixo na coxa. Quando o calcanhar dele ficou subindo e descendo e ele esfregou o queixo, ela teve a impressão de que, caso ela tivesse um cigarro, ele aceitaria um. Ou doze.

Como ex-fumante, tendo parado de fumar aos vinte e poucos anos, ela conseguia se lembrar da inquietação que sentia quando batia a vontade de fumar.

– Quer dizer que os humanos acertaram a parte do "nada de sol"? – ela perguntou. – Digo, que vocês não podem se expor à luz solar?

Ele pareceu voltar ao presente.

– Ah, sim, isso está correto. E nós vivemos mais tempo que vocês. E também temos alguns truques.

– Controle mental. – Ela tocou na própria têmpora. – Isso eu conheço.

Ela queria fazer mais perguntas, sobre os inimigos da espécie dele, e sobre a história dele, e há quanto tempo ele estivera em...

– Você é casado? – perguntou de repente.

– Não, não sou vinculado.

– É assim que vocês chamam? – E ela ficou tão aliviada que chegou a ficar tonta. – Vinculado?

– Esposas são conhecidas como *shellans*. Mas, como já disse, não tenho nenhuma.

– Bem, eu, evidentemente, não tenho um marido, nem um namorado. Afinal, você viu todos os meus armários.

A lateral da boca dele se ergueu.

– São todos armários muito bonitos. Tão organizados.

– Gosto de saber onde estão as coisas.

Quando a conversa sem importância sumiu e eles se calaram, a percepção que ela tinha dele foi se alargando até preencher o porão, sua atenção tão absorta que ela se esqueceu de prestar atenção aos sons do lado de fora da casa ou de ficar atenta a ameaças. Ele era simplesmente... cativante. Era como um animal, ela percebeu – e não dava a isso um sentido pejorativo. Sentado ali no sofazinho azul e branco dela, com os olhos voltados para o porão e os membros relaxados… ele podia ser qualquer coisa, menos casual. Ele era um tigre, pronto para o ataque, mesmo em descanso.

Ela o visualizou lutando contra aquela sombra na livraria, todo movimentos violentos e força.

Em seguida, lembrou-se dos dois inspecionando a casa havia pouco, ele na frente, liderando o caminho com aquele seu corpo enorme, desde o recorte do queixo até a amplitude dos ombros largos prometendo uma tremenda surra em qualquer coisa que se colocasse em seu caminho.

Ou a ameaçasse de alguma maneira.

Engraçado, ela nunca antes considerara atraentes os caras tipo *he--man*, que bancavam os protetores. Pensando bem, ele não era um cara sarado de academia cheio de pose que batia no peito para as pessoas que furavam a fila do Starbucks ou de cabines de pedágio.

Ele era pra valer.

Ele era… diferente de qualquer outra coisa que ela já tivesse conhecido na vida.

Bem, claro, ele era o único vampiro que conhecia.

Sentindo que estava começando a viajar demais, relanceou para a máquina de lavar e se levantou.

– Você precisa de roupas.

– Está sugerindo que essa toalha deixa a minha bunda grande? É isso o que está tentando dizer?

Junto à secadora, abriu a portinhola.

– A sua bunda é perfeita.

– Ai, meu Deus, você vai me deixar encabulado… Mas prossiga. – A voz dele se tornou mais grave. – O que mais você gosta no meu corpo?

Quando ela corou, pescou a roupa que tinha deixado para secar três dias antes. Nada da alegria provocada por roupinhas quentinhas. A coisa toda estava tão fria quanto um cadáver.

– Que tal… Gosto de como sabe usá-lo numa luta – ela respondeu.

– Sei fazer outras coisas com ele. – Quando ela ergueu uma sobrancelha na direção dele, ele ergueu a palma. – Esta não é a hora para isso. Estou de acordo.

Remexendo todo tipo de blusões de capuz, *leggings* e calças de moletom, sua costumeira carga de roupas escuras, ela tentou encontrar as peças maiores. Que bom que ela gostava de roupas largas.

– Tome, experimente estas.

Quando ela voltou para perto dele, considerou a longa lista de "nunca antes" das coisas que aconteceram naquela noite. De "nunca iria acreditar". De "nunca iria esquecer".

Ele pertencia a essa última categoria, ela pensou. Ela irremediavelmente se lembraria dele quando ele voltasse para aquele seu mundo.

Desde que ele assim o permitisse.

– Obrigado – ele agradeceu ao pegar as roupas.

– Vou desviar os olhos para lhe dar privacidade.

– E se eu preferir me mostrar para você? – Ele fechou os olhos e sacudiu a cabeça. – Desculpe. Estou tentando ficar do meu lado da cama... Linha. Limite. Porra.

Erika se sentiu sorrir, e não se deu ao trabalho de esconder.

– Você é divertido.

– Alguma possibilidade de você considerar machos divertidos atraentes? Isso vai agir a meu favor... – Ele pressionou os lábios. – Vou só calar a boca e cobrir minhas partes privadas.

Virando de costas, ela apoiou a cabeça nas mãos e gargalhou. E, depois, disse a si mesma para deixar de lado aquela coisa de modéstia. Eram adultos bem crescidinhos que, P.S., tinham ficado *muito* na horizontal pouco antes de ele ter pressentido algo estranho...

– Como souberam que era para colocar o seu celular na minha bolsa? – perguntou ao encontro das palmas.

– V. é um cara inteligente. Ele sabia que eu não ia te abandonar.

– Então, deduzo que ele tenha encontrado a minha habilitação e, com ela, obtido meu endereço.

– Não quero ofender, mas ele não precisa da sua identidade para encontrar você. O que você acha?

– Acho que, então, ele é bom com computadores...

– Estou me referindo à minha troca de roupas.

Erika voltou a se virar.

– Ai... ai...

Balthazar parecia ter sido colocado a vácuo naquela roupa de moletom – e não só as peças estavam apertadas, mas eram curtas demais. Havia uma faixa de uns dez centímetros de nudez ao redor da cintura e grandes espaços no fim dos tornozelos e dos punhos. No corpo dela, tudo tinha espaço de sobra. Nele, a roupa da Nike o transformara num presente de aniversário.

E que presente ele seria... Delicioso de rasgar o pacote.

Pigarreando, Erika tentou voltar aos trilhos.

– Desculpe eu não ter nada maior. Deus, você é enorme.

Ele cruzou as mãos sobre o meio do peito.

– Ah, as coisas que você diz... Não, espera, você estava se referindo apenas à minha altura?

Quando o rosto dela enrubesceu, ela sorriu de novo. E, puxa, ela adorava aquela troca divertida de palavras. Era um lembrete de quanto tempo fazia desde que algo a deixara... feliz.

– Sabe – murmurou –, não era para isso ser engraçado. Ficarmos escondidos no porão do que quer que nos tenha obrigado a nos esconder *não era* para ser divertido.

Balthazar deu um passo adiante, aquele seu corpo se movendo com agilidade. E quando parou bem na frente dela, seus olhos viajaram do alto da cabeça dela até os sapatos nos seus pés.

– Não quer diversão? – ele disse ao acariciá-la no rosto com a mão. – Nesse caso, podemos mudar o clima quando você quiser.

– Para qual? – ela sussurrou.

A resposta dele foi dada num tom baixo, erótico:

– Você decide.

Quando Balz se pôs diante de Erika, eis o que ele sabia ser verdade: não havia ninguém, nem nada, na casa.

Seus sentidos aguçados estavam tranquilos e ele confiava neles mais do que nos seus olhos e ouvidos.

Além disso, o alerta para ficarem protegidos tinha sido retirado, ainda que todos tivessem sido chamados para fora do campo – e que V., que evidentemente sabia onde Balz estava, e que também tinha uma linha direta com Lassiter, não tivesse emitido um aviso direto sobre o demônio.

Enfim, estavam tão seguros quanto poderiam ficar.

O que ainda era considerado meio seguro caso ele permanecesse acordado. Ele queria muito que Devina não tivesse dado uma de Billy Ocean, saltando para fora dos seus sonhos e entrando no seu carro hipotético.[24]

– Não vou deixar que nada aconteça com você – disse ele.

– De repente, estou muito preocupada por você passar o dia aqui. O que acontece se houver um incêndio e tivermos que sair… ou algo assim? O que o sol significa, exatamente?

– Já viu churrasco?

– Está falando do tipo de preparo?

– Isso, assado. – Quando o rosto dela empalideceu, ele imprecou. – Desculpe, piada ruim.

– O sol é perigoso assim para vocês?

– Protetor solar vendido comercialmente não vai ajudar, se é que me entende. – Ele relanceou ao redor. – A menos que desenvolvam um FPS de um milhão. E, quanto a estar aqui embaixo no porão, se é aqui que você vai ficar, é aqui que eu vou ficar.

Ela meneou a cabeça.

– Por que está sendo tão leal a uma desconhecida?

---

24 - Referência à canção "Get outta my dreams, get into my car", de Billy Ocean. (N. T.)

– Porque você não é uma desconhecida e é minha culpa você estar metida nesta merda. É meu dever fazer o certo para você. Eu já disse, sou um ladrão com princípios.

Houve uma longa pausa quando eles se fitaram nos olhos. Em seguida, ela disse:

– Me beija de novo, vai.

Santa Virgem Escriba – ou Lassiter, como era o caso –, ela não tinha que pedir duas vezes. Passando o braço esquerdo pela cintura dela, ele a trouxe ao seu encontro, e por conta do tanto dela que ele queria tocar, o fato de que tinha que manter a outra mão, aquela com a arma, ao longo do corpo realmente o deixava puto. Felizmente havia pelo menos outros quinze centímetros de outras maneiras para se ligarem.

Quando os quadris se encontraram, a sua ereção voltou com força total, e ele não se deu ao trabalho de escondê-la.

Ainda mais quando ela se arqueou nele e espalmou as mãos sobre seu peito.

Abaixando a cabeça, ele sussurrou ao encontro dos lábios dela:

– Como já disse, não vou deixar que nada aconteça com você.

– O mesmo vale pra você.

Logo, não estavam mais falando. Beijavam-se intensamente, balançando juntos, amalgamando-se o mais próximo que as roupas permitiam. Seu corpo rugia para tomar o dela, seu desejo de marcá-la como sua era tão forte que ele queria puxar as calças dela para baixo e entrar nela de todas as maneiras que podia: inclinado no sofá, contra a parede, no chão.

Bem ali onde estavam de pé, as pernas dela envolvendo-o pela cintura, o sexo dela aberto para o seu...

O que ele percebeu em seguida foi que a levava de costas na direção do sofá, e ela se deixou cair, aterrissando contra as almofadas.

– Solte o seu cabelo desse laço para mim – ele disse com voz rouca.

Quando ela puxou o que prendia os cabelos, ele se afundou nos joelhos. Depositando a arma no chão ao seu alcance, ele curvou as mãos ao redor das panturrilhas dela e as afagou.

– Do que você gosta? – ele grunhiu.

As pálpebras pesadas dela flutuaram do peito para o quadril dele.

– Eu gosto…

Quando a voz dela se perdeu, ela encarou a região do pau dele, o contorno aparente nas suas calças de moletom justas demais lançando uma sombra graças à luz do teto.

– Gosta disto? – Ele se afagou até ter que cerrar os dentes. – Me conta.

– Eu gosto… disso. – A língua desenhou um círculo lento pelos lábios. – É.

– Você pode tê-lo.

Com um movimento repentino, Balz se inclinou sobre ela e tomou sua boca de novo. E ele foi duro, beijando-a com firmeza, penetrando-a com a língua. Ela aceitou o que ele tinha a lhe dar e, evidentemente, queria mais, pois as unhas curtas se enterraram nas costas dele através do blusão numa deliciosa série de pontinhos, os seios provocando-o quando se encostaram no seu peitoral de novo, as pernas se abrindo para acomodar a parte inferior do corpo dele.

Mas o ângulo estava todo errado para onde ele precisava estar, por isso ele segurou por trás dos joelhos dela e a deitou sobre as almofadas. Mesmo tendo que interromper o beijo, quando o centro dela encostou na ereção dele ambos gemeram. Segurando-a pelo quadril, ele rolou o pau contra ela, afagando-a, afagando-se.

E ele pôde ver quando ela fechou os olhos e se esticou, o prazer fazendo-a gemer.

– Balthazar…

Ora, se aquele não era o melhor som do mundo.

Ele continuou a se masturbar contra ela: a calça de moletom oferecia pouca resistência, e os jeans dela eram o problema maior. Quando ele por fim teve que fazer uma pausa, porque estava prestes a gozar, maldição, ele amou o modo como os cabelos dela estavam emaranhados ao redor do rosto corado.

Puta que o pariu, o cheiro da excitação dela estava no seu cérebro, no seu sangue.

– Até onde você quer ir? – ele perguntou rouco.

Porque estava muito perto do ponto de não haver volta. E precisava ter certeza.

Ela murmurou algo do tipo "isto é loucura". Ou poderia ser "eu te quero com loucura".

Merda, ele pensou. Talvez ela fosse a voz da razão e poria um fim àquilo.

O que seria uma prova definitiva de que era tão inteligente quanto era linda...

Em vez disso, as mãos de Erika foram para o zíper dos jeans.

– Não quero parar. E não ligo se isto é loucura.

Pelo visto ele quase conseguia fazer a leitura labial corretamente, pensou. Algo mais para pôr no seu currículo.

– Não vou te machucar – ele disse ao acariciá-la no rosto.

– Sim, você vai. – Quando ele franziu o cenho, ela falou por cima do protesto que ele iria fazer. – O seu mundo permaneceu escondido por quanto tempo? Você vai ter que voltar para lá.

– Você poderia ir comigo. Eu poderia mantê-la protegida...

– Eu tenho a minha vida.

– Você poderia levá-la junto.

– Um emprego de detetive de homicídios? Sério? Como isso iria funcionar?

Balthazar abriu a boca. Fechou.

– Está tudo bem. – Ela sorriu de uma maneira triste. – Eu só tenho uma coisa para pedir.

– Qualquer coisa. Tudo o que você quiser.

Os olhos dela passaram por todo o rosto dele e, depois, desceram, passando para o peito até a ereção comprimida.

– Antes de você me deixar – ela disse –, permita que eu te conheça. Deixe que eu te conheça... por inteiro.

CAPÍTULO 35

De volta ao covil de Devina, o demônio se concentrava na porta pela qual seu suposto amor verdadeiro acabara de sair. Seu primeiro instinto foi dar uma de megera, ir atrás dele e exigir que ele explicasse exatamente o motivo de não estar seguindo as ordens de bom soldado amoroso que deveria ser. Ao diabo com essa merda de Ômega. Não estava nem aí com quem ele era. Vampiro civil, humano idiota, detentor de todo o mal do Universo? Não seria a linhagem dele que a deteria.

Ela tinha *direito* a ele. Aquilo parecia uma transação na qual ela entregara o dinheiro, mas a mercadoria não chegara.

Incapaz de controlar a raiva, determinada a sair para Caldwell e arrastá-lo de volta por aqueles cabelos estilo surfista da Califórnia, estendeu seu Louboutin na direção da porta…

Algo dentro dela estalou e ela parou.

Foi um momento tão decisivo, uma mudança tal, que ela poderia jurar ter ouvido o som de um galho de árvore se quebrando do tronco. E, como consequência imediata, sua vingança no mesmo ato ricocheteou, seu impulso de tomar para si o que era devido renascendo…

Só que aconteceu de novo. Quando ela avançou o pé outra vez, ouviu aquele barulho estranho e não conseguiu ir em frente.

Olhando por cima do ombro, encarou o Livro. Ele permanecia aberto, ainda que, para variar, não estivesse fazendo nenhum showzinho.

Só estava parado em seu posto invisível, flutuando contra a parede, parado, silencioso.

Devina ajeitou os cabelos para trás e juntou as duas metades da blusa. Quando isso não lhe pareceu uma melhora substanciosa, aproximou-se do espelho de três faces do teto ao chão e deu uma virada para se enxergar de todos os ângulos.

Tudo o que ela via era perfeição: corpo perfeito, rosto perfeito, cabelos perfeitos, sorriso perfeito.

— Tenha um pouco de dignidade — disse para o seu reflexo. — Chega de correr atrás.

Quando, por fim, deu as costas para a linda morena do espelho, estava mais calma, sua panela tirada do ponto de fervura, ainda que se mantivesse bem próxima do fogão. Com um andar calmo e deliberado, ela voltou para diante do Livro.

Sua terapeuta sempre orientou: *respire e relaxe*. Apenas *respire e relaxe* quando a situação ficar dramática. A mulher garantia que era porque a emoção mudava, mas a realidade não, e se a pessoa conseguir ajustar as emoções, tanto positivas quanto negativas, será capaz de se manter no controle mesmo se o mundo girar de maneiras que acabem te fodendo.

Na época das sessões de cinquenta minutos, uma vez por semana, Devina descartara o conselho. Agora? Depois que Jim Heron, o homem pelo qual estivera tão obcecada, escolhera uma maldita virgem em vez dela… depois de uma sucessão de fracassados… depois de ter trepado com uma infinidade de humanos só por trepar… era hora de enfrentar a situação. Chega de acessos de fúria, chega de ficar batendo o pé no chão, implorando por atenção.

— Comecei isto — disse para as páginas abertas do Livro. — E vou terminar. O que estou deixando passar?

Pela primeira vez, seus olhos se concentraram devidamente nas palavras que tinham sido criadas para ela e apenas para ela. Não pulou nenhuma nem leu apenas trechos, deixou de apenas só passar os olhos. Leu cada uma das palavras, e permitiu que elas fossem entendidas:

*O amor é perfeito, mas não exige perfeição.
Lê isto três vezes sem cessar em sucessão.
Aquilo que projetares, a ti retornará.
Observa um objeto amado como desejas ser observada.
Segura-o na palma, como desejas ser abraçada.
Abraça junto ao colo aquilo que é um objeto inanimado
e sente por ele aquilo que queres para ti.
A escolha do objeto é essencial.
Quanto mais significativo for, melhor será o resultado.
Quando a conexão for feita, a janela se abrirá
e o teu desejo aparecerá.
Une-te, puxa para fora, agarra quem for revelado.
Como um ser senciente, um momento de amor estará disponível a ti.
Tudo o que existe, de amor é merecedor.
Mas se uma eternidade procuras,
tu deves sacrificar aquilo que buscas.
Um amor verdadeiro deve morrer
para o teu sobreviver.
O equilíbrio é fundamental.*

O equilíbrio é fundamental, ela pensou. Aquilo era bobagem da Virgem Escriba.

Só como garantia, ela passou pelas linhas duas vezes mais do mesmo modo, gravando cada palavra na sua memória. Estranho. Ela tinha deixado passar várias delas, mesmo acreditando ter lido cada letra de cada sílaba.

Em seguida, apoiou a mão na página, esticando os dedos. Um calor repentino subiu pela palma e, assim como você faria com um cachorro, ela fez carinho no pergaminho. A Antiga Devina – a Devina que existia até dois minutos e meio atrás – teria batido o pé no chão, berrado e, depois, partido ao encontro do caos. A Nova Devina não iria fazer isso.

Um amor verdadeiro deve morrer para o teu sobreviver.

Como não tinha lido essa parte antes? Ainda mais quando tudo virou uma discoteca e as linhas se acenderam num arco-íris? Por que não vira isso?

Mas não importava. O importante era que ela precisava seguir as instruções – claro, realizara a primeira parte muito bem, mas agora havia o segundo passo.

E se o Livro dos Feitiços exigia que ela arruinasse um verdadeiro amor para conseguir o seu intento com o seu amante, tudo bem. Ela iria apreciar cada momento quando aquele Adônis loiro com DNA de Ômega voltasse rastejando para ela, obrigado a obedecer devido à prescrição ditada pelo feitiço.

Retraindo a mão, ela considerou suas opções.

E, então, começou a sorrir.

Ora, ora, ela sabia exatamente que direção dar a isso, não sabia?

Quando Balz encarou os olhos brilhantes da fêmea humana por quem daria tudo e qualquer coisa se pudesse, ele quis negar o que ela dissera. Quis lhe dizer que, de fato, havia um detetive de homicídios no mundo dele – e outros humanos também. Manny Manello, por exemplo. E a dra. Jane. E Sarah. E Mary.

Mas, assim que compôs a lista, a falha primordial da sua argumentação se tornou imediatamente aparente: cada uma dessas pessoas desistira da sua identidade humana. Portanto, a questão não era bem que os humanos não podiam existir no seu mundo. Era que eles tinham que escolher.

Butch O'Neal deixara a divisão de homicídios antes mesmo de descobrir quem verdadeiramente era.

Os demais desistiram das suas vidas no mundo humano quando escolheram ficar com seus companheiros vampiros. A dra. Jane estava morta, pelo que os humanos da vida dela acreditavam. Sarah abandonara seu trabalho científico. Mary e Manny, para todos os efeitos, tinham simplesmente desaparecido.

– Não vou querer te deixar – disse emocionado.

– E eu não vou querer que você vá embora. – Ela percorreu o braço dele com a mão. – Você faz com que eu me sinta viva e eu não sabia o quanto precisava disso até conhecer você.

Ele voltou a se abaixar para os lábios dela.

– O mesmo acontece comigo.

Dessa vez, quando ele a beijou, foi de modo gentil, reverente. E mesmo quando intensificou as coisas, ele demorou o quanto quis, saboreando os lábios dela contra os seus e o deslize das línguas.

Recuando, ele disse:

– Posso tocá-la? Eu não tenho que… ver.

Houve uma pausa. Depois da qual ela sussurrou:

– Eu sinto muito…

– Não, não se desculpe. Nunca. Mas eu gostaria de… tocá-la.

– Eu vou explicar depois. Só não quero estragar as coisas. Se é que já não foram estragadas…

– Nada foi arruinado. Longe disso.

Ela assentiu, mas ele conseguia sentir a tensão nela.

– Posso te beijar um pouco mais? – pediu.

– Sim, ah, sim.

Abaixando a cabeça uma vez mais, ele afagou a boca dela com a sua. E lambeu seu caminho para dentro. E esperou até que a excitação dela retornasse… antes de apoiar a palma no ombro dela… e de descê-la pelo braço… até a cintura.

Quando ele hesitou, ela mudou de posição e ele sentiu a mão dela sobre a sua. Foi ela quem o levou até seu seio…

O gemido que ela emitiu foi sensual pra caralho, e ele tomou as rédeas de sua luxúria. O que foi fácil de fazer à medida que descobria os contornos dela, a camiseta tão fina que o tecido era como uma segunda pele. Enquanto a acariciava, circundou o mamilo com o polegar, e ela era tão macia quanto firme ao seu toque; o peso do seio, provocante;

a excitação que ela sentia crescendo exponencialmente enquanto ele a acariciava... E, logo, ele já não conseguiu mais se conter. Tinha que explorar com a boca. Deslizando pelo pescoço, ele cerrou os molares para se impedir de raspar as presas pela jugular a caminho de onde queria estar.

Quando ficou entre os seios dela, ele tracejou beijos até o topo de um dos cumes. O mamilo estava rijo e perfeito para a sua boca, e embora ele quisesse provocá-la, provocar a si mesmo, fracassou. Sugando-a através da camiseta, ele mamou dela, puxando, chupando, enquanto continuava acariciando o outro lado com a mão da adaga.

Agora ela se contorcia debaixo dele, agitada, faminta. E ele a acompanhava nisso, o pau latejava no meio das pernas, tão desesperado para entrar nela que ele começou a tremer de desejo. Ordenou a si mesmo que fizesse aquilo ser bom para ela e durar mais do que a primeira penetração – mas não tinha tanta certeza disso. A boa notícia? Ele estaria pronto para outra rodada de imediato. Outras três ou quatro vezes. Uma dúzia.

Ele nunca se sentira assim com nenhuma outra fêmea ou mulher. Jamais.

– Preciso de você... – ela gemeu ao se arquear contra ele.

A vista dos seios dela, tão empinados debaixo daquela camiseta fina, ondulando na direção da sua boca, quase bastou para que ele gozasse, e ele se esqueceu de tudo o que se referia a ir devagar quando as mãos dela deixaram seus ombros e desceram por entre os corpos, para a cintura das calças jeans.

– Eu faço isso. – Ele afastou os dedos dela. – Permita-me.

Ele foi rápido com o botão, mais rápido ainda com o zíper, e logo enganchava os polegares e arrastava a Levi's para baixo, descendo e deslizando. A calcinha era simples e azul e, de maneira ridícula, ele notou que combinava com a cor do sofá. Deixou-a onde estava.

Tinha planos para ela.

Ela chutou os sapatos e ele tirou as meias dela junto com os jeans num movimento coordenado que, em sua mente, lhe valia uma medalha de ouro. Depois disso, ele não pensou muito mais. A não ser por seus instintos aguçados, que continuavam a monitorar a casa acima deles e o porão ao redor, ele estava completamente ligado na sua fêmea.

Ele sentia que a única coisa que um merdinha como ele podia fazer por uma mulher como ela era lhe dar prazer.

E essa era uma coisa na qual ele não falharia.

Seus lábios deslizaram pelo estômago e, quando ele chegou ao contorno de cima da calcinha, passou a língua por baixo dela. E se moveu para a lateral do quadril. A calcinha era mantida no lugar por um elástico no qual estava escrito "Calvin Klein", e ele ergueu o olhar para ela. Do outro lado dos seios, ela o observava, os olhos ardiam, a boca estava aberta. A cada inspiração arfante que ela dava os mamilos se moviam debaixo da camiseta, debaixo das manchas úmidas do lugar em que sua boca estivera.

Puta que o pariu. Ele estava excitado pra caralho.

Expondo as presas, ele puxou o elástico e rasgou-o ao meio. E fez o mesmo com o outro lado.

Os joelhos dela o apertaram, as coxas se contraindo.

Segurando com os dentes a tira solta que cobria o centro dela, ele puxou... E lá estava ela. Brilhando de umidade, inchada, implorando por ele.

Ele queria beijá-la ali, mas estava no limite de ejacular no ponto em que estavam as coisas – e podem chamá-lo de sentimental, mas ele queria gozar dentro dela da primeira vez. E não no moletom dela.

Afastando-se, levou a mão ao volume na frente do seu quadril. E abaixou o elástico. Seu pau se libertou do confinamento, quase explodindo para fora, e quando ela viu sua extensão e sua grossura, as unhas se enterraram nas próprias coxas.

A vista dela se abrindo toda para ele foi o que o motivou.

Espalmando a ereção, ele se moveu à frente e deslizou a cabeça para cima e para baixo da pele úmida e quente dela. Quando ela gritou e fechou os olhos, arqueou-se na direção das almofadas e o pescoço se esticou. Por fim, ergueu os joelhos.

Balz meteu dentro dela com um avanço do quadril, e por mais que quisesse olhar para ela, suas pálpebras abaixaram. O que foi bom. Era possível que seus olhos saltassem para fora das órbitas se ele se visse entrando e saindo dela.

Ela era apertada e era fogo e era umidade.

Seu corpo assumiu o comando, uma mão agarrando o quadril dela, a outra ancorando seu peso no braço do sofá. Ele começou a bombear, para a frente, para trás, e ele tinha de vê-la, tinha que olhar...

Erika estava largada debaixo dele, a cabeça balançando no ritmo das suas investidas, o tronco sob pressão, a boca aberta enquanto ela puxava ar como se estivesse numa corrida de velocidade. Com um rubor nas faces e o sangue pulsando na veia jugular, ele soube que ela estava perto, bem perto.

Deslizando a mão entre seus corpos, ele mexeu com o polegar na parte de cima do sexo dela, resvalando-o apenas uma vez.

O seu nome explodiu da boca dela e ela ficou rígida. Enquanto o centro dela apertava ritmadamente seu pau, o orgasmo dela provocou o seu.

Bem quando ele começou a gozar, no momento em que sua ejaculação começou a preenchê-la e a marcá-la como sua, ele vislumbrou o rosto dela uma última vez. As pálpebras estavam abertas apenas parcialmente e só as partes brancas eram vistas.

Logo ele perdeu a noção do tempo, do espaço, de si mesmo.

Foi uma perfeita pequena morte para ambos.

Capítulo 36

Lassiter sempre se recusava a carregar um celular.

Tudo bem, tudo bem. Às vezes ele levava um consigo, mas só quando estava com muita vontade de partilhar vídeos curtos do TikTok e do YouTube. Algumas das coisas na internet eram bem engraçadas ou instrutivas ou bonitinhas pra cacete, e ele sabia que os Irmãos precisavam de uma erguida no moral de tempos em tempos. Esta noite, quando saíra da mansão da Irmandade para ir à clínica de Havers, deliberadamente não levara o aparelho consigo porque não queria ser interrompido.

Ao sair do quarto de Rahvyn, contudo, ainda conseguiu receber uma mensagem de texto da Irmandade. Uma mensagem de grupo, na verdade: apesar de estar invisível, e ninguém saber que ele estava ali, de alguma maneira um pequeno destacamento de Irmãos formava uma fila do lado de fora do corredor. Como se soubessem aonde ele tinha ido.

Rhage estava à esquerda, com um palito de Tootsie Pop preso entre os dentes, como se tivesse acabado de chegar ao meio do pirulito sem ter lambido muito. Ao seu lado estava Zsadist, o cabelo raspado do Irmão especialmente rente, o rosto marcado de cicatrizes sempre uma coisa saída de pesadelos. E, em seguida, havia Butch, em suas roupas elegantes, e V., que, para variar, não estava fumando. Phury estava na outra ponta.

Lassiter não precisava perguntar onde Tohr estava. Com Wrath, evidentemente, assim como o Bando de Bastardos. O Rei não seria deixado sem proteção, ainda mais numa noite como aquela.

— Sei que você está aqui – V. resmungou.

Quando Lassiter se revelou, mostrou as palmas, todo "eu desisto".

— Eu não estava me escondendo.

Não deles, de todo modo.

— Você perdeu a reunião.

Quando V. fez o comentário carregado de repreensão, os outros Irmãos permaneceram em silêncio, mas pareciam um pelotão de fuzilamento, com todo aquele couro preto escondendo volumes para que a equipe médica e os civis não se assustassem. Mas, qual é, como se alguém fosse olhar para eles sem pensar que matavam coisas para se sustentarem...

— Sinto muito – disse a V. – Tive que cuidar de um assunto.

— Quem diabos é ela? – V. apontou para a porta fechada do quarto hospitalar. – E o que ela fez com Nate?

Lassiter relanceou por cima do ombro. Aos seus olhos, aquele painel desapareceu e ele conseguia ver Rahvyn tão claramente como quando estivera ao seu lado. Ela ainda dormia, mas não pacificamente. As sobrancelhas estavam unidas acima do nariz e ela remexia mãos e pés, como se estivesse correndo em seu sonho.

— O que ela fez com aquele garoto? – V. estrepitou.

— A mesma coisa que fez com o seu Irmão Sahvage – Lassiter murmurou. Depois voltou a se concentrar no grupo. – Não é muito diferente do que ocorre com a sua *shellan*, Rhage. Agora, Nate está fora do escopo da mortalidade. Nada pode matá-lo, o que é uma bênção e uma maldição entre as quais ele terá que encontrar um equilíbrio.

V. deu um passo e se aproximou, aqueles olhos diamantinos se estreitando.

— Minha *mahmen* salvou a Mary dele.

— Sim. Salvou.

O Irmão apontou o dedo com força na direção da porta de novo.

— Está dizendo que essa fêmea é tão poderosa quanto a minha *mahmen*?

— Não, não estou.

– Quer dizer que ela apareceu com esse truque do nada? Duas vezes? Lassiter se inclinou na direção dele.

– Não há comparação entre ela e a sua mãe.

– Então, o que ela é...

– Ela é mais poderosa. – Quando uma expressão de total e completa descrença atingiu o rosto duro de cavanhaque, Lassiter só deu de ombros. – Ela é a Dádiva de Luz. E se você deseja que a espécie dos vampiros sobreviva com Devina no planeta, você vai precisar dela.

– Por que não ouvimos falar dela antes? – perguntou Phury. – As Escolhidas jamais mencionaram tal Dád...

– Isso tudo é besteira – anunciou V. – Não sei do que você está falando.

Lassiter teve que sorrir para o Irmão.

– Fique todo irritadinho se quiser, V., mas tenho uma novidade pra você. A sua aquiescência não é necessária quando o assunto é o Universo. O Criador faz o que quer, não aquilo que você aprova.

Phury voltou a falar.

– Talvez exista algo na biblioteca do Santuário. Ou talvez as Escolhidas que não sobreviveram aos ataques de anos atrás soubessem disso.

– Ou talvez a Virgem Escriba não quisesse que ninguém soubesse – Lassiter rebateu. – Sem querer ofendê-la, mas ela não gostava muito que sua autoridade fosse desafiada. E a fêmea que trouxe Nate de volta esta noite é diferente de tudo no Universo.

– *Filhadamãe* – resmungou V.

– Por que está puto? Ela salvou aquele jovem. Trouxe-o de volta e acabou com o sofrimento do seu Irmão e da *shellan* dele. Você deveria agradecê-la.

– Xinguei a minha *mahmen*, não a fêmea. – V. tateou os bolsos como se procurasse um cigarro. – Eu juro que, quanto mais eu sei...

Rahvyn me salvou também, Lassiter pensou. Mas ela fez isso muito antes.

E era estranho. Ele não sabia que ela entraria na sua vida, ou o que ela faria agora que estava aqui. Embora ele tivesse conseguido prever o tiro na direção do segurança do Dandelion com muita clareza, não vira Nate sendo assassinado e o que Rahvyn faria em reação.

– Bem, ela não foi a única que salvou pessoas esta noite – V. comentou com voz mais baixa. – Xcor e eu sabemos o que fez por Balz naquela livraria. Aquela humana jamais teria conseguido conter uma hemorragia arterial só com a linha da vida na palma da mão dela.

Lassiter meneou a cabeça.

– Não sei do que está falando.

– Beleza. Mas o Xcor quer falar com você.

– Xcor pode vir me encontrar quando quiser.

Houve um momento de desconforto, e Lassiter honestamente adorou o modo como V. se inquietava por baixo daquela fachada intelectual, durona e sadomasoquista. O Irmão não conseguia lidar com o fato de estar em débito com um anjo caído que o irritava infinitamente, mas também não podia ignorar a devastação que teria acontecido caso Balthazar, membro valioso do Bando de Bastardos, tivesse sangrado até a morte no chão daquele depósito bagunçado nos fundos daquela livraria.

Todos na mansão teriam sido afetados, e alguns, de modo permanente.

V. estava tããããão dividido.

– Sabe – murmurou Lassiter. – Eu bem que queria ter trazido o meu celular hoje. A sua cara daria uma *tremenda* foto. O tipo de coisa que eu colocaria na minha tela de bloqueio.

Rahvyn não sabia o que a despertara. Também não sabia que tinha adormecido.

Mas, então, reconheceu que havia vozes. Bem do lado de fora do seu quarto hospitalar.

Ao sentar-se na cama, afastou os cabelos do rosto.

Está dizendo que essa fêmea é tão poderosa quanto a minha mahmen?

Outro macho:

Não, não estou.

E murmúrios.

A segunda voz ficou gravada nela e lhe deu uma descarga de consciência: o macho com aqueles lindos e estranhos olhos e cabelos loiros e negros que viera visitá-la... e foi a ausência dele, em vez da chegada das vozes, que perturbara o seu descanso inesperado.

A presença dele a acalmara. A partida dele a despertara...

Ela é a Dádiva de Luz.

Quando as palavras seguintes foram ouvidas, Rahvyn sentiu uma descarga fria atingindo-a na cabeça, e quando esse frio permeou seu corpo, ela passou os braços ao seu redor.

Aquelas palavras... ditas naquele tom de admiração. Ela reconheceu esse último, temia-o até. Percebera uma inclinação semelhante de emoções em todos os tipos diferentes de sílabas, proferidas por diferentes machos, diferentes fêmeas. Desde quando era criança e as "esquisitices" (como seus pais chamavam) ocorriam em sua presença, também ocorriam aquelas conversas paralelas sussurradas, os olhares desviados que retornavam rapidamente, a reverência somada ao assombro nos vilarejos do Antigo País.

E agora, ali estava ela, no que era o tempo presente para aqueles machos corajosos do lado de fora, no corredor, a um oceano de distância, e também a vários séculos, de onde ela nascera e vivera por um tempo... e a mesma coisa acontecia.

No entanto, o macho que viera visitá-la estava errado.

Estava perigosamente errado.

Ela não era nenhuma Dádiva de Luz.

Talvez tivesse sido um dia. No entanto, a noite da morte brutal do seu primo, quando a perda da sua inocência fora tão violentamente imposta, mudara isso.

Fechando os olhos, ouviu o restante do que estava sendo dito. Quando os lutadores se dispersaram, ela pensou que, talvez, aquele de olhos impressionantes voltaria a entrar. Ele não voltou.

Nenhum problema nisso.

Ela precisava deixar aquele tempo e aquele lugar, e quanto menos laços tivesse, mais fácil seria. Ela não pertencia àquele lugar, junto a essas pessoas, neste momento do tempo.

Ela temia não pertencer a lugar algum.

Mas, pelo menos, não magoaria ninguém ao partir. Essas almas gentis, e havia muitas, estariam muito mais seguras sem ela.

Embora ela tivesse a sensação de que ficaria de coração partido sem eles.

Especialmente sem aquele a quem chamavam de anjo caído.

Capítulo 37

Um amanhecer de tons rosados e amarelos surgia no céu oriental de Caldwell, os raios atravessando a cobertura de nuvens escuras que sumia junto com o véu aveludado negro da noite.

Na varanda de pé-direito baixo da sua casa geminada, Erika segurava uma caneca fumegante de café entre as palmas, e um latejar entre as pernas era o tipo de coisa que lhe trazia um sorriso secreto à boca. E, enquanto as outras pessoas do bairro seguiam para o trabalho, ela continuou onde estava.

Apreciando o nascer do sol. Que era o mais lindo que já havia visto.

Sim, as cores estavam especialmente impressionantes, tão vibrantes e vívidas, as bordas rígidas da mudança do tempo fornecendo um conjunto singular de condições atmosféricas cujo resultado era um mostruário cromático brilhante. Mas poderia ser apenas um borrão de amarelo no firmamento que, ainda assim, a aurora a deixaria sem ar.

Não imaginou que veria o sol de novo. Houve tantas oportunidades para morrer na noite anterior – e, no fim, alguns lembretes doloridos da mortalidade de uma pessoa funcionam como sentar-se faminto para o jantar. Tudo parece mais vital, mais especial, mais extraordinário, daquele momento em diante.

Ela se sentia positivamente renascida.

Passara as últimas seis horas fazendo sexo com um homem – um macho – que não só sabia usar seu corpo espetacular... como tomara toooodas as providências para garantir que ela soubesse o quanto o corpo dela era belo para ele.

Erguendo a mão, deslizou-a para dentro do roupão e passou a ponta dos dedos por cima das cicatrizes desiguais abaixo da clavícula. A camiseta permanecera no lugar o tempo todo. Mas ele havia dado um jeito de tudo dar certo mesmo assim.

Quando abaixou o braço, exalou longa e lentamente, então observou o vizinho da casa geminada ao lado descer de ré a entrada da garagem. A coluna de fumaça saindo do escapamento a fez imaginar quão baixa estaria a temperatura. Sim, claro, estava de roupão, mas seus cabelos estavam molhados da chuveirada que acabara de tomar – e a julgar pelo modo como o homem a mirara ao passar, como se ela estivesse louca, Erika teve a impressão de que deveria estar mesmo vestindo uma parca acolchoada.

O gole seguinte de café a fez se lembrar das canecas largadas na sua mesa na delegacia, e, claro, quando ela espiou dentro da caneca restava pouco mais do que um fundinho de líquido. Dando as costas para o espetáculo no céu, voltou para dentro – e, num raro momento de otimismo, resolveu que aquelas nuvens escuras partindo para o norte eram um sinal de que as coisas iriam melhorar.

Como? Não fazia a mínima ideia.

Com isso em mente, trancou a porta e andou na ponta dos pés pela sala de estar. Na cozinha, foi igualmente silenciosa ao se dirigir à cafeteira. Depois de outro filtro inteiro de Dunkin', ela se sentava à mesa com seu laptop aberto com uma caneca de café fresquinho junto ao cotovelo.

Parecia-lhe completamente bizarro verificar e-mails, como se tivesse invadido a conta de outra pessoa, a vida de outra pessoa. Tantas coisas aconteceram, e ela imaginou que deveria ser como quando se volta para casa depois de um mês inteiro de férias e nos sentimos perdidos entre o que nos é familiar.

Sim, só que sua noite fora tão relaxante quanto bronzear-se no meio de um furacão.

Quando ela verificou a caixa de entrada, havia as mensagens costumeiras de spam e algumas com assuntos de trabalho. Ela percebeu que não recebia nenhuma mensagem pessoal, apenas coisas relacionadas à polícia de Caldwell. Mas, pensando bem, com quem ela se comunicava fora do trabalho?

Recostando-se e amparando o calor da caneca entre as mãos, ela franziu o cenho ao olhar para as bancadas e armários da sua cozinha antiquada. Nada fora do lugar e nenhuma bagunça. O mesmo valia para o restante da casa. Mas também não havia nenhum item pessoal em parte alguma. Nenhuma foto de amigos ou familiares, tampouco de animais de estimação, nenhuma lembrança de férias tiradas em lugares quentes ou frios, secos ou montanhosos. Nenhuma quinquilharia. Nenhuma obra de arte. Apenas paredes vazias, piso sem adornos e janelas com as cortinas fechadas.

E não só porque havia um vampiro dormindo no porão.

Engraçado, ela ficava usando essa palavra. Descobriu-se querendo se acostumar a ela.

Mas, reconsiderando, ela não sabia bem por que se dar ao trabalho. Não acreditava que Balthazar fosse embora sem apagar as suas lembranças.

Acreditava que ele queria isso, mas de jeito nenhum aqueles outros permitiriam.

Visualizando o cara de cavanhaque e depois o de cabelos loiros e pretos, o que quer que ele fosse, que a haviam ajudado a salvar Balthazar, ela considerou, do ponto de vista deles, a ideia interessante de que havia uma mulher humana, que trabalhava para o Departamento de Polícia de Caldwell – na divisão de homicídios, ainda por cima –, solta no mundo com o conhecimento de que existiam vampiros em Caldwell.

Isso não aconteceria.

Não eram da máfia, verdade, mas as mesmas regras tinham que ser aplicadas para eles para que continuassem a lutar contra aquelas sombras, contra aquele demônio.

Voltando a se concentrar no laptop, soube que era apenas questão de tempo até limparem sua memória, por isso entrou no Word e abriu um documento novo. Não tivera formação em línguas, nem perto disso, por isso, ao apoiar os dedos no teclado, ela não tentaria escrever como Shakespeare.

Mas não tinha que fazer isso.

Estava enferrujada, e se esforçava para encontrar as palavras certas, mas, pelo menos, uma cronologia simplificada da semana passada e um pouco além a manteve no curso certo. À medida que prosseguia, sem nem sequer editar os parágrafos, os pontos-fnais mais para hastes de uma tenda para sustentar a narrativa, ela não sabia se aquilo mais tarde a ajudaria ou lhe faria mal. Na época em que suas lembranças tinham sido bagunçadas, toda vez que chegava perto demais do que tinha sido escondido, as dores de cabeça eram um tremendo de um castigo.

Mas, pelo menos, ela saberia que aquilo tinha acontecido, disse para si mesma.

Ah, a quem tentava enganar?

Ela tentava garantir que houvesse um registro do macho que estava no seu porão, e era irônico que alguém tão inesquecível quanto ele corresse o perigo de se perder em sua mente. No fim das contas, ela só queria um pouco de confirmação do fato de que ela soubera, no meio desse mundo frio e cruel...

Bem, que ela soubera o que era o amor.

Balthazar despertou num movimento violento e, quando se levantou, levou a arma consigo, o ato reflexo de apanhar e apontar enquanto abria os olhos...

– Sou eu! Não atire!

No instante em que ouviu a voz de Erika na base da escada do porão, desviou a arma e apontou para as máquinas de lavar e de secar roupas.

– Ah, meu Deus, me desculpa...

Ela ergueu um par de canecas de café acima da cabeça como se aquilo fosse um assalto. E depois deu uma risada leve.

– Não se sinta mal. Fiz o mesmo na noite anterior lá na Unidade.

– Unidade? – perguntou ele ao guardar a arma debaixo do saiote do sofá.

– É como chamamos a área em que trabalho quando estou na delegacia. – Ela se aproximou dele e lhe entregou uma das canecas. – E foi na noite anterior à de ontem. Uma mulher da limpeza entrou depois do expediente normal e me assustou. Deus, parece que foi há um mês. Eu ainda tenho que relatar o incidente.

Enquanto tomava um gole, ele a observava atentamente, mas ela parecia estar bem quando se sentou ao lado dele. Na verdade, mais do que bem. Ela estava radiantemente bela, com os lábios inchados por causa da sua boca, os cabelos secando ao redor dos ombros de um roupão azul, os pés dentro de chinelos felpudos.

– Acho que sei qual a sua cor predileta – murmurou ao puxar a colcha que ela trouxera antes um pouco mais para cima no abdômen.

A despeito das tantas vezes que fizeram amor, ele estava duro de novo. Pronto para tomá-la uma vez mais. Ele a marcara por dentro e por fora, mas queria o seu cheiro renovado sobre ela de novo. Dentro dela.

– Mesmo? E que cor seria?

– Azul. – Ele deu um tapinha no sofá e depois se esticou para pegar a barra do roupão dela. – Definitivamente azul.

Seus olhos se encontraram, e ele sentiu um anseio triste que não fazia sentido. Não é que ela estivesse do outro lado do globo; ela estava bem ali, na sua frente. Contudo, só o que sentia era um distanciamento tão grande que ele jamais seria capaz de transpor.

– Oi – disse com suavidade.

O sorriso que se abriu no rosto dela foi contido, um segredo exclusivo para ele, e ele amou isso.

– Oi.

Quando se calaram de novo, ela limpou a garganta.

– Como está o café?

– Perfeito.

– Eu não sabia se você gostava de açúcar ou leite.

– Gosto do jeito que você tiver preparado para mim...

Quando ele parou de falar e começou a olhar ao redor do porão, ela disse:

– O que aconteceu?

Como um idiota, ele girou e olhou para as almofadas nas quais estivera.

– Eu... dormi.

– Dormiu mesmo. Quando acordei, tomei cuidado para não te perturbar.

– Não, eu quis dizer, eu dormi. – Ele deu um tapinha no peito nu. – Eu não sonhei.

– Bem, às vezes isso pode ser bom...

– O demônio não veio me ver. Ela me deixou em paz. – Ele cravou os olhos nela. – Você sonhou com alguma coisa?

– Não, não que eu me lembre. – Erika se sentou mais à frente. – Espera, isso quer dizer que... o demônio sumiu de dentro de você?

– Não sei. Mas todos os dias em que dormi, ela apareceu. – Evitou os detalhes do que a fêmea fizera com ele nos seus sonhos. – Mas agora há pouco, não.

– Talvez ela tenha desaparecido da face da Terra – opinou Erika.

– Talvez.

Só que eles não teriam tanta sorte assim. Ainda assim, era a primeira vez que ele não era perseguido desde aquela noite de dezembro e isso era um puta de uma alívio.

– Evidentemente, você é meu amuleto da sorte – disse ele com um sorriso.

– Eu não botaria tanta fé em mim assim. Mas fico feliz em servi-lo.

Quando ela abaixou a cabeça numa reverência fingida, ele pensou na situação em que ela estava com ele ali na sua casa, na sua vida. Fazendo amor. Esquentando o sofá do porão e ajeitando uma manta que tinha o perfume dela ao redor do seu corpo nu e excitado.

Antes de você me deixar, permita que eu te conheça.

Ele estava enganando a si mesmo, não estava? Ao pensar que haveria algum tipo de futuro para eles, repleto de incontáveis horas como esta, sentados juntos no porão. A fantasia lhe parecera tão real quando deram prazer um ao outro. Agora, voltava a ser apenas fruto da sua imaginação. Do seu coração.

– De repente você ficou todo sério – ela murmurou. – Dou um centavo pelos seus pensamentos. Ou será que vou precisar de um dólar?

Sorvendo mais um gole da caneca que ela lhe dera, ele tomou simplesmente o melhor café da sua vida.

– Cresci no Antigo País – disse. – Que é o território da Inglaterra, País de Gales e Escócia para vocês. Éramos meus primos, Syn e Syphon, e eu por muito tempo. E depois outro macho se juntou a nós, Zypher. Depois de um tempo, nós cruzamos nossos caminhos com outro lutador que era... Bem, ele era uma força da natureza. Ainda é.

– Contra quem vocês lutavam?

Enquanto bebia o café que ela preparara, ele lhe contou tudo sobre a Virgem Escriba e Ômega, a Sociedade Redutora, os civis inocentes, a aristocracia, o Rei que não quis liderar. Enquanto as palavras saíam da sua boca, ele tinha ciência de que narrava apressado a história e, sim, a editava. O Bando de Bastardos não era formado por heróis. Eles sobreviveram nas florestas sem um lar permanente, lutando porque gostavam, alimentando-se porque tinham que fazer isso, fodendo quando bem queriam. Na época, acreditara que aquele era o único tipo de existência de que precisava, mas, depois, vieram para Caldwell e as coisas mudaram.

– Então, ainda existem vampiros na Europa? – perguntou ela, muito interessada.

– Não muitos.

– E os *redutores* são aquelas sombras?

– Não. São humanos sem alma. Ômega costumava integrá-los à sua sociedade, e eles o serviam. – Balançou a cabeça. – Pense em algo nojento. Eles fediam a talco de bebê com carniça...

— A casa da fazenda, os outros locais! – Ela gesticulou no ar. – O sangue em toda parte, as manchas de óleo... fediam a isso. A divisão de homicídios foi chamada inúmeras vezes para cenas como essa ao longo dos anos, e eu nunca soube o que eram. Ninguém sabia.

— É Ômega. Ou era. Ele não existe mais. Foi erradicado recentemente, já era hora. Ainda que – ergueu a caneca num brinde –, naturalmente, agora tenhamos alguém novo com quem lidar.

— A morena.

— Isso. – Ele inspirou fundo. – Então, essa é a minha história. Sirvo ao meu Rei e ao meu líder, que é aquele que estava com a gente na unidade cirúrgica móvel, com o lábio deformado. Moro com eles e com as suas famílias. Bem, eu morava, até Devina cravar as garras em mim e eu me mudar. Bem, é isso. E, ah, verdade, roubei algumas coisas ao longo do caminho.

— E doou o dinheiro para caridade.

— Exato.

— E disso não se arrepende.

— Nem um pouco.

Em vez de julgá-lo, ela sorriu de leve.

— Não posso desculpar isso.

— Sei disso. Contanto que não espere que eu vire a página.

Ambos riram, mas isso não durou, e foi quando ele soube que ela pensava a mesma coisa que ele: que o futuro deles era limitado.

— Agora sabe tudo sobre mim. – Fez uma pausa. Quando ela não disse nada, ele ficou um pouco tenso. – Isso mesmo. Tudinho.

No silêncio que se seguiu, ela pareceu envelhecer diante dos olhos dele, o rosto ficando tenso; os olhos, sérios e tristes.

Ele ficou calado, na esperança de que ela se abrisse com ele e lhe contasse aquilo que ele já sabia porque já estivera na mente dela. Queria lhe dar conforto a despeito da sua tragédia, mas, a menos que ela o acolhesse em seu sofrimento e perda, ele não poderia fazer isso.

A privacidade dela precisava ser respeitada, mesmo depois de ele a ter invadido sem intenção. Só o que ela partilhara de boa vontade fora aquele encontro.

– *Quid pro quo*, hein? – ela disse com secura.

– Você não tem que me contar nada que não queira.

A cabeça dela assentiu lentamente de uma maneira que ele não sabia como interpretar.

– Então, o que quer saber?

Não havia como fazer rodeios. E, caso as circunstâncias fossem diversas, ele poderia entrar no assunto aos poucos. Por exemplo, perguntando sobre o trabalho dela. Ou havia quanto tempo morava naquela casa.

Em vez disso, ele se posicionou ao lado dela na beira do penhasco. E pulou primeiro.

– Quero saber o que aconteceu em 24 de junho, há catorze anos.

Capítulo 38

Ao que parecia, só havia uma parte no passado de Erika. E isso não era verdade apenas da perspectiva de um observador externo, quer as perguntas feitas pelas outras pessoas se originassem em pena, compaixão ou curiosidade mórbida. Para ela, também, só existia uma coisa.

Uma única noite, 24 de junho, havia catorze anos, apagou todos os aniversários e todos os feriados. As férias de verão. As boas notas, as notas ruins. Os melhores amigos e os inimigos disfarçados.

Depois? Nada mais teve um apelo especial. Ou poderia ter.

Ela havia sido eliminada junto com os outros.

– Você não tem que me contar – repetiu Balthazar.

– Tudo bem. Já contei essa história uma centena de vezes.

No entanto, ela tinha dificuldade de saber por onde começar, o que era novidade – e foi quando ela percebeu que tinha um discurso padronizado para as pessoas. Uma fala ensaiada indo de A até B e depois C, e ela estava preparada para os picos e vales de emoções que inevitavelmente surgiam no ouvinte. Sabia em que partes tinha que se preparar para a empatia reflexa e não solicitada que sempre lhe era oferecida.

E ela se preparava não porque tais demonstrações de conexão humana a deixariam emotiva ou algo assim, mas porque ela realmente queria dizer a quem ficava comovido que fosse se foder. Se ela podia engolir toda a dor de ter passado por aquilo, as pessoas podiam muito bem deixar a compaixão idiota delas de lado quando simplesmente ouviam a história.

– Eu não deveria ter insistido. Sinto muito...

– A central me chamou há duas noites. – Ele parou de falar na mesma hora quando ela o interrompeu. – A central é como os detetives ficam sabendo dos casos para os quais são designados. Na divisão de homicídios, nós temos uma escala de plantão e quem estiver cobrindo o turno da noite fica com o caso que aparecer. Já ouviu falar daquele programa de televisão *48 Horas*? Cada segundo conta no início da investigação se você quer descobrir quem é o assassino, por isso tem que ser rápido para chegar ao local, achar testemunhas, reunir provas.

Ela deu mais um gole da caneca e não sentiu gosto nenhum.

– O meu parceiro, Trey, começou a me encher de mensagens no celular. Não queria que eu fosse à rua Primrose. Disse para eu me manter afastada, pois ele cuidaria daquele caso. Eu me recusei a escutá-lo, e esse foi o meu primeiro erro. Sabe, quando a central liga, eles passam as informações básicas: número de vítimas, estado civil e idade, localização, qualquer suspeito preliminar que possa ter sido apreendido. Havia quatro vítimas naquela casa. Um homem, uma mulher e dois adolescentes. Por isso eu sabia...

Quando a voz se partiu, ela teve que limpar a garganta.

– Eu sabia por que Trey estava me ligando e por que ele provavelmente tinha razão. Isto é, por que eu não deveria ir até o local do crime. Pois eu não serviria de nada lá.

Uma sequência de imagens passou pela sua mente e, com elas, veio a desesperança que lhe caía como uma luva, cobrindo os contornos da sua mão como uma segunda pele.

– Vomitei no banheiro deles. Depois de ter subido até o quarto da garota. Ele era cor-de-rosa. Ela tinha dezesseis anos. O namorado a estuprou antes de ela atirar nele. Ele tinha matado os pais dela antes de subir atrás dela. Ela se matou com um tiro depois de ter metido duas balas no peito dele, enquanto ligava para a emergência. – Erika sentiu as sobrancelhas se erguendo. – Pensando nisso agora, lembrei que o banheiro deles era azul.

– Eu lamento muito...

— Se a semelhança não lhe parece óbvia, a mesma coisa aconteceu comigo. Só que eu sobrevivi. – Quando a pulsação acelerou, ela sentiu como se estivesse revivendo os acontecimentos, por algum motivo. E ela deixou a boca livre para falar. – Eu tinha me esquecido de que era aniversário da minha mãe e estava atrasada para o jantar. Parei para comprar o primeiro cartão que encontrei com a palavra "mãe". Nem me dei ao trabalho de ler a mensagem. – Balançou a cabeça. – Isso faz parte das coisas que mais doem, a propósito. O último cartão dela, que ela nem chegou a ler, e eu não dei a mínima importância quando o escolhi.

Imagens horrendas e vívidas demais atacaram-na.

— Estacionei do lado de fora da garagem e andei até a porta de entrada. Ela estava aberta, o que pareceu estranho. Assim que entrei, senti cheiro de sangue. Corri para os fundos, na direção da cozinha... escorreguei numa poça que estava debaixo do meu pai. – A testa dela se franziu. – Tenho quase certeza de que comecei a gritar nessa hora.

Demorou um tempo até ela conseguir prosseguir.

— Bem quando eu ia pegar o telefone, ele arrastou a minha mãe, vindo da garagem. Eu acho... acho que ela tinha tentado fugir. Ele tinha uma faca encostada no pescoço dela.

— Quem era ele? – Balthazar perguntou sobriamente.

— Meu namorado. Ex, quero dizer. – Um nó na garganta dificultou sua fala. – Ele a matou na minha frente. Ele a estripou... Disse que queria destruir todos os lugares em que vivi e que isso significava que tinha que cortar o ventre dela. Minha mãe... berrou e lutou e... o que me lembro em seguida... era que ele estava em cima de mim. Com a faca.

Quando as mãos dela subiram para as clavículas e depois desceram por entre os seios, ela sentiu as facadas ardidas, a dor, a sensação repentina de sufocação gorgolejante que acompanhou os golpes.

— Ele me contou que o meu irmão estava morto na cama, no andar de cima. Johnny tinha nove anos.

— Quantos anos você tinha? – Balthazar perguntou com voz rouca.

— Dezesseis. Isso aconteceu... logo depois de as aulas acabarem, antes do verão. Eu ia acampar fora do estado para trabalhar como conselheira.

Ele não queria que eu fosse. Não queria que eu o deixasse. Ele achou… Bem, no fim, não importa o que ele achou. Ele era louco.

– O que aconteceu com ele?

– Ele cortou os pulsos com a faca que usou em mim e na minha família. E, como isso não foi suficiente, ele pegou o que se revelou ser a arma do pai dele e atirou na própria cabeça. – Ela tocou a pálpebra que começou a tremer. Depois a esfregou como que para fazê-la parar. – Ele achou que tinha me matado, mas eu me fingi de morta. Ele estava… completamente descontrolado. Não queria que eu vivesse, mas também não me queria morta.

– Pegue – ofereceu Balthazar.

Erika relanceou para ele e descobriu que ele segurava o moletom que ela lhe dera. Quando ela só ficou encarando a peça, confusa, ele se inclinou para perto e enxugou seu rosto.

– Estou chorando? – Quando ele assentiu, ela ficou surpresa. – Eu nunca choro por causa disso, sabe? Nunca.

Bem, se isso não era uma declaração idiota, a julgar pelas lágrimas que ele enxugava.

– Posso te contar uma coisa que eu nunca contei para ninguém? – sussurrou.

– Será uma honra para mim guardar o seu segredo aqui. – Ele apontou o próprio coração. – E mantê-lo comigo.

Ela apanhou o blusão das mãos dele e escolheu uma parte mais seca acima da manga.

– Eu só fiquei lá parada. – Erika começou a chorar abertamente, as lágrimas escorrendo pelas faces e se derramando no roupão azul. – Enquanto ele matava a minha mãe. Eu só… ficava lá parada enquanto ele a cortava e ela gritava. Ela esticou os braços na minha direção, os olhos dela… eles estavam cravados em mim… ela gritou meu nome…

E foi nessa hora que aconteceu.

Ela se partiu ao meio. Como se a compostura que mantinha fosse uma casca grossa e, com força suficiente aplicada, essa casca tivesse perdido sua integridade física. E o que havia dentro, todo o terror e arrependimento, o ódio venenoso que sentia por si mesma, tudo tão pressurizado simplesmente explodiu.

Braços fortes a envolveram, e ela foi com eles quando a levaram para junto do peito largo.

Erika chorou muito, mas não produziu nenhum som, não conseguia respirar, perdeu a noção de tudo.

Até de si mesma.

Mas sabia quem a segurava. Isso permaneceu bem claro.

Só o que Balthazar podia fazer era abraçar a sua fêmea. Enquanto ela soltava toda a dor, ele refletiu que segredos enterrados pela vergonha eram sempre os mais venenosos, e a destruição que eles provocavam era do tipo insidioso, sob a superfície e quase totalmente escondida.

E ele se sentia honrado por ser aquele a quem ela escolhera revelá-los.

– Eu sinto muito – ele sussurrou nos cabelos dela enquanto afagava suas costas. – Deus… eu sinto tanto.

Ser tão jovem, tão inocente… e ter a sua infância arrancada de você por esse tipo de violência. Ele passara por muitas coisas na vida, mas nada se aproximava do que Erika teve que suportar.

O fato de ela ter ido parar na homicídios fazia sentido. Ela tentava fazer o que era certo para outras pessoas como a família dela. Mas ele também sabia que ela nunca se distanciava da morte; sem dúvida era atormentada por ela à noite e era perseguida por ela durante as horas do dia em seu trabalho. Ela não se curara durante os últimos catorze anos; ficava mergulhada na tragédia.

Apesar de que… Será que alguém conseguiria superar algo assim?

Com um empurrão em seu peitoral, ela se afastou dele.

– Pode me dar licença um minuto?

Ela manteve o equilíbrio ao caminhar até o lavabo e, quando fechou a porta, ele esfregou o rosto com as mãos.

Houve som de água corrente – por um tempo. Depois, da descarga do vaso. E mais água da torneira. Quando ela ressurgiu, trazia um cheiro bom de sabonete enquanto enxugava as mãos num papel-toalha, que enfiou num dos bolsos do roupão.

Ele imaginou que ela fosse dizer que bastava. Que nunca mais tocaria no assunto. Mas ela não fez isso.

Veio diretamente na direção dele, parecendo totalmente recuperada, apesar de o rosto estar vermelho e os olhos, inchados.

As mãos estavam firmes quando ela as desceu para o laço à cintura e, quando ela afastou o roupão dos ombros, simplesmente deixou-o cair no chão. A camiseta estava limpa, mas era do mesmo tipo que ela usara durante a noite, simples, branca e folgada, com marcas de dobradura por ter sido dobrada ainda quente depois de ter saído da secadora.

Ela a suspendeu devagar, a barra passando pela barriga, pelas costelas...

Os seios, para ele, eram lindos, os mamilos duros por causa do frio...

E ali estavam as cicatrizes.

Ele fechou os olhos brevemente. Em seguida, concentrou-se nas feridas cicatrizadas.

Ela fora esfaqueada repetidamente por um agressor destro, o desenho nodoso e enrugado localizado logo abaixo da clavícula esquerda. Ele conhecia muito bem esse tipo de ferimento e sabia que ela deveria ter sido penetrada por uma lâmina pelo menos umas dez vezes, porque havia marcas secundárias ao redor da principal zona de impacto.

A mão dela se ergueu, e, quando ela percorreu a textura desigual com a ponta dos dedos, ele teve a sensação de que ela fazia aquilo com frequência.

— Não posso fazer nada a respeito, sabe – disse ela num tom distraído. – Quero dizer, cirurgias plásticas não as farão desaparecer.

— Por que você faria isso? – Quando ela se retraiu, como se ele a tivesse chocado, ele balançou a cabeça. – As cicatrizes não são feias. Elas não diminuem a sua beleza. E o que aconteceu estará sempre na sua memória, de todo modo. Além do mais, você provavelmente precisou de cirurgias depois. Algumas vezes. Chega de cirurgias para você, não?

Ela assentiu, como que atordoada.

– Nada vai sumir... se eu tentar me livrar delas, entende?

– Não podemos fugir do passado. Não devemos nem sequer tentar.

Houve um longo silêncio, e ele se preocupou de ter dito a coisa errada. Talvez ele precisasse ter...

– Obrigada – ela agradeceu com suavidade.

Foi a vez de ele ficar surpreso.

– Pelo quê?

– Você é tão... compreensivo.

Eu te amo, ele pensou consigo.

– Mas você esteve em guerra, não esteve? – comentou. – Isto... Você já viu isto antes.

– É verdade. Faz parte da vida. Não queria que você tivesse passado pelo que passou. Odeio isso. Odeio pra caralho. E se o filho da puta já não estivesse enterrado, eu o caçaria e o traria de volta para você aos pedaços. Eu *ahvengeria* você e os seus mortos para honrá-la e aos seus pais. Eu me certificaria de que fosse feito do modo adequado, doloroso. Eu o faria sofrer com minhas próprias mãos e inspiraria o cheiro do sangue e o fedor do medo covarde dele.

Ele teve que se conter antes de ir longe demais com aquilo. Em seguida, curvou-se diante dela, em sua posição sentada no sofá azul.

– Verdadeiramente, seria uma honra para mim cometer *ahvenge* em seu nome e de sua linhagem.

Quando ele ergueu o olhar, ela tinha coberto a boca com as duas mãos e seus olhos estavam marejados.

Ele não saberia dizer se a tinha ofendido ou assustado ou se...

Erika se aproximou. E, ao abaixar as mãos, sussurrou:

– Ninguém nunca disse nada assim para mim.

– E isso é... bom? Ou...

Ela se sentou no colo dele, com um joelho de cada lado. Quando os olhos percorreram seu rosto, ela passou a ponta dos dedos pelos seus cabelos.

– É difícil falar sobre o meu passado – murmurou. – Porque as pessoas se interessam por motivos próprios e se emocionam por razões delas. Eu vivi aquilo. Não quero ajudar ninguém a lidar com a minha tragédia.

Ele deslizou as mãos pelos braços e ombros dela.

– Faz sentido.

– Você passou por guerras – ela repetiu. – Você é diferente.

Balz se concentrou nos seios dela.

– Posso tocar em você?

– Sim.

Assim como na noite anterior, ela segurou a mão dele e a moveu pela sua pele macia. Quando o peso de um seio foi sustentado por uma mão dele, ele moveu o polegar de um lado a outro por cima do mamilo. Em reação, o quadril dela se moveu contra o dele, as costas se arquearam, o peito se ergueu.

Deslizando ambas as mãos para a cintura, a boca resvalou o esterno, o coração dela. Em seguida, ele beijou as cicatrizes, gentilmente, com reverência.

– Você é linda para mim – disse ele.

Ergueu o olhar. Os olhos dela brilhavam ao observá-lo – e o fato de ela estar tão aberta, tão vulnerável... lhe dizia que ela acreditava nele. Ela sabia que o que ele estava dizendo era verdade.

Balz levou os lábios mais para baixo sobre o seio. Era difícil para ele não pensar em todo o sofrimento dela, mas ela estava certa. Ele não iria arruinar aquele momento com as suas próprias reações emocionais quanto ao que ela teve que suportar.

Em vez disso, ele lhe mostraria o quão desejável ela era. O quão absolutamente perfeita ela era. O quão sexy e viva ela era.

Ele a venerou, chupando, acariciando, mordiscando e lambendo. E ela se sentiu exatamente como ele queria que ela se sentisse. Tornou-se líquida sobre ele, fluida em sua avidez, excitada de antecipação por tudo o que ele lhe daria, e logo a mão dela estava entre os corpos, circundando sua ereção, erguendo-o.

Erika o posicionou, mantendo-o firme no lugar e, em seguida, seu centro assumiu o comando, encapsulando-o com seu aperto forte e quente do qual, ele sabia, nunca, jamais se cansaria: poderiam passar uma eternidade juntos e, mesmo assim, penetrá-la sempre seria uma revelação.

Quando ela se acomodou por completo em cima dele, seus sexos unidos, ela recuou um pouco.

Seus olhos se encontraram e nenhum dos dois se moveu.

E foi então que aconteceu. De alguma forma, os pensamentos e as lembranças dela tornaram-se os dele. Ele não teve a intenção de entrar nela assim, mas foi o que aconteceu, a conexão entre os corpos tão perfeita que uniu as mentes também.

O que ele viu o consumiu, e ele abriu a boca para falar.

Porém, ela logo começou a se mover, o quadril cavalgando sua pelve, o seu pau entrando e saindo dela no ritmo que ela estabeleceu.

Só isso bastou. Ele a segurou pela bunda com mais força, acariciando-a, apertando-a, movendo-a para cima e para baixo do seu mastro. Havia tanto para ver quando eles se uniam: a ereção brilhava toda vez que ela se levantava e, cada vez que se sentava, a visão do membro desaparecendo dentro do corpo dela o enlouquecia de desejo.

Ele começou a gozar. Não conseguiu se conter, não quis.

Tudo ficou muito mais escorregadio.

Em seguida, ele não conseguiu ver mais nada porque seus olhos se fecharam por conta própria. E tudo bem. Conseguia ouvir os gemidos dela e sentir que ela se apertava. Depois disso, a pegada rítmica do sexo dela, que ordenhava seu pau, provocou outra onda de orgasmo nele.

Tudo foi perfeito demais.

Assim como ela.

Capítulo 39

Quando Erika saiu da casa geminada, já havia passado das onze da manhã. Sabia que Balthazar não era muito fã da sua partida, mas ela tinha que buscar o carro sem marcas oficiais e queria ir à delegacia ver como estavam as coisas: primeiro, porque o sedã era propriedade municipal e ela o deixara junto à livraria numa parte estranha da cidade; segundo, porque, por mais que ela tivesse amado as horas em que estivera no porão, por mais próxima que se sentisse do homem – ou melhor, do macho –, ela sentia necessidade de manter um pé na sua própria realidade.

O Honda prateado estava onde o estacionara, de frente para a garagem fechada, e, ao se colocar atrás do volante e sair dirigindo, agiu no piloto automático. O trânsito não estava ruim, a não ser junto ao acesso da Northway, e, assim que passou a trafegar a tranquilos 100 km/h, seus pensamentos voltaram para Balthazar.

Ela disse a si mesma que não estava se apaixonando.

– Você não está – disse ela ao acionar a seta e mudar de pista para ultrapassar uma caminhonete lerda. – Isto é, você não pode estar.

Verdade, passaram por umas coisas muito estranhas juntos e, sim, fizeram um sexo incrível.

Verdadeiramente incrível meeeeeesmo.

E, sim, ela revelara sua parte mais íntima, uma parte que ela mantinha escondida, e ele lidara com isso de uma maneira pela qual ela nem sabia que ansiava.

Mas aquilo não era "amor". Aquilo era atração sexual atendida. Um momento sensível partilhado. Uma compatibilidade surpreendente.

Não era *amor*. Pessoas como ela não se apaixonavam. A menos que ela achasse que o seu psicólogo da época da faculdade tinha errado no seu diagnóstico de transtorno de apego. E pensar que fora ela quem resolvera procurar o cara, não porque uma colega de apartamento, a administração da faculdade ou algum professor a tivesse obrigado a ir. Soubera que estava fora de compasso comparada aos seus pares e quisera saber o motivo, e ele lhe contara.

Continuava em descompasso.

Pelo amor de Cristo, o fato de estar dormindo com um vampiro seria algo bem dentro dos seus padrões diferenciados, não? Todas as outras pessoas estavam noivas, casadas, casadas e com filhos ou casadas sem filhos. Ela estava saindo com o Drácula.

– Para com isso – ela resmungou ao voltar para a pista do meio.

Balthazar era muito mais do que isso. Ele aceitara as suas cicatrizes. Não julgara seu segredo mais sombrio, a coisa que a atingia na alma. Ele a adorara e a abraçara e, quando adormeceram juntos por meia hora, ele manteve uma arma bem debaixo do sofá para o caso de ter que protegê-la.

Ela nunca tinha se sentido como se todas as suas partes fossem aceitas. Do jeito que eram. E a ironia era real.

Só o que foi preciso… foi um membro de outra espécie.

Quando a sua saída para o centro da cidade chegou, ela passou na frente de um Mustang e desceu a rampa que a deixou no meio do distrito financeiro. A rota que ela teve que pegar para a livraria Bloody foi ineficiente, mas era assim mesmo com ruas de mão única. Parando na frente da lojinha, ela encarou a porta e se lembrou de ter entrado… num mundo totalmente diferente.

A fita policial amarela, tão familiar quanto seu próprio rosto, cruzava a soleira da porta, e havia também um papel oficial colado entre a porta e o batente.

Ver aquilo a fez pensar no que tinham feito quando "limparam a cena", como Balthazar disse. Tiraram as provas que os ligariam ao crime ou que sugeriam a presença deles? Ou só se livraram das coisas metafísicas? Certamente retiraram qualquer coisa que provasse que ela estivera lá.

A tentação de entrar era quase grande demais. Em vez disso, ela seguiu em frente. Concordara em deixar o Honda prateado naquela área e levar a chave de volta para Balthazar. Ele lhe dissera que eles levariam o veículo de volta à garagem...

Erika pisou no freio e olhou pelo espelho retrovisor. Relanceou ao redor. Depois se virou no banco para poder dar outra olhada na fila de carros estacionados nos dois lados da rua. Droga, já devia ter passado pela viatura sem marcações.

Depois que teve que dar toda a volta no quarteirão, obrigou-se a se concentrar. Talvez estivesse errada sobre o local em que estacionara.

Uma segunda passada pelo lugar teve o mesmo resultado.

A viatura não estava ali.

Onde diabos estava o seu carro?

Na casa de Erika, Balz tomava uma chuveirada no banheiro de cima. Parado debaixo do jato de água quente, passando a barra de Dove pelo corpo, ele não gostava nem um pouco da ideia de ela estar exposta à luz brilhante do sol, dirigindo pelas ruas cheias de motoristas distraídos, sem noção, para voltar ao lugar em que Devina matara o velhote e se passara por ele.

Ele detestava especialmente essa parte.

Pensando nisso, onde diabos estava o demônio, perguntou-se ao esticar a mão para o xampu. Acabara adormecendo depois que fizeram amor de novo, e, ainda assim, nada de demônios em seus sonhos. Era a segunda vez que a vaca não aparecia...

Balz congelou com as mãos na cabeça, com algo produzido por Paul Mitchell nas palmas. Enquanto a água continuava a lavá-lo e xampu entrava nos seus olhos, ele ouviu uma voz na sua cabeça. A voz de Lassiter.

O amor verdadeiro vai salvar você.

Como um tonto, Balz abaixou as mãos para as laterais do corpo e ficou encarando os azulejos do box de Erika.

– Eu a amo. Amo de verdade.

Quando o ardor do xampu ficou irritante, ele se virou e voltou o rosto para o jato. Enxaguando os cabelos, sentiu uma alteração cósmica dentro de si. O Livro não era importante. Era por isso que Lassiter lhe dissera para desistir dele quando ele e Sahvage brincaram de cabo de guerra com aquela coisa nojenta e feia.

Erika era a sua salvadora. Não algo dentro daquele volume antigo.

Ela era a sua solução.

Deixando a cabeça pensa, ele pensou em todos os motivos desconhecidos do destino. Ele não tinha a menor ideia de por que aquele demônio o escolhera ou de como entrara na sua alma no momento em que fora eletrocutado na tempestade de neve. E agora ele não sabia o motivo de ter tanta sorte e ter cruzado seu caminho com uma humana que alterara o curso da sua vida.

Ele deveria se sentir poderoso e afortunado.

Em vez disso, ele se sentia tão fora de controle quanto antes; por acaso só gostava mais desse resultado.

Porém, assim era a vida. Para cada escolha feita conscientemente, existem forças funcionando debaixo da terra da existência de todos os dias e todas as noites, lençóis freáticos profundos do destino que dirigiam uma existência que flutuava para dentro e para fora da felicidade, da tristeza, do medo, da parte de cima.

Todavia, ele se sentia grato.

Como poderia não estar? Mas talvez tivesse um pouco mais de Syphon dentro de si do que gostaria de admitir. Ele preferia estar no comando.

Fechando a torneira, ele saiu e usou a toalha ainda úmida que Erika usara em seu corpo. Quando a fragrância natural dela entrou em seu nariz, sua libido levantou a mão. Ele não faria nada a respeito da sua ereção permanente naquele instante, porém. Esfregou os cabelos, alisou-o com as mãos e voltou a vestir o moletom.

Do lado de fora, no corredor, ele espiou pela porta aberta do quarto de hóspedes. Erika fechara todas as cortinas da residência, mas elas não eram do tipo *blackout* e ele recuou como se tivesse levado um tapa. Fechando a porta, embora fosse para o andar de baixo, ele desceu para a cozinha e seguiu direto para a geladeira atrás de comida.

Condimentos. Muitos condimentos.

Como se ela jamais cozinhasse e só pedisse comida para entrega.

Ele conseguia entender isso. Na época em que morava na mansão da Irmandade, o único motivo de ter comida caseira eram os *doggens* de lá.

Dentro dos armários de Erika, ele encontrou uma caixa de macarrão e um pote de molho para espaguete. Pegando uma panela e colocando água para ferver, ele notou que o laptop dela estava na mesa. Não o abriu. Mesmo se não fosse protegido por senha, o que quer que houvesse ali era assunto dela.

Pegou seu celular. Na tela, havia todo tipo de mensagens, enviadas em resposta à mensagem de que estava vivo, enviada pouco antes de ele ir tomar banho.

Um pensamento estranho passou pela sua cabeça: *É isto que estou deixando para trás.*

– Como é? – resmungou. Ele não ia a parte alguma.

Quando o macarrão ficou pronto, ele não conseguiu encontrar um escorredor, por isso acabou usando um garfo para impedir que o linguini escorregasse para a pia. Despejando a carga de carboidratos numa tigela larga o suficiente para misturar uma salada, ele abriu o pote de molho à bolonhesa e o despejou na mistura como se ela estivesse pegando fogo.

Quando estava para se sentar diante do laptop, lembrou-se de que não estava numa estrutura com venezianas programadas para ficarem fechadas durante as horas do dia. Erika fora atenciosa ao enfiar cobertas sobre as venezianas e cortinas que fechara naquele cômodo, mas era mais seguro permanecer no subterrâneo.

Quando voltou ao porão, usou a coxa como bandeja e girou o macarrão, deixando seu coração feliz e o estômago também, com as mil calorias que taparam o buraco dali.

Quando nada além de umas manchas vermelhas dignas de Jack Pollock[25] restaram dentro da tigela, ele a depositou no chão e pegou o celular de novo. O texto que compôs necessitou de algumas tentativas, e mesmo assim ele não estava satisfeito...

Um rangido do andar de cima fez com que levantasse a cabeça. E também a arma que tinha enfiado no bolso da frente do blusão.

Bem, aquilo poderia ser um problema.

Dependendo de quem ou do que fosse.

---

25 - Jackson Pollock (1912-1956) foi um pintor norte-americano, importante artista do Expressionismo Abstrato que enfatizava a expressão pessoal espontânea. Desenvolveu a técnica do gotejamento, feita com rápidos respingos sobre a tela. (N. T.)

Capítulo 40

Rahvyn reconhecia a paisagem onírica. Era para onde ela viajava quando dormia, um terreno neutro dentro do plano diretor do Criador. Ela passou a ir até lá quando foi morar na Casa Luchas, como se, estando seu corpo seguro, a parte dela que estava conectada à energia do Universo ficasse livre para ir aonde bem quisesse.

Aonde precisasse.

Aprendera a manipular o cenário segundo sua vontade, acrescentando árvores ao terreno plano. Uma campina de flores. Um sol no céu, um chalé num canto. Ela podia trocar o telhado para cor de lavanda ou amarelo, vermelho ou rosa.

Esses eram os truques que ela desenvolvera assim que chegara da primeira vez.

No entanto, o esforço fora trivial. Ela teve a sensação, bem em seu íntimo, de que aquele era um lugar importante, de maior significado do que apenas um pano de fundo no qual ela podia brincar de colorir e plantar árvores...

Um vento que ela não criou soprou em seu rosto, e, quando seus cabelos foram levados com ele, ela viu que as mechas tinham voltado a ser como haviam sido outrora, não mais brancas, mas de um negro profundo. Prendendo-as atrás das orelhas e por cima dos ombros, ela sentiu uma espécie de chegada.

Virou-se para ver o que era...

Uma mesa.

Uma mesa sem adornos se materializara sobre o gramado azul-escuro, e ela recuou um passo. Olhando para o "céu", do modo como ele era, ela não viu nada acima de si, a não ser as nuvens azuis que ela criara para se proteger do brilhante sol vermelho. Não havia nada atrás dela ou se aproximando pelas laterais...

Uma imagem apareceu sobre o tampo, e o que quer que fosse treme-luzia como se algum sinal estivesse sendo interrompido pela distância ou pelo clima.

Ela não se aproximou.

Até reconhecer a forma.

O objeto era quadrado e achatado, uma caixa, mas não muito profunda. Não, isso não estava certo. Não era uma caixa, mas sim um... livro.

Nessa hora Rahvyn se moveu adiante. Quando se viu diante do objeto, notou o modo como a imagem continuava a ir e vir, uma miragem do objeto em si.

O livro tinha uma capa sarapintada, desigual, e uma onda de algo que cheirava muito mal atingiu seu nariz. De modo geral... era asqueroso.

E mesmo assim ela se viu atraída para o volume antigo. Como se a coisa estivesse chamando seu nome e tivesse alguma necessidade urgente que apenas ela poderia atender, ela não conseguiu desviar o olhar.

Sua mão se ergueu como que por vontade própria e o braço se esticou sozinho.

Quando ela estava para fazer contato, quando a imagem se solidificava para a realidade das três dimensões, em vez da representação tremeluzente de duas...

Algo brilhou acima.

Erguendo de súbito a cabeça, ela olhou para o céu. Já não era mais azul e vermelho. Na verdade, todas as cores desapareceram daquele plano de existência, nada além de tons de cinza e preto e penumbra acima e em toda a sua volta.

Quando ela relanceou de volta para a mesa, o livro era real.

E exigia que ela...

Rahvyn despertou de supetão e levou a mão para o centro do peito para acalmar o coração acelerado. Relanceando para o ambiente ao seu redor, viu que estava no quarto hospitalar que lhe fora designado, aquele onde o anjo de cabelos loiros e pretos viera visitá-la e onde os Irmãos estiveram reunidos do lado de fora, no corredor, para discutir sobre o que ela fizera com Nate.

Santa Virgem Escriba. Ela ainda tinha dúvidas, e ela temia tê-lo salvado apenas para criar mais um conjunto de problemas para seu amigo.

Talvez a morte tivesse sido mais generosa com ele, ainda que despedaçasse aqueles que o amavam.

E quanto ao sonho de agora há pouco? Ela não sabia qual fora o sentido daquilo, por que o livro fora procurá-la, o que queria dela.

Presa a uma agitação que a enchia de tiques nervosos, ela se viu compelida à ação, de qualquer tipo. Deslizando os pés para fora das cobertas que a envolviam, ela caminhou até o banheiro. Depois de se refrescar, o que incluiu escovar os dentes graças aos artigos de cortesia que encontrara sobre a bancada, ela retornou para o cômodo mais amplo.

Onde fitou a porta fechada.

Movida pela ação, ela passou para o corredor. Em seguida, foi andando ao longo da passagem comprida, branca, desprovida de adornos. Seus sentidos estavam tão aflorados que as paredes da clínica, assim como seus diversos andares subterrâneos, desapareceram, tudo se tornando transparente e revelando os dramas que se desenrolavam ao seu redor: ela via todos eles, os machos e as fêmeas dentro daquelas instalações, quer fossem pacientes quer fossem cuidadores quer fossem pessoas presas a máquinas e computadores. Ela conheceu suas histórias no mesmo instante, mergulhando nos seus segredos enquanto recebiam tratamento, davam tratamentos, registravam tratamentos, esperavam por tratamento.

Aquela transparência já acontecera antes e, quando todas as informações a abalroaram, ela tentou erguer seus limites psíquicos para detê-los.

Algo a respeito daquele sonho a perturbara fundamentalmente, porém, e ela teve que se esforçar para agrupar suas defesas a fim de poder formar seus objetivos distintos, a segregação necessária para ela a fim de...

— Você está bem?

Ao som da voz da fêmea, Rahvyn escapou daquele vórtice. Uma enfermeira uniformizada estava diante dela, com os olhos castanhos demonstrando preocupação, uma mão atenta se esticando para a frente. Ela reconheceu quem era. Era a pessoa que vinha verificando como ela estava de tempos em tempos, que fora tão gentil. E, em resposta à pergunta, Rahvyn inspirou fundo para se reequilibrar — e, por uma fração de segundo, considerou a ideia de contar à fêmea que, na realidade, não, ela não estava se sentindo bem. Estava submersa na vida das outras pessoas.

Perguntando-se por que não salvava a vida dos que morriam.

Assim como fizera com Nate.

Todavia, Rahvyn permaneceu em silêncio. Ela sabia que o tipo de ajuda de que precisava estava fora do escopo dos cuidados oferecidos pela fêmea. Por qualquer pessoa.

— Estou com um pouco de fome — disse rouca, de forma a justificar sua presença do lado de fora do quarto. — Há uma cozinha aqui, talvez?

— Ah, sim. — Alívio marcou o rosto agradável da enfermeira. — Se preferir, pode voltar para o seu quarto que eu levo uma refeição.

A ideia de ficar confinada fez suor brotar da testa de Rahvyn.

— Eu gostaria de fazer isso eu mesma, se for possível.

— Bem, temos a lanchonete. — Explicações de como chegar foram dadas. — Apenas siga as placas. Não está funcionando em toda a sua capacidade, mas há alguma comida por lá.

— Muito obrigada.

Houve um pouco mais de conversa que Rahvyn não tentou acompanhar e, quando se separaram, ela percebeu que não guardara nenhuma indicação de como chegar ao local. A última declaração, porém, bastou.

Ela seguiu as placas.

Depois de várias curvas e alguns corredores percorridos, ela sentiu cheiro de comida. Não do tipo que se encontraria numa Primeira Refeição, porém. E isso, aliado à sensação de que a luz do dia chegara de fato ao ambiente externo, lhe informou que ainda não voltara a escurecer.

Ela não poderia ir embora.

Uma porta dupla se apresentou e se mostrou um portal para um espaço amplo diante do qual havia bancadas de aço inoxidável e muitas unidades com a frente de vidro. Dentro dos equipamentos havia um infindável estoque de alimentos disponíveis, bem como uma extensão de buffets, os quais estavam fechados, provavelmente por causa da hora. Andando na direção das frutas expostas, ela pegou uma bandeja e se serviu de uma laranja. Uma maçã. Um cookie envolvido em celofane. Uma garrafa de água. Um sanduíche já preparado…

Rahvyn parou, a sensação de estar sendo observada fazendo com que olhasse por sobre o ombro.

Mais além de onde ficavam os alimentos, havia uma área equipada com mesas e cadeiras, capaz de acomodar uma centena de pessoas ou mais.

Estava vazio. A não ser por uma pessoa.

Lá, na parte mais distante, no fundo e de frente para a parede, mas virado para olhar para ela…

… estava Nate.

Capítulo 41

Enquanto acompanhava os passos no andar de cima, Balz mergulhou na direção da bolsa de lona cheia de armas e pegou dois cartuchos e outra pistola automática. No primeiro andar, alguém definitivamente se movia e não era Erika. Não era para ela estar de volta ainda, e, ademais, ele sabia o som que ela produzia quando andava pela casa.

Indo até a base da escada, apagou as luzes com a mente e mergulhou o porão na escuridão. Em seguida, assegurou-se de ficar fora da área onde a iluminação da cozinha entraria pelo topo da escada, apontou ambas as armas para a porta fechada...

E esperou. Cedo ou tarde, quem estivesse ali desceria até o porão.

As passadas eram pesadas e, como esperado, se aproximavam da porta que dava para o porão. Balz permaneceu tão firme quanto o concreto acarpetado no qual estava, certo de que, quem quer que fosse, *o que* quer que fosse... não era uma sombra. Sombras não pesavam a ponto de produzir esse tipo de som...

— Não sou o alvo que você procura — disse uma voz seca do lado oposto da porta fechada.

— Lassiter? — Ele abaixou as armas. — O que você está...

O anjo abriu a porta.

— Bem, você me mandou uma mensagem...

— ... fazendo aqui?

— ... pedindo que eu viesse para cá, e eu lá vou ignorar isso?

— Não cheguei a enviar a mensagem.

– Hum, sinto cheiro de espaguete. Sobrou?

Quando o substituto da Virgem Escriba desceu os degraus de madeira, Balz teve um instante de incerteza quanto a ele ser ele mesmo, mas então o brilho sutil do halo do macho ficou perceptível – e aquele demônio tinha muitas coisas flutuando ao redor dela, mas nada parecido com a luz do sol.

– Sabe, Balz, você não tinha que ficar escolhendo as suas palavras com tanto cuidado. – O anjo marchou até a poltrona ao lado do sofá e se sentou. – Afinal, qual é, o meu nível de inglês é o das *sitcoms* no máximo. Em termos de vocabulário, não chego nem aos dramas de uma hora de duração.

Balz piscou. Em seguida, fez com que as luzes voltassem a se acender e foi para o sofá.

– Tudo bem. E, hum, não sobrou. Comi todo o macarrão.

– Que chato. Mas, tudo bem, passo na Domino's e pego uma pizza a caminho de casa. A da Pizza Hut embrulha um pouco o meu estômago.

Quando Balz também se sentou, guardou as armas atrás de uma das almofadas. Depois se inclinou e apoiou os cotovelos nos joelhos.

– O que está se passando pela sua cabeça? – Lassiter perguntou com gentileza.

– Se você sabia que eu estava escrevendo uma mensagem de texto antes de eu enviá-la, sabe o que estou pensando.

– Me faça esse agrado mesmo assim. Além do mais, é bom nos ouvirmos falar, não é? Quero dizer, sempre achei que isso fosse verdade, ainda mais se esse "nos" por acaso fosse eu. – O anjo apontou para si próprio. – Mas eu lhe cedo o palco e o microfone por ora.

Quando Lassiter se recostou e se ajeitou, cruzando as pernas joelho com joelho em vez de assumir a postura mais clássica de triângulo, parecia não conseguir decidir se queria parecer um integrante de banda de heavy metal ou um membro de clube de cavalheiros. As mechas longas loiras e pretas na cabeça e as camadas de preto e vermelho cheias de laços ao estilo de Steven Tyler sobre o corpo sugeriam a primeira hipótese. As mãos e a compostura elegantes, a segunda.

— Preciso saber… — Balz limpou a garganta e relanceou ao redor do porão de Erika. Depois, soltou uma gargalhada curta e repentina ao se lembrar da conversa que tentara ter ao telefone com V. — Nem sei bem se você vai ouvir o que tenho a dizer.

— Estamos a um metro de distância um do outro. Mas se prefere seguir a rota do mistério, tudo bem por mim. Isso vai nos retardar, mas o elemento da adivinhação pode ser divertido. Além do exercício mental. Pode começar.

— O que você está… — Balz tentou acompanhar. — Desculpe, mas não estou entendendo.

Houve uma breve pausa. Então, Lassiter deixou a brincadeira de lado.

— Você quer saber se o demônio ainda está dentro de você.

— Está? Na última semana me obriguei a ficar acordado, mas hoje acabei dormindo. Duas vezes. E ela não veio até mim nos meus sonhos.

Lassiter se concentrou nas unhas, inspecionando as cutículas como se fosse uma manicure que não aprovasse o trabalho feito por outro profissional, as sobrancelhas unidas, a boca numa linha fina.

— Sei o que ela vem fazendo com você — murmurou o anjo.

Balz desviou o olhar.

— Está tudo bem…

— Não, não está. É uma violação.

— Não quero falar sobre isso. São só sonhos, de toda forma. Não há por que ficar histérico por causa de um pesadelo, certo? Não acontece de verdade.

— É errado da parte dela, totalmente. Mas não vou te forçar a falar sobre isso. Só acho que você deveria ver a Mary.

— Ah, a *shellan* do Rhage, a fonte de todo o realinhamento pessoal, a quiropata da consciência. — Mas ele não estava reclamando, só estava exausto. — Talvez ela tenha saído de mim. O demônio, quero dizer. Então, já não tem importância.

Foi então que ele olhou incisivamente para o outro macho. E, quando se deparou com os olhos prateados e estranhos do anjo, ele teve ciência de que projetava tanto esperança quanto desespero, detalhes que um lutador jamais deixaria alguém ver – a não ser, talvez, a sua fêmea.

Mas ele já passara do ponto de se importar com orgulho.

Lassiter inspirou fundo e lentamente fechou os olhos. Em seguida, tudo ficou silencioso, não havia mais o assobio da calefação ou o sopro do ar pelo sistema de ventilação nem os sons ambientes do lado externo, como um carro passando ou um cachorro latindo. Foi como se o volume tivesse sido abaixado no mundo todo.

Enquanto Balz aguardava o veredicto, ele quase teria preferido ficar sem saber. Dessa forma, pelo menos haveria uma chance de estar sozinho na própria pele...

Os olhos de Lassiter se abriram, e o franzido em sua testa não era um bom sinal.

– Ah, merda – murmurou Balz ao...

– Não consigo senti-la. Nada.

Balz se sobressaltou de surpresa.

– Como é?

– Não consigo... – Os olhos do anjo percorreram Balz da cabeça aos pés e, mesmo assim, ele não parecia feliz. – Não estou captando nada.

– Nada? Espera, isso é bom, certo? É o que queremos? – Balz se tateou, como se estivesse batendo em portas na esperança de que ninguém atendesse. – Qual o problema? Não entendo por que você não está feliz.

Ele tinha tantas perguntas, mas a cadência na sua voz foi mais porque a boa notícia inesperada dava ao seu humor um passeio de balão de ar quente.

Porra, ele terminaria todas as frases com um ponto de interrogação pelo resto da vida se Devina tivesse desaparecido.

– E você me disse que ela não o procurou? – perguntou Lassiter.

– Não, e eu estava dormindo mesmo. Erika e eu... Bem, de todo modo, nós dormimos. – Balz se sentou mais à frente no sofá, quase caindo do assento. – Mas, escuta, você estava certo. Você me disse que o amor verdadeiro me salvaria. Você me disse que o Livro não era a resposta. Erika é... *Ela* é a salvadora de que eu precisava.

Ele falava cada vez mais rápido e teve que se segurar um pouco, antes que acabasse dando uma de Tom Cruise no sofá, transformando o anjo na Oprah. Mas as peças se encaixavam. Tudo ficava claro e isso era bom. Era certo.

— Sei que ela é humana. — Mostrou as palmas como quem pede calma. — E percebo que não a conheço há muito tempo. Mas quando o amor verdadeiro aparece na sua porta, você não o faz esperar um ano inteiro só para ter certeza de que ele não pertence a outra pessoa.

Lassiter sorriu de leve.

— Fico feliz por ter estado certo.

— Eu também. Sei que existem coisas que precisam ser acertadas. — Deliberadamente deixou que a parte da integração entre os mundos permanecesse vaga. — Mas eu... Bem, eu só estou muito grato a você.

— Não fiz nada. — O anjo mostrou as palmas num sinal de impotência. — O Criador é o que o Criador faz.

— Mas você deu a Erika o poder de me manter vivo.

Lassiter se pôs de pé de repente.

— Não sei do que você está falando. Como já disse, estou feliz que tudo tenha dado certo para você... e para ela. Ela é uma boa fêmea. Merecedora de todas as coisas boas, ainda mais por tudo o que ela já passou.

— Concordo plenamente.

Na pausa que se seguiu, Balz se preparou para o "até logo". Mas, em vez de partir, o anjo ficou enrolando. E só ficou ali parado.

— O que foi? — Balz exigiu saber.

O anjo abriu a boca. Fechou.

— Nada. Divirta-se com a sua fêmea, está bem?

E, simplesassim, Lassiter se foi, dando uma de fantasma e desaparecendo num piscar de olhos.

Deixado sozinho, Balz voltou a se recostar... e ficou pensando no que exatamente aquele macho estava escondendo.

Quando Erika passou por cima do freio de mão do Honda para alcançar a bolsa, a ironia de ser uma detetive de homicídios prestes a ligar para a polícia para denunciar o desaparecimento, possível roubo, de uma viatura policial sem marcações não lhe passou despercebida. Porém, assim que viu a tela do celular, a questão do paradeiro do seu carro tornou-se secundária na sua lista de problemas.

Seu telefone estava cheio de ligações não atendidas. Costumeiramente, ela o deixava no silencioso – sem nem vibrar –, por isso não percebera as ligações de Trey. Muitas ligações. Assim como, pelo menos, umas dez mensagens de texto.

Retornando a ligação, aproximou o aparelho da orelha e esperou que ele...

Sua chamada foi atendida no primeiro toque.

– Erika?

– Oi, Trey. O que está acontec...

– Jesus Cristo, por onde você andou?

– Em casa...

– Não, em casa, não. Verifiquei a sua casa duas vezes ontem à noite e depois de novo assim que...

– Espera, quando... – Seu parceiro falava tão rápido e tão alto que ela teve que erguer a voz para interrompê-lo. – Quando você passou na minha casa?

– Lá pelas dez da noite. E depois da meia-noite. E, por fim, uns dez minutos atrás, usei a chave que me deu e dei uma olhada...

– Você fez o *quê*?

– Você me deu a chave, lembra? "Para o caso de alguma coisa acontecer", citando as suas palavras...

– Ah, puxa. Eu tinha me esquecido. E, Trey, você não deveria ter entrado lá.

– ... assim como "se eu ficar fora do ar"...

– Estar inacessível por doze horas não é o mesmo que ficar fora do ar...

– Está de brincadeira comigo? – Trey imprecou. – Erika, o que era pra eu ter feito depois de você ter ido à cena do crime na Primrose e mais parecer uma morta-viva na Unidade ontem? E, depois, encontrei o seu carro perto do rio onde eu processei outra cena durante a noite...

– Como é?

Seu parceiro inspirou fundo.

– Isso tudo não é tão importante. O que importa é que...

– Encontrou o meu carro?

– Sim, duas ruas para baixo da ponte que as pessoas costumam usar para se suicidar porque a grade está baixa e ainda não foi consertada pela prefeitura. – A voz de Trey se interrompeu. – Sei o tipo de estresse pelo qual está passando. Você leva seu trabalho muito a sério e estamos com falta de pessoal. Também estou esgotado. Porém, se acrescentar a isso a situação por que passou na Primrose, eu só... Talvez eu tenha exagerado, e sinto muito por ter entrado na sua casa. Mas eu não sabia mais que diabos fazer. Você está sempre à disposição. Nunca deixei de ter uma chamada atendida ou uma mensagem respondida por você. Eu estava me cagando de medo de que algo de muito ruim tivesse te acontecido.

Porra.

– Olha só, eu sinto muito, muito mesmo por ter preocupado você.

– Está tudo bem. Contanto que *você* esteja bem.

– Ah, olha só, Trey. – Quando um carro ficou parado atrás dela na rua de uma só mão, ela teve que se mexer. – Quando você foi à minha casa...

– O seu sistema de segurança não estava acionado. E, sim, eu me certifiquei de trancar tudo depois que saí.

A tal da coisa da memória, Erika pensou. Claro, Balthazar tinha apagado as lembranças dele.

Ela relaxou.

– Bem, como já disse, eu sinto muito por ter te preocupado. Eu só apaguei ontem à noite. Desliguei o celular e simplesmente desmaiei.

– Então, onde você está agora?

– Procurando pelo meu carro, na verdade.

— Estou com ele. Eu o trouxe para a delegacia porque pensei... Bem, de todo modo...

— Você pensou que eu não voltaria.

— Pensei que você não voltaria – ele admitiu. – Tanto você quanto eu sabemos que a incidência de *burnout* entre os detetives é alta. Você é uma das melhores que o departamento já teve porque leva tudo muito a sério. Só que está sobrecarregada e está se cansando, e eu sei que a minha esposa vai pegar no meu pé por eu dizer isso, mas você não deveria mesmo ter ido à cena na Primrose. Você deveria ter me dado ouvidos.

Erika fechou os olhos e se lembrou dela e de Balthazar sentados no sofá minha-cor-predileta-é-azul, ela balbuciando como uma idiota, ele a abraçando, mesmo depois de ela ter dito tudo o que disse. E também se lembrou de ter lhe mostrado as cicatrizes.

— Você está com a razão, Trey. Eu não deveria ter ido lá. Foi mais do que pude suportar. Mas, às vezes, sinto como se eu tivesse que ser forte. Senão, vou acabar ficando de mãos atadas pelo que aconteceu comigo e com a minha família.

Quando a ponta dos dedos tocou na clavícula e sondou a pele desigual, Trey disse:

— Tira uns dias de folga, está bem? Não se preocupe com nada aqui. Kip e eu cuidamos de tudo e, sim, nós a manteremos informada. E, depois, quero que você volte... eu quero a minha parceira de volta. Precisamos de você. As vítimas de Caldwell precisam de você. E é muito melhor descansar um pouco agora para reencontrar o seu centro do que explodir em chamas e não conseguir mais fazer o seu trabalho depois. Isso é a realidade; não é sinal de fraqueza.

Erika focou o olhar pelo para-brisa do Honda e não se surpreendeu quando a visão ficou borrada e as lágrimas surgiram. Mas ela não sentiu nada.

Não... Isso não era bem verdade. Ela sentiu uma coisa, só que era algo muito profundo e muito doloroso, por isso ela não permitia que viesse à tona.

– Sabe – disse rouca –, eu sempre fiz esse trabalho por mim. Para fazer as pazes com os meus demônios pessoais. Nunca me ocorreu que...

– Que estivesse ajudando as pessoas? Que o seu parceiro e o seu departamento dependem de você? Qual é, Erika, cai na real. Você não achou que a gente só estava se divertindo com a sua personalidade charmosa, achou?

Ela gargalhou e enxugou os olhos.

– Está bem. Vou tirar uns dias. Mas quero ser informada de tudo. Mande cópia de tudo para mim e, se houver qualquer problema, quero que me ligue também.

– Tudo bem. Combinado. Falo com você em breve, parceira.

Quando Trey desligou, ela afastou o celular da orelha e só ficou olhando para o aparelho. Depois olhou para fora da janela. Trey estava certo. Ela estava bem perto do rio. Dois quarteirões mais e ela estaria na ponte que proporcionava uma bela queda e muita água fria embaixo.

No mesmo instante, voltou ao depósito da livraria com Balthazar encostando a faca na garganta...

Cobriu os olhos, embora o que não quisesse ver não estivesse diante de si, mas em sua mente.

Em seguida, viu o quarto cor-de-rosa na cena do crime da rua Primrose, aquela mão jovem com as unhas cuidadosamente pintadas de rosa ainda segurando a coronha da arma.

Por fim, lembrou-se da sua primeira tentativa de suicídio na faculdade. Depois, das duas seguintes. Foi depois da terceira lavagem estomacal que ela ligou para o psiquiatra. Por mais que o cara tivesse tentado ajudar, não foram aquelas sessões que mudaram tudo. E certamente não foram os antidepressivos que lhe foram prescritos e que ela nunca tomara.

No fim, ela parara de tentar se matar porque não queria mais se livrar da punição de continuar viva. O fato de viver, de respirar, de sofrer, pareceu o castigo correto por ter ficado parada lá, assistindo enquanto a sua mãe implorava por ajuda.

E ela não fez nada a não ser assistir ao seu homicídio.

Morrer era fácil. Viver era uma opção muito mais difícil.

Com essa decisão tomada, ela nunca mais pensou em tomar remédios com vodca. Simplesmente parou com essa ideia de suicídio. Mas era estranho. Sentada naquele velho Honda prateado, que lhe fora emprestado por vampiros, com seu amante no porão se escondendo da luz solar e um querido amigo e colega se preocupando com a possiblidade de ela ter se jogado de uma ponte... ela se descobria grata por estar viva.

Mesmo que o sofrimento fosse o único motivo da sua sobrevivência.

Capítulo 42

Na lanchonete das instalações médicas subterrâneas, Rahvyn andou com a bandeja em meio ao labirinto de mesas e cadeiras enquanto Nate se levantava. Ele parecia mais alto do que ela se lembrava, embora talvez fosse apenas porque era a primeira vez que estavam verdadeiramente sozinhos. Antes disso, sempre houvera alguém por perto, na Casa Luchas, no Dandelion, ali mesmo, naquela instalação.

– Fico feliz que tenha vindo comer – disse ele ao puxar a cadeira diante daquela em que se sentava.

– Acabei de acordar.

– Eu também.

Assim que ela se abaixou, ele a ajudou a mover a cadeira, embora tal ação não lhe fosse difícil de executar. Em seguida, ele se sentou diante dela, enquanto ela descascava a laranja e ele mordiscava o sanduíche comido pela metade.

Comeram em silêncio por um tempo, e foi o tipo de silêncio que parecia permear tudo. Ali, nos fundos da área reservada para as refeições, com aquelas portas fechadas e ninguém mais comendo ou preparando comida, eles estavam isolados não só de barulhos imediatos como dos sons de todo o complexo.

– Você tem perguntas – disse ela, por fim.

– Bem, tenho... sim.

– Não me surpreendo. É muito para se compreender...

– Estou sempre à espera de você partir – ele disse num rompante. Num ato contínuo, ele levou a mão à boca como se surpreso por ter dito aquilo.

– Sinto muito. – E, nessas palavras, ela não se desculpava por muito mais do que a preocupação dele? – De verdade.

– Sabe, eu vou à Casa Luchas e sempre acho que você foi embora. – Ele limpou a boca com um guardanapo de papel. – E sei que isso é um direito seu. Claro que é. Só que eu sinto... que somos amigos. Por isso, não quero que você vá embora, e, se você for, eu gostaria de ter a oportunidade de me despedir.

Ela ficou calada por um instante. E sussurrou:

– Não sei bem como responder.

Ele deu de ombros e terminou o sanduíche.

– Pelo menos não está mentindo para mim, dizendo que vai ficar. Mas para onde você vai? E quando?

– Isso eu não sei.

Nate encarou o prato vazio, e ela ficou imaginando exatamente o que ele via na porcelana branca.

– Você tem que ir?

– Quando alguém não pertence a um lugar, está sempre indo, ainda que fique.

– Mas você poderia pertencer a este lugar. – Os olhos dele dispararam para os dela. – Existem pessoas que gostam de você, que a ajudam. Que querem que você fique.

Ah, mas ela fora exposta, não? Após o que fizera com ele, havia mostrado do que era capaz de uma maneira que complicaria tudo. A Irmandade da Adaga Negra e seus colegas guerreiros se dedicavam à sobrevivência da espécie, e por mais que fossem machos de valor, o seu poder era algo que eles haveriam de querer ter em suas mãos. E, fora eles, sempre haveria outros que buscariam capturá-la e controlá-la e à magia que ela possuía.

– Nate, sempre serei grata pela sua amizade...

Ele esticou um dedo para interrompê-la.

— Sabe, quando eu disse que gostaria de me despedir, eu meio que esperava que não fosse hoje.

Ela se lembrou do Antigo País e de ter sido caçada por aquele aristocrata.

— A minha presença nem sempre é bem-vinda.

— Como você pode dizer isso? Você é tão legal. E você é... bem, muito legal.

A expressão dele se fechou como se ele desejasse ter escolhido outras palavras. Ela queria lhe dizer que estava tudo bem, tudo estava certo. Se havia algum constrangimento, era do seu lado da mesa.

— Rahvyn, não quero impor nada a você, mas eu espero de verdade que possa passar mais um tempo por aqui porque não entendo o que eu sou agora. E eu meio que sinto que poderia aprender melhor tudo o que isso significa vindo de você. — Ele ergueu a mão. — Não que eu não esteja grato. Eu só... Bem, aqui vai uma pergunta: se eu pular na frente de um trem em alta velocidade, eu não morro? É assim que funciona? Se eu levar um tiro na cabeça, eu vou sair sangrando por aí pelo resto da eternidade ou eu cicatrizo? Vou envelhecer? E se eu me transformar num cara apodrecido, entende? O que eu quero dizer é... O que... o que vai acontecer comigo?

Rahvyn só pôde menear a cabeça.

— Você sempre será quem é agora, não importa o que lhe seja feito, não importa a passagem do tempo.

Ele se remexeu na cadeira, como se a enormidade de tudo isso lhe ocorresse e o estresse fosse quase demasiado para ser contido. Portanto, ele mudou de assunto – e ela não podia culpá-lo.

— Conversei com Shuli, a propósito. Por vídeo.

— Então, ele ficou sabendo que você tinha se ferido.

— Sim. Ele ficou... Não sei, talvez só estivesse bêbado ainda, mas ele parecia bastante emotivo. – Nate deu de ombros. – Eu fiquei bem impressionado. Ele só pensa em si mesmo o tempo todo, entende?

— Ele é um fanfarrão, mas isso pode ser divertido. Em seu coração, ele é puro.

– Ele disse que nunca mais vai voltar para o Dandelion.

– É bonito lá dentro. Gostei das flores. – Ela franziu o cenho. – Essa foi uma das últimas coisas que eu lhe disse, não foi?

– Só me lembro de ter saído do clube e visto aquele homem no chão, o segurança. Você foi gentil com ele. Ajoelhou-se e, em seguida, vieram os tiros. – Nate balançou a cabeça. – Não senti muita dor. Pensei que… quando a gente morre… é pra gente sentir dor.

– Eu não saberia dizer.

Outro período de silêncio.

– Rahvyn?

– Pois não?

– Você é como eu? Ou, melhor dizendo, eu sou como você?

Ela se concentrou nele, vendo-o pelo belo jovem que ele era – e ainda assim se lembrando de tudo o que fora feito com ele naquele laboratório. De fato, ela estivera dentro da mente dele, não porque quisesse tirar algo dele, mas porque ele a acolhera em suas emoções. Demonstrando empatia por ela, ele criara uma conexão que acabara revelando seu passado.

Ela ficara horrorizada por tudo o que ele passara.

– De algumas maneiras – respondeu com suavidade –, sou muito parecida com você.

Ele assentiu de leve. Em seguida, fitou-a diretamente nos olhos.

– Prometa que não partirá sem me contar.

Enquanto ela considerava o fardo que dera a ele, só havia uma única resposta a dar. Esticando-se ao longo da mesa, ela apoiou a mão na dele.

– Eu prometo – jurou.

Capítulo 43

Erika acabou deixando o Honda prateado uns dois quarteirões distante da sede do dpc. Trancando-o, pegou as chaves e, ao começar a se distanciar a pé, se surpreendeu com a suave brisa primaveril. O centro da cidade podia feder como uma hipotética axila – ainda mais em agosto, perto dos restaurantes, quando as lixeiras viravam cozidos de comida apodrecendo –, mas não hoje. Mesmo com os caminhões transitando, os carros passando e pedestres fumando, só havia cheiro de terra e de coisas brotando.

Quando ela andou até o seu local de trabalho, fez uma pausa e ergueu os olhos para a construção. Era moderna, mas não no sentido de arquitetura contemporânea. Moderno para o prédio do Departamento de Polícia de Caldwell correspondia a filas de janela que não se abriam, nenhum adorno ou peça artística em parte alguma e seis entradas com detectores de metal. Basicamente como qualquer outra estrutura municipal erguida na década de 1960.

E mesmo assim significava muito para ela.

A conversa com Trey lhe abrira os olhos. Ou, quem sabe, a sua nova perspectiva se originava daquela manhã quando Balthazar aceitara com tanta facilidade tudo o que havia de alquebrado dentro dela. De todo modo, enxergava tudo por uma nova perspectiva.

A ideia de que fazia alguma diferença para as pessoas que passaram pelo que ela passara? Esse era um tipo de bálsamo para sua dor – e um que ela não reconhecera que vinha aplicando nas cicatrizes que carregava por dentro.

Um consolo que ela instintivamente identificara e com o qual se automedicara.

Interessante como as pessoas são capazes de cuidar de si próprias sem nem saber disso.

Seguindo para os fundos do prédio, ela entrou no estacionamento. Trey tinha deixado o carro dela na parte oposta, bem na frente do lote de carros apreendidos. Quando chegou a ele, a chave extra estava no porta-copos no meio do console entre os bancos da frente, exatamente como ele disse que estaria. Quando ela entrou e deu partida, sentiu como se precisasse avisar alguém. Talvez devesse.

Saindo do estacionamento, relanceou pelo espelho retrovisor e viu a trave da guarita voltar ao seu lugar. Num momento de pânico, preocupou-se com a possibilidade de haver algum instinto lhe dizendo que esses dois ou três dias de folga virariam folgas permanentes. Quando nada semelhante surgiu, ela ficou aliviada, embora nunca tivesse sido vidente nem nada assim.

A Northway não ficava longe, mas graças a uma tubulação de água rompida, pegou um desvio e perdera a sua saída. Percebeu em seguida que estava numa parte diferente da cidade, com menos arranha-céus, mais lojas luxuosas. Passando por algumas dessas lojas, ela viu nas vitrines coisas como vestidos, calças e blusas...

A vaga para estacionar apareceu do nada, a fila de carros permanentemente estacionados para-choque com para-choque rompida por um espaço de metragem perfeita.

O motivo de ela ter dado ré para entrar na vaga era-lhe desconhecido. E, quando ela saiu, ainda estava confusa.

Mas, em seguida, olhou para a fachada de uma loja Ann Taylor e viu um vestido... que também não fazia muito sentido. Era vermelho. Um vermelho vivo, com um profundo decote em V e uma saia curta demais – o que, para Erika, significava que terminava ligeiramente acima dos joelhos.

– Não tenho troco para colocar no parquímetro.

Quando ela disse isso, um cara passou por ela e a fitou como se estivesse imaginando o motivo de ter sido informado disso.

– Ora, é verdade – ela resmungou para as costas dele.

Virando-se para o carro, disse a si mesma que não precisava de um vestido e, muito certamente, não precisava de um vestido como *aquele*…

O parquímetro tinha trinta minutos de crédito restante.

Relanceando por cima do ombro, visualizou-se vestindo-o diante de Balthazar. Só que isso era loucura. Eles não sairiam num encontro.

Ela precisava agir de maneira prática e deixar aquilo de lado. Deus, uma bela noite de sexo e ela estava reimaginando uma vida inteira. Que ridículo…

Erika ficou imóvel. A princípio, não teve certeza se estava imaginando coisas. Mas, na piscada seguinte, nada mudou: o cara de cabelos loiros e pretos, aquele que a ajudara a salvar a vida de Balthazar, estava parado diante da entrada da loja Ann Taylor. Ele era inconfundível, na realidade, e não só por causa do seu tamanho.

Havia um brilho ao redor dele, um tremeluzir que parecia emanar de si.

Ele a encarava fixamente… e, em seguida, seus olhos percorreram seu corpo lentamente, trafegando da cabeça aos pés. Quando retornaram ao seu rosto, a expressão dele estava mudada, tendo passado de uma máscara reservada para alguém completamente devastado.

Como se alguém próximo tivesse acabado de morrer.

Ou ele tivesse acabado de descobrir que ela tinha um câncer terminal.

Esquecendo-se por completo de vagas para estacionar e de vestidos que não fazia sentido comprar, Erika fechou o casaco ao redor do corpo e começou a andar na direção dele. Um desnível na calçada fez com que ela tropeçasse, e ela se projetou à frente, quase despencando no concreto.

Quando recuperou o equilíbrio, o homem – ou o que quer que ele fosse – tinha sumido.

Bom Deus, o que ele sabia sobre ela que a própria Erika não sabia?

Dez minutos mais tarde, Erika já se esquecera da situação estranha por que passara na rua e estava no provador da loja Ann Taylor não apenas com o vestido vermelho, mas duas saias, um par de calças *leggings*, três camisas, em vez de camisetas, e um "vestido envelope divertido de arrasar" que Kelley, sua "auxiliar de vendas", lhe dissera que seria simplesmente perfeito para a estação de transição dos meses de abril e maio.

Estação de transição para Erika era só chuva antes que virasse neve.

Aparentemente, na loja, isso significava uma coisa completamente diferente – e mais, todas as roupas "de transição" tinham que ter uma combinação de cores de acordo com a sua "paleta" pessoal. Que não era algo que fosse servido com seu jantar. E, ah, ela era uma pessoa "inverno"? Que diabos isso queria dizer?

Que era uma pessoa fria?

Rá! Balthazar provara que isso não era verdade. E muito mais que isso.

Sentindo-se como uma idiota por estar experimentando roupas, despiu a jaqueta, tirou as calças com a blusa de velo e a camiseta, e depois estremeceu ao pegar o vestido do cabide. Precisou de um pouco mais de esforço do que imaginara para arrumá-lo nos ombros e na cintura, mas logo a peça estava bem ajustada. Pelo menos, achou que estivesse. Inclinando-se para puxar de novo a saia um pouco para baixo, ela...

– Mas que diabos?

Intrigada, apoiou o pé na cadeirinha que havia no canto do provador. Do lado interno do tornozelo, havia um hematoma escuro que subia até a base da panturrilha. Erguendo mais a saia, ela encontrou outro no joelho.

Bem, se esse era o preço a pagar pelo melhor sexo da sua vida, ela carregaria as contusões com muito orgulho, maldição.

E, olhe... Para variar ela não procurava no dr. Google para descobrir qual temida doença ela tinha. Costumeiramente, estaria convencida de que aquilo era um sinal de que ela...

Pensou no modo como o homem a fitara lá fora na calçada. Quando um tremor de desconforto voltou a trespassar seu corpo, ela tentou afastar a hipocondria.

– Como estamos? – Kelley perguntou do outro lado da cortina divisória.

Abaixando o pé e a barra do vestido, Erika alisou o tecido e se concentrou no seu reflexo. Claro que a resposta seria uma negativa. Por que ela pensaria de outro modo?

– É bem decotado. – Passou os dedos pelas cicatrizes. Elas poderiam muito bem ser um colar de pérolas que tentava ostentar. – Não acho que seja para mim.

– Posso ver?

– Eu... hum...

Depois de um instante, Erika afastou a cortina basicamente porque a garota fora insistente de uma maneira jovial e ela tinha a sensação de que, se não mostrasse o problema, haveria uma longa discussão hipotética sobre decotes.

Kelley sorriu.

– Ah...

E foi então que aconteceu, claro, como sempre acontecia. Os olhos desviados. A expressão congelada. Depois, uma sinfonia de empatia que irritaria seus ouvidos.

Ela jamais deveria ter entrado ali...

– O tamanho está perfeito para você – disse Kelley. – A cintura está incrível e como eu desejaria ter as suas pernas. Tudo bem se eu sugerir uma coisa?

Se for cirurgia plástica, Erika pensou com secura, *já fui atrás disso e o cirurgião disse que não havia muito que pudesse ser feito.*

– Eu já volto – declarou Kelley. – Espero que continue com o vestido.

A cortina voltou para o seu lugar e, estranhamente, foi quando Erika percebeu que não havia notado nada sobre a mulher. Não sabia que cor de cabelos tinha, o que vestia, sua altura ou peso aproximados. Erika estava tão fora de si que sua mente virara uma peneira. Só se lembrava do nome.

Dois minutos mais tarde, Kelley voltava a afastar a cortina – ah, interessante. A mulher devia ter uns vinte e poucos anos e era ruiva. Quem é que haveria de saber?

– Creio que isto ficará perfeito.

Quando ela estendeu algo, Erika não entendeu bem o que era o objeto: brilhante, dourado. Um acortinado de... elos.

– É um colar – disse estupidamente.

– Sim.

Por algum motivo, Erika esticou a mão e o pegou da mulher. Quando suas mãos tremeram, Kelley parou atrás dela e a ajudou com o fecho.

E, em seguida, Erika se olhou no espelho.

O vestido era o mesmo. O colar fez toda a diferença: os elos formavam um desenho tênue até o fim do V do corpete.

Se você soubesse que havia cicatrizes, poderia vê-las. Se não soubesse? Mal as notaria. Só veria uma mulher num vestido vermelho de arrasar quarteirão.

Erika tocou os elos. Inclinou a cabeça na direção do seu reflexo.

E se virou.

E abraçou uma completa desconhecida.

Capítulo 44

Lá embaixo, no porão da casa de Erika, Balz andava de um lado a outro diante das máquinas de lavar e secar. Com o celular grudado na orelha, ele estava pronto para uma discussão e, por tantos motivos, detestava estar à mercê de outra pessoa.

Mas notara algo de errado na partida de Lassiter, e o anjo não estava respondendo nem às suas chamadas nem às suas mensagens. Estava de volta à estaca zero, com seus instintos lhe dizendo que precisava retornar ao início. Devina não estava dentro dele, mas se queria descobrir onde ela estava… ele achava que provavelmente poderia se valer de…

– Alô?

Balz parou de andar.

– Ei, desculpa por ter te acordado.

– Não, tudo bem. – A voz de Sahvage estava baixa. – Só me deixa sair da cama, está bem?

Houve um ruído de lençóis, algumas palavras ditas para a *shellan* do Irmão e o som de um beijo. Depois, passos e uma porta se fechando.

– E aí? – perguntou o Irmão num volume de voz normal. – Que noite você teve, hein?

– Já ficou sabendo, então.

– É. Olha só, sei que temos opiniões diferentes, mas, sério, fico feliz que você esteja bem.

– Obrigado, cara. E, já que estamos no assunto… Preciso falar com você e não estou tentando te deixar puto. Sério.

Houve uma pausa.

– Só me deixa pegar uma coisa antes.

Mais ruídos. Em seguida, o som de uma latinha sendo aberta, provavelmente de cerveja.

– Fale.

– Não quero te desrespeitar.

– Seja qual for o assunto, acredito nisso.

– E não estou tentando jogar merda no seu ventilador.

– Eu não sabia que tinha um. Mas, de modo geral, quanto menos merda houver em qualquer situação, melhor, por isso, obrigado.

– Você sabe que eu não acredito que o Livro tenha sido destruído. – Balz voltou a andar de um lado a outro. – E antes que me mande à merda, sim, sei que não estava lá quando você e Mae enfrentaram Devina naquele incêndio. Mas estive no local. Não há como aquela coisa ter sido destruída. De jeito nenhum...

– Você precisa muito mesmo conversar com outra pessoa a esse respeito – o Irmão o interrompeu com exaustão. – Já dei a minha opinião franca e não estou interessado em discutir com você...

– Devina ainda está viva. Eu a vi na noite passada.

Momento para uma pausa.

– Espera aí, como é?

– Ela estava bem na minha frente.

Sahvage praguejou e houve mais um momento de silêncio.

– Então, acho que é por isso que temos uma reunião marcada para logo depois da Primeira Refeição hoje.

– Se ela ainda estiver circulando por aí, o Livro também está.

Sons de grandes goladas de cerveja soaram no ritmo das batidas do coração. Em seguida, uma expiração longa através da conexão telefônica.

– Acho que no fundo não estou tão surpreso. Tinha esperanças, sabe. Mas... tanto faz. Luto de novo contra ela. Estou pouco me fodendo...

– Bem, entende, é por isso que liguei. Preciso da sua ajuda.

No andar de cima, o som da porta se abrindo e se fechando foi seguido de passos que ele reconheceu de imediato.

Balz falou rapidamente, mas não atropelou as palavras. Certificou-se de que saíssem claras. E, quando a porta do porão se abriu, ele encerrou a ligação e ergueu os olhos. Erika estava parada no topo das escadas, o corpo uma silhueta escura.

– Ei – disse ela. – Desculpe eu ter demorado tanto, mas fui fazer umas compras. Não havia nada de comida nesta casa.

– Oi – murmurou ele. – Precisa de ajuda para descarregar o carro?

– Ainda está claro do lado de fora. Ainda são só quatro e pouco da tarde, então me dá um minuto? Não quero que você se machuque.

Ele franziu o cenho e desejou trazer *todas* as compras para dentro. Tipo, pelo resto da vida da mulher, ele não queria que ela carregasse nenhuma sacola mais. Nunca.

– Está bem – disse com frustração. – Espero aqui.

A porta voltou a se fechar e ele ficou andando como um tigre enjaulado enquanto a ouvia ir e vir, ir e vir, ao longo da cozinha. Quando a porta se fechou pela última vez, ele imaginou que ela fosse descer logo, mas ela não desceu.

Ela estava usando o banheiro.

Por fim, a porta do porão voltou a se abrir.

– Então – disse ela ao começar a descer os degraus –, encontrei o meu carro e tirei uns dias de folga do trabalho…

Ele a encontrou na metade do caminho e a tomou nos braços. Inclinando-a para trás, de modo que ela teve que confiar na força dele para manter o equilíbrio, ele encostou os lábios nos dela.

E beijou sua fêmea, deixando-a sem ar.

Quando fez uma pausa para recuperarem o fôlego, ela arfava.

– Você sabe mesmo fazer uma garota sentir que fez falta.

Só o que ele conseguiu fazer foi soltar um rosnado. Em seguida, ergueu-a nos braços e a desceu até o chão.

– Senti saudades mesmo. – Ele a apoiou na poltrona, se ajoelhou diante dela e começou a tirar os sapatos dela. – Deixe-me ajudá-la a tirar isto. Você parece muito desconfortável.

— Pareço? — O sorriso dela era preguiçoso. E sensual. — Você é telepático, não é?

— Claro que sou. — Ele jogou um sapato por cima do ombro. — E sabe o que você está pensando agora?

— Conta pra mim.

Balz jogou o outro sapato por cima do outro ombro.

— Você está pensando que quis a tarde inteira que eu te chupasse, todos os segundos em que ficamos afastados.

Quando ela arquejou, ele foi para a calça dela, soltando o botão e descendo o zíper.

— Estou errado?

— Bem, eu estaria mentindo se dissesse que não gostei quando você...

— Sabe do que mais? — Ele tirou a calça dela, levando a calcinha junto.

— O quê? — disse ela, ofegante.

— Também prevejo o futuro. — Balz abaixou o queixo e a encarou por debaixo das sobrancelhas. — Você está prestes a ter sete orgasmos, bem aqui na minha língua.

Erika passou de agitada a desesperadamente ávida por sexo nos quatro metros de distância entre o meio da escada onde Balthazar começara a beijá-la e o momento em que ele a depositou na poltrona. Ou estaria no sofá?

Quem é que se importava com isso? Não estava no chão, e era só isso o que ela sabia.

E também estava seminua.

E completamente excitada.

— Acho que você tem razão — ela gemeu quando ele agarrou a parte de trás dos joelhos e a puxou na direção dele.

Ele sibilou pelos dentes da frente quando afastou as pernas ao deslizar as mãos pelo interno das coxas. Em seguida, abaixou a cabeça, curvando as imensas costas. Ela sentiu o primeiro resvalar dos lábios num joelho. Depois disso, eles foram para onde as palmas estiveram.

Tomando todo o tempo do mundo, ele mordiscou e lambeu seu caminho até o centro.

Ela imaginou que ele fosse provocá-la.

Nada disso.

Quando ela enfiou os dedos nos cabelos dele, em antecipação para o momento em que teria que puxá-lo bem para o meio dela, ele seguiu para lá sozinho.

Ela recebeu um beijo de lábios colados e a sucção a levou ao limite.

Gritando o nome dele, Erika lançou a cabeça para trás e puxou os cabelos dele. Não que ele parecesse perceber ou se importar. Ele só fez amor com a boca, com o nariz, com o rosto, e, quanto mais intenso o seu orgasmo, mais ele a fazia gozar.

O que não fazia muito sentido.

Mas provava que ele estava certo. Ele previa o futuro.

Ela gostou tanto disso que já estava começando a gozar de novo.

Do lado de Balthazar, ele estava selvagem, descontrolado, e seguiu em frente, incitando-a a gozar mais e mais. Cara, a vista dele entre as suas pernas, no meio dela, fitando-a como se estivesse bebendo do seu prazer com os olhos? Era quase demais para aguentar.

Aquilo continuou pelo que pareceram horas. E, quando ele finalmente se ergueu, ela não tinha mais ossos e estava largada ali deitada, com o sexo latejando, hipersensível. Mas ela também queria que ele gozasse.

Antes que lhe dissesse para abaixar a calça de moletom, ele arrancou o blusão e depois a parte de baixo, e ela foi agraciada pelo espetáculo de músculos – que só melhorou quando ele se apoiou em uma mão e espalmou a ereção com a outra.

– Quero te comer – ele grunhiu ao começar a se bombear. – Quero te foder tão firme…

Ele ejaculou em cima dela, jatos quentes escorrendo pelas dobras do seu sexo, cobrindo o interior das coxas, atingindo seu baixo ventre.

Em seguida, quando deveria estar mais que saciado, ele se enterrou no seu centro e bombeou dentro dela.

Enquanto montava nela com firmeza, e ela se agarrava aos ombros cobertos de suor, ela pensou que não estava com um homem.

Aquilo era algo totalmente diferente – e o que acontecia entre eles era algo muito maior do que só sexo.

Ela sentia como se ele estivesse fazendo alguma espécie de declaração de posse sobre ela.

E, maldição, ela queria que todos soubessem que ela era dele.

Capítulo 45

Depois do cair da noite, Rahvyn retornou para a Casa Luchas. Ou, melhor dizendo, "foi devolvida". Como se fosse uma sacola perdida.

A perua que a levou de volta foi conduzida por uma das assistentes sociais, e também havia outro macho com ela, um que teve o pé fraturado ao jogar algo chamado "basquete" e precisou ter o osso engessado. Durante o trajeto, Rahvyn não disse muita coisa. O macho e a assistente social, por sua vez, conversaram sobre todo tipo de trivialidades, o que foi um verdadeiro alívio.

Num momento em que o alívio não parecia ser encontrado em parte alguma.

Ao chegar à casa, Rahvyn pediu licença e disse que precisava tomar um ar. Sua intenção era retornar ao local que vinha chamando por ela desde que tivera o sonho com aquele livro. O que conseguiu foi um tempo, depois do qual a assistente social iria "ver como ela estava".

Uma raiva, profunda e amarga, se desdobrou nas entranhas de Rahvyn por conta desse tipo de controle – e ela sabia muito bem onde esse tipo de emoção a levaria. Portanto, assentiu e se afastou da casa, indo na direção do campo aberto. Debaixo de um céu encoberto que não mostrava nem estrelas nem lua como iluminação, ela se viu atingida tanto pelo chamado que se recusava a abrandar quanto pela convicção de que não feriria aquela fêmea piedosa.

Poderia, no entanto. Se estivesse propensa.

E lá estava outro conflito que não apreciava.

– Ah... o que devo fazer... – sussurrou para a noite.

A pergunta não era *para onde ir*. Ela sabia a resposta para essa pergunta. Sabia também que estava colocando em movimento coisas monstruosas, implicações que deveriam levá-la à inatividade. Mas, certo como se ela tivesse sido marcada, não havia como deter o que estava para acontecer.

O livro, aquele do cenário onírico, não só a chamava, ele exigia que ela fosse até onde ele estava. E sabia o que ele estava pedindo dela, sabia também por que ela era quem ele escolhera...

– Tive que vir vê-la.

Rahvyn girou. Quando viu o anjo de cabelos loiros e pretos, seu primeiro instinto foi o de sorrir. Mas, então, a fêmea se lembrou de quem de fato ela era – e quem ele achava, erroneamente, que ela fosse.

– Olá – sussurrou.

Ele deu um passo rumo a Rahvyn e, na escuridão, a fêmea conseguiu ver a tensão no rosto e no corpo dele. Teria o macho de alguma forma adivinhado as suas intenções?, ela se perguntou subitamente envergonhada. Ele conseguia ler a sua mente?

– Eu só queria que você soubesse de uma coisa – ele disse, o rosto sério. – Não vai fazer muito sentido para você. Ou talvez faça. Não sei.

– O que aconteceu? O que o aflige?

– Tenho que salvar duas pessoas esta noite. Tenho que... sacrificar algo para salvá-las. E, depois disso, tudo será diferente. Para mim. Para... você.

No silêncio que se seguiu, Rahvyn foi atingida tão profundamente pela grandiosidade que ele carregava consigo que, por um instante, se esqueceu dos seus próprios problemas.

– Posso ajudá-lo? – perguntou.

– Não, tenho que ir sozinho. – Ele parecia tão cheio de tristeza que ela quis abraçá-lo. – Só quero que saiba de uma coisa, antes de eu ir embora.

Quando ele a encarou nos olhos, Rahvyn teve a sensação de saber o que ele lhe diria.

A revelação lhe fora feita durante a visita dele ao seu leito hospitalar, quando ele pairara diante de seu corpo inerte e ansiara por ela. De fato, se soubesse que ela havia percebido sua presença, ele teria escondido suas verdadeiras intenções.

– Do instante em que a vi pela primeira vez – disse ele com voz rouca –, na noite em que Sahvage e Mae vieram aqui… havia algo a seu respeito. Eu não consegui desviar o olhar.

Corando, ela baixou o olhar para as mãos.

– Senti seu olhar sobre mim.

– Não tive a intenção de assustá-la.

– Não me assustou. – Em seguida, talvez devido ao fato de que ela própria estava de partida, acrescentou: – Eu gostei de seus olhos sobre mim. Não só naquele dia, mas mais tarde. E agora, neste instante.

Houve uma pausa. Como se ela o tivesse surpreendido.

– Você foi me visitar naquele local de cura – disse ela ao voltar a olhar para ele. – Senti sua presença ao lado do meu leito.

– Eu precisava me certificar de que você estava bem.

– E se eu não estivesse…?

– Eu teria feito o que fosse necessário para salvá-la.

Lágrimas surgiram nos olhos dela, inserindo um brilho tal em sua visão que borrou tanto a campina quanto ele.

– Por quê? – sussurrou.

Uma eternidade de silêncio se alongou entre eles. Em seguida, ele esticou a mão e tocou sua face.

Quando ele abaixou a mão, ela sentiu a fragrância – e não a compreendeu. Por que um perfume de flores estaria…

Rahvyn arquejou.

Baixando o olhar para os pés, notou violetas brotando da terra descuidada, os frágeis botões arroxeados se abrindo, como bandeiras sobre ninhos verdes. E, em meio a elas, também floresceram margaridas e dentes-de-leão, e outras flores coloridas, todas elas se erguendo do solo, amadurecendo como se fosse julho e não abril, como se o ar estivesse cálido e não fresco.

A onda de flores silvestres foi se desdobrando ao redor deles, abrangendo a proximidade deles pela campina, trazendo o brilho das horas do dia para a noite. E Rahvyn se sentiu tão emocionada que emitiu um som de deleite e ergueu as mãos para o céu. Num rodopio, ela imaginou que poderia trazer tudo aquilo para os seus braços, uma visão para os olhos cansados, um respiro para um coração pesado, uma lufada para um nariz agradecido e admirado.

E, então, ela parou.

Abaixando os braços, viu que ele permanecia sério.

– Está indo embora agora?

Ele recuou um passo.

– Eu só queria lhe dar algo belo, para que pudesse sentir um pouco da admiração que sinto toda vez que olho para os seus olhos.

– Para onde vai? – ela perguntou com um desespero que não compreendia. – Lassiter, aonde você vai?

Ele parou.

– Você sabe o meu nome.

– Eu... Sim, eu sei. Claro que sei. – Retorceu as mãos, uma ansiedade acometendo-a. – Ah, Lassiter.

Deixando-se levar por uma onda de emoção, ela se lançou no espaço entre eles e, no instante em que fez isso, ele a apanhou, os braços fortes envolvendo-a e aproximando-a do seu corpo forte. Com sua imensa força, ele a ergueu com facilidade do campo de flores que criara para ela, abraçando-a com tanta intensidade que quase se tornaram um. E, em reação, ela tentou circundá-lo pelos ombros. Eram largos demais, por isso ela se contentou em envolvê-lo pelo pescoço.

Ela tinha a sensação de que aquilo era um começo para eles.

Mas também um fim.

E, na intensidade daquele momento, tão arrebatada que estava... ela não percebeu o jovem macho parado nos limites da clareira, o buquê de flores caindo de suas mãos, o coração tão estilhaçado quanto o dela, por um motivo completamente diferente.

Ela ainda abraçava o anjo quando Nate retornou para a Casa Luchas.

Deu a volta por trás.

E sumiu na noite escura e fria.

Sozinho.

Capítulo 46

— Preciso que você saiba de uma coisa.

Erika e Balthazar estavam na cama no andar superior quando ele falou isso, as cobertas largadas no chão, os lençóis emaranhados em seus corpos que esfriavam, apenas um travesseiro ao alcance. Não que ela tivesse algum interesse de se mover naquele quarto escurecido.

— Isso me parece ruim. — Ela estava tão relaxada que levantar a cabeça era uma luta, por isso ela só se virou de lado e se apoiou sobre o antebraço. — O que aconteceu?

— Na noite em que você me encontrou com aquela humana que tinha sido morta. Naquela pocilga de casa.

Entre um piscar de olhos e o seguinte, ela vislumbrou a imagem vívida do corpo de Connie sobre aquele colchão sujo.

— Sim?

— Acabei por encontrá-la porque tentei comprar cocaína com o namorado dela na beira do rio. — Ele ergueu uma mão. — Não uso drogas de modo recreativo. Eu estava tentando permanecer acordado porque, toda vez que eu dormia, o demônio… Bem, você sabe o que ela fazia.

Ah, Deus, Erika pensou. Ele esteve lá… com Christopher Ernest Olyn. O traficante que atirara na própria cabeça.

Supostamente.

— O que fez com ele? — perguntou séria.

— Escuta, eu estava desesperado. Só precisava ficar acordado porque não aguentava mais Devina. Cheguei a procurar Vishous, o Irmão de cavanhaque, e pedi que ele... Bem, vou me desculpar com ele pelo que pedi que fizesse comigo.

– O que pediu a ele? – A julgar pela expressão dele, ela imaginou. Ela já sabia. – Pediu que ele te matasse?

Houve uma longa pausa.

– Pensei... Eu pensei que seria melhor ele do que a minha linhagem, o meu líder. – Ele sacudiu a cabeça. – Mas não me sinto mais assim. E, quanto a Devina, depois que eu conheci você melhor, não consegui mais ficar com ela. Isso tudo aconteceu antes de você estar na minha... Antes de eu estar com você. Aqui, com você.

Erika assentiu lentamente quando seu coração se afundou. No entanto, de alguma maneira, ela não estava nada surpresa com tudo aquilo.

Como poderia tolerar um assassino? Os roubos, talvez ela conseguisse superar. Mas tirar uma vida...

– Eu só queria comprar cocaína – ele disse baixinho. – Foi ele quem meteu uma arma na minha cara. Eu não queria ter que lidar com uma merda como aquela, por isso entrei na cabeça dele para substituir a lembrança que ele tinha de mim. Juro, foi só isso. Mas, depois que entrei... eu vi as lembranças dele e o que ele tinha feito com ela. O que vinha fazendo com ela. Eu sabia que ele tinha surrado aquela mulher até ela desmaiar. E que porra isso, sabe?

Erika se sentou e afastou os cabelos do rosto.

– Você o fez atirar em si mesmo, não fez?

Ele nem titubeou.

– Sim, eu fiz isso. O filho da puta vinha abusando da pobre mulher, e eu sabia que ela estava em apuros. Também sabia que, se eu conseguisse chegar até ela, ela ainda estivesse viva e eu a salvasse, ele iria atrás dela de novo. Por isso, sim, eu o obriguei a apontar para a própria cabeça e puxar o gatilho. – Houve outra pausa, depois da qual ele balançou a cabeça. – Sei que já ouviu isso antes, mas eu não me arrependo. Nem um pouco. Ele tirou uma vida que não tinha o direito de tirar, e arruinou aquela mulher muito antes de matá-la.

Abaixando a cabeça, Erika fechou os olhos pela segunda vez. E só o que ela viu por trás deles foi o apartamento fétido e todo aquele sangue. E Connie, uma mulher a quem ela tentara ajudar.

– Se isso mudar a sua opinião a meu respeito – disse ele –, eu entendo completamente. Acho que só quero que você conheça todas as partes que importam de mim. E ter matado alguém da sua espécie há duas noites é bem importante.

Virando a cabeça, ela olhou para ele. A luz do banheiro estava acesa, mas a porta, quase fechada, por isso só havia um brilho suave. Na quase escuridão, ele era uma extensão de músculos ao seu lado, o queixo e o maxilar num ângulo agudo partindo da garganta, um dos braços largados sobre o abdômen.

Ela pensou no estrago que um macho como aquele poderia fazer numa fêmea.

E pensou no traficante.

Depois disso? Uma imagem de Connie na unidade de tratamento intensivo, uma máquina respirando por ela, um caso de investigação de homicídio já se desenrolando porque estava na cara que ela não sobreviveria àquilo.

Em seguida, Erika se lembrou da última vez que tinha visto a mulher viva, quando fora ao apartamento para tentar convencer Connie a largar seu agressor. Connie estava tão apavorada que tremia ao implorar com Erika para que ela fosse embora.

Vá embora. Por favor, vá. Ah, Deus, se ele a encontrar aqui, ele vai me matar.

– Também não sinto muito – disse Erika depois de um longo silêncio.

Balz nem notou que estava prendendo a respiração, mas, quando as palavras de Erika atingiram o ar tenso entre eles, o alívio foi tremendo. Não lhe ocorrera que estava escondendo algo dela, mas, quando pensou no que faria naquela noite e aonde iria, preocupou-se com a possibilidade de não voltar.

E isso o havia tornado um macho especialmente escrupuloso com coisas como a sua consciência.

— Eu só queria que você soubesse — disse ele. — Aliás, não sou de fazer isso, só pra que fique bem claro. Não sou um assassino vingador que sai dando uma de Dexter pra cima de todo mundo, mesmo contra quem merece. O que aconteceu lá no rio foi algo inédito porque aquele cretino encostou uma arma na minha cara.

Erika soltou uma longa expiração. Depois assentiu.

— Se eu tivesse os seus poderes mentais, quem sabe o que eu teria feito com aquele cara. Eu já tinha trabalhado num caso com ela, sabe. Porque ele já quase a tinha matado um tempo atrás. E por mais que eu entenda o que você fez neste caso específico... Fico contente que não ultrapasse esse limite o tempo todo. Vamos manter assim, está bem?

— Sim, senhora.

Quando ele se calou, ela disse:

— Muito bem, manda ver a segunda coisa.

— O que disse?

— O que mais você tem para me revelar?

— Não tem...

— Ah, tem sim. Pode me contar. — Ela o encarou. — Vamos. Quero ouvir.

Balz franziu o cenho. E ficou se perguntando se humanos liam mentes. Porque... havia algo mais, mas ele certamente não considerara mencionar aquilo agora.

Mas, pensando bem, senão agora, quando?

— Erika, talvez você não queira falar sobre isso.

— Tarde demais. Fala logo de uma vez. A minha cabeça está me torturando com todas as possibilidades...

— É sobre a noite em que a sua família foi morta. — Pela maneira como ela ficou parada, ele se arrependeu de ter cedido. Mas se sinceramente acreditava que não sairia vivo do lugar para onde iria, ele tinha que lhe contar agora. — Eu sinto muito, eu não tive a intenção de...

– O quê?

Ele fechou os olhos brevemente.

– Olha só, às vezes nós lemos mentes sem ter a intenção. Isso pode acontecer quando uma conexão é profunda. As coisas se revelam, coisas são vistas.

– O que você viu?

Balz esfregou o rosto.

– A sua mãe, na noite em que foi morta... quando você entrou na cozinha e o seu namorado a segurava com uma faca. Quando ele... fez o que fez com ela... a sua mãe não estava pedindo que você a salvasse. Ela gritou para que você fosse embora. Erika, você entendeu errado todos esses anos. O que você viu, aquela merda de noite horripilante, e o que você se convenceu de que ela tinha dito, são duas coisas completamente diferentes. A sua memória registrou os fatos. As suas emoções transformaram o que aconteceu numa experiência. – O cheiro de chuva das lágrimas dela emanou no espaço entre eles e ele pegou suas mãos com gentileza. – Preste atenção. A sua mãe queria que você se salvasse, não que a salvasse, e você ficou lá parada porque estava presa entre o que ouviu ela gritar e o que o seu coração amoroso queria que você fizesse, que era lutar para salvá-la. Essa culpa que você vem carregando? É um fardo falso. Esqueça isso. Ouça, na sua mente consciente, o que a sua mãe queria que você fizesse e pare de se culpar, livre-se dessa mentira.

Erika cobriu o rosto com as mãos.

– Você não está inventando isso, está?

– Não, isso seria mais do que cruel. Só estou contando como é a sua memória. A sua memória fundamental, não a que você editou porque se sentiu responsável por tudo aquilo. Por ter sido quem levou aquele sujeito à sua casa, à sua família, como namorado.

– Ah... Deus...

Ele quis abraçá-la, mas sentiu que ela precisava de espaço. Encontrando um meio-termo, afagou-a nas costas em círculos lentos enquanto ela se abraçava e se embalava. Às vezes é difícil descobrir a verdade, mesmo quando ela é libertadora. Também é difícil não assumir falsas responsabilidades por coisas que aconteceram.

Às vezes, o que mais tememos em nós mesmos é o que define nossas vidas. Mesmo quando se trata de uma mentira absoluta.

Depois de muito tempo, ela virou a cabeça na direção dele.

– Por que eu entendi tudo errado?

– Ela era a sua mãe. Ela a amava e você a amava, e a culpa do sobrevivente é um fator muito poderoso. É simples assim.

Houve um longo silêncio, mas agora menos tenso, mais contemplativo. E ele lhe deu o tempo de que ela precisava... embora tivesse chegado a hora de ir embora.

– Obrigada – ela agradeceu emotiva. – Obrigada por isso.

– Eu não fiz nada, na verdade.

– Sim, você fez. De uma maneira que ninguém mais poderia ter feito.

– Você faria o mesmo por mim.

– Num piscar de olhos. Numa batida de coração.

Falando em corações, ele pensou. *Você roubou o meu...*

– Preciso saber como isso vai funcionar. – As palavras dela, quando interromperam seus pensamentos, saíram apressadas. – Tipo, o que estamos fazendo aqui? Tipo, o que nós somos? E estou perguntando isso agora porque estou com essa estranha sensação de que está me deixando. É verdade? Você está? Porque a primeira coisa que me contou pareceu uma confissão. E a segunda foi como algo que você tivesse que dizer antes... Não sei, antes de não voltar mais.

Cara, ela o entendia perfeitamente.

Balz se ergueu contra a cabeceira da cama.

– Quer que eu seja franco ou deixe a situação leve?

– Franqueza. Sempre.

Ele deu de ombros.

– Quero me mudar para cá. Ficar com você nesta casa. No porão. Até eu bater as botas, daqui uns setecentos anos.

– Sete... centos anos? – ela sussurrou.

– Aproximadamente. E, não, não ligo se você envelhecer mais rápido. Vou te amar do jeito que você é... – Ele cerrou os molares. – Quero dizer. Ah...

Ah, merda. Ele tinha acabado de...

– Você... acabou de...

– Sim – disse com um suspiro. – Acho que sim. Sim, eu disse. É cedo demais, eu sei. Queria esconder isso de você por pelo menos uma semana ou quem sabe mais uma noite. Acho que isso teria sido muito mais sensato...

Ela estava em cima dele antes de ele sequer perceber, a boca encontrando a sua, os braços ao seu redor. Depois que ela o beijou, disse:

– Eu também te amo.

A respiração dele ficou em suspenso. E, depois, ele exalou pelo que pareceu ser um século. Com uma sensação de gratidão reverente, ele a trouxe para junto dele e retribuiu o beijo.

O que percebeu em seguida foi que a tinha rolado de costas e a penetrava. Haviam feito amor com todo tipo de paixão, desejo e luxúria desesperados antes. Por horas. Mas aquilo foi diferente. Aquilo foi um balançar gentil que mais se parecia a uma comunhão. E, quando ela gozou, ele se deixou ir também.

De modo que voavam juntos novamente.

Depois que terminaram de se amar, ele a posicionou sobre seu peito para não esmagá-la – e desejou muito mesmo não ter que sair. No entanto, aquilo era importante demais para eles.

– Só que eu não quero abrir mão do meu trabalho – ela disse. – Você disse que os mundos não se misturam, e eu sei que há muito em risco, mas eu não posso abandonar os meus colegas. O meu propósito. Eu preciso dele para me ajudar. Ajudar os outros...

– Farei com que dê certo. De alguma maneira, eu darei um jeito. Você não vai ter que desistir do seu trabalho. Já houve exceções antes, e haverá uma para nós. Talvez a gente tenha que morar em algum outro lugar mais seguro para mim...

— Não é um problema. Eu me mudo para qualquer lugar perto de Caldwell. Para qualquer lugar que a gente precise ir.

Balz começou a sorrir, a ideia de que existia um futuro para eles era uma fantasia que ele queria acreditar que se realizaria.

— Então, vamos morar juntos?

— Sim, vamos.

Riram juntos, feliz como dois pombinhos apaixonados. Mas logo ela teve que ir ao banheiro.

Quando ela saltou da cama e o corpo nu dançou pelo quarto escurecido, ele mal podia esperar pelo seu retorno. Será que ainda dava tempo para mais uma rapidinha?

Na porta do banheiro, os seios e o quadril dela formavam uma tremenda de uma silhueta quando ela acendeu a luz do teto e olhou para ele.

— Já volto.

— Leve o tempo de que precisar — ele murmurou enquanto ela fechava a porta.

Só que não, ele pensou consigo ao relancear para o relógio digital.

Pedira a Sahvage, Syphon, Xcor e Tohr que o encontrassem uma hora depois do pôr do sol. Então, na verdade, ele provavelmente não tinha...

— Balthazar...

Ante o tom estranho na voz dela, sua cabeça se desviou de pronto do relógio junto à cama.

— Erika? O que aconteceu?

Quando ela não respondeu, Balz voou para fora da cama, os pés mal tocando o chão quando ele se lançou na direção do banheiro. Quando ele empurrou a porta, não entendeu de pronto o que via. Sua fêmea estava diante da pia, com uma perna apoiada no balcão, o interior da panturrilha e da coxa de frente para ele.

Foi quando ele viu os hematomas.

A pele dela estava toda marcada por manchas pretas, os desenhos subindo da base do pé até...

– O que é isso? – ela perguntou. – O que há de errado comigo?

Em seguida, ela se virou de frente para ele. O corpo todo estava marcado por pontos de descoloração, a pele como a de um cadáver, cinza, branca e preta.

– Me ajuda... – disse ela ao desmaiar.

Capítulo 47

O tempo é algo relativo. É, sim.
E isso significava, no sentido emocional, que algo podia durar uma eternidade, mas também ser mais breve que um piscar de olhos.

Por exemplo, quando o amor da sua vida, com quem você acabou de decidir morar, em cuja cama você esteve a tarde toda, avançando pela noite, de repente se transforma numa emergência médica, a parte do diagnóstico demora mais que a era do gelo e é mais rápida que um arquejo.

De pé ao lado de sua fêmea, observando outros cuidarem dela, Balz repassou mentalmente cada coisa que havia acontecido desde que a amparara nos braços quando ela desmaiou. Depois de tê-la levado de volta à cama, sua primeira ligação tinha sido para Manny, e o cara agiu de pronto, apanhando a unidade cirúrgica móvel que estava na garagem da delegacia e se apressando até o bairro de Erika. No caminho, Manny chamara uma colega sua, a dra. Jane, que se desmaterializou até a casa no mesmo instante. E ela levara consigo seu companheiro treinado em atendimento médico, Vishous.

Tudo aconteceu como um borrão, mas também fora muito vívido. Enquanto Jane executava um exame médico e anotava os sinais vitais, Balz contara a V. tudo o que sabia. O que era praticamente nada: ela estava ótima, foi ao banheiro, manchas em todo o corpo.

Balz jamais se esqueceria do modo como a doutora fitou seu companheiro... e meneou a cabeça. Como se não entendesse o que estava acontecendo.

Depois disso? V. retirara a luva. Balz prendeu a respiração quando o Irmão ficou ao lado do corpo de Erika e aproximou tanto aquela sua arma brilhante da pele manchada que um fluxo de sangue se ergueu até a superfície, atravessando o hematoma horroroso. Ele passou aquela coisa de cima a baixo pela terceira vez quando um recém-chegado subiu as escadas da casa geminada.

O Irmão Butch. Assim que Balz viu o macho, ele entendeu… Não estavam lidando com uma emergência médica.

Aquilo era uma emergência metafísica. Aquilo era… algo maligno. Algo maligno que clamara a sua amada.

Balz sabia o que Butch fazia em campo, absorvendo a essência de Ômega dos assassinos que eles tinham abatido. E foi com uma sensação de absoluta descrença que Balz consentiu, claro que sim, que Butch se deitasse ao lado de Erika.

Prova de que até mesmo machos vinculados podiam manter a cabeça no lugar quando o risco era grande demais.

E, assim, Butch se deitara do modo mais casto possível e tomara Erika nos braços. Àquela altura, estava claro que, o que quer que estivesse acontecendo, evoluía rapidamente. O corpo dela estava desistindo, os sinais vitais despencavam, ela…

Quando a realidade tomou-o de assalto, Balz deixou de repassar os acontecimentos para vivê-los, sua consciência passando da lista de primeiro isto aconteceu e depois aquilo, da qual estivera afastado de modo entorpecido, para uma realidade vívida e dolorosa de que aquilo estava mesmo acontecendo.

Foi o gemido que provocou isso.

O gemido que veio da cama era de agonia. E não vinha de Erika.

Butch, antigo policial, se afastou dela e começou a passar mal. E a dra. Jane estava de prontidão, fazendo um cesto de lixo aparecer de algum lugar e segurando-o na beirada da cama para ele poder rolar de lado e vomitar.

Quando os acessos de vômito reverberaram pelo quarto silencioso demais, os olhos de Balz se voltaram para a sua fêmea. Ele a cobrira com um lençol para lhe dar alguma dignidade e apreciou o fato de a dra. Jane e os dois machos terem se mostrado tão respeitosos com a nudez dela.

Um dos braços estava do lado de fora da coberta, e ele se retraiu ante a deterioração da pele dela.

– Manny está trazendo o oxigênio – informou a dra. Jane quando Butch se largou de costas. – E eu vou colocar um acesso intravenoso no braço dela para aplicar soro.

Balz nunca se sentira tão impotente na vida. Ele não sabia…

Um aperto forte em seu braço o afastou da cama e ele olhou para V.

– O quê…

– Vá – ordenou o Irmão. Quando Balz só o fitou confuso, V. abaixou a voz. – Sahvage me contou aonde vocês iam esta noite. Vá agora e pegue a porra do Livro. Ela não tem muito tempo.

– Mas eu tenho que…

– Butch é a sua melhor chance de mantê-la viva, muito mais do que nós, da medicina. Não há nada que você possa fazer aqui. Mas você pode trazer o Livro de volta. Tem que haver algo nele que possa nos ajudar a tirar o que quer que tenha se apoderado dela.

– O que quer que… – Balz piscou. – Você acha que isso é alguma possessão?

E, no entanto, ele sabia que essa era a verdade.

– Não sei que porra é essa. Mas é maligno, disso eu tenho certeza…

De repente, Balz pensou na primeira vez que ele e Erika transaram. Lembrou-se dela tendo um orgasmo… dos olhos rolando para trás. Foi logo depois disso que Devina parou de vir visitá-lo quando ele dormia.

E se o demônio tivesse simplesmente se realocado para Erika?

E ela estava matando a sua fêmea só para se vingar, apodrecendo-a de dentro para fora.

– *Porra!* – ele ladrou. – *Porra!*

Então, esse era o motivo. Quando ele pedira que Lassiter viesse verificar se o demônio havia desaparecido, o anjo não pareceu detectar nada dentro dele – mas também não pareceu estar bem ao partir. Lassiter deveria saber que Devina ainda estava...

– Eu vou – grunhiu Balz. – E vou trazer o Livro de volta mesmo que eu tenha que matar aquela vaca.

Antes de partir, ele se aproximou da cama e abaixou a cabeça junto do ouvido de Erika. Ela respirava com dificuldade, o subir e descer do peito dela, quase sem acontecer.

– Eu te amo – sussurrou. – E vou buscar o que você precisa. Só aguente firme. Erika, você tem que *aguentar*.

Quando Devina chegou ao seu covil no prédio, seu humor tinha melhorado muito.

Pensando bem, sexo do bom sempre melhorava seu humor, um sinal claro de que, mesmo sendo uma força da natureza atemporal, os receptores de dopamina no corpo em que ela se projetava funcionavam muito bem.

E, puta merda, Lassiter fora uma bela trepada. Ahhhh, cara, se ela pensou que Balthazar odiava estar com ela, aquilo em nada se comparava aos arrependimentos do anjo. Então, obviamente, ela fez com que a transa demorasse muuuuito tempo – e ela queria mais dele. Para garantir que aquele não seria um encontro de uma noite só, ela tinha grandes planos de não cumprir o seu lado da barganha.

Ela deixaria o corpo daquela fêmea de Balthazar só quando a mulher já estivesse bem mortinha, algo que Devina podia controlar mantendo a detetive viva e sofrendo por mais algum tempo.

Deus do céu, Balz e aquela mulher estúpida que ele amava tanto. O demônio pensou em usá-los para o seu feitiço, uma maneira excelente de se vingar dele e de conseguir o que precisava. E foi divertido estar dentro da vadia, torturando a ambos: num piscar de olhos, saltou de um e entrou no outro durante *le petit mort* em uma das sessõezinhas de sexo entre os dois, sua possessão desencadeando uma infecção que ficou dormente por um ou dois dias antes de se espalhar de vez.

Mas, como se viu, o demônio encontrara um candidato ainda melhor para o seu feitiço do amor verdadeiro.

– Você tinha um segredo, não tinha, anjo? – disse em voz alta.

A despeito de todos os motivos pelos quais ela não merecia, o destino lhe dera um tremendo de um presente naquela noite: Lassiter estava apaixonado.

E Devina estragara tudo. No instante em que tomara a virgindade do anjo, o que fora mais do que enriquecedor num nível existencial, ela o maculara na mente dele mesmo, tornando-o sem valor diante da fêmea por quem ele nutria sentimentos melosos.

Que surpresa! E o último decreto do seu feitiço fora cumprido.

Portanto, a noite fora maravilhosa – e ainda melhor porque, graças ao coração sentimental daquele anjo, ela agora podia esperar pelo regresso do seu Adônis loiro.

Deslizando através da porta de entrada do prédio – literalmente, porque, ora, o expediente já tinha acabado e tudo estava trancado –, ela retomou suas passadas pelo saguão, os saltos altos no ritmo de uma armadilha enquanto avançava pelo piso de mármore. Seguindo para as escadas de trás para descer até o porão, normalmente ela teria se divertido um pouco com os seguranças do turno da noite. Era sempre divertido assustar os guardas, aparecendo sorrateira por trás deles, sobressaltando-os.

Não naquela noite.

Ela tinha que se arrumar para o seu macho.

– Ah, o Natal... – ela murmurou ao descer e depois chegar ao corredor que conduzia ao seu covil. – Kwanzaa. Hanukkah.[26]

---

26 - O Kwanzaa é uma celebração cultural e religiosa típica da cultura afro-americana, comemorada entre os dias 26 de dezembro e 1º de janeiro. Trata-se de uma festa particularmente apreciada pelas crianças, com muita alegria e presentes. Hanukkah é uma festa judaica que significa "inaugurar"; acontece em dezembro e dura oito dias. (N. T.)

O demônio assobiava ao chegar à sua porta e passar pelo painel reforçado, transpondo-se ao outro plano de existência...

No instante em que entrou em seu covil, ela sentiu que algo estava errado. Seus olhos de imediato se voltaram para o mostruário das Birkins, mas tudo estava onde supostamente devia estar, com a estrela queimada no topo da hipotética árvore.

No restante do espaço aberto, as roupas eram as mesmas, as araras estavam bem organizadas, nada pendurado torto nem nada assim.

A cama estava arrumada.

A cozinha, organizada. A mobília, disposta como sempre. Do mesmo modo, a banheira e as toalhas e a pia reluziam e continuavam estáticas, como as deixara.

Mas alguém estivera ali, alguém que não deveria ter estado. Ela sentia o cheiro... e esse cheiro era de uma campina florida.

– Nãããããããoooo!

Devina girou para onde o Livro deveria estar, suspenso no ar. Ele tinha sumido... Não havia rastro dele, nem do fedor rançoso, nem um fragmento de pergaminho, nem sombra de onde antes estivera. Seu covil estava desprovido da coisa feia e fedorenta.

No entanto, ele não tinha como fugir sozinho. Precisava de um procurador para se mover.

Quem diabos estivera ali...

Naquele momento, como se o Universo atendesse à sua exigência, ela pressentiu algo no lado de fora, no corredor. Muitos estavam chegando. O equivalente a um destacamento militar.

Girando sobre o salto na direção da porta, ela espiou pelo portal e o que viu chamou sua atenção, mesmo ela sendo imortal.

A Irmandade da Adaga Negra e o Bando de Bastardos estavam logo ali, do lado de fora do seu covil, completamente armados, prontos para lutar.

– Cacete – resmungou. – Tenho que me trocar e arrumar a porra do meu cabelo.

Capítulo 48

— Era aqui que ela estava – anunciou Sahvage. – Naquela última porta.

Apesar de o Irmão ter sido o guia do destacamento até o prédio, ele abriu passagem para que Balthazar pudesse liderar o caminho ao longo do corredor do porão. Quando os outros Irmãos o seguiram, prestaram homenagem ao direito de macho vinculado de realizar o *ahvenge* em nome de sua fêmea.

Proteger sua fêmea.

Para esse fim, uma dúzia a mais de lutadores do que ele antecipara apareceu na sala de estar de Erika – e vieram com suprimentos. Deram-lhe um novo conjunto de armas. Roupas de couro limpas. Adagas de aço embainhadas. E a melhor retaguarda que um guerreiro poderia querer ter.

À exceção de sua Erika, claro.

À medida que seguiam em frente, Sahvage disse ao seu ouvido:

— Para entrar, a minha Mae teve que abrir uma espécie de acesso para outra dimensão na qual o demônio guarda suas porcarias. Não acho que só derrubar a porta vá resolver.

— Nós vamos entrar – Balz contra-argumentou com voz séria. – Ela me quer, portanto, se estou aqui, ela virá até mim, nem que seja só para se vangloriar da possessão de Erika...

Pelo canto do olho, vislumbrou algo passando. Foi tão rápido, tão disfarçadamente, que, caso ele não estivesse esperando, poderia ter ignorado a perturbação visual ou desconsiderado como algo irrelevante.

A sombra surgiu bem na sua frente, a aparição maligna e fantasmagórica ganhando substância e se pondo em posição de combate.

A festa ia começar.

Balz emitiu um grito de guerra e ergueu uma adaga, bem como uma das suas automáticas. Gostaria de travar uma luta corporal com aquela coisa, mas não havia tempo. Por isso, mirou o cano e bem quando um "braço" da entidade se projetou para fora e o atingiu no peito, ele começou a meter bala.

O grito foi tão alto que seus ouvidos tiniram, mas ele lá se importava com isso...

Quando ouviu um grito bem atrás dele, relanceou por cima do ombro.

Era uma emboscada.

Sombras em toda parte, um exército delas, materializando-se no corredor, saltando para fora das portas e dos contornos dos canos no teto – e também do poço profundo de escuridão que, de repente, envolveu a escada pela qual tinham descido...

O golpe veio pela lateral do seu rosto, como um tapa desferido pelas ferroadas de mil abelhas. Cego de dor, ele apontou o cano da quarenta milímetros e, ao sentir resistência, disparou mais tiros, apenas deixou que a arma despejasse automaticamente tudo o que havia no cartucho.

A sombra à sua frente foi mandada para trás, tropeçando e caindo, o que permitiu que Balz se aproximasse do seu objetivo, a porta que Sahvage havia indicado. Quando sua visão melhorou, ele trocou a adaga por outra arma e continuou a forçar o recuo, os sons dos tiros e dos gritos horrendos um concerto infernal.

E, olha só, em som estéreo.

Era perigoso demais voltar a olhar para trás, mas ele sabia que os Irmãos e seus companheiros bastardos também estavam engajados no combate. A diferença era que faziam isso com uma mão presa às costas:

não podiam usar as pistolas porque ele poderia estar na mira de qualquer bala perdida, e, como aquelas sombras eram fluidas, muitas das balas não atingiam seus alvos…

Uma segunda sombra o atacou, e o peso da maldita junto com as sensações de ferroadas que o atravessaram foram uma carga tão grande que ele caiu de joelhos.

E foi nessa hora que a merda toda fodeu com ele de vez.

Ele teve que largar as pistolas. Enquanto rolava e esmurrava, não sabia que lado ficava para cima ou para baixo, muito menos onde estavam seus companheiros de luta. Incapaz de se situar, ele não se arriscaria a matar alguém do seu lado.

Largando as automáticas, trocou-as pelas adagas, enfiando as mãos dentro da jaqueta e desembainhando duas lâminas prateadas. Com habilidade treinada, ele cortava tudo com que entrava em contato, e a defesa foi boa o suficiente para que ele ganhasse algum terreno. Só que tudo isso não durava nada. As entidades eram incansáveis. E estavam ganhando.

Sua energia caía.

Uma imagem de Erika na cama, morrendo, renovou sua carga, transformando aquelas adagas numa extensão dos seus braços, do seu corpo, da sua força de vontade. Mas os socos e chutes continuavam vindo na sua direção, e sua energia não se sustentou.

Bem quando sua cabeça tinia como um sino por ele ter sido jogado no chão tal qual um brinquedo que eles queriam quebrar, no instante em que a sua consciência começou a se dissipar, enquanto a esperança o abandonava e suas forças a acompanhavam…

A aparição espectral surgiu diante dele.

Vestindo couro preto.

Com um cigarro de tabaco turco enrolado à mão preso entre os dentes muito brancos.

– V.? – Balz murmurou ao encará-lo confuso.

O que ele fazia ali? Seria fruto da sua imaginação…

O Irmão não empunhava uma arma. Tampouco adagas. Enquanto exalava fumaça do cigarro, ele arrancou aquela sua luva forrada de chumbo.

Eeeeee, meu povo, foi isso o que aconteceu.

Vishous pegou aquela sua mão brilhante nuclear e a brandiu como um filho da puta, estapeando as duas sombras que derrubaram Balz no chão como se as entidades tivessem se comportado mal e aquilo fosse a Idade Média.

Quando as posições se inverteram e os agressores de Balz tiveram que se colocar na defensiva, ele se forçou a ficar de pé. Localizou suas armas. Recarregou-as...

Poppppp! Poppppp!

Esimplesassim, as duas sombras desapareceram.

Balz saltou diante do Irmão, agarrando a jaqueta de couro do macho.

– O que está fazendo aqui?!

– Ela ainda está viva – V. respondeu enquanto ambos arfavam. – Mas Sahvage acionou o código de emergência, por isso tive que vir.

Balz arrastou o Irmão para um rápido e forte abraço. E, quando retribuiu o abraço, V. murmurou:

– De nada.

Afastaram-se e Balz disse:

– Eu tenho que ir...

– Vou me juntar à confusão. – V. estalou as juntas dos dedos. – Mas talvez a gente precise de um milagre. A situação está bem ruim.

Ambos olharam para a extensão do corredor. Havia uma confusão de luta corpo a corpo, os Irmãos e os Bastardos lutando contra...

De uma vez só, as sombras desapareceram.

Como se elas tivessem sido chamadas pelo seu criador, os vampiros passaram de lutar contra os inimigos tangíveis a desferir chutes, socos e golpes em pleno ar. Quando eles tropeçaram, caíram e se chocaram contra o chão e as paredes, tudo terminou tão rápido quanto começara.

– Mas que diabos? – alguém disse.

– Em que porra...

– ... todas elas...

– ... foram parar?

Eram os mesmos trechos de conversa de um a outro, os machos permanecendo preparados com adagas em punho, as poses de combate sem um inimigo para desafiá-las.

Respiração laboriosa era a única coisa que se ouvia. Nenhum grito agudo mais.

Até uma porta se abrir.

Balz girou na direção do portal. E soube quem saía antes mesmo de vê-la.

– Devina – grunhiu ele.

O demônio andou pelo corredor, um vestido vermelho agarrando suas curvas, um colar de pérolas ao redor do pescoço, saltos tão altos que ela estava da sua altura. Com os cabelos presos no alto da cabeça e diamantes brilhando nos lóbulos das orelhas, ela era Julia Roberts em *Uma linda mulher*, pronta para a ópera, tão cheia de classe e elegância.

A vaca maldita.

– Me dá o Livro – Balz exigiu ao apontar a arma para ela. – Me dá a porra do Livro!

Ela não pareceu ouvi-lo. E foi quando ele percebeu que ela estava translúcida, como um holograma. Mesmo que ele tentasse alvejá-la, as balas a atravessariam.

No entanto, ela parou ao chegar diante dele.

– Ele sumiu. – A voz dela estava distraída e os olhos pasmos olhavam para além dele. – Não sei quem levou o Livro, mas ele não tinha como sair sozinho. Portanto, alguém veio e o levou.

Ela continuou andando.

Balz avançou para cima dela, mas, quando tentou agarrá-la pelo braço, só apanhou o ar. Não havia nenhuma substância no demônio.

– E quanto a Erika? – ralhou. – Sai de dentro dela, porra...

Devina relanceou por sobre o ombro.

– É tarde demais. Desculpe. Foi mal.

Quando ela voltou a andar, ele começou a ir na direção dela, mas V. o segurou com força e o puxou para trás.

– Não, deixe-a ir. Deixe. A. Ir. Vamos procurar Lassiter. Lassiter nos ajudará...

Foi quando as luzes voltaram na escada. Enquanto o demônio prosseguia com facilidade entre a multidão de Irmãos e Bastardos, embora eles a apunhalassem e tentassem segurá-la, alguém surgiu na base da escada.

Outra pessoa... chegou.

Do outro lado do corpo transparente dela, um macho de cabelos loiros vestindo terno preto entrou no corredor.

Aquilo eram rosas na mão dele? Tipo... uma dúzia de *rosas* vermelhas?

E foi como se ele não enxergasse mais ninguém no porão: o cara só tinha olhos para o demônio, a transfixação tão absoluta que era como se ele estivesse enfeitiçado.

V. sibilou para o grupo:

– Recuem. Temos que sair daqui. O filho da puta de terno é o filho de Ômega e estamos todos feridos. Recuem, *agora*.

Balz queria discutir. Queria lutar. Queria a porra do Livro e ao inferno com Lassiter. Porém, à medida que os guerreiros começaram a se desmaterializar um a um, com seus corpos alquebrados por terem suportado os impactos das sombras, ele compreendeu que também já não tinha mais forças.

O anjo era a sua única esperança.

Ao admitir a derrota, a última coisa que Balz viu antes de fechar os olhos foi o loiro agarrando o demônio e o empurrando contra a parede. As cabeças se aproximaram quando os corpos se fundiram num só... Em seguida, com as rosas vermelhas ainda numa mão, o macho inclinou a cabeça e beijou Devina como se tivesse esperado a vida toda por ela. Como se ela fosse seu único e verdadeiro amor.

Balz pretendeu se desmaterializar dali. Mas seu corpo cambaleou, sua visão ficou embaçada e ele pareceu não se lembrar mais do que fazia e do motivo. Sem esperanças, sem um plano, e sabendo que sua companheira estava morrendo...

O que era todo aquele cheiro de cobre que de repente ele sentia?
– Ah, merda – ouviu V. dizer. – Jesus, Balz, você foi apunhalado.
Ah. Bem. Isso explicava o cheiro…
Seu último pensamento foi Erika.
Talvez ele a visse no Fade.
Meio…
… que…
… *agora*.

Capítulo 49

Exatamente nove minutos antes de Devina chegar ao prédio no centro da cidade e precisamente treze minutos antes de Sahvage conduzir Balthazar até o corredor dali de baixo, Rahvyn retornou à Casa Luchas pela última vez. Foi cuidadosa ao esconder o que trazia dentro da jaqueta e, depois de cumprimentar a assistente social, subiu. Sobre a cama feita, com a colcha alisada e os travesseiros perfeitamente bem empilhados, ela tirou aquilo que a havia chamado.

O Livro estava quente ao toque e, quando ela apoiou a mão sobre ele, pareceu ficar mais quente ainda, como se o calor corporal dela amplificasse o dele.

A tentação de abrir o volume era enorme, e ela sentiu como se o objeto quisesse que ela de fato o abrisse, as páginas internas se movendo dentro do confinamento de couro duro.

Ela percebeu que o Livro vivia. Vivia apesar de não respirar e de não ter pulsação.

– Você causou muitos problemas – disse ela.

Um tremor foi percebido debaixo da mão dela, arrependimento sendo manifestado.

– Sei que não teve a intenção. Mas você é responsável pelo que causou. Deve saber disso. – Ela acariciou a capa com calombos para acalentar seus sentimentos. – Nisso, você e eu somos bem parecidos. Não somos nem isto nem aquilo, não somos bons tampouco maus, e isso significa, por definição, que somos ruins. Somos agentes do caos, não servimos para este mundo.

Ela parou com a mão sobre a lombada.

– E foi por isso que me chamou, não foi? Você sabe que fez coisas erradas e está cansado de ser usado. Você avalia o equilíbrio entre as suas ações e reconhece que coisas malignas foram feitas com você, mais do que pode suportar. Você simplesmente tem que ir embora.

O Livro pareceu emitir um suspiro, com ar escapando pelo rodapé das páginas.

– Muito bem, então.

Rahvyn olhou ao redor do quarto bem arrumado e se lembrou de ter organizado a mobília com Nate. Tudo teve que ser montado com pedaços de madeira e ferragens providenciadas, cama, cômoda e mesinha de cabeceira. Levaram algum tempo e, enquanto trabalharam juntos, havia esperança no rosto dele. Distraída com seus próprios problemas, não percebera o afeto dele na época. Mas o reconhecera depois em certos olhares que ele deitava sobre ela, tentando disfarçar, um calor específico na voz e nos olhos toda vez que ele estava na sua presença.

Ela o amaldiçoara duas vezes, não?

Uma vez, com a vida eterna. A segunda, com o amor não correspondido.

Colocando a mão no bolso, ela pegou o celular que lhe fora dado, um dos muitos instrumentos e mecanismos que existiam nesta era. Não tinha certeza se sentiria falta deles.

Sentiria falta de Nate, contudo.

Ligou para o número dele e esperou que tocasse. Manteve a mão no Livro enquanto aguardava que ele atendesse. Ele não atendeu.

A caixa postal era um conceito estranho para ela, mas, pensando bem, tantas coisas o eram.

Para seu próximo destino, ela voltaria no tempo, para uma época mais simples. De fato, esta não combinava nem um pouco com ela.

Quando chegou o momento de gravar suas palavras, ela pigarreou e ficou nervosa, por ser apenas a segunda mensagem que ela deixava na vida; a primeira havia sido para seu amado primo, pouco antes de ter ido buscar o Livro.

– Hum… Nate. Estou ligando para avisar que… Lamento, mas tenho que ir. Obrigada por ter sido tão bom amigo para mim. Eu gostaria de poder ficar, de verdade. Mas tenho que seguir. Deixei uma mensagem para Sahvage também. Pedi a ele que fosse seu mentor. Ele vive há séculos na mesma condição em que você está agora. Ele o guiará de maneiras que eu não saberia.

Ela não sabia como terminar.

– Adeus, Nate.

Encerrando a ligação, colocou o celular sobre e mesinha de cabeceira e apanhou o Livro. Em seguida, foi para a janela, entreabriu-a e fechou os olhos.

Quando se acalmou o suficiente, desmaterializou-se para a campina. As flores que Lassiter lhe dera ainda estavam vivas, o movimento jovial das pétalas e da folhagem elevando tanto o seu moral quanto os seus passos, algo que permaneceu com ela enquanto ela caminhava com o Livro para a floresta, para a ferida enorme na terra que marcara a sua chegada.

Descendo no buraco, ela segurou o Livro junto ao peito.

Dissera adeus às duas únicas pessoas que sentiriam falta dela.

Bem, também havia seu anjo. Mas eles já tinham se despedido depois daquele único abraço. Ela quisera aplacar o sofrimento dele, mas ele não estivera disposto a partilhar nada daquilo com ela. No fim, ela teve que deixá-lo ir porque ele exigira isso dela.

E porque tinha que fazer isso pelos seus próprios motivos.

Eles poderiam ter tido um futuro, se tivessem sido outras almas. Seus destinos não podiam se cruzar de uma maneira permanente, contudo.

Amantes desafortunados, ela pensou ao convocar a energia do Universo.

A luz que chegou a ela foi tão brilhante que não só a cegou como estourou suas moléculas, espalhando-as pela terra para um infinito número de planos de existência.

E com ela, o volume antigo, para o qual ela encontraria um lugar muito, muito distante de contato com quaisquer mortais.

Pelo menos nisso ela sentiu que estava prestando um grande serviço à sua espécie e a toda a humanidade.

Assim como ela, só seria seguro para o Livro continuar… inalcançável para todo o sempre.

Capítulo 50

— Você tem que acordar, cacete, pra poder salvá-lo.

As palavras foram ditas para Erika num tom neutro. Como se a boca da qual saíram fosse uma gravação automática informando as notícias mais recentes da bolsa de valores ou algo assim.

— Se você deseja que ele viva — insistiu a voz —, precisa levantar esse seu traseiro e ir até ele. Sem você, ele vai morrer, porra.

Talvez isso seja um sonho, ela pensou. O que explicaria tantas coisas...

Os olhos de Erika se abriram. E ela virou a cabeça de lado.

Era o lutador de cavanhaque, aquele que estivera ao lado dela havia uma vida dentro daquela unidade cirúrgica móvel — e, de algum modo, ela não estava surpresa. O que a surpreendia... era o fato de ainda estar viva.

Com um movimento de corpo inteiro, baixou o olhar para si. Estava num leito hospitalar e, quando viu as cobertas sobre a parte inferior do corpo, ficou aterrorizada com o que haveria ali embaixo.

— Você vai ficar bem — resmungou o vampiro de cavanhaque. — É com ele que estamos preocupados agora...

— Você estava lá — ela disse com voz rouca. — Depois que Balthazar me carregou de volta para a cama... Você estava lá... Onde estou?

— Não temos tempo para isso.

— Que dia é hoje?

A mente dela se recusava a funcionar muito rápido, embora algum instinto lhe dissesse que ela precisava se apressar para...

– Você está nas instalações de treinamento da Irmandade. Foi trazida para cá na noite passada. Tenho tratado de você com isto. – Ele ergueu uma mão enluvada. – E, com a ajuda do meu colega de apartamento, nós conseguimos extirpar a sua infecção. Foi difícil...

– Balthazar! – Ela se sentou. E esticou a mão quando sentiu o mundo girar. – Onde ele...

– E finalmente estamos acordados. Já era hora, porra.

Havia outros machos no quarto, e ela reconheceu alguns deles. Também estavam feridos, com mãos enfaixadas, braços em tipoias, um deles tinha um tapa-olho. No instante em que os fitou, eles se curvaram diante dela, abaixando as cabeças em sinal de respeito.

Ela estava cercada por vampiros. E nunca se sentira mais segura.

– Onde está Balthazar? – exigiu saber.

– No quarto ao lado...

Erika afastou com um empurrão as cobertas de cima de si e passou os pés pela beirada da cama. O colchão parecia estar a dois metros do chão. Ela não se preocupou. Lançou-se...

Quando as pernas cederam, o de cavanhaque sustentou seu peso. Só que, quando ela tentou seguir para a porta, ele a deteve.

– Espere, o soro...

Erguendo o braço, ela sentiu um instante de alívio ao ver que a pele estava com uma coloração normal de novo. Em seguida, arrancou a cânula do braço e começou a andar.

– Não ouse me impedir de novo – ela resmungou para o Cavanhaque quando ele saltou adiante para alcançá-la. – Tenho que ir até ele.

A risada dele foi de respeito.

– Não vou manter vocês dois separados. Não se preocupe com isso, fêmea.

O lutador com uma cicatriz no lábio superior segurou a porta aberta para ela, e houve dois mais para ajudá-la pelo caminho. Quando a porta de outro quarto foi aberta, ela olhou dentro e...

– Ai... *Deus*.

Alguém segurou seu braço. *Cavanhaque*? Sim, ele mesmo.

— Sei que ele parece estar mal — disse o vampiro. — Mas ele é um macho vinculado. Assim que ouvir a sua voz... Será a melhor chance de ele voltar. Nós achamos que, enquanto ele lutava contra uma sombra, ela conseguiu apanhar a adaga das mãos dele... e provocou sérios danos. Ele perdeu muito sangue e teve um AVC. Não foi grave, mas ele precisa de motivos para lutar. Você é o motivo.

Deitado de costas sobre travesseiros, ligado a todo tipo de máquinas, Balthazar já parecia morto. E quantos machucados... O rosto dele estava tão inchado que suas feições eram quase irreconhecíveis, e a respiração não passava de um chiado.

Erika se apressou para o lado da cama, usando o Cavanhaque como andador, empurrando-o à sua frente ao mesmo tempo que se sustentava pela cintura da calça de couro dele.

— Balthazar, sou eu. Estou aqui.

Quando ela se inclinou por cima dele, um lenço de papel foi colocado em sua mão e ela enxugou os olhos com impaciência.

— Preciso de você, por favor, volta pra mim.

Abaixando a cabeça ao lado da dele no travesseiro, ela percebeu o quanto estava fraca, e o Cavanhaque deve ter reconhecido isso também. Ela sentiu seu corpo sendo erguido e acomodado na cama ao lado de Balthazar.

Queria tocá-lo, mas a pele estava coberta de vergões. E, quando o mundo voltou a girar ao seu redor, ela não conseguia acreditar que ambos estivessem em tão más condições. Mas isso não era importante.

Eles tinham um ao outro como motivo para viver — e isso era mais do que suficiente.

Fortalecendo sua determinação, juntando cada grama de força de vontade de sua alma, ela virou o rosto dele para o seu.

E disse em voz alta, numa exigência clara, as três palavras mais importantes que conhecia:

— Eu te amo.

Era pelo que Balz estivera esperando.

No meio da sua imobilidade, preso entre a vida e a morte, numa prisão de dor, ele rezara para que a sua Erika viesse até ele. Recusara-se a acreditar que ela estivesse morta, que o demônio tivesse vencido, que o Livro estivesse perdido. Se aguentasse, se lutasse contra o apelo do Fade, por certo ela iria até ele, e ele seguiria o cheiro dela e o som da voz dela...

Balthazar, volte pra mim. Preciso de você. Por favor... depois de tudo, não permita que este seja o fim. Lembre-se do porão, fique comigo ali de novo, me abrace... não me deixe...

Ele pensou que teria que lutar para voltar.

Em vez disso, ele só flutuou até ela. Enquanto sua fêmea sussurrava para ele, ele se orientou por meio das sílabas e elas se tornaram um mapa, mostrando-lhe o caminho de volta para casa.

Subindo, subindo... subindo...

Ao abrir os olhos, sua visão estava toda embotada. Mas não precisava de nitidez para reconhecer as feições dela, pois as via em seu coração.

– Balthazar? – disse ela, maravilhada. – Balthazar?

– Eu...

– Ah, meu Deus, ele está vivo! Ele voltou!

– Amo...

Conversas de todo tipo pipocaram no ambiente, de outras pessoas no quarto com eles, falando animadas, as vozes todas reconhecíveis. Nesse meio-tempo, ele não entendia como Erika ainda estava viva.

Como era possível que a sua fêmea ainda estivesse viva? Não levaram o Livro de volta. Eles não...

Vishous?

O Irmão Vishous estava bem ao seu lado, e Balz se concentrou na mão enluvada. Em seguida, se lembrou do poder da palma dele e o que ela fizera com aquelas sombras. Também pensou em Butch que... estava ali. O ex-detetive de homicídios também estava ao lado da cama, parecendo ter sofrido uma intoxicação alimentar, o rosto pálido com uma fina linha esverdeada ao redor da boca. Quando os dois colegas de apartamento cruzaram olhares, menearam a cabeça, como se tivessem trabalhado bem juntos. Como se tivessem dado duro em um projeto... finalmente passando pela linha de chegada.

Não, Balz pensou. Eles podem ter ajudado a manter Erika viva, mas algo mais teve que intervir para curar a infecção.

E ele estava dizendo algo para ela, não?

Ah. Certo.

– Você...

Quando ele terminou a última palavra, Erika aproximou-se mais dele e foi quando ele conseguiu enxergá-la devidamente.

– Bela... fêmea... minha... – ele disse num grasnido.

– Sim, sim...

Quando ela tentou beijá-lo, ele sibilou porque tudo doía – e não estava nem aí para a dor.

– Me beija, vai...

Os lábios dela foram suaves sobre os seus, logo, porém, ele ficou exausto. Mas ficou onde estava, um balão de ar preso à vida pela simples presença dela. Contanto que ela estivesse com ele, Balthazar sabia onde devia estar; onde quer que ela estivesse, ali era o seu lugar.

– Eu também te amo – ela sussurrou.

No fim do dia, embora ainda houvesse tantas perguntas sem resposta, e tantos espaços em branco que precisavam ser preenchidos... aquilo era tudo o que ele precisava saber, não?

O restante era história.

Epílogo

Três noites depois...

Nem todas as noites de primavera são quentes. Algumas são bem frias, e, quando Balz saiu pelo vestíbulo da mansão da Irmandade, a diferença de temperatura do átrio ameno para o exterior gelado bastou para que ele subisse o zíper da jaqueta de couro por cima das adagas de aço.

Quando olhou para o outro lado, na direção das luzes acesas do Buraco, a vista da casinha do zelador estava parcialmente obstruída pela fonte. A grande cuba, com sua estátua central de mármore que despejava água ao redor, ainda estava desligada por causa do inverno. O que era bom. A noite estava gelada demais.

Antes de ir embora, relanceou para trás, para a imensa mansão. Todas as janelas com vidros em forma de diamante estavam iluminadas e, com seus ouvidos aguçados, ele conseguia ouvir tanto o riso da Última Refeição, enquanto as famílias se deleitavam com as sobremesas, como as conversas que se iniciavam na sala de bilhar, à medida que Irmãos e lutadores se reuniam ao redor das mesas.

Aquilo ainda era um lar para ele, aquela vida barulhenta e impositiva, revolvendo ao redor da Primeira Família.

Sentiria saudades de morar com eles, pensou ao descer os degraus.

Não olhou para trás de novo.

Pegando seu celular, verificou se a mensagem que enviara fora respondida. Quando viu que não, guardou o aparelho num bolso de fora.

Todos procuravam por Lassiter.

Mas Balz tinha a sensação de saber onde o anjo estava. Fechando os olhos, inspirou lenta e profundamente... e se desmaterializou para fora da montanha. Quando reassumiu sua forma, o terreno era o mesmo, ainda que estivesse a uns bons dezesseis quilômetros de distância, num aclive de um pico diferente das Adirondacks.

O esconderijo em que se instalara, aquele que Fritz, mordomo extraordinário, mais do que equipara adequadamente, ficava atrás de uma cascata formada por rochas, o tipo de coisa que, a menos que você fosse um urso prestes a hibernar, não saberia que existia.

Não que alguém, mesmo um urso, andasse por aquelas paragens da face norte em tal altitude – e, puta que o pariu, se ele achou que o clima estava gelado na mansão, ali ele se sentia na Sibéria.

– Sou eu – disse em voz alta ao dar a volta na junção entre uma rocha do tamanho de um suv e outro bloco de granito que ganharia de longe de um colchão *king-size* no quesito área de superfície. – E eu sei que você está aqui.

O vento empurrou suas palavras para dentro da caverna quando ele se abaixou, dobrando o corpo na altura da cintura para passar pela fenda. Do outro lado daquele aperto, um amarelo amanteigado da luz de velas, um tanto inerte, o incitou a ir adiante até um espaço aberto grande o suficiente para ser considerado uma sala de estar.

Encontrou o anjo a que todos procuravam sentado na cama que fora colocada ali, com um cobertor estampado e travesseiros de penas de ganso. Ao lado do macho havia um candelabro de prata de lei sobre uma cômoda bombé francesa marchetada, um fogão a gás e suprimentos de acampamento e alimentos não perecíveis que poderiam sustentar alguém por um ano.

Era como se Versalhes se encontrasse com Bear Grylls.[27]

– Setenta e duas horas – Balz disse mal-humorado. – Venho procurando por você há três noites já.

O anjo não ergueu o olhar. Continuou onde estava, numa postura de quem estava para ficar de pé, com os cotovelos sobre os joelhos, os ombros inclinados para a frente, os longos cabelos loiros e pretos pendurados por cima do rosto.

Um mau presságio percorreu a coluna de Balz. Ou talvez tivesse descido com garras afiadas.

– O que você fez…? – Balz sussurrou.

Quando não houve resposta, ele se aproximou do anjo, agachando, e os dois tornozelos estalaram.

Mais alto, ele repetiu:

– Sei que o demônio deixou Erika, mas não sei por quê.

Lassiter respirou fundo.

– Como está se sentindo agora?

– Muito bem. Sou só eu dentro da minha pele.

– E Erika?

Balz franziu o cenho.

– Ela também está bem.

– Bom.

– V. e Butch pensam que a salvaram, mas não foram eles, foram? Foi você.

Era difícil dizer quando Balz fez a conexão. Difícil, também, determinar a precisa combinação de fatores que o levaram à verdade sobre a qual o macho diante dele naquele instante não falava. Mas ele sabia que estava certo. E sabia que olhava para alguém que havia estado onde ele próprio estivera antes; aquele rosto congelado e o corpo imóvel demais era algo que ele já vira no espelho.

---

27 - Edward Michael Grylls, conhecido como Bear Grylls, é um ex-integrante das Forças Especiais Britânicas, aventureiro, escritor, apresentador de televisão, montanhista e biólogo. Ficou mundialmente conhecido ao apresentar os programas *À prova de tudo* e *No pior dos casos* do canal a cabo Discovery. (N. T.)

– Você trepou com ela, não foi? – ele sussurrou ao se deixar cair de bunda no chão. – Devina.

Quando a terra batida lhe forneceu um assento tão confortável quanto uma tábua, ele passou a mão sobre os olhos.

Com voz grave, ele continuou:

– Ela saiu de dentro da Erika porque você trepou com ela. Você não queria, mas fez mesmo assim, e agora se sente sujo, usado e manchado por dentro...

– Eu não disse isso.

– Você não tem que dizer.

Depois de um longo momento, Lassiter meneou a cabeça.

– Na verdade, você entendeu tudo errado. Bem, uma parte.

– Então me explica. – Em seguida, Balz acrescentou: – Não vou contar para ninguém.

Houve mais um longo silêncio. Então, o anjo disse:

– Devina tinha que arruinar um amor verdadeiro para conseguir o que mais queria. Fazia parte de um feitiço que ela pegou do Livro. Ela queria que você e Erika fossem o casal. E você tem razão... Fiz o que precisava fazer para tirá-la de vocês dois. No entanto, ela se recusou a manter a parte dela do trato. Quando o Criador descobriu, Ele a obrigou a manter a promessa de deixá-los em paz.

– Cara... Merda. – Mas, então, Balz franziu o cenho. – Espera um minuto. Mas ela não arruinou o nosso amor. Você disse que ela precisava disso para a coisa do feitiço, certo?

– Deu tudo certo, não deu? Você e a Erika estão bem. Vocês têm o "felizes para sempre" de vocês.

Balz fechou os olhos. O AVC que sofrera ainda provocava momentos de confusão, e alguma coisa ali não fazia sentido – mas o anjo estava certo. Ele amava a sua Erika e estava imensamente grato por ambos terem sobrevivido à possessão.

Voltou a se concentrar no anjo. Havia algo... que ainda não fazia sentido. Devina não desistia de nada até conseguir o que queria.

– Como sabia que eu estaria aqui? – perguntou Lassiter.

– Só um palpite. Você não voltou para casa e não está atendendo ao telefone. V. foi até o Santuário pra te encontrar, mas você não estava lá. Nenhuma das Escolhidas viu você. Pensei comigo mesmo: aonde ele iria para ter um pouco de privacidade? Deduzi que você sabia deste lugar e o usaria.

– Eu poderia estar em algum lugar afastado de Caldwell, sabia?

– Mas não estava. Não está.

Houve um longo silêncio. Em seguida, Balz disse rouco:

– Obrigado por nos salvar.

– Eu já disse. Foi o Criador, não eu. – Lassiter sorriu de uma maneira sem vida. – Pelo menos, se tivesse sido eu, seria um pouco mais fácil conviver com isso.

Ainda não fazia sentido. Mas uma coisa estava clara.

Balz estreitou os olhos.

– Vou matar aquela puta...

Dessa vez a cabeça do anjo se ergueu rápido e os olhos dele o fitaram com dureza.

– Não. Você não vai chegar perto daquele demônio. Estamos entendidos? Você vai se esquecer dessa porra toda. Abri mão da minha oportunidade de encontrar o amor à toa, como se viu no fim, mas você tem a sua, contanto que não acorde morto só por bancar o herói.

Uma descarga de emoção fria bateu na cabeça de Balz, descendo pelo corpo todo.

– O que você disse...

Lassiter cortou o ar com a mão, como se estivesse arrependido de ter falado demais.

– Nada. Não disse porra nenhuma. Só saiba que, no que diz respeito àquele demônio, eu não tenho mais nada pra trocar. Não tenho mais sacrifícios, não que o meu tenha servido para alguém que não ela. Portanto, vê se fica longe dela, porra.

Balz mostrou as palmas.

– Ok. Ok. Vou deixar pra lá.

– Diga isso aos Irmãos e aos Bastardos também.

– Isso eu não posso fazer. Você sabe disso. Primeiro, eles saberiam que o encontrei. Segundo, eles lá dão ouvidos a alguém? A não ser talvez a Wrath, e até isso, às vezes, é difícil.

– Malditos cabeças-duras. Eles lutam contra qualquer coisa.

– O que você quer dizer é que eles defendem a raça contra qualquer coisa.

Lassiter balançou a cabeça.

– Bem, tanto faz, eles terão que lutar contra ela sem a minha interferência daqui por diante. Não é para eu ajudar. Isso vai contra as regras do Criador. E já fiz tudo o que podia.

Ao dizer isso, Lassiter se retraiu para dentro de si mesmo de novo, a cabeça abaixando, as costas se curvando para ele se apoiar nas pernas, o corpo voltando a ficar imóvel como o de uma estátua.

Quando, por fim, Balz se levantou, sentiu-se um pouco tonto, mas de emoção, não por algum motivo médico. E não sabia muito bem o que o anjo faria quando ele se sentou na cama.

Lassiter não reagiu. Nem sequer pareceu notar.

Passando um braço ao redor dos ombros largos, Balz trouxe o anjo para perto de si. Que o macho tenha cedido ao impulso foi uma surpresa – e, então, Balz abraçou o salvador da raça enquanto fitava o interior cavernoso iluminado pelas velas. Quando a vista dele embaçou, ele fechou os olhos.

Como se pode conciliar gratidão com pesar?, perguntou-se.

– Obrigado – disse com suavidade. – Vou amá-la com todo o meu valor, pelo resto da minha vida, e devo tudo isso a você.

– O meu sacrifício não serviu de porra nenhuma, lembra? – rebateu o anjo. – Apenas aproveite o amor verdadeiro por nós dois, combinado?

– Eu prometo – Balz jurou com a garganta apertada. – Juro pela vida da minha *shellan*.

De volta à casa geminada, Erika estava no banheiro, tentando se olhar direito no espelho – não o rosto, mas o corpo todo. Tinha apenas a porta do armarinho acima da pia para se basear, então tinha que se curvar e esticar em todo tipo de posição. Não obteve resultados muito bons em termos de ângulos de visão, mas talvez tenha conseguido uma hérnia de disco.

Ao inferno com pilates. Basta viver numa casa sem um espelho de corpo inteiro.

Bem, isso e se importar com a própria aparência para variar.

Desistindo, alisou o vestido vermelho por cima do quadril e deu um puxão no decote profundo. Depois, remexeu nas voltas de ouro do colar, que preenchiam o espaço entre as clavículas e o decote. Na loja Ann Taylor, quando experimentara o vestido diante do espelho de três faces, ela se sentira linda. Agora? No seu banheiro? Era como se ela estivesse vestindo as roupas de uma impostora.

– Que diabos me possuiu para eu comprar isto? – resmungou.

Além do mais, Balthazar dissera que a levaria a uma lanchonete 24 horas. Não um lugar elegante com toalhas de tecido e um maître d'...

No andar de baixo, a porta se abriu e dois pés grandes foram percebidos nas tábuas de madeira, os rangidos subindo pela escada.

– Sou eu – Balthazar avisou ao fechar a porta.

Não houve barulho de chaves. Ela estava começando a se acostumar com isso, o tipo de coisa que não teria notado até o amor da sua vida se mudar para a sua casa – e não precisar de chaves para passar por trancas.

E não por ser um ladrão muito bom.

– Como foi lá? – Ela fechou o armarinho. – Foi tudo... estamos bem?

Ela saía do banheiro enquanto ele subia dois degraus de cada vez, e uma enorme figura trajando couro preto surgiu no topo da escada.

– Por favor, me diga que estamos bem...

Ele não disse nada ao entrar no quarto. Quando ela percebeu a tensão no rosto dele, quis praguejar. E chorar. Ainda mais quando ele só a tomou nos braços e a abraçou como se temesse que ela fosse desaparecer.

Como se, talvez, ele tivesse descoberto que aquilo não passava de um sonho e que seu despertador estava prestes a tocar.

Como se, talvez, o que lhes parecesse ser o destino fosse a maldição de um amor impossível.

— Merda – ela sussurrou ao afagar as costas largas. — Só… *merda*.

Quando ele saiu para se encontrar com o Rei, quem quer que ele fosse, o objetivo era acertar os detalhes do quanto ele poderia permanecer no mundo dele e o que poderia fazer se estivesse morando com ela. Embora alguns companheiros humanos tivessem sido recebidos na comunidade dele, todos eles abriram mão das suas existências humanas, e, por mais que tivesse detestado colocá-lo nessa situação complicada, ela não poderia abandonar o seu trabalho. Balthazar, de maneira incrível, não lhe dera o ultimato de deixar a divisão de homicídios. Em vez disso, resolvera desistir da sua vida, se fosse o caso.

E parecia que era.

— Vem aqui – disse ela ao arrastá-lo para a cama. Para a cama deles. — É melhor você me contar de uma vez. Prefiro lidar com a realidade, mesmo que ela seja uma droga.

Ele se sentou ao seu lado no colchão, o peso tão maior que ela pendeu para o lado dele. Não que se importasse com isso.

A fragrância dele, as especiarias que um dia ela pensou serem de um perfume, alegrava seu nariz como sempre, e, quando ela estudou seu perfil, ele estava ainda mais misterioso e belo do que quando o vira pela primeira vez.

Depois que ele permitiu que ela se lembrasse dele, quer dizer.

— Conta pra mim – murmurou. Embora já soubesse…

Ele se recompôs.

— Estamos bem. E eu ainda posso lutar e fazer parte dos turnos na Casa de Audiências. Pediram que eu me mudasse da mansão, mas eu entendo a necessidade. Aquele é o lar da Primeira Família. Os riscos de segurança são grandes demais. – Inspirou fundo. – Meus primos estão loucos pra passar mais tempo com você. Os Irmãos e os lutadores também, e as *shellans* deles. Esposas, quero dizer.

Erika piscou.

— Espera... o quê?

— Vishous, você o conhece, bem... ele é responsável por toda a segurança e vai insistir em vir aqui para melhorar o seu sistema de alarme por enquanto. E querem que a gente se mude pra uma casa mais bem equipada para a minha segurança. Com, tipo, janelas automáticas contra a luz do sol. Um túnel de fuga. Um pouco mais rural, para me afastar do congestionamento da sua raça. Mas você disse que estava aberta a essa mudança.

Ela meneou a cabeça.

— Não. Quero dizer, sim, claro. Mas não estou entendendo. O que deu errado, então?

Balthazar ficou olhando para o ar por um momento.

— Eu te amo com tudo o que sou e com tudo o que virei a ser. E não me importo com o que quer que eu tenha que abrir mão para ficar com você e para mantê-la feliz e segura. Isso será a minha missão de vida.

Erika corou, o coração se aquecendo por dentro da caixa torácica. Engraçado, ela tinha esperado uma vida inteira para ouvir essas palavras, sem nem saber que era o que queria ouvir. E agora, sentada num quarto no qual dormira por anos... ela se sentia verdadeiramente em casa.

Mas isso era por causa dele, não? Não por causa de um endereço numa rua.

— Eu também te amo. — Ela esticou o braço e acariciou os cabelos dele. — Sei que isso ainda deve ser difícil para você. Se mudar de lá...

— Não, essa não é a parte difícil. — Os olhos dele vasculharam os seus. — Eu abriria mão de tudo por você.

Quando ele se aproximou um pouco mais, ela ergueu os lábios para o beijo dele e eles ficaram perdidos naquele momento em suspenso para sempre. Pensando bem, o amor transformava tudo numa eternidade, quer fosse um arquejo quer uma batida do coração... quer décadas de vida partilhada.

Quando ele se afastou, desceu o olhar pelo corpo dela — e suas sobrancelhas se ergueram.

– Hum…

– Ah, é… – Ela puxou o corpete um pouco para cima de novo. – É meio exagerado.

– Posso ganhar uma rodopiada? Só para eu poder ver tudo direito?

Ficando de pé, ela fez uma pose diante dele e depois girou sobre um pé, o tão próximo de uma bailarina quanto uma detetive de homicídios sem nenhum treinamento em dança ou talento inato faria.

O que equivalia a dizer que suas chances eram melhores se fingisse ser um jogador de defesa em um time de futebol americano.

Balthazar esfregou o queixo.

– Caramba, mulher… Você está… gostosa pra cacete nesse vestido, um verdadeiro espetáculo.

– Estou? Sério? – Muito bem, chega de bancar a garota atrás de elogios. – Sim, claro que estou.

– Posso pedir que o Fritz me traga um terno? Um elegante, com gravata e sapatos sem biqueira de aço? Assim posso levá-la para jantar como se deve.

Erika baixou o olhar para si de novo. Depois balançou a cabeça.

– Na verdade, acho que eu preferia trocar o vestido por calças jeans. É lindo e tal, e acho que vou ficar com ele. Mas não me sinto eu mesma.

Seu homem esticou o braço e a segurou pela cintura. Atraindo-a para perto, ele abaixou as pálpebras e murmurou.

– Quer dizer que quer tirá-lo?

– Quero. Tudo bem pra você?

Mordendo o lábio inferior com as presas, ele ronronou bem no fundo da garganta.

– Ah, tudo ótimo. E permita que eu a ajude. Pode me chamar de sr. Zíper, minha dama.

Quando ele esticou os braços para as costas onde estava o zíper, o rosto dele ficou bem no meio dos seios dela – e, claro, as cafungadas e as lambidas a liquefizeram por dentro da pele.

– Você tornou todos os meus sonhos realidade – ela sussurrou quando o vestido vermelho caiu no chão.

– Espera só até eu te deitar – ele prometeu ao suspendê-la do chão. Como só o homem dos seus sonhos poderia fazer.

Quando o macho a quem ela amava a deitou e se acomodou sobre seu corpo, ela sorriu apesar de não ter se deixado enganar. Havia algo por baixo daquela mudança de humor para melhor dele. Mas ele lhe contaria quando estivesse pronto e, o que quer que fosse, eles lidariam com isso juntos.

Juntos, eles poderiam superar qualquer coisa.

O amor verdadeiro era assim.

Agradecimentos

Muito obrigada aos leitores dos livros da Irmandade da Adaga Negra! Tem sido uma longa jornada maravilhosa e excitante, e mal posso esperar para ver o que vem em seguida neste mundo que todos nós amamos. Eu também gostaria de agradecer a Meg Ruley, Rebecca Scherer e todos da JRA, e Hannah Braaten, Andrew Nguyên, Jennifer Bergstrom, Jennifer Long, e a família inteira da Gallery Books e da Simon & Schuster.

Para o Team Waud, amo todos vocês. De verdade. E, como sempre, tudo o que faço é com amor e adoração tanto por minha família de origem quanto pela adotiva.

E, ah, toda a minha gratidão a Naamah, minha cadela assistente II, e Obie, cachorro assistente em treinamento, que trabalham tanto quanto eu nos meus livros! Em memória do Nosso Amado Archieball!